宋詩鈔

〔清〕吴之振 吕留良 吴自牧 選
〔清〕管庭芬 蔣光煦 補

第四册

中華書局

宋詩鈔補

〔清〕管庭芬
蔣光煦 補

宋詩鈔補序

涵芬樓既重印《宋詩鈔》，以原本著目，闕詩者凡十六家。曾謀於義寧陳散原先生，將董理補輯，以成完書。會聞吴興劉君翰怡，從吴縣柳蓉村得別下齋舊藏本。急以重值相易，審視藏印宛然，其署簽爲海寧管芷湘庭芬鈔補，蔣生沐光煦編輯。蓋原闕十六家，既均補鈔，他家名作，亦多最録。總爲詩二千七百八十首，爲力勤矣。別下齋藏書著稱於海內，而補鈔復爲管氏所編定，體例精善，同於原書，用付印行，以副初志。夫我國秘籍孤本，往往以收藏家不即校刊，半委蠹燼。涵芬樓今以此本襮於天下者，蓋欲使秘籍孤本，不終閟也。斠印將竟，吾友山陰諸真長，復得熊心松爲霖《宋詩鈔補》三册於京師，爲嘉應黄公度遵憲人境廬故物。雖僅補原闕十六家，而甄采較此編爲富。惜中佚一册，不知流轉何所？今真長亦以此本歸涵芬樓，俟覓得所佚，當再墨木。嗟乎！吴、吕手定之書，歷二百年而始重印。而管氏此編，亦適於此時出。於存亡絶續之交，使嗜宋詩者得以資其研討，是亦文字之靈，不終没於天壤也夫。乙卯四月，閩縣李宣龔序。

小畜集補鈔

王禹偁，字元之，鉅野人。九歲能文。太平興國八年登進士。歷右拾遺，拜左司諫。廬州妖尼道安誣訟徐鉉，禹偁請論道安罪，貶商州團練副使。累遷翰林學士，坐謗訕，知滁州。真宗即位，召知制誥，出知黄州，卒。有《小畜集》。

寄商州馮十八仲咸同年

遷客秋來捧詔還，故人多怪鬢毛班。重爲東掖垣中士，猶夢西暉亭下山。薄憶宦情皆是幻，老思身計不如閒。何時獲約同歸隱，水竹蕭蕭但掩關。

移任長洲

移任長洲縣，舟中興自餘。篷高猶見月，棹穩不妨書。雨碧蘆枝亞，霜紅蓼穗疏。此行紆墨綬，不是爲鱸魚。

移任長洲縣，窮秋入水鄉。江涵千頃月，船載一篷霜。竹密藏魚躍，雲疏漏雁行。故園漸迢遞，烟浪自茫茫。

絶句

謫官無俸突無烟，唯擁琴書盡日眠。還有一般勝趙壹，囊中猶貯御書錢。

齊安郡作

憶昔西都看牡丹，稍無顏色便心闌。而今寂寞山城裏，鼓子花開亦喜歡。

題錢塘縣羅隱手植海棠

江東遺蹟在錢塘，手植庭花滿縣香。若使當時居顯位，海棠今日是甘棠。

明月溪

汎流者爲誰，人骨皆已朽。我來尋故跡，溪荒亂泉吼。惜哉幽勝事，盡落唐賢手。惟餘舊時月，團團照山口。

望日臺

荒臺隱層巒，雲磴踰百尺。攀蘿試一登，依然有遺跡。掌舒舊砌平，屏卓諸峯直。憑高聊寓望，孤懷念鄉國。長安不可見，但對金烏赤。傾盡葵藿心，庶免浮雲隔。

鳳凰陂

次公治潁川，仁政被一方。神物不藏瑞，茲焉集鳳凰。在昔奏《簫韶》，舜庭來蹌蹌。西伯有至化，亦見鳴岐陽。仲尼豈無德，已矣空悲傷。夫何刀筆吏，而能致殊祥。我來過荒陂，煙草但蒼蒼。緬懷漢循吏，史筆恐未遑。

惠山寺留題

吟入惠山山下寺，古泉閑挹味何嘉。好抛此日陶潛米，學煮當年陸羽茶。猶負片心眠水石，略開塵眼識煙霞。勞生未了還東去，孤棹寒篷宿浪花。

中秋月

何處見清輝，登樓正午時。莫辭終夕看，動是隔年期。冷溼流螢草，光凝宿鶴枝。不禁雞唱曉，輕別下天池。

官舍書懷呈郡守

年來潘令鬢初凋，瘦馬青衫恥下僚。藥債漸多醫宿疾，宦情猶切戀明朝。空江梅雨添幽鬱，古縣桃花鑠寂寥。賴有郡侯知己在，每憐憔悴貰金貂。

朝退偶題

吏隱金門祇似閑，退朝窮巷懶開關。經年不到公卿宅，五日空隨侍從班。禁漏出花寒歷歷，御泉通市細潺潺。功名未立年猶少，争忍攜琴去舊山。

送郝校書從事相州

提筆從戎别帝鄉，官清兼領校書郎。將軍幕下紅蓮媚，詩客袖中丹桂香。吟倚旌旗春過雨，醉聽刁斗夜含霜。金臺莫作多時計，非久應歸振鷺行。

送夏侯正奉使江南

百舌關關麥壠青，遠山迎馬翠如屏。禁中已誦相如賦，江外猶看使者星。衣拂茶煙尋水寺，枕欹梅雨泊沙汀。歸期莫過中秋節，侍宴甘泉月滿庭。

和陳州田舍人留别

宛丘分理藉賢明，暫輟詞臣撫百城。職罷掖垣人共惜，郡連京輔自爲榮。休吟紅藥階前色，且聽長淮枕上聲。駐馬都門相别處，柳黄莎碧上林鶯。

硤石縣旅舍

霜乾紅葉飛，遷客思凄凄。處險人垂瘦，登山馬跙蹄。籬荒蛩韻苦，雲凍鴈行低。此夕應無寐，何煩報曉雞。

和與盧氏宋少府話舊遊

舊遊前政一追尋，宦路遷移敵古今。黃綬位卑曾歎命，青宮官冷不妨吟。煙嵐不改當窗色，桃李應垂滿砌陰。好寄新詩題舊壁，爲言梅福珥朝簪。

春郊寓目

百舌嬌慵未苦啼，雪隨春水下松溪。何人樵樹和雲斫，幾處山田帶雨犂。蜀柳半開鸜鵒眼，海棠深結麝香臍。東風似待閒人出，一路青莎襯馬蹄。

春郊獨步

襟袖飄飄晚吹輕，孤吟何必共人行。緑楊繫馬尋芳徑，春草隨人上古城。不憤黃鸝誇巧舌，多慚戴勝勸歸耕。憑高朗咏沉湘賦，自許吾生是賈生。

送馮中允之任婺州

東南宦迹多勝遊，婺女星下溪山幽。嚴陵隱德七里瀨，沈約詩名八詠樓。岸上黍離經故國，湖邊木脫正高秋。承明三入妨賢久，擬覓江鄉小郡侯。

瑯琊山

連袤復岧嶢，峯巒架泬寥。流名自東晉，積翠滿南譙。洞碧通仙界，溪明潤藥苗。古臺臨海日，絶頂見江潮。杉影拏雲暗，泉聲出竹遥。廟碑傳漢祖，寺額認唐朝。早歲時霑稼，靈蹤合禁樵。詩章因我盛，屏障遺誰描。近住人多秀，頻登酒易銷。圖經標八絶，瀟灑合相饒。

和廬州通判李學士見寄

北門西掖久妨賢，出入丹墀近八年。且把一麾淮水上，敢思三接浴堂前。將何政述稱循吏，豈有文章號謫仙。除却清貧入詩詠，山城坐客冷無氈。

送董諫議之任湘潭

依依行色滿帆檣，又借仁風惠遠方。暫去長沙非賈誼，猶虚計相待張蒼。檻前波浪瀟湘闊，雨後汀洲橘柚香。翰苑逐臣知最幸，願聽民訟繼甘棠。

櫻桃漸熟牡丹已凋恨不同時輒題二韻

紅芳落盡正無憀，吟遶空枝首重搔。最恨東君少才思，不留檀口待櫻桃。

病中書事上集賢錢侍郎

力疾奉朝謁，歸來倦送迎。老爲儒術悮，瘦愛道裝輕。羅藥幽香散，移琴細韻生。晨餐漸有味，筍蕨倍關情。
妻兒慣蔬素，僕馬任龍鍾。一榻渾無物，孤琴對病容。風翻簾影亂，旱減井痕重。幽寂誰爲伴，扶行賴瘦笻。

送譚殿院之任南陽

大抵人生樂故居，山川況復漢南都。别來墳墓有宿草，歸去田園多緑蕪。銀印莫羞雙鬢白，錦衣兼照兩幡朱。西垣衰病無憀客，空羨此行歌袴襦。

對酒吟

勸君莫把青銅照，一瞬浮生何足道。麻姑又採東海桑，閬苑宫中養蠶老。任是唐虞與姬孔，蕭蕭寒草埋孤塚。我恐自古賢愚骨，疊過北邙高突兀。少年對酒且爲娱，幾日樽前垂白髮。安得滄溟盡如酒，滔滔傾入愁人口。從他一醉千百年，六轡蒼龍任奔走。男兒得志升青雲，須教利澤施于民。窮年高枕卧白屋，蕙帶藜羹還自足。功名富貴不由人，休學唐衢放聲哭。

騎省集補鈔

徐鉉，字鼎臣，廣陵人。仕南唐，累官翰林學士。歸宋爲直學士院給事中、散騎常侍。淳化初，坐累，黜靜難軍司馬，卒。有《騎省集》。

吴王挽辭

倏忽千齡盡，冥茫萬事空。青松洛陽陌，白草建康宫。道德遺文在，興衰自古同。受恩無補報，反袂泣途窮。

土德承餘烈，江南廣舊恩。一朝人事變，千古信書存。哀挽周原道，銘旌鄭國門。此生雖未死，寂寞已消魂。

和元帥書記蕭郎中觀習水師

元帥樓船出治兵，落星山外火旗明。千帆日助江陵勢，萬里風馳下瀨聲。殺氣曉嚴波上鷁，凱歌遥駭海邊鯨。仲宣一作《從軍詠》，迴顧儒衣自不平。

安陽集補鈔

韓琦，字稚圭，相州安陽人。弱冠舉進士第二，方唱名，太史奏日下五色雲見。累官至右僕射、侍中，歷儀、衛、魏三國公，出備兩鎮。卒，年六十八，贈尚書令，謚忠獻。有《安陽集》。

答袁陟節推遊禪智寺

春去惜餘景，偶來郊外觀。蕪城千古恨，一顧殊悲酸。荒祠枕大道，尚記吳城邗。遠近綠陰合，水襯紅蕖殘。隴麥齊若翦，隨風卷波瀾。罷農喜有望，守臣心粗寬。蕭疏禪智寺，壞址不甚完。叢花亂芍藥，籬竹擢琅玕。空有亭亭柏，成行如筆端。供帳具朝膳，僚寀成清歡。小杜詩板暗，樂石曾未刊。乘輿詣茶圃，百步登平巒。摘焙試烹啜，甘挹零露漙。午過倦微暑，堤路騰歸鞍。天子憂歲旱，引咎古所難。列郡承新詔，朝夕弗敢安。況此行春意，固不在遊盤。

臘日出獵近郊

悲風吼林霜草白，殺氣稜稜慘空碧。因畋講事比其時，況值嘉平農已隙。暫整和門出近郊，獵獵旌旗原燒赤。狩場一望天四垂，貔虎意豪猶恨窄。鼓動圍開翼復箕，人知部分如刀劃。飛走竄伏不得暇，狡兔幸生猶奮擲。飢鷹眼捷翅頭健，下韝風發無虛搦。鶻拳交擊或未仆，繼嗾韓盧追以咋。忽穿叢薄失所捕，恥焉便縱摩霄翮。不似寒鴟得腐鼠，傲然有視鴛鶵嚇。烏鵶鵲雉曷足數，亦有晨風競搜索。其問駭獸欲陵突，悍卒争趨矜手格。前驅反旆弗及舍，丘山大委虞中獲。翻車瀉酒犒士衆，萬刀封肉恣燔炙。塞防寓令豈徒然，不在詩人刺荒癖。王者設官猶取衆，大姦宿猾許擒扼。乘時廢職莫自效，勿謂鷙鳥無全策。別有老狐智計巧，只就高城營窟宅。疑冰識扱行步穩，此日胡由見踪跡。鵰兮鵰兮未得志，將軍憤懣如何釋。

病鶴貽劉易

塵寰病思苦，仙府歸魂勞。秃翼敗風霰，卑棲掩蓬蒿。池圃擯時玩，雞鳧豈吾曹。誰知牢落心，萬里孤雲高。

遊開化寺

開化得地勝，崇侈何代作。全山鑱佛身，萬木亘高閣。煙霞無四時，爲我張幄幕。飛泉乘空來，直在庭砌落。松柏森成行，闘狀蛟龍惡。如整萬人陣，偏伍不敢錯。距城纔一舍，曠絶類霄堮。噫吾何自勞，日窘吏事縛。到官踰二期，未克造林壑。引疾得鄉邦，晝錦行遂著。猛抛公几煩，不負真境約。精廬始一登，百慮已澄却。徘徊延賓僚，開席盛燕酌。歌留嶺上雲，吹亂風前鐸。勿譏清賞累，粗繼東山樂。

離并州至晉祠次韻答宣徽富公

公名傑出天下賢，終身師慕常顒顒。十年一面數日別，行行不忍移歸轡。剛腸出淚收還注，感公知己難違去。黄昏病作宿荒城，離緒不堪紛似雨。

孫賁書記以齊安舊文爲示感而成詠

余兄天聖中，尚抑齊安守。余遭所生憂，得歸侍左右。孤煢獲苟存，朝夕賴誨誘。兄材無不宜，吏治孰可偶。公庭常寂然，所樂在文酒。臨江三四樓，次第壓城首。山光拂軒檻，波影撼窗牖。原鴒款集間，萬景皆吾有。兄詩豪且奇，氣燄摩星斗。優遊預賡和，惟自愧荒醜。于今四十年，日月甚奔走。當時相聚者，十已喪八九。嘗爲春亭記，烏敢示不朽。孫君里中來，云亭廢已久。徒有舊文在，况足失其手。兄後見曾孫，弟老成衰叟。一身雖寵榮，百慮鎖紛糾。何如昔日歡，抆泣念愛友。

周沆著作宰秀州嘉禾

庇身名邑得嘉禾，銅墨猶嗟滯俊科。前席未期宣室召，聞絃還繼武城歌。酒旂穿柳春堤迥，魚艇藏花夕唱和。對此不勞披縣譜，且求新句解詩魔。

叔平學士知青州

厭直圖書府，思爲海岱州。郡符分竹使，親膳潔蘭羞。文石輸忠密，仙山進職優。過家門納駟，卜地隴眠牛。暮靄凌羈玉，朝暾豔戟油。恩寬敷漢札，政善洽齊謳。水際春芳盛，尊中客醖浮。物饒三服麗，居樂五民遊。松鬣低容宴，峯螺翠入樓。行聞西掖召，真賞莫淹留。

館直二闋

玉山岑寂雪花乾，仙掌風高露未溥。自笑曼都凡格在，一宵無奈月邊寒。

章溝傳漏過三更，霜壓寒威特地生。苦恨回環窗外鐸，幾番幽夢不教成。

和邃卿學士雪霽登秘閣

曉來延閣步層梯，春色周圍一望低。殘雪半留珠殿北，非煙長護綺窗西。幽情自逐歸鴻斷，芳意還因遠樹迷。金匱有書猶未見，秘封香篆鎖芝泥。

上巳前與同舍出郊過金明池

天波新緑染成春，波面輕風起細鱗。隔岸鳥聲低弄曲，出牆花豔遠含嚬。柳經傷別還多緒，鷗爲忘機不避人。三月偷遊仙署友，肯思迢遞走征輪。

和春卿學士登廣文閣觀京闕之盛

層閣巑嵯峨，登臨逸意和。雨餘春物動，天闊夕陽多。棋布金杯第，環通璧沼波。泥中足車騎，應笑翟公羅。

駕幸西太一宮陌上耕者叱牛聲厲左右皆笑之

皇心閔雨出西坰，親禱靈宮致潔誠。扈蹕不知農事苦，輦前争笑叱牛聲。

召赴天章閣觀新刻成仁宗御詩

天閣當年拂霧宣，紫皇端扆侍羣仙。親揮龍鳳軒騰字，命繼咸韶雅正篇。勸酌屢行均聖寵，賜花中出奪春妍。玉峯光景都如舊，但睇宸章極泫然。

上巳會興慶池

元巳開樽處，垂花碧洞前。綺羅明浩渺，臺榭插漪漣。曲水來如篆，輕橈去若仙。春寒芳意晚，未見柳飛棉。

上巳晚遊九曲池

九曲池邊第一開，艤舟同賞盡高才。彎流自得黄河勢，怪石應從紫閣來。塵外恍迷仙境界，竹間深有古亭臺。徘徊復至豐碑下，花蕚吁嗟作盌灰。

會故集賢崔侍郎園池

崔園高絶五門西，塵外風光是處宜。唐室舊池因地得，漢宫遺址上樓知。青螺萬嶺前爲障，碧玉千竿近作籬。我住鄴臺殊草創，一來尤覺愬歸遲。

山樓

西北高樓上，南山日面欄。勢籠秦地勝，陰落渭波寒。帶雨新屏活，穿雲古道難。仙扃如可造，便擬挂朝冠。

流杯

迢遞穿花出，彎環作篆來。若非天上醴，不泛洞中杯。水鳥浮還没，仙航去復回。蓬瀛真境事，銷得玉山頹。

石林

叢石競嶄巖，當軒翠撲嵐。疑峯何啻九，仙島迥侔三。潤極雲猶抱，温多玉尚含。樓高慵引望，坐看小終南。

再題休逸臺

冰井梁摧幾百秋，昔移爲柱立臺頭。層基面壘盤蝸殼，倒影侵池側蜃樓。拂檻落霞凌綺席，入簷初月誤瓊鉤。芳林已合陰成茂，不見西山涌萬丘。

中秋席上

去年西洛過中秋，正怯清光刺病眸。此夜北都逢好月，喜延嘉客上高樓。真居自與風塵絶，雅句須窮造化搜。但引流霞歌《白雪》，豈殊身在廣寒遊。

次韻答致政趙少卿

登科常愧處盧前，敍齒于兄小十年。鶴不稱軒猶自若，鴻誰能弋已安然。山頭俗駕歸誠晚，湖外扁舟見獨先。惟有大鈞公道在，方圓隨物舊同甄。

壬子三月十八日遊御河

三月遊河魏國風，愜山通日正暄融。壓沙寺古花殘雪，過馬橋高水飲虹。衆樂自深春色外，萬愁俱泯醉吟中。天公恐雨傷民意，只放輕雲暝碧空。

八月十九日賞菊

春英無不惜開遲，秋菊常懷素景悲。慣負晚霜甘索寞，忽逢先閏促離披。欲移庭檻嫌傷早，擬泛賓罍未入時。自是寒花當守分，一違佳節速人嗤。

初冬祀墳

曉乘輕凜上平岡，西款親塋一舍強。帶靄遠峯時隱見，半霜殘葉雜青黃。來牟渴雨空成隴，賓雁銜雲自著行。此日初冬嚴祀事，只增歔感不夸鄉。

提舉陳龍圖遷居邢臺

鄉居新葺後，歸興邈難招。老去重離別，秋來添寂寥。雲横初送雁，渡淺未成橋。千里猶思駕，封圻幸不遥。

崔象之宰韓城

去年同舉菊花觴，自揭清音入醉鄉。此日高秋來一别，幾旬佳節負重陽。颾生古操安新治，雨徹疏茅鎖舊堂。民里更繁應自化，宰君心地本空王。

和御製賞花釣魚詩

花簇香亭萬朵開，珮輿高自九天來。輕陰閣雨迎天步，寒色留春送壽杯。仙吹徹雲終縹緲，恩魚逐餌幾徘徊。曾參二十年前會，今備台司得再陪。

李壁《王荆文公詩注》，公既進詩，或言於上曰：「韓琦譏切陛下。」上愕然問之，對曰：「琦二十年而得一再侍宴，此正譏陛下飲宴無度也。」上大笑。

早夏

脫幘吏休後，凴軒風快餘。瀑泉增瀨急，新葉補林疏。

暑初天未熱，觀閣進新凉。果熟愁枝重，荷生覺渚香。

十里溪源注北塘，貯成寬碧瀯泱泱。新蒲弱荇參差緑，去鷺來鳧斷續行。一纜輕波摇鷁舸，滿罾斜日曬魚梁。使君思拙無清夢，高柳陰成草自長。

《吴禮部詩話》：韓魏公手書《早夏》，備蕭散閑適之趣。《安陽集》所無。

感花

雕堂敞寶欄，有花病不妍。誰知窮山頂，牡丹一尺圓。寶欄鋤溉足，窮山風日煎。彼此不得地，天道胡爲然。兩適終難得，兹恨無窮年。

滄浪集補鈔

南園

南園，吴越廣陵王元璙之舊園也，歲久摧圮。至元豐中，猶有流杯回照、百花樂堂、惹雲風月等處。

西施臺下見名園，百草千花特地繁。欲問吴王當日事，後來桃李若爲言。

武溪集補鈔

余靖，字安道，韶州曲江人。天聖二年進士。累除右正言，知制誥，出知吉州，經略廣南西路安撫使。儂賊平，遷工部侍郎。英宗朝，拜工部尚書。卒，贈刑部尚書，謚曰襄。有《武溪集》。

送靈谷山人

萬樹秋風一路蟬，渡頭重艤木蘭船。自慚蹙頞非奇骨，擬問清朝躍馬年。

遊韶石

世務常喧囂，物外有真賞。結友探勝概，放情諧素想。韶山南國鎮，靈蹤傳自曩。雙闕倚天秀，一逕尋雲上。長江遠縈帶，衆巒疑負襁。千里眇平視，萬形羅怪象。缺影避崑崙，鼇頭冠方丈。青螺佛髻高，羣玉仙都敞。霞城晴熤爚，桃源春浩蕩。仰攀霄漢近，俯瞰神魂怳。澗湍溜如織，巖虛動成響。造化與真質，妙畫胡能倣。賤子生海隅，逢辰辱朝獎。靡成彝鼎勳，甘從邱壑往。鸞禽戀故林，困驥畏羈鞅。玆遊得幽深，同懷樂清曠。世言帝有虞，朔南聲教廣。丹冥卜巡幸，翠華臨蒼莽。《簫韶》曾此奏，鍾石無遺像。但覺薰風存，翛然天籟爽。姬公著治典，歷代所遵仗。九野奠山川，萬靈通肸蠁。毉閭與吴嶽，半列戎夷壤。四時迎氣祠，猶煩禮官掌。況乃祝融區，羣物資含養。來儀威鳳居，樂育菁莪長。

膚寸起成霖，崇高一方仰。躋之佐衡霍，無慚公侯享。

南齋新植牡丹初冬忽開數朵愛玩不已因而感詠呈知郡中舍

嶠南足暄候，秋葉不凋傷。孤根自北來，繡蕊忽葩張。嗟爾本國豔，秀色含天香。淑氣入春萼，園苑生輝光。豪家走鈿車，珠翠妍新妝。貴門陳廣宴，金碧開華堂。惟恐風雨至，不羞歌舞狂。意態占韶景，衆媚曷能妨。今茲植荒圃，空齋圍短牆。節物寒蟬後，林木野梅傍。胡爲吐奇卉，特此昧温涼。祇知逢日暖，豈測非春陽。蜂蝶不爾採，壞欄啼夜螿。伊予久杜門，荆榛三徑荒。獨酌難成醉，徙倚徒傍徨。憐爾守常性，幽叢不改芳。

遊大峒山詩并序

予嘗恨遊觀山川，皆前賢所稱，圖籍所著者耳。未能索幽訪異，與音馬迹之外，得古人所遺絶境，一寓目焉。用狀其名物，與好事者傳之無窮也。韶之境富于山水，而佛刹占勝，相望于野，其名聲洽于四方者無幾。頃閒居里舍，與上饒從事子元王君，攟其遺概，得大峒焉。始自州治，水行七十里，得月華山。捨舟楫，肩籃轝，道樵徑，又十五里，乃至是山。觀其磅礴聳峭，秀倚天際，絶頂之上，千里在目。日浮月沉，雷驚虹斷，隨方下睨，晦明異蹵。則雖丘垤衆山，蚊蠓聚落，不足喻其高也。相與拂幽石，翳修林，澗聲泠泠，清入毛骨。真可遺世而絶俗，豈獨攄憂賞異而已耶！各爲詩以誌之。自漢武帝元鼎六年庚午歲，始平越爲郡縣，凡一千七十年。至皇朝建隆元年庚申歲，始有僧建刹而居之。又七十九年，始爲什方院。又二祀，康定元年庚辰歲，始有衣冠遊者。豈天作地藏，有所待哉！

王君暨同遊本郡布衣李訪、月華山羅浮達二禪師，咸書名于長老習公方丈壁云。

十里松檜風，萬仞斗峭壁。陽崖雷自奔，陰壑雪猶積。勢争衡霍雄，地控吴越扼。胡爲千載間，名未光圖籍。物乃因人彰，聞人於在昔。不逢巢由高，箕山亦頑碧。我今共遊覽，逍遥非俗格。劇論窮古今，玄談叩虚寂。攀蘿躡孤蹤，和雲坐幽石。濯纓清泠泉，留爲不朽迹。

留題龍潭

峭巘盤遠郊，幽泉生石罅。沮洳成深潭，神龍隱其下。氣昏雲霧朝，光寒風雨夜。絶境鄰梵宫，餘波沃農稼。秋態月色澄，晴蛟虹影射。勢非蛟室卑，名將鳳池亞。存身此蟠蟄，得時扶造化。何當歲大旱，移湫救函夏。

觀釣

麯塵寒浦波，桂子秋空月。煙溼釣綸輕，雨濺苔磯滑。健鯉吞香釣，錦文紅鬣鱍。將爲沸鼎遊，勢窮猶照沫。揩頤閒悵望，江湖晴蕩漾。奮鬣就其深，族類能相忘。胡爲貪一餌，委身刀机上。寄言洗耳翁，逃名真可尚。

和伯恭殿丞遊西蓉山寺

休澣約過從，寧論隘與恭。溪光染醽淥，山色秀芙蓉。乍霽千絲雨，齊張萬蓋松。岫孤如欲遁，逕曲似相逢。共快雲霞志，更尋麋鹿蹤。氅披吳國紵，杖拄蜀郊筇。陰谷鳴歸鶴，靈湫起應龍。跳梁窺果狖，縹緲入花蜂。磴滑并蘿躡，巖幽半蘚封。竹問泉繚繞，煙外草蒙茸。有語嫌雙燕，無虞美大榕。歸來却回睇，暮靄已重重。

代贈

幽房寂寞時，香散輕袿衣。可憐夜永不成寐，苦恨春殘猶未歸。歸來一見伸修眉，寶袿新聲逐調移。多少相思說不盡，淚滿玉壺祇自知。

題白蓮庵

掩室昔宴居，冥心遺萬化。菡萏本無染，紛華共高謝。夜禪杉月落，晨齋庭鳥下。楝間雲氣浮，池面秋香詫。演法辭故棲，幽蹤賁寒野。蠟屐此同遊，願結宗雷社。

送僧惠勤歸鄉

舊國起歸興，三江一棹輕。夜吟逢月白，曉渡趁潮平。楚岸雲藏寺，吳宮水繞城。羨師塵外去，何日濯吾纓。

雙松

自古詠連理，多爲陽豔吟。誰知抱高節，生處亦同心。風至應交響，禽棲得並陰。歲寒當共守，霜雪莫相侵。

新息道中遇雪

寒深雪壓春，去去祇傷神。巢穴有歸鳥，路歧無住人。遠光天共白，夜色月相親。獨酌不成醉，自嫌名利深。

送海琳遊南海

觸目盡塵累，如師真不羣。圓明水中月，去住嶺頭雲。意爲乘風快，名應過海聞。翛然此高迹，世網漫紛紛。

靈樹喜長老屬疾見寄次韻酬之

鳴韶山下客，多病似吾身。每想彌天辯，誰爲問疾人。泉清偏照月，松瘦不知春。未遂尋高論，相遥一水濱。

塞上

漢使重頒朔，胡臣舊乞盟。烽煙虚晝望，刁斗絶宵驚。虎落雲空鎖，龍堆月自明。祁連山更北，新築受降城。

桂源早行

聞雞已行邁，策馬更徘徊。月色依山盡，秋聲帶雨來。自堪悲玉璞，誰復築金臺。薄宦空羈束，西齋長緑苔。

晚至松門僧舍

日暮倦行役，解鞍初息肩。霧昏臨水寺，風勁欲霜天。蓼浦初聞雁，人家半在船。思君正怊悵，黄葉更翩翩。

湘中送人

離謳方揭耳，别緒已淒然。草蔚湘纍浦，花殘蜀魄天。疑山晴拂漢，啼竹冷澄煙。後夜思君意，空歌皓月篇。

慧照大師

已向南宗悟，尤於外學精。士林傳字法，僧國主詩盟。初地形容占，彌天語論清。因思支遁輩，徒擅養鷹名。

題憩賢亭

虚亭遲嘉客，登臨日相繼。松篁夏吹寒，煙霞暮江霽。高興山光遠，急影波聲碎。區區榮利途，扁舟暫時憩。

送淩屯田知和州

粉署仙郎守一麾，都門別岸柳依依。定知春雨隨車到，且喜秋風破浪歸。仁政便當聞虎渡，治聲猶在隔牛磯。儂今亦懇懷章請，假道尚應艫正肥。

謹吟五十六字攀送仲求殿丞之任贛州竊惟嚴君國博掛冠歸閒而仲求兄弟爲隣部守倅其榮至矣誠欲賦述詞不逮意

一門三組序西雝，又見雙旌並訓農。三釜親庭交禄養，夾河子舍接隣封。酒闌風雪催行色，吟際江山助筆鋒。我亦思親求郡紱，東湖南浦好過從。

寄題宋職方翠樓

層樓幽趣稱登臨，望遠憑高豁素襟。棋酒等閒忘世慮，溪山最樂是家林。松聲帶雨千峯外，潭影涵虚落照深。此景爲君珍賞甚，起予歸與欲抽簪。

謝蕭閣副惠茉莉花栽

素豔南方獨出羣，只應瓊樹是前身。自緣香極宜晨露，勿謂開遲怨晚春。欄檻故將賓榻近，丹青重整畫圖新。移根得地無華裔，從此飛觴不厭貧。

謝祖太博見訪西園

初聞結駟訪幽齋，拂曙呼童掃緑苔。方愧蓬蒿開徑晚，已驚騶馭過江來。林間載酒情偏厚，門外迴舟事可咍。交態于今易離合，感君敦舊重徘徊。

和胡學士館中庭樹

仙才封植九重深，苒苒何年別故林。曉色半籠青瑣闥，春光長在玉山岑。靜臨高閣翻清吹，坐見羈禽息密陰。休羨井梧能待鳳，凌霜堅守歲寒心。

送楊學士益州路轉運

芝函新命直仙蓬，又見岷山叱馭忠。玉佩曉班辭日下，水牛秋粟轉褒中。花時井邑蠶叢富，徼外人家棧道通。奇技刺文頻詔約，此行應更變民風。

思壽陽寓居高氏園亭

嘗借芳園石友家，幽棲無復羨紛華。敞扉氣爽雲生棟，卷箔香微露泫花。桂向淮山分月魄，桃從秦洞得仙葩。別來追想清閒境，悔褫方巾走棧車

和邃卿張學士暑夕

危坐空齋暝色低，三金才伏火將西。煙蒙細草流螢度，月上疏林倦鵲栖。荃葛野裳交羽扇，桔槔隣圃響蔬畦。中霄爽氣奪炎熱，却笑班姬謾慘悽。

送舒太博通判眉州

通守方忻再命新，東風疏雨拂行塵。封疆遠入魚鳧國，歧路正逢蠶市春。彭岫曉嵐迎畫隼，錦江晴綠照朱輪。歸期不待更書至，舊有清名在搢紳。

送鄧祕丞知德安縣

里閈偕遊心久降，越臺成俗政敦龐。香爐山下重爲縣，闠闤風高還度江。且喜恩威長及物，莫嫌功業未經邦。公聲更近淵明宅，寄傲情應卧北窗。

送張屯田通判益州

數載關中聞美名，可憐隨調却西征。天臺晚帳含香别，棧閣秋霜叱馭行。杜曲尚逢樽酒樂，回溪應望白雲生。相期勉力宣新政，側耳民謡起少城。

九日賞池會上酬王職方

雅集高談思豁然，齊山依約對疏煙。江城泛菊逢佳節，禁苑聞《韶》憶去年。久厭風波驚世路，且同樽酒醉涼天。今來古往情何異，弄水亭邊艤畫船。

落花

小園斜日照殘芳，千里傷春意未忘。金谷已空新步障，馬嵬徒見舊香囊。鶯來似結啼鸞怨，蝶散應知夢雨狂。清賞又成經歲别，却歌團扇寄迴腸。

端午日卽事

江上何人弔屈平，但聞風俗彩舟輕。空齋無事同兒戲，學繫朱絲辟五兵。

寄襲長老

三徑荆榛盡力鬬，千株桃李手新栽。慇懃莫怪尋嘉樹，又喜春風過嶺來。

感舊

醉吟曾共倚江樓，穠豔清香萬柄秋。蕩子醉歸時已暮，暮鴻驚散水悠悠。

歐陽文忠詩補鈔

修字永叔，廬陵人。天聖八年省元，中進士甲科。累擢制誥、翰林學士，歷樞密副使、參知政事。神宗朝，遷兵部尚書，以太子少師致仕。卒，贈太子太師，謚文忠。晚號六一居士。有《六一居士集》。

廬山高贈同年劉凝之歸南康

廬山高哉幾千仞兮，根盤幾百里，巀然屹立乎長江。長江西來走其下，是爲揚瀾。左蠡兮洪濤巨浪，日夕相舂撞。雲消風止水鏡净，泊舟登岸而遠望兮，上摩雲霄之晻靄，下壓后土之鴻龐。試往造乎其間兮，攀緣石磴窺空谾。千巖萬壑響松檜，懸崖巨石飛流淙，水聲聒聒亂人語，六月飛雪灑石矼。仙翁釋子亦往往而逢兮，吾嘗惡其學幻而言哤。但見丹霞翠壁遠近映樓閣，晨鍾暮鼓香靄羅幡幢。幽花野草不知其名兮，風吹露溼香澗谷，時有白鶴飛來雙。幽尋遠兮不可極，便欲絕世遺紛厖。羨君買田築室老其下，插秧盈疇兮有酒盈缸。欲令浮嵐暖翠千萬狀，坐卧常對乎軒窗。君懷磊砢有至寶，世俗不辨珉與玒。策名爲吏二十載，青山白首困一邦。寵榮聲利不可以苟屈兮，自非青雲白石有深趣，其氣兀硉何由降。丈夫壯節似君少，嗟我欲説安得巨筆如長杠。

明妃曲和王介甫作

胡人以鞍馬爲家，射獵爲俗。泉甘草美無常處，鳥驚獸駭争馳逐。誰將漢女嫁胡兒，風沙無情面如玉。身行不遇中國人，馬上自作思歸曲。推手爲琵卻手琶，胡人共聽亦咨嗟。玉顔流落死天涯，琵琶卻傳來漢家。漢家争按新聲譜，遺恨已深聲更苦。纖纖女手生洞房，學得琵琶不下堂。不識黄雲出塞路，豈知此聲能斷腸。

漢宫有佳人，天子初未識。一朝隨漢使，遠嫁單于國。絶色天下無，一失難再得。雖能殺畫工，于事竟何益。耳目所及尚如此，萬里安能制夷狄。漢計誠已拙，女色難自誇。明妃去時淚，灑向枝上花。狂風日暮起，飄泊落誰家。紅顔勝人多薄命，莫怨春風當自嗟。

禮部貢院閲進士試

紫案焚香暖吹輕，廣庭清曉席羣英。無譁戰士銜枚勇，下筆春蠶食葉聲。鄉里獻賢先德行，朝廷列爵待公卿。自慚衰病心神耗，賴有羣公鑑識精。

夢中作

夜涼吹笛千山月，路暗迷人百種花。棋罷不知人换世，酒闌無奈客思家。

批謝判官紙尾

淺深紅白宜相間，先後仍須次第栽。我欲四時攜酒去，莫教一日不花開。

寄許道人昌齡

石唐仙室紫雲深，潁陽真人此算心。真人已去升寥廓，歲歲嵒花自開落。我昔曾爲洛陽客，偶向嵒前坐盤石。四字丹書萬仞崖，神清之洞鎖樓臺。雲深路絶無人到，鸞鶴今應待我來。

寄韓子華

人事從來無處定，世塗多故踐言難。誰知潁水閑居士，十頃西湖一釣竿。

劉原父再昏以二絶戲之

平生志業有誰先，落筆文章海内傳。明日都城應紙貴，開簾卻扇見新篇。

仙家千載一何長，浮世空驚日月忙。洞裏桃花莫相笑，劉郎今是老劉郎。

自敍

余本漫浪者，兹亦漫爲官。胡然類鴟夷，託載隨車轅。時士不俛眉，默默誰與言！賴有洛中俊，日許相躋攀。飲德醉醇酎，襲馨佩春蘭。平時罷軍檄，文酒聊相歡。

拜馬澗

昔聞王子晉，把袂浮丘仙。乘駿于此墮，吹笙不復還。玉蹄無迹久，澗草但荒煙。

二室道

二室對岧嶢，羣峯聳崷直。雲隨高下起，路轉參差碧。春晚桂叢深，日下山煙白。芝英已可茹，悠然想泉石。

玉女窗

玉女不可邀，蒼崖鬱岧直。石乳滴空竇，仰見泬寥碧。徙倚難久留，桂樹含春色。

中峯

望望不可到，行行何屈盤。一徑林杪出，千巖雲下看。煙嵐半明滅，落照在峯端。

和謝學士泛伊川

久不見南山，依然已秋色。悠哉川上行，復邀城中客。木落山半空，川明潦猶積。夷猶白蘋裏，笑傲清風側。極浦追所遠，回峯高易夕。

和楊子聰答聖俞月夜寄

秋露藹已繁，迢迢星漢回。皎潔庭際月，流光依井苔。有客愛涼景，幽軒爲君開。所思不可極，但慰清風來。

雨中獨酌

老大世情薄，掩關外郊原。英英少年子，誰肯過我門。宿雲屯朝陰，暑雨清北軒。逍遥一樽酒，此意誰與論。

答錢寺丞憶伊川

之子問伊川，伊川已春色。緑芷雜青蒲，清溪含白石。山阿昔留賞，屐齒無遺迹。惟有岩桂花，留芳待歸客。

送劉十三南遊

泱泱汴河流，櫓聲過晚浦。行客問吴山，舟人多楚語。春深紫蘭澤，夏早黄梅雨。時應賦登眺，聊以忘羈旅。

送徐生秀州法曹

一笑暫相從，結交方恨晚。猶兹簿領困，況爾東南遠。落帆淮口暮，採石江洲煖。黃鵠可寄書，惟嗟雙翅短。

立秋有感寄蘇子美

庭樹忽改色，秋風動其枝。物情未必爾，我意先已悽。雖恐芳節謝，猶懽早涼歸。起步雲月暗，顧瞻星斗移。故人在千里，歲月令我悲。所嗟事業晚，豈惜顏色衰。國謀今謂何，胡馬日正嘶。

幽谷晚飲

一徑入蒙密，已聞流水聲。行穿翠篠盡，忽見青山橫。山勢抱幽谷，谷泉含石泓。旁生嘉樹林，上有好鳥鳴。嘉我二三友，偶同丘壑情。環流席高蔭，置酒當崢嶸。是時新雨餘，日落山更明。山色已可愛，泉聲難久聽。安得白玉琴，寫以朱絲繩。

送朱生

萬物各有役，無心獨浮雲。遂令幽居客，日與山雲親。植桂比芳操，佩蘭思潔身。何必濯於水，本無纓上塵。

雪晴

悠悠野水來，灩灩西溪闊。曉日披宿雲，荒臺照残雪。風光變窮臘，歲律新陽月。凍卉意初回，緑醅浮可擬。人閑樂朋友，鳥哢知時節。豈非探芳菲，耕桑行可閱。

竹間亭

高亭照初日，竹影涼蕭森。新篁漸解籜，翠色日已深。雨多苔莓緑，幽徑無人尋。静趣久迺得，暫來聊解襟。清風颯然生，鳴鳥送好音。佳時不易得，濁酒聊自斟。興盡卽言返，重來期抱琴。

箕山

朝下黃蘆坂，夕望箕山雲。緬懷巢上客，想彼巖中人。弱歲慕高節，壯年嬰世紛。漱流羡潁水，振衣嗟洛塵。空祠亂驚鳥，山木含餘曛。聊兹謝芝桂，歸月及新春。

西園

落日叩谿門，西溪復何所。人侵樹裏耕，花落田中雨。平野見南山，荒臺起寒霧。歌舞昔云誰，今人但懷古。

會峯亭

山勢百里見，新亭壓其巔。羣峯漸靡迤，高下相綿聯。下窺疑無地，杳藹但蒼煙。是時新雨餘，衆壑鳴春泉。林籟静更響，山光晚逾鮮。巖花爲誰開，春去夏復妍。野鳥窺我醉，谿雲留我眠。日暮山風來，吹我還醒然。醉醒各任物，雲鳥徒留連。

晚步緑陰園遂登凝翠亭

餘春去已遠，緑水涵新塘。漸愛樹陰密，初迎蕙風涼。高亭可四望，繞郭青山長。野色晚更好，嵐曛共微茫。幽懷不可寫，雅詠同誰觴。明月如慰我，開軒送清光。

送孔生再遊河北

志士惜白日，高車無停輪。孔生東魯儒，年少勇且仁。大軸獻理匭，長裾弊街塵。門無黄金聘，家有白髮親。寒風八九月，北渡大河津。玉塞積精甲，金戈耀秋雲。短褐不自暖，高談吐陽春。北州多賢侯，待士誰最勤。一見贈雙璧，再見延上賓。丈夫患不遇，豈患長賤貧。

留題鎮陽潭園

官雖鎮陽居，身是鎮陽客。北園潭上花，安問誰所植。春風無先後，爛熳争紅白。一花聊一醉，盡醉猶須百。而我病不飲，對花空歎息。朝來不能歸，暮看不忍摘。謂言花縱落，滿地由可席。空餘緑潭水，尚帶餘春色。

遊瑯琊山

南山一尺雪，雪盡山蒼然。澗谷深自暖，梅花應已繁。使君厭騎從，車馬留山前。行歌招野叟，共步青林間。長松得高蔭，盤石堪醉眠。止樂聽山鳥，攜琴寫幽泉。愛之欲忘返，但苦世俗牽。歸時始覺遠，明月高峯巓。

幽谷泉

踏石弄泉流，尋源入幽谷。泉傍野人家，四面深篁竹。溉稻滿春疇，鳴渠遶茅屋。生長飲甘泉，蔭泉栽美木。潺湲無春冬，夜夜響山曲。

秋晚凝翠亭

黃葉落空城，青山遶官廨。風雲凄已高，歲月驚何邁。陂田寒未收，野水淺生派。晴林紫榴坼，霜日紅梨曬。蕭疏喜竹勁，寂寞傷蘭敗。叢菊如有情，幽芳慰孤介。嘉客日可攜，寒醅美新醉。登臨無厭頻，冰雪行卽屆。

蟲鳴

葉落秋水冷，衆鳥聲已停。陰氣入牆壁，百蟲皆夜鳴。蟲鳴催歲寒，唧唧機杼聲。時節忽已換，壯心空自驚。平明起照鏡，但畏白髮生。

有馬示徐無黨

吾有千里馬，毛骨何蕭森。疾馳如奔風，白日無留陰。行驅當大道，步驟中五音。六轡應吾手，調和如瑟琴。東西與南北，高下復山林。惟意所欲適，九州可周尋。至哉人與馬，其樂不相侵。

晚泊岳陽

卧聞岳陽城裏鐘，繫舟岳陽城下樹。正見空江明月來，雲水蒼茫失江路。夜深江月弄清輝，水上人歌月下歸。一闋聲長聽不盡，輕舟短棹去如飛。

奉使道中作

執手意遲遲，出門還草草。無嫌去時速，但願歸時早。北風吹雪犯征裘，夾路花開回馬頭。若無一月還家樂，争奈千山遠客愁。爲客莫思家，客行方遠道。還家自有時，空使朱顔老。禁城春色暖融怡，花倚春風待客歸。勸君還家須飲酒，記取思歸未得時。

新霜

天雲慘慘秋陰薄，卧聽北風鳴屋角。平明驚鳥四散飛，一夜新霜羣木落。南山鬱鬱舊可愛，千仞巉巖如刻削。林枯山瘦失顔色，我意豈能無寂寞。泉傍菊花芳爛熳，短日寒輝相照灼。無情木石尚須老，有酒人生何不樂。

和聖俞感李花

昨日摘花初見桃，今日摘花還見李。晴風暖日苦相催，春物所餘知有幾。中年多病壯心衰，對酒思歸未得歸。不及牆根花與草，春來隨處自芳菲。

刑部看竹效孟郊體

花妍兒女姿，零落一何速。竹色君子操，猗猗寒更綠。京師多名園，車馬紛馳逐。春風紅紫時，見此蒼翠玉。淩亂委青苔，蕭疏拂華屋。森森日影閑，濯濯生意足。幸此接清賞，寧辭薦芳醁。黄昏人去鎖空廊，枝上月明春鳥宿。

送公期得假歸絳

風吹積雪鎖太行，水暖河橋楊柳芳。少年初仕卽京國，故里幾歸成鬢霜。山行馬瘦春泥滑，野飯天寒餳粥香。留連芳物佳節過，束帶還來朝未央。

歸田四時樂春夏二首

春風二月三月時，農夫在田居者稀。新陽晴暖動膏脈，野水泛灩生光輝。鳴鳩聒聒屋上啄，布穀翩翩桑下飛。碧山遠映丹杏發，青草暖眠黄犢肥。田家此樂知者誰，吾獨知之胡不歸。吾已買田清潁上，更欲臨流作釣磯。

南風原頭吹百草，草木叢深茅舍小。麥穗初齊稚子嬌，桑葉正肥蠶食飽。老翁但喜歲年熟，餉婦安知時節好。野棠梨密啼晚鶯，海石榴紅囀山鳥。田家此樂知者誰，我獨知之歸不早。乞身當及彊健時，顧我蹉跎已衰老。

新春有感寄常夷甫

余生本羈孤，自少已非壯。今而老且病，何用苦惆悵。誤蒙三聖知，貪得過其量。恩私未知報，心志已凋喪。軒裳德不稱，徒自取譏謗。豈若常夫子，一瓢安陋巷。身雖草莽間，名在朝廷上。惟余欽德義，久已慕恬曠。矧亦有吾廬，東西正相望。不須駕柴車，自可策藜杖。坐驚顔鬢日摧頹，及取新春歸去來。共載一舟浮野水，焦陂四面百花開。

憶焦陂

焦陂荷花照水光，未到十里聞花香。焦陂八月新酒熟，秋水魚肥鱠如玉。清和兩岸柳鳴蟬，直到焦陂不下船。笑向漁翁酒家保，金龜直解不須錢。

贈許道人

洛城三月亂鶯飛，潁陽山中花發時。往來車馬遊山客，貪看山花踏危石。紫雲仙洞鎖雲深，洞中有人人不識。飄飄許子旌陽後，道骨仙風本仙冑。多年洗耳避世喧，獨卧寒巖聽山溜。忽來顧我何慇懃，笑我白髮埋紅塵。子歸爲築巖前室，待我明年乞得身。

閒居卽事

巷有容車陋，門無載酒過。池喧蛙怒雨，客去雀驚羅。握臂如枝骨，哀絃繫筋歌。無憀漳浦卧，還似詠中阿。

夜意

蕙炷爐薰斷，蘭膏燭燼煎。夜風多起籟，曉月漸虧弦。鵲去星低漢，烏啼樹暝煙。惟應牆外柳，三起復三眠。

早夏鄭工部池園

夜雨殘芳盡，朝暉宿霧收。蘭香纔馥徑，柳暗欲翻溝。夏木繁堪結，春蹊翠已稠。披襟楚風快，伏檻更臨流。

雙桂樓

嘉樹叢生秀，危樓碧漢傍。飛甍臨萬井，伏檻出垂楊。卷幕晴雲度，披襟夕籟涼。山河瞻帝里，風月坐胡牀。愛客東阿宴，清歡北海觴。淮南多雅詠，歲晚翫幽芳。

題張應之縣齋

小官歎簿領，夫子卧高齋。五斗未能去，一邱真所懷。綠苔長秋雨，黃葉堆空階。縣古仍無柳，池清尚有蛙。琴觴開月幌，窗户對雲崖。嵩少亦堪老，行當與子偕。

早春南征寄洛中諸友

楚色窮千里，行人何苦賒。芳林逢旅雁，候館噪神鵶。春入河邊草，花開水上槎。東風一樽酒，新歲獨思家。

紫舍人金霞閣

簷前洛陽道，下聽走轅聲。樹蔭春城緑，山明雪野晴。雲藏天外闕，日落柳間鶯。緩步應多樂，壼歌詠太平。

普明院避暑

選勝避炎鬱，林泉清可嘉。拂琴驚水鳥，代塵折山花。就簡刻筠粉，浮甌烹霧芽。歸鞍微帶雨，何惜角巾斜。

題張損之學士蘭皐亭

碕岸接芳蹊，琴觴此自怡。林花朝落砌，山月夜臨池。雨積蛙鳴亂，春歸鳥弄移。惟應乘興客，不待主人知。

送王汲宰藍田

喧喧動車馬，共出古都門。落日催行客，東風吹酒樽。樹摇秦甸緑，花入輞川繁。若過西來旅，時應問故園。

徽安門曉望

都門收宿霧，佳氣鬱葱葱。曉日寒川上，青山白霧中。樓臺萬瓦合，車馬九衢通。恨乏登高賦，徒知京邑雄。

送孟都官知蜀州

名郎出粉闈，佳郡古關西。幾驛秦亭盡，千山蜀鳥啼。朱輪照耕野，緑芋覆秋畦。向闕應東望，雲探隴樹迷。

南征回京至界上驛先呈城中諸友

朝雲來少室，日暮向箕山。本以無心出，寧隨倦客還。春歸伊水緑，花晩洛橋閑。誰有餘罇酒，相期一解顔。

廣愛寺

都人布金地，紺宇巋然存。山氣蒸經閣，鐘聲出國門。老杉春自緑，古壁雨先昏。應有幽人屐，來留石蘚痕。

智蟾上人遊南岳

終日念雲壑，南歸心浩然。青山入嶺路，白水望湖田。野渡惟浮鉢，山家少施錢。到時春尚早，收茗緑巖前。

秋郊曉行

寒郊桑柘稀，秋色曉依依。野燒侵河斷，山鴉背日飛。行歌採樵去，荷鍤刈田歸。秋酒家家熟，相邀白竹扉。

被牒行縣因書所見呈寮友

《周禮》恤凶荒，軺車出四方。土龍朝祀雨，田火夜驅蝗。木落孤村迥，原高百草黄。亂鴉鳴古堞，寒雀聚空倉。桑野人行饁，魚陂鳥下梁。晚煙茅店月，初日棗林霜。墐户催寒候，叢祠禱歲穰。不妨行覽物，山水正蒼茫。

又行處作

秋色滿郊邑，人行禾黍間。雉飛横斷澗，燒響入空山。野水蒼煙起，平林夕鳥還。嵩嵐久不見，寒碧更孱顏。

晚過水北

寒川消積雪，凍浦漸東流。日暮人歸盡，沙禽上釣舟。

送丁元珍峽州判官

爲客久南方，西遊更異鄉。江通蜀國遠，山閉楚祠荒。油幕無軍事，清猿斷客腸。惟應陪主諾，不費日飛觴。

夏侯彥濟武陟尉

風煙接孟懷，井邑富田垓。河近聞冰坼，山高見雨來。官閑同小隱，酒美足啣盃。好去東籬菊，迎霜正欲開。

春雪

逗曉風聲惡，褰簾雪片斜。應憐未歸客，故剪欲開花。病思寒添睡，春愁夢在家。誰能慰寂寞？惟有酌流霞。

謁廟馬上有感

旌旆曉悠悠，行驚歲已遒。霜雲依日薄，野水帶冰流。富庶齊三服，山川禹九州。自憐思潁意，無異旅人愁。

送趙山人歸舊山

屈賈江山恨不休，霜飛翠葆忽驚秋。吟抛楚國蘭茗思，歸有淮南桂樹留。聒耳春池蛙兩部，比封秋塢橘千頭。嗔條怒潁真堪愧，莫染衣塵更遠遊。

傷春

蕙蘭蹊徑失芳期，風雨宵深怯減衣。卷箔高樓驚燕入，揮絃遠目送鴻歸。荔催釀蜜愁花盡，柳撲喧條妬雪飛。欲識傷春多少恨，試量衣帶忖腰圍。

公子

黄山開苑獵初回，絳樹分行舞遞來。下馬春場雞鬬距，鳴弦日圃雉驚媒。犀投搏齒呼成白，橋隔車音聽似雷。不問春蠶眠未起，更尋桑陌到秦臺。

劉秀才昉宅對弈

烏巷招邀謝墅中，紫囊香佩更臨風。塵驚野火遥知獵，目送雲蘿但聽鴻。六着比犀鳴博勝，百嬌將矢捧壺空。解衣對子歡何極，玉井移陰下翠桐。

奉送叔父都官知永州

虎頭盤綬早垂紳，青組名郎領郡新。畫鷁千艘隨下瀨，聽雞五鼓送行人。楚波漾處萍如日，淮月開時蚌有津。千里壺漿民詠溢，檣烏旟隼下汀蘋。

柳

綠樹低昂不自持，河橋風雨弄春絲。殘黃淺約眉雙斂，欲舞先誇手小垂。立馬折鞍催遠道，落梅橫笛共餘悲。長亭送客兼迎雨，費盡春條贈別離。

送友人南下

河橋別柳減春條，隔浦拏音聽已遥。千里羹蓴誇敵酪，滿池滮稻欲鳴蜩。東風楚岸神靈雨，殘月吴波上下潮。如弔湘纍搴杜若，秋江斜日駐蘭橈。

寄題嵩巫亭

平地煙霄向此分，繡楣丹檻照清芬。風簾暮捲秋空碧，賸見西山數嶺雲。

送致政朱郎中

平生不省問田園，白首忘懷道更尊。已納印章辭北闕，稍留冠蓋餞東門。馮唐老有爲郎戀，疏廣終無任子恩。今日榮歸人所羡，兩兒腰綬擁高軒。

桭子

嘉樹團團俯可攀，壓枝秋實漸斕斑。朱欄碧瓦清霜重，粲粲繁星綠葉間。

行次壽州寄内

紫金山下水長流，嘗記當年此共遊。今夜南風吹客夢，清淮明月照孤舟。

過塞

身驅漢馬踏胡霜，每嘆勞生祗自傷。氣候愈寒人愈北，不如征雁解隨陽。

送石揚休還蜀

長愛謫仙誇蜀道，送君西望重吟哦。路高黄鵠飛不到，花發杜鵑啼更多。清禁寒生鳳池水，繡衣榮照錦江波。昔年同舍青衿子，夾道歡迎鬢已皤。

久在病告近方赴直偶成拙詩二首

經時移病久端居，玉署新秋此直廬。夜静樓臺落銀漢，人閑鈴索少文書。江湖未艾年華晚，燈火微涼暑雨初。敢向聖朝辭寵禄，多慚清禁養慵疏。

其二

清晨下直大明宮，馳馬悠然宿霧中。金闕雲開滄海日，天街雨後綠槐風。歲華忽忽雙流矢，鬢髮蕭蕭一病翁。名在玉堂歸未得，西山畫閣興何窮。

春日詞

宮壇春陌賽牛回，玉琯東風逗曉來。不待嶺梅傳遠信，剪刀先放綵花開。
試粉東窗待曉回，共尋春柳傍香臺。不驚樹裏禽初變，共喜釵頭燕已來。
待曉銅荷剪蠟煤，繡簾春色犯寒來。畫眉不待張京兆，自有新妝試落梅。

雁

來時沙磧已冰霜，飛過江南木葉黃。水闊天低雲暗澹，朔風吹起自成行。

釣者

風牽釣線裊長竿，短笠輕蓑細草間。春雨濛濛看不見，水煙埋却面前山。

贈潘道士

門無車轍紫苔侵，雞犬蕭條陋巷深。寄語彈琴潘道士，雨中尋得越江吟。

初出真州泛大江作

孤舟日日去無窮，行色蒼茫杳靄中。山浦轉帆迷向背，夜江看斗辨西東。滮田漸下雲間雁，霜日初丹水上楓。蓴菜鱸魚方有味，遠來猶喜及秋風。

寄子山待制二絶

留滯西山獨可嗟，殘春過盡始還家。落花縱有那堪醉，何況歸時無落花。

聞君屢醉賞紅英，落盡殘花酒未醒。嗟我落花無分看，莫嫌狼藉掃中庭。

寄秦州田元均

由來邊將用儒臣，坐以威名撫漢軍。萬馬不嘶聽號令，諸番無事著耕耘。夢回夜帳聞羌笛，詩就高樓對隴雲。莫忘鎮陽遺愛在，北潭桃李正氛氲。

寄劉都官

别後山光寒更緑，秋清酒美色仍清。繞亭黄菊同君賞，獨對殘芳醉不成。

書王元之畫像側

偶然來繼前賢迹，信矣皆如昔日言。諸縣豐登少民事，四時遊覽荷君恩。相公風采常如在，顧我文章不足論。名姓已光青史上，壁間容貌任塵昏。

金鳳花

憶繞朱欄手自栽，緑叢高下幾番開。中庭雨過無人迹，狼藉深紅點緑苔。

夜宿中書東閣

翰林平日接羣公，文酒相歡慰病翁。白首歸田徒有約，黃扉論道愧無功。攀髯路斷三山遠，憂國心危百箭攻。今夜靜聽丹禁漏，尚疑身在玉堂中。

送王學士赴兩浙轉運

漢家財利析秋毫，暫屈清才豈足勞。邑屋連雲盈萬井，舳艫銜尾列千艘。春寒欲盡黃梅雨，海浪高翻白鷺濤。平昔壯心今在否，江山猶得助詩豪。

和靖集補鈔

林逋，字君復，錢塘人。隱西湖之孤山。真宗聞其名，詔長吏歲時勞問。卒，賜謚和靖先生。有集。

酬畫師西湖春望

笛聲風暖野梅香，湖上憑闌日漸長。一樣樓臺圍佛寺，十分烟雨簇漁鄉。鷗横殘葑多成陣，柳映危橋未著行。終約吾師指芳草，静吟閑步岸華陽。

詠𧌑

細眉雙聳敵秋毫，荏苒芳園日幾遭。清露宿花應自得，暖風和絮欲争高。情人殁久魂猶在，傲吏齊來夢亦勞。閑掩遺編苦堪恨，不并香草入《離騷》。

頃得宛陵葛生所茹筆每用之如麾百勝之師横行於紙墨間所向無不如意惜其久且弊作詩以録其功

神鋒雖缺力終存，架琢珊瑚欠策勳。日暮閑窗何所似，灞陵憔悴故將軍。

制誥李舍人以松扇二柄并詩爲遺亦次來韻

編松爲箑寄山中，兼得紫薇詩一通。入手涼生殊自慰，可煩長聽隱居風。

孤山雪中寫望

片山兼水遶，晴雪復漫漫。一徑何人到，中林盡日看。遠分樵載重，斜壓葦叢乾。樓閣嚴城寺，疏鐘動晚寒。

送史殿省典封川

炎方將命選朝倫，治行何嘗下古人。擁旆肯辭臨遠郡，登艫還喜奉慈親。水連芳草江南地，烟隔寒梅嶺上春。若過中塗值歸雁，慰懷能與致音塵。

春日齋中偶成

空階重壘上垣衣，白晝初長社燕歸。落盡海棠人卧病，東風時復動柴扉。

句

隱非秦甲子，病有晉春秋。水天雲黑白，霜野樹青紅。風回時帶笛，烟遠忽藏村。

閔師見寫陋容以詩奉答

顧我丘壑人，煩師與之寫。北山終日懸，風調一何野。林僧忽焉至，欲揖頃方罷。復有條上猿，驚窺未遑下。

監郡太博惠酒及詩

塵事久謝絶，園廬方晏陰。鏗然郢中唱，伸玩清人心。況復對尊酒，百慮安能侵。何以比交情，松桂寒蕭森。

湖樓晚望

湖水混空碧，憑欄凝睇勞。夕寒山翠重，秋浄雁行高。遠意極千里，浮生輕一毫。叢林數未遍，杳靄隔漁舠。

秋日西湖閒泛

水氣幷山影，蒼茫已作秋。林深喜見寺，岸静惜移舟。疏葦先寒折，殘虹帶夕收。吾廬在何處，歸興起漁謳。

小隱

門徑獨蕭然，山林屋舍邊。水風清晚釣，花日重春眠。苒苒苔衣滑，磷磷石子圓。人寰諸洞府，應合署閒仙。

中峯行樂却望北山因而成詠

拂石玩林巒，曠然空色秋。歸雲帶層巘，疏葦際滄洲。固自堪長往，何爲難久留。庶將濠上想，聊作剡中遊。

和朱仲芳送然社師無爲還歷陽

歸路過東關，行行一錫閒。破林霜後月，孤寺水邊山。頂笠銜殘葉，腰裝歇暮灣。香燈舊吟舍，清思逐師還。

送僧休復之京師

金錫指歸鴻，田衣獵曉風。春江片席遠，松月一房空。新句別離後，舊山魂夢中。到京當袖刺，館閣盡名公。

寄曹南任懶夫

闢門却坐忘，一爐隱居香。午瀨懷泉瀑，秋耕負曉岡。道深玄草在，貧久褐衣荒。料得心交者，微吟爲楚狂。

詩壁

數題留粉堵，還勝在屏風。坐讀棋慵下，眠看酒恰中。僧房秋色冷，山驛晚陽紅。更有棲遲句，家徒一畝宮。

湖上隱居

湖水入籬山遶舍，隱居應與世相違。閒門自掩蒼苔色，過客時驚白鳥飛。賣藥比嘗嫌有價，灌園終亦愛無機。如何天竺林間路，猶到秋深夢翠微。

山閣偶書

遶舍青山看未足，故穿林表架危軒。但將松籟延佳客，常帶嵐霏認遠村。吳榜自能凌晚汰，湘纍何苦屬芳蓀。餘生多病期怡養，聊此棲遲一避喧。

采石山

危閣閒登日漸曛，整屏晴雨枕江濆。秋稜瘦出無多寺，古翠濃連一半雲。坐卧不拋輪釣叟，往來長見屬鷗羣。翻然却怪宣城守，是甚移將李白墳。

園池

一徑衡門數畝池，平湖分漲草含滋。微風幾入扁舟意，新霽難忘獨繭期。島上鶴毛遺野跡，岸傍花影動春枝。東嘉層構名今在，獨愧憑欄負碧漪。

安福縣途中作

詩景紛拏且按鞭，壞橋危磴走鳴泉。雲根道店多沽酒，山崦人家亦種田。谷鳥驚啼銜宿雨，野梅愁絶閉寒煙。玉梁閣皂堪行徧，回得臨江卽上船。

雪

皓然窗户曉來新，晝軸碑廳絶點塵。洛下高眠應有道，山陰清興更無人。寒連水石明漁墅，猛共松篁壓寺隣。酒渴已醒時味薄，獨援詩筆得天真。

山舍小軒有石竹二叢閴然秀發因成

青帘有酒不妨賖，素壁無詩未足誇。所重晚芳聊在目，可闕秋色易爲花。深枝冉冉粧溪翠，碎片英英剪海霞。莫管金錢好行市，寂寥相對是山家。

送馬程知江州德安

酒酣無復耿離腸，一路之官盡水鄉。公廨寒生對廬阜，客帆風定泊潯陽。陂涵洲渚初收潦，露浥蒹葭未作霜。到日何人先刺謁，二林開士在琴堂。

送文光師遊天台

天姥山深摇錫杖，野芳春翠共葳蕤。松門過水無重數，石壁看霞到盡時。閒避鳥啼應作觀，忽逢人跡自留詩。秦中河朔嘗遊覽，莫恨此方行脚遲。

集賢李建中工部嘗以七言長韻見寄感存懷没因用追和

清絶門牆冷似冰，野人懷刺昔嘗登。新題對雨分蕭寺，舊夢經秋說杜陵。貧典郡符資月給，老持臺憲減霜稜。開元文學鍾王筆，惆悵臨風一燼燈。

西湖孤山寺後舟中寫望

天竺横分景色寬，孤山背後泊船看。林藏野路秋偏静，水映漁家晚自寒。拂拂煙雲初淡蕩，蕭蕭蘆葦半衰殘。春鋤數點誰驚起，書破晴雲粉字乾。

聞靈皎師自信州歸越以詩招之

天師蒼翠横金錫，地藏清涼掩竹扉。千里白雲隨野步，一湖明月上秋衣。詩尋静語應無極，琴弄寒聲轉入微。我亦孤山有泉石，肯來松下共忘機。

和人病起

展轉匡牀乍起來，縹缸緗帙亦慵開。三年一尉湖東住，誰識神仙本姓梅。

送陳日章秀才

閒却清尊掩縹囊，病來無故亦凄涼。江南春草舊行路，因送歸人更斷腸。

送大方師歸金陵

渺渺江天白鳥飛，石城秋色送僧歸。長干古寺經行了，爲到清涼看翠微。

鳴皐

皐禽名祗有前聞，孤引圓吭夜正分。一唳便驚寥泬破，亦無閒意到青雲。

平仲清江集補鈔

孔平仲，字毅父，治平二年進士，元祐中提點京西刑獄。坐黨籍，安置英州。徽宗即位，召爲户部員外郎，遷金部郎中，出使陝西，帥鄜延、環慶。奉祠卒。

鄙性常山野，尤甘草舍中。鉤簾陰卷柏，障壁坐防風。客土依雲實，流泉駕木通。行當歸去矣，已逼白頭翁。

此地龍舒骨，池隍獸血餘。木香多野橘，石乳最宜魚。古瓦松杉冷，旱天麻麥疏。題詩非杜若，牋膩粉難書。藥名體

句

斜拖闕角龍千尺，淡抹牆腰月半稜。

文仲清江集補鈔

孔文仲，字經父，臨江新喻人。嘉祐六年進士。哲宗朝，官中書舍人。後入黨籍。與弟武仲、平仲有《清江三孔集》。

早行

客輿謂已旦，出視見落月。瘦馬入荒陂，霜花重如雪。海風吹萬里，兩耳凍幾脱。歲晏已苦寒，近北尤凜冽。況當清曉行，邇此原野闊。笠飛帶繞頭，指直不得結。農家煙火微，炙手粗可熱。豈能迂我留，而就苟且活。仰頭視四宇，夜氣亦漸豁。苦心待正晝，白日想不缺。

南陽集補鈔

韓維，字持國，絳弟。以廕入仕，英宗朝，累除知制誥。神宗即位，爲翰林學士，加承旨。元祐初，拜門下侍郎，以太子少傅致仕。紹聖中，坐元祐黨，謫均州安置。元符初復官，卒。有《南陽集》。

寄孔寧極

雨滴菴上茅，風亂窗前竹。繁聲互入耳，欲寐不得熟。緬懷田舍翁，石徑滑馬足。連山暗秋燈，一路何處宿。

下横嶺望寧極舍

驅車下横嶺，西走龍陽道。青煙幾人家，綠野四山抱。鳥啼春意闌，林變夏陰早。應近先生廬，民風故醇好。

杜君章家賦海棠

濯錦江頭千萬枝，當年未解惜芳菲。而今得向君家見，不怕春寒雨濕衣。

程伯淳自洛過訪時范純禮亦居潁昌作詩示之

閉門讀《易》程夫子，清坐焚香范使君。顧我未能忘世味，綠尊紅妓對斜曛。

句

數畝家園荒杞菊，一池秋水沸龜魚。一笛西風吹落日，滿帆行客背孤城。

臨川集補鈔

王安石，字介甫，臨川人。慶曆一年進士。神宗朝，累除知制誥、翰林學士，拜同中書門下平章事，加尚書左僕射，兼門下侍郎，封荆國公。卒，謚曰文，崇寧間追封舒王。有《臨川集》。

《蒙齋筆談》：荆公初生，家人見有獾入其産室，故小字獾郎。《後山詩話》：魯直謂荆公之詩，暮年方妙。然格高而體下，如：「似聞青秧底，復作龜兆坼。」乃前人所未道。又云：「扶輿度陽焰，窈窕一川花。」雖前人亦未易道也，然學三謝，失於巧耳。《石林詩話》：蔡天啓言：荆公每稱老杜：「鈎簾宿鷺起，丸藥流鶯囀。」之句，以爲用意高峭，五字之模楷。他日公作詩：「青山捫蝨坐，黄鳥挾書眠」。自謂不減杜詩，以爲得意，然不能舉全篇。余頃嘗以語薛肇明，肇明時被旨編公集，徧求之，終莫之得。或云：公但得此一聯，未嘗成章也。《西清詩話》：仁廟嘉祐中，開賞花釣魚宴，介甫以知制誥預末坐。帝出詩示羣臣，次第屬和。末至介甫，日將夕矣。亟欲奏御，得披香殿字，未有對，時鄭毅夫獬接席，顧介甫曰：「宜對太液池。」故其詩有云：「披香殿上留朱輦，太液池邊送玉盃。」翌日都下盛傳，王舍人竊柳詞：「太液波翻，披香簾卷。」介甫頗銜之。《優古堂詩話》：韓退之喜雪，獻裴尚書詩云：「喜深將策試，驚密仰簷窺。」又云：「氣嚴當酒煖，洒密聽窗知。」荆公全用一聯云：「借問火城將策試，何如雲屋聽窗知。」《雞肋篇》：王介甫作韓魏公挽詩云：「禾稼嘗因達官帕，山摧今見哲人萎。」時華山崩，京師水冰，極爲中的。人多不見禾稼出處，案《舊唐書·五行志》：開元二十九年十一月二十二日，雨水冰，凝寒凍冽，而數日不解，寧王見而嘆曰：「諺云：樹稼達官帕，必有大臣當之。」其月王薨。《澠水燕談》：

王荆公之時，學者得出其門下以爲榮，一被稱與，往往名重天下。公之治經，尤尚解字。末流務爲新奇，寖成穿鑿，朝廷患之。詔學者兼用舊傳註，不專治新經，禁援引字解。于是學者皆變所學，至有著書以詆公之學者，又諱稱公門人。故張芸叟爲挽詞曰：「今日江湖從學者，人人諱道是門生。」及後詔公配享神廟，贈官賜謚，俾學者復治新經，用字解。昔之學者，稍稍復稱公門人。有無名氏改芸叟卒章云：「人人卻道是門生。」《高齋詩話》：荆公題金陵此君亭詩云：「誰憐直節生來瘦，自許高才老更剛。」賓客每對公稱頌此句，公輒顰蹙不樂。晚年與平甫坐亭上觀詩牌曰：「少時作此題榜，一傳不可追改。大抵少年題詩，可以爲戒。」平甫曰：「此揚子雲悔其少作也。」敖陶孫《詩評》：王荆公如鄧艾縋兵入蜀，要以險絶爲功。

團扇

玉斧修成寶月團，月中仍有女乘鸞。青冥風露非人世，鬢亂釵横特地寒。

《天厨禁臠》云：讀之令人一唱三歎！譬如朱絃疏越，有遺音者也。

和女詩

青燈一點暎窗紗，好讀《楞嚴》莫憶家。能了諸緣如幻夢，世間唯有妙蓮花。

《冷齋夜話》：舒王女，吴安持妻，蓬萊縣君。工詩，多佳句。有詩寄舒王，王以《楞嚴經新釋》付之，并和云云。

寒穴泉

神泉冽冰霜，高穴與雲平。空山渟千秋，不出嗚咽聲。山風吹更寒，山月相與清。北客不到此，如何洗煩醒。

《墨莊漫録》：華亭有寒穴泉，與無錫惠山泉味相同，荆公嘗有詩云。

寄蔡氏女

建業東郭，望城西堠。千嶂承宇，百泉遶霤。青遥遥兮纚屬，緑宛宛兮横逗。積李兮縞夜，崇桃兮炫晝。蘭馥兮衆植，竹娟兮常茂。柳蔫綿兮含姿，松偃蹇兮獻秀。鳥跂兮下上，魚躍兮左右。顧我兮適我，有斑兮伏獸。感時物兮念汝，遲汝歸兮攜幼。

我營兮北渚，有懷兮歸女。石梁兮以苫蓋，緑陰陰兮承宇。仰有桂兮俯有蘭，嗟女歸兮路豈難。望超然之白雲，臨清流而長嘆。

朱文公《楚詞後語》云：《寄蔡氏女》者，王文公之所作也。公以文章節行高一世，而尤以道德經濟爲己任。被遇神宗，致位宰相。世方仰其有爲，庶幾復見二帝三王之盛。而公乃汲汲以財利兵革爲先，務引用凶邪，排擯忠直，躁迫强戾。使天下之人，囂然喪其樂生之心。卒之羣姦嗣虐，流毒四海。至於崇、宣之際，而禍亂極矣。公又以女妻蔡卞，此其所予之詞也。然其言平淡簡遠，翛然有出塵之趣。視其平生行事心術，畧無毫髮肖似。此夫子所以有，于予改是之歎也歟。

絶句

穰侯老擅關中事，嘗恐諸侯客子來。我亦暮年專一壑，每聞車馬便驚猜。

《侯鯖録》：元豐末，有以王介甫罷相歸金陵後，資用不足，達裕陵睿聽者。上卽遣使以黄金二百兩就賜之，介甫初喜，意召己。既知賜金，不悦，卽不受。舉送蔣山修寺，爲朝廷祈福。此詩未能忘情在邱壑者也。

與外弟飲

一自君家把酒杯，六年波浪與塵埃。不知烏石岡頭路，到老相尋得幾回。

《冷齋夜話》：山谷言，詩意無窮，而人才有限。以有限之才，追無窮之意，雖淵明、少陵不得工。不易其意，而造其語，謂之换骨法。規摹其意形容之，謂之奪胎法。如顧况詩曰：「一别二十年，人堪幾回别。」其詞簡緩而意精確。荆公與故人詩云云，所謂奪胎法也。

賞心亭

覇氣消磨不復存，舊朝臺殿只空村。孤城倚薄青天近，細草侵尋白日昏。稍覺野雲成晚霽，却疑山月是朝暾。此時江海無窮興，醒客無言醉客喧。

初夏絶句

石梁茅屋有灣碕，流水濺濺度兩陂。晴日煖風生麥氣，緑陰幽草勝花時。

《娱書堂詩話》：范石湖云：嘗蒙恩獨引觴詠，壽皇與行苑中，親誦後句以爲佳。

試院中作

少年操筆坐中庭，子墨文章頗自輕。聖世選才終用賦，白頭來此試諸生。

泊船瓜洲

京口瓜洲一水間，鍾山祇隔數重山。春風又綠江南岸，明月何時照我還？

《容齋續筆》：吴中士人家藏其草，初云「又到江南岸」，圈去「到」字，注曰「不好」。改爲「過」，復圈去，而改爲「入」，旋改爲「滿」，凡如是十許字，始定爲「綠」。

送和甫至龍安微雨因寄吴氏女子

荒煙涼雨助人悲，淚染衣巾不自知。除卻春風沙際綠，一如看汝過江時。

釋普聞《詩論》：拂去豪逸之氣，屏蕩老健之節，其意韻幽遠，清癯雅麗，爲得也。

寄池州夏太初

一水衣巾剪翠綃，九華環珮刻青瑶。生才故有山川氣，卜築兼無市井囂。三葉素風門閥在，十年陳跡履綦銷。歸榮早晚重攜手，莫負幽人久見招。

《能改齋漫録》：王荆公有唐律一首《寄池州夏太初》，今集不載。序云：不到太初郎中兄所居，遂已十年，以詩攀寄。

絶句

白馬津頭驛路邊，陰森喬木帶漪漣。斜陽一馬忽忽過，夢寐如今十五年。

《能改齋漫録》:荆公題一絶于夏畋扇,今集不載。

耿天隲著作自烏江來余逆沈氏妹于白鷺洲遇雪作此詩寄天隲

朔風積夜雪,明發洲渚浄。開門望鍾山,松石皓相映。故人過我宿,未盡躋攀興。而我方渺然,長波一歸艇。款段庶可策,柴荆當未暝。與子出東岡,牆西掃新徑。

示元度

今年鍾山南,隨分作園囿。鑿池構吾廬,碧水寒可漱。溝西雇丁壯,擔土爲培塿。扶疏三百株,蒔楝最高茂。不求鵷鶵實,但取易成就。老來厭世語,深卧塞門竇。更待春日長,黄鸝弄清晝。

杏花

石梁度空曠,茅屋臨清炯。俯窺嬌饒杏,未覺身勝影。嫣如景陽妃,含笑墮宫井。怊悵有微波,殘粧壞難整。

仲明父不至

月出映溝坻,烟升隱墟落。寒魚占窟聚,暝鳥投枝泊。亭皐閑晚市,隴首歸新穫。佇子終不來,青燈耿林壑。

與望之至八功德水

念方與子違，憹悅夜不眠。起視明星高，整駕出東阡。聊爲山水遊，以寫我心悁。知子不餔糟，相與酌雲泉。

兩山間

自余營北渚，數至兩山間。臨路愛山好，出山愁路難。山花如水净，山鳥與雲閑。我欲别山去，山仍勸我還。祇應身後塚，亦是眼中山。且復依山住，歸鞍未可攀。

新花

老年少忻豫，况復病在牀。汲水置新花，取慰此流芳。流芳祇須臾，我亦豈能長。新花與故吾，已矣兩可忘。

示寶覺

宿雨轉歊煩，朝雲擁清迥。蕭蕭碧柳輭，脈脈紅蕖靚。默卧如有懷，荒乘豈無興。幽人適過我，共取牆陰徑。

定林寺

衆木凜交覆，孤泉静横分。楚老一枝筇，於此傲人羣。城市少美蔬，想今困惔焚。且憑東北風，持寄嶺頭雲。

獨卧有懷

午鳩鳴春陰，獨卧林壑静。微雲過一雨，淅瀝生晚聽。紅緑紛在眼，流芳與時競。有懷無與言，佇立鍾山暝。

秋早

暮尋蔡墩西，獨覺秋尚早。山路葩草繁，野田風日好。禪林烏未泊，經屋塵初掃。蠻藤五花簟，復足休吾老。

上南岡

暮塢屋荒涼，寒陂水清淺。捐書息微倦，委轡隨小蹇。偶攀楊柳枝，却望青青巘。幽尋復有興，未覺西林晚。

雜詠三首

懷王自墮馬，賈傅至死悲。古人事一職，豈敢苟然爲。哭死非爲生，吾心良不欺。滔滔聲利間，絳灌亦何知。

其二

先生善鼓瑟，齊國好吹竽。操竽入齊人，雅鄭亦復殊。豈不得禄賜，歸卧自欷歔。寥寥朱絲絃，老矣誰與娱。

其三

商陽殺三人，每輒不忍視。亦云食君食，報禮當如此。波瀾吹九州，金石安得止。永懷南山阿，慷慨中夜起。

即事三首

我起影亦起，我留影逡巡。我意不在影，影長隨我身。交遊義相好，骨肉情相親。如何有乖睽，不得同苦辛。

其二

昏昏白日卧，皎皎中夜愁。明月入枕席，涼風動衾幬。蛬蟬相鳴悲，上下無時休。徒能感我耳，顧爾安知秋。

其三

日月隨天旋，疾遲與天謀。寒暑自有常，不顧萬物求。蜉蝣蔽朝夕，蟪蛄疑春秋。眇眇上古曆，回環今幾周。

寄二弟時往臨川

蕭條冬風高，吹我冠上霜。我行歲已寒，悲汝道路長。持以犬馬心，千里不得將。使汝身百憂，辛苦冒川梁。青燈照詩書，仰屋涕數行。不有親戚思，詎知遠遊傷。

西風

少年不知秋，喜聞西風生。老大多感傷，畏此蟋蟀鳴。況乃捨親友，抱病獨遠行。中夜卧不周，惻惻感我情。起視天正昏，弱雲亂縱橫。飄飄霰雪集，不復星斗明。時節忽如此，重令壯心驚。諒無同憂人，樽酒安可傾。

黄菊有至性

團團城上日，秋至少光輝。積陰欲滔天，況乃草木微。黄菊有至性，孤芳犯羣威。采采霜露間，亦足慰朝飢。

少年見青春

少年見青春，萬物皆嫵媚。身雖不飲酒，樂與賓客醉。一從鬢上白，百不見可喜。心腸非故時，更覺日月駛。聞歡已倦往，得飽還思睡。春歸只如夢，不復悲憔悴。

散髮一扁舟

散髮一扁舟，夜長眠屢起。秋水瀉明河，迢迢藕花底。愛此露的皪，復憐雲綺靡。諒無與歌絃，幽獨亦可喜。

今日非昨日

今日非昨日，昨日已可思。明日異今日，如何能勿悲。當門五六樹，上有蟬鳴枝。朝聽尚壯急，暮聞已衰遲。仰看青青葉，亦復少華滋。萬物同一氣，固知當爾爲。我友南山居，笑談解人頤。分我秋柏實，問言歸何時。衣冠汚窮塵，苟得猶苦飢。低佪歲已晚，恐負平生期。

騏驥在霜野

騏驥在霜野，低回向衰草。入櫪聞秋風，悲鳴思長道。黄金作鞭轡，粲粲空外好。人生貴得意，不必恨枯槁。

秋庭午吏散

秋庭午吏散，余亦歸息偃。豈無嘉賓客，欲往心獨懶。北窗古人篇，一讀三四反。悲哉不早計，失道行晼晚。

叔孫通

先生秦博士，秦禮頗能熟。量主欲有爲，兩生皆不欲。草具一王儀，羣豪果知肅。黃金既徧賜，短衣亦已續。儒術自此凋，何爲反初服。

田單

湣王萬乘齊，走死區區燕。田單一卽墨，掃敵如風旋。舞鳥怪不測，騰牛怒無前。飄飄樂毅去，磊砢功名傳。掘葬與劓降，論乃愧儒先。深誠可奮士，王蠋豈非賢。

飯祈澤寺

駕言東南遊，午飯投僧館。山白梅蕊長，林黃柳芽短。笭箵沙際來，略彴桑間斷。春映一川明，雪消千壑漫。魚隨竹影浮，鳥誤人聲散。翫物豈能留，干時吾自嬾。

牧笛

緑草無端倪，牛羊在平地。芊綿杳靄間，落日一横吹。超遥送逸響，澹漫寫真意。豈比賣餳人，吹簫販童稺。

田漏

占星昏晚中，寒暑已不疑。田家更置漏，寸晷亦須知。汗與水俱滴，身隨陰屢移。誰當哀此勞，往往奪其時。

招同官遊東園

青青石上蘖，霜至亦已凋。冉冉水中蒲，爾生信無聊。感此歲云晚，欲懽念誰邀。嘉我二三子，爲回東城鑣。幽菊尚可泛，取魚繫榆條。毋爲百年憂，一日以逍遥。

九日隨家人遊東山遂東園

暑往詎幾時，凉歸亦云暫。相隨東山樂，及此身無憾。聊回清池柁，更伏荒城檻。采采黄金花，持杯爲君泛。

崑山慧聚寺次孟郊韻

僧蹊蟠青蒼，莓苔上秋牀。露翰飢更清，風蘤遠亦香。掃石出古色，洗松納空光。久遊不忍還，迫迮冠蓋場。

顧林亭野王所居也。

寥寥湖上亭，不見野王居。平林豈舊物，歲晚空扶疏。自古聖賢人，邑國皆丘墟。不朽在名德，千秋想其餘。

寄朱昌叔

西安春風花幾樹，花邊飲酒今何處。一杯塞上看黃雲，萬里寄聲無鴈去。世事紛紛洗更新，老來空得滿衣塵。青山欲買江南宅，歸去相招有此身。

移桃花示俞秀老

舍南舍北皆種桃，東風一吹數尺高。枝柯蔫綿花爛熳，美錦千兩敷亭皐。晴溝漲春綠周遭，俯視紅影移魚舠。山前邂逅武陵客，水際髣髴秦人逃。攀條弄芳畏晼晚，已見黍雪盤中毛。仙人愛杏令虎守，百年終屬樵蘇手。我哀此果復易朽，蟲來食根那得久，瑤池紺絶誰見有。更值花時且追酒，君能酩酊相隨否？

桃源行

望夷宮中鹿爲馬，秦人半死長城下。避時不獨商山翁，亦有桃源種桃者。此來種桃經幾春，採花茹實枝爲薪。兒孫生長與世隔，雖有父子無君臣。漁郎漾舟迷遠近，花間相見因相問。世上那知古有秦，山中豈料今爲晉。聞道長安吹戰塵，春風回首一霑巾。重華一去寧復得，天下紛紛限南北。

出犨縣

昭陵落月煙霧昏，篝火度谷行山根。投鞭委轡涉數村，竄出犨縣城東門。向來宮闕不可見，但有洛水流荒園。

陰漫漫行

愁雲怒風相追逐，青山滅没滄江覆。少留燈火就空牀，更聽波濤圍野屋。憶昨踏雪度長安，夜宿木瘤還苦寒。誰云當春便妍暖，十日八九陰漫漫。

一日歸行

賤貧奔走食與衣，百日奔走一日歸。平生歡意苦不盡，正欲老大相因依。空房蕭瑟施繐帷，青燈半夜哭聲稀。音容想像今何處，地下相逢果是非。

憶北山送勝上人

蒼藤翠木江南山，激激流水兩山間。山高水深魚鳥樂，車馬跡絶人長閑。雲埋樵聲隔葱蒨，月弄釣影臨潺湲。黃塵滿眼衣可濯，夢寐惆悵何時還。

孤城

孤城回望距幾何，記得好處常經過。最思東山煙樹色，更憶南湖秋水波。百年顛倒如夢寐，萬事乖隔徒悲歌。應須飲酒不復道，今夜江頭明月多。

到郡與同官時倅舒州。

瀉碧沄沄橫帶郭，浮蒼靄靄遥連閣。草木猶疑夏鬱葱，風雲已見秋蕭索。荒歌野舞同醉醒，水果山肴互酙酢。自嫌多病少懽顔，獨負嘉賓此時樂。

僧德殊家水簾求余詠

淙淙萬音落石巔，皎皎一派當簷前。清風高吹鸞鶴唳，白日下照蛟龍涎。浮雲粧額自能卷，缺月琢鈎相與縣。朱門試問幽人價，翡翠鮫綃不值錢。

露坐

露坐看溝月，飄然風度荷。珠跳散作點，金湧合成波。老失芳歲易，静知良夜多。陵秋久不寐，吾樂豈絃歌。

鴈

北去還爲客，南來豈是歸。倦投空渚泊，飢貼冷雲飛。垣柵雞長暖，溝池鶩自肥。憐渠不知此，更墮野人機。

與黄道原過西莊遂遊寶乘

親朋會合少，時序感傷多。勝踐聊爲樂，清談可當歌。微風淡水竹，浄日暖煙蘿。興極猶難盡，當如薄暮何。

宿北山示行詳上人

都城羈旅日，獨許上人賢。誰爲孤峯下，還來宴坐邊。是身猶夢幻，何物可攀緣。坐對青燈落，松風咽夜泉。

發館陶

促轡數殘更，時聞雞一鳴。春風馬上夢，沙路月中行。笳鼓遠多思，衣裘寒始輕。稍知田父穩，燈火閉柴荆。

長垣

攬轡長垣北，貂寒不自持。霜風急鼓吹，煙月暗旌旗。騎火流星點，牆桑亞戟枝。柴荆掩春夢，誰見我行時。

將次洛州憩漳上

漠漠春風裏，茸茸綠未齊。平田鵶散啄，深樹馬迎嘶。地入河流曲，天隨日去低。高城已在眼，聊復解輕齎。

和棲霞寂照庵僧雲渺

蕭然一世外，所樂有誰同。宴坐能忘老，齋蔬不過中。無心爲佛事，有客問家風。笑謂西來意，雖空豈病空。

春日

冉冉春行暮，菲菲物競華。鶯知求舊友，燕不背貧家。室有賢人醞，門無長者車。醉眠聊自適，歸夢到天涯。

寄深州晁同年

秀色歸荒隴，新聲换氄毛。日催花蕊急，雲避鴈行高。駐馬旌旗暖，傳觴鼓吹豪。班春不知負，短髮爲君搔。

遊杭州聖果寺

登高見山水，身在水中央。下視樓臺處，空多樹木蒼。浮雲連海氣，落日動湖光。偶坐吹横笛，殘聲入富陽。

遊北山

攬轡出東城，登臨目暫明。煙雲藏古意，猿鶴弄秋聲。客坐苔紋滑，僧眠樾蔭清。賞心殊未已，山下日西樂。

別方劭祕校

迢迢建業水，中有武昌魚。別後應相憶，能忘數寄書。

江上

村落家家有濁醪，青旗招客解征袍。春風似補林塘缺，野水遥連草樹高。寄食舟車隨處敝，行歌天地此身勞。遲回自負平生意，豈是明時惜一毛。

送項判官

斷蘆洲渚落楓橋，渡口沙長過午潮。山鳥自呼泥滑滑，行人相對馬蕭蕭。十年長自青衿識，千里來非白璧招。握手祝君能彊飯，華簪常得從雞翹。

雨花臺

盤互長干有絶陘，并包佳麗入江亭。新霜浦溆綿綿浄，薄晚林巒往往青。南上欲窮牛渚怪，北尋難忘草堂靈。便輿却走垂楊陌，已戴寒雲一兩星。

次韻元厚之平戎慶捷

朝廷今日四夷功，先以招懷後殪戎。胡地馬牛歸隴底，漢人煙火起湟中。投戈更講諸儒藝，免胄争趨上將風。文武佐時慚吉甫，宣王征伐自膚公

次韻宗次道憶太平早梅

大梁春費寶刀催，不似湖陰有早梅。今日盤中看剪綵，當時花下就傳杯。紛紛自向江城落，杳杳難隨驛使來。知憶舊遊還想見，西南枝上月徘徊。

和曾子翊授舒掾之作

皖城終歲静如山，府掾應從到日閑。一水碧羅裁繚繞，萬峯蒼玉刻孱顔。舊遊筆墨若今老，浪走塵沙鬢已斑。攬轡羡君橋北路，春風枝上鳥關關。

酬淨因長老樓上翫月見懷有疑君魂夢在清都之句

道人心與世無求，隱几蕭然在此樓。坐對高梧傾曉月，看翻清露洗新秋。登臨更欲邀元亮，披寫還能擬惠休。顧我不知天上樂，虛疑昨夜夢仙遊。

送沈康知常州

作客蘭陵迹已陳，爲傳謡俗記州民。溝塍半廢田疇薄，廚傳相仍市井貧。常恐勞人輕白屋，忽逢佳士得朱輪。慇懃話此還惆悵，最憶荆溪兩岸春。

定林

窮谷經春不識花，新松老柏自欹斜。殷勤更上山頭望，白下城中有幾家。

與道原過西莊遂遊寶乘

周顒宅作阿蘭若，婁約身歸窣堵坡。今日隱侯孫亦老，偶尋陳迹到松蘿。

同熊伯通自定林過悟真

與客東來欲試茶，倦投松石坐欹斜。暗香一陣連風起，知有薔薇澗底花。

戲贈段約之

竹柏相望數十楹，藕花多處復開亭。如何更欲通南埭，割我鍾山一半青。

入瓜步望揚州

落日平林一水邊，蕪城掩映祇蒼然。白頭追想當時事，幕府青衫最少年。

城北

青青千里亂春袍，宿雨催紅出小桃。迴首北城無限思，日酣川浄野雲高。

雨晴

晴明山鳥百般催，不待桃花一半開。雨後緑陰空繞舍，總將春色付莓苔。

日西

日西階影轉梧桐，簾卷青山簟半空。金鴨火銷沉水冷，悠悠殘夢鳥聲中。

禁中春寒

青煙漠漠雨紛紛，水殿西廊北苑門。已著單衣猶禁火，海棠花下怯黄昏。

江上

江北秋陰一半開，晚雲含雨却低回。青山繚繞疑無路，忽見千帆隱映來。

卽席

凼沼融融泮盡澌，暖煙籠瓦碧參差。人情共恨春猶淺，不問寒梅有幾枝。

送王石甫學士知湖州

吳興太守美如何，柳惲詩才未足多。遥想郡人迎下擔，白蘋洲渚正滄波。

省中沈文通廳事

竹上秋風吹網絲，角門常閉吏人稀。蕭蕭一榻卷書坐，直到日斜騎馬歸。

試院中

白髮無聊病更侵，移牀卧竹向秋陰。朝來鴈背西風急，吹折江湖萬里心。

出塞

涿州沙上飲盤桓，看舞春風小契丹。塞雨巧和燕淚落，濛濛吹溼漢衣冠。

書汜水關寺壁

汜水鴻溝楚漢間，跳兵走馬百重山。如何咫尺商於地，便有園公綺季閑。

其二

沙礫藏春未放來,荒庭終日守陳荄。遥憐草色裙腰緑,湖寺西南一徑開。

懷舊

吹破春冰水放光,山花澗草百般香。身閑處處看行樂,何事低回兩鬢霜。

別和甫赴南徐

都城落日馬蕭蕭,雨壓春風暗柳條。天際歸艎那可望,只將心寄海門潮。

真州東園

十年歷遍人間事,却遶新花認故叢。南北此身知幾日,山川長在淚痕中。

別濰閣

一谿清瀉百山重,風物能留邴曼容。後夜肯思幽興極,月明孤影伴寒松。

中茅峯石上徐鍇篆字題名

百年風雨草苔昏,尚有當年墨法存。祇恐終隨嶧碑盡,西風吹撓滿秋原。

竹窗

竹窗紅莧兩三根，山色遥供水際門。只我近知牆下路，能將屐齒記苔痕。

送僧遊天台

天台一萬六千丈，歲晏老僧攜錫歸。前程好景解吟否，密雪亂雲緘翠微。

天童山溪上

溪水清漣樹老蒼，行穿溪樹踏春陽。溪深樹密無人處，唯有幽花渡水香。

贈安太師

獨龍岡北第三峯，逋客歸來老更慵。敗屋數椽青繚繞，冷雲深處不聞鐘。

東坡集補鈔

《明道雜志》：蘇惠州嘗以作詩下獄。再起，遂徧歷侍從，而作詩每爲不知者咀味，以爲有譏訕而實不然也。出守錢唐，來别潞公。公曰：「願君至杭少作詩，恐爲不相喜者誣謗。」再三言之。臨别上馬，笑曰：「若還興也，便有箋云。」時有吴處厚者，取蔡安州詩作注，蔡安州遂遇禍。故有箋云之戲。又云：「願君不忘鄙言，某雖老悖，然所謂者希之歲，不妨也善之言。」《敖陶詩評》：蘇東坡如屈注天潢，倒連滄海，變眩百怪，終歸雄渾。《庚溪詩話》：光太上皇帝朝，盡復軾官，擢其孫符至尚書。今上皇帝，尤愛其文。梁丞相叔子，乾道初任掖垣。一日，内中宿直召對，上曰：「近有趙夔等注軾詩甚詳，卿見之否？」命内侍取以示之。至乾道末，上遂爲軾御製文集序贊，命有司刊之。因贈太師，謚文忠。又賜曾孫嶠出身，擢爲臺諫侍從。

題韓康公家妓白團扇

窗搖細浪魚吹日，舞罷花枝蜂遶衣。不覺南風吹酒醒，空教明月照人歸。

《侯鯖録》：韓康公絳子華謝事後，自潁入京看上元。至十六日，私第會從官九人，皆門生故吏，盡一時名德，如傅欽之、胡完夫、錢穆父、東坡、劉貢父、顧子敦，皆在坐。錢穆父知府至晚，子華不悦。坡云：「今日爲本殿燒香人多留住。」坐客大笑。錢形肖九子母丈夫也，方坐，出家妓十餘人侍飲，其專寵者曰魯生，舞罷爲遊蜂所螫，子華意不甚懌。久之呼出，持白團扇從東坡乞詩。坡書云云。上句記姓，下句書蜂事。康公大喜。坡曰：「惟恐他姬廝賴，故云耳。」客皆大笑。

題萬松亭

十年種木百年規，好德無人助我儀。縣令若同倉庚氏，亭松應長子孫枝。天公不赦斧斤厄，野火解憐冰雪姿。爲問幾株能合抱，殷勤記取角弓詩。

《復齋漫録》：萬松亭在關山。始，麻城縣令張毅，植萬松於道，用以庇行者，且以名其亭。去未十年，而松之存者十不及三四。東坡元豐二年，謫居黄州，過而賦詩云。崇寧以還，坡文方禁，故詩碑不復見。而過往題詠者，不可勝記。鄱陽倪左司濤，傷之以詩云：「舊韻無儀字，蒼髯有恨聲。」謂此也。

何公橋一名政和橋。

天壤之間，水居其多。人之往來，如鵝在河。順水而行，雲駛鳥疾。惟水之利，千里咫尺。亂流而涉，過膝則止。惟水之害，咫尺千里。沔彼濫觴，蛙跳儵遊。溢而懷山，神禹所憂。豈無一木，支此大壞。舞于盤渦，冰拆雷解。坐使此邦，畫爲兩川。雞犬相聞，胡越莫救。允毅何公，甚勇于仁。始作石梁，其艱其勤。將作復止，更此百難。公心如鐵，匪石則堅。公以身先，民以悦使。老壯負石，如負其子。疏爲玉虹，隱如金隄。直欄横檻，百賈所棲。我來與公，同載而出。驩呼闐道，抱其馬足。我嘆而言，視此滔滔。未見剛者，孰爲此橋。願公千歲，與橋壽考。持節復來，以慰父老。如朱仲卿，食于桐鄉。我作銘詩，子孫不忘。

呂與叔博士挽詞

言中謀猷行中經，關西人物數清英。欲過叔度留終日，未識魯山空此生。論議凋零三益友，功名分付二難兄。老來尚有憂時歎，此涕無從何處傾。

贈李委

山頭嗚鶴向南飛，載我南遊到九嶷。下界何人也吹笛，可憐時復犯龜茲。

太真妃裙帶詞

百疊漪漪水皺，六銖縰縰雲輕。植立含風廣殿，微聞環佩摇聲。

端午帖子

上林珍木暗池臺，蜀產吳苞萬里來。不獨盤中見盧橘，時于糭裹得楊梅。

來鶴亭

鴻漸偏宜丹鳳南，冠霞披月羽毵毵。酒酣亭子來看舞，有客新名唤作耽。

大庾嶺村居題壁

鶴骨霜髯心已灰，青松夾道手親栽。問翁大庾嶺頭住，曾見南遷幾箇迴。

贈妓李宜

東坡居士文名久，何事無言及李宜。恰似西川杜工部，海棠雖好不題詩。

書劉君佐小女裙帶

任從酒滿翻香縷，不願書來繫綵牋。半接西湖横緑草，雙垂南浦拂紅蓮。

戲書徐黄州侍人閻姬

玉筍纖纖揭繡簾，一心偷看緑羅尖。使君三尺毬頭帽，須信從來只有簷。

春帖子

東風弱柳萬絲垂，的皪殘梅尚一枝。璽館乍欣蠶浴後，禖壇猶記燕來時。

塔前古檜

凜然相對敢相欺，直幹淩雲未要奇。根到九泉無曲處，世間唯有蟄龍知。

秋日牡丹

一朵妖紅翠欲流，春光回照雪霜羞。化工只欲呈新巧，不放閑花得少休。

寄子由

眼看時事力難任，貪戀君恩退未能。遲鈍終須投劾去，使君何日換聾丞。

八月十五觀潮

吴兒生長狎濤淵，冒利忘生不自憐。東海若知明主意，應教斥鹵變桑田。

和李常韻

何人勸我此間來，弦管生衣甑有埃。緑蟻濡脣無百斛，蝗蟲撲面已三回。磨刀入谷追窮寇，洒涕循城拾棄孩。爲郡鮮歡君莫歎，猶勝塵土走章臺。

題風水洞

山前乳水隔塵凡，山上仙風拂檜杉。細細龍鱗生亂石，團團羊角轉空岩。馮夷窟宅非梁棟，禦寇車輿謝轡銜。世事漸艱吾欲去，永隨二子脱譏讒。

和劉道原

敢向清時怨不容，直嗟吾道與君東！坐談足使淮南懼，歸去方知冀北空。獨鶴不知鶩夜旦，羣烏未可辨雌雄。廬山自古不到處，得與幽人子細窮。

習射放鴈

青蓋前頭點皁旗，黄茅岡下出長圍。弄風驕馬跑空立，趁兔蒼鷹掠地飛。回望白雲生翠巘，歸來紅葉滿征衣。聖朝若用西凉簿，白羽猶能效一揮。

和劉攽韻

白髮相望兩故人，眼看時事幾番新。曲無和者應思郢，論少卑之且借秦。歲惡詩人無好語，夜長鰥守向誰親？少思多睡無如我，鼻息如雷撼四鄰。

十載漂然不可期，那堪重作看花時。門前惡語誰傳出？醉後狂歌自不知。刺舌君今猶未戒，炙眉我亦更何辭。相從痛飲無餘事，正是春容最好時。

和李清臣韻

五斗塵勞尚足留，閉門聊欲治幽憂。羞爲毛遂囊中穎，未許朱雲地下遊。無事會須成好飲，思歸時亦賦登樓。羡君幕府如僧舍，日向城西看浴鷗。

送李清臣

珥筆西歸近紫宸，太平典册不緣麟。付君此事寧論晉，載我當時舊過秦。門外想無千斛米，墓中知有百年人。看君兩眼明如鏡，休把春秋坐素臣。

司馬君實獨樂園

青山在屋上，流水在屋下。中有五畝園，花竹秀而野。花香襲杖屨，竹色侵盞斝。尊酒樂餘春，棊局消長夏。洛陽古多士，風俗猶《爾雅》。先生卧不出，冠蓋傾洛社。雖云與衆樂，中有獨樂者。才全德不形，所貴知我寡。先生獨何事？四海望陶冶。兒童誦君實，走卒知司馬。持此欲安歸，造物不我舍。名聲逐我輩，此病天所赭。撫掌笑先生，年來學喑啞。

送劉攽通判泰州

君不見阮嗣宗，臧否不挂口。莫誇舌在牙齒牢，是中唯可飲醇酒。讀書不用多，作詩不須工。海邊無事日日醉，夢魂不到蓬萊宮。秋風昨夜入庭樹，蓴絲未老君先去。君先去，幾時回？劉郎應白髮，桃花開不開。

送曾鞏通判越州

醉翁門下士，雜遝難爲賢。曾子獨超軼，孤芳陋羣妍。昔從南方來，與翁兩聯翩。翁今自憔悴，子去亦宜然。賈誼窮適楚，樂生老思燕。那因江膾美，遽厭天庖羶。但苦世論隘，聒耳如蜩蟬。安得萬頃地，養此横海鱣。

留題風水洞

春山磔磔鳴春禽，此間不可無我吟。路長漫漫傍江浦，此間不可無君語。金鯽池邊不見君，追君直過定山村。路人皆言君未遠，騎馬少年清且婉。風巖水穴舊聞名，只隔山溪夜不行。溪橋曉溜浮梅萼，知君繫馬巖花落。出城三日尚逶遲，妻孥怪罵歸何時。世上小兒誇疾走，如君相待今安有。

和劉道原寄張師民

仁義大捷徑，詩書一旅亭。相夸綬若若，猶誦麥青青。腐鼠何勞嚇，高鴻本自冥。顛狂不用喚，酒盡漸須醒。

九月二十日微雪懷子由弟

岐陽九月天微雪，已作蕭條歲暮心。短日送寒砧杵急，冷官無事屋廬深。愁腸別後能消酒，白髮愁來已上簪。近買貂裘堪出塞，忽思乘傳問西琛。

和劉長安題薛周逸老亭周最善飲酒未七十而致仕

近聞薛公子，早退驚常流。買園招野鶴，鑿井動潛虬。自言酒中趣，一斗勝凉州。翻然拂衣去，親愛挽不留。隱居亦何樂，素志庶可求。所亡嗟無幾，所得不啻酬。青春爲君好，白日爲君悠。山鳥奏琴筑，野花弄閑幽。雖辭功與名，其樂實素侯。至今清夜夢，尚驚冠壓頭。誰能載美酒，往以大白浮。之子雖不識，因公可與遊。

中隱堂

去蜀初逃難，遊秦遂不歸。園荒喬木老，堂在昔人非。鑿石清泉激，開門野鶴飛。退居吾久念，長恐此心違。

二月驚梅晚，幽香此地無。依依慰越客，皎皎似吴姝。不恨故園遠，空嗟芳歲徂！春深桃杏亂，笑汝益羈孤。

是日自蟠溪將往陽平憩于麻田青峯寺之下院翠麓亭

不到峯前寺，空來渭上村。此亭聊可喜，修徑豈辭捫。谷映朱欄秀，山含古木尊。路窮驚石斷，林缺見河奔。馬困嘶青草，僧留薦晚飧。我來秋日午，旱久石牀温。安得雲如蓋，能令雨瀉盆。共看山麓稻，涼葉意翻翻。

是日至下馬磧憩于北山僧舍有閣曰懷賢南直斜谷西臨五丈原諸葛孔明所從出師也

南望斜谷口，三山如犬牙。西觀五丈原，鬱屈如長蛇。有懷諸葛公，萬騎出漢巴。吏士寂如水，蕭蕭聞馬檛。公才與曹丕，豈止十倍加。顧瞻三輔間，勢若風捲沙。一朝長星墜，竟使蜀婦髽。山僧豈知此，斗室老烟霞。往事逐雲散，故山依渭斜。客來空弔古，清淚落悲笳。

和子由記園中草木

自我來關輔，南山得再遊。山中亦何有，草木媚深幽。菖蒲人不識，生此亂石溝。山高霜雪苦，苗葉不得抽。下有千歲根，蹙縮如蟠虬。長爲鬼神守，德薄安敢偷。野菊生秋澗，芳心空自知。無人驚歲晚，惟有暗蛩悲。花開澗水上，花落澗水湄。菊衰蛩亦蟄，與汝歲想期。楚客方多感，秋風詠江蘺。落英不滿掬，何以慰朝飢。

南溪之南竹林中新構一茅堂余以其所處最爲深邃故名之避世堂

猶恨溪堂淺，更穿修竹林。茅茨追上古，冠蓋謝當今。曉夢猿呼覺，秋懷鳥伴吟。暫來聊解帶，屢去欲攜衾。湖上行人絶，階前暮雪深。應逢緑毛叟，叩户夜抽簪。

樓觀

鳥噪猿呼晝閉門，寂寥誰識古皇尊。青牛久已辭人世，白鶴時來訪子孫。山近幼風吹積雪，天寒落日淡孤村。羽流應怪遊人衆，汲盡階前井水渾。

仙遊潭

翠壁下無路，何年雷雨穿。光摇巖上寺，深入寺中天。我欲燃犀看，龍應懷寶眠。誰能孤石上，危坐試僧禪。

唐初傳有此，亂後不留碑。畏虎關門早，無村得米遲。山泉自入甕，野桂不勝炊。信美那能久，應先學忍飢。

華陰寄子由

三年無日不思歸，夢裏還家旋覺非。臘酒送寒催去國，東風吹雪滿征衣。三峯已過天浮翠，四扇行看日照扉。里堠消磨不禁盡，速攜家餉勞驂騑。

陪歐陽公燕西湖

謂公方壯鬢似雪，謂公已老浮光頰。揭來湖上飲美酒，醉後劇談猶激烈。湖邊草木新著霜，芙蓉晚菊爭煌煌。插花起舞爲公壽，公言百歲如風狂。赤松共遊也不惡，誰能忍飢啖仙藥。已將天壽付天公，彼徒辛苦吾差樂。城上烏棲暮靄□，銀缸畫燭照湖明。不辭歌詩勸公飲，坐無桓伊能撫箏。

秋懷

苦熱念西風，常恐來無時。及茲遂淒凜，又作徂年悲。蟋蟀鳴我牀，黃葉投我幃。窗前有棲鵬，夜嘯如狐狸。露冷梧葉脫，孤眠無安枝。熠燿亦求偶，高屋飛相追。定知無幾見，迫此清霜期。物化逝不留，我興爲嗟咨。便當勤秉燭，行樂戒暮遲。

其二

海風東南來，吹盡三日雨。空階有餘滴，似與幽人語。念我平生歡，寂寞守環堵。壺漿慰作勞，裹飯救寒苦。今年秋應熟，過從飽雞黍。嗟我獨何求，萬里涉江浦。居貧豈無日，自不安畎畝。念此坐達晨，殘燈翳復吐。

梵天寺見僧守詮小詩清婉可愛次韻

但聞烟外鐘，不見烟中寺。幽人行未已，草露溼芒屨。惟應山頭月，夜夜照來去。

南寺千佛閣

古邑居民半海濤，師來興築便能高。千金用盡身無事，坐看香烟遶白毫。

莘老天慶觀小園有亭北向道士山

春風欲動北風微，歸雁亭邊送鴈歸。蜀客南遊家最遠，吳山寒盡雪先晞。扁舟去後花絮亂，五馬來時賓從非。惟有道人應不忘，抱琴無語立斜暉。

自普照遊二庵

長松吟風晚雨細，東庵半掩西庵閉。山行盡日不逢人，浥浥野梅香入袂。居僧笑我戀清景，自厭山深出無計。我雖愛山亦自笑，獨往神傷後難繼。不如西湖飲美酒，紅杏碧桃香覆髻。作詩寄謝採薇翁，本不避人那避世。

湖上夜歸

我飲不盡器，半酣尤味長。籃輿湖上歸，春風吹面涼。行到孤山西，夜色已蒼蒼。清吟雜夢寐，得句旋已忘。尚記梨花村，依依聞暗香。

自昌化雙溪館下步尋溪源至治平寺

亂山滴翠衣裘重，雙澗響空窗戶搖。飽食不嫌溪筍瘦，穿林間覓野宭苗。却愁縣令知遊寺，尚喜漁人爭渡橋。正似醴泉山下路，桑枝刺眼麥齊腰。

柏堂

道人手種幾生前，鶴骨龍姿尚宛然。雙幹一先神物化，九朝三見太平年。忽驚華構依巖出，乞與佳名到處傳。此柏未枯君記取，灰心聊伴小乘禪。

竹閣

海山兜率兩茫然，古寺無人竹滿軒。白鶴不留歸後語，蒼龍猶是種時孫。兩叢却似蕭郎筆，千畝空懷渭上村。欲把新詩問遺像，病維摩詰更無言。

八月十五日看潮

定知玉兔十分圓，已作霜風九月寒。寄語重門休上鑰，夜潮留向月中看。
江神河伯兩醯雞，海若東來氣吐霓。安得夫差水犀手，三千強弩射潮低。

東陽水樂亭

君不學白公引涇東注渭，五斗黃泥一鍾水。又不學哥舒横行四海頭，歸來羯皷扣凉州。但向空山石壁下，愛此有聲之清流。流泉無絃石無竅，強名水樂人人笑。慣見山僧已厭聽，多情海月空留照。洞庭不復來軒轅，至今魚龍舞鈞天。聞道磬襄東入海，何事伯牙仍輟絃。鏘然澗谷含宮徵，節奏未成君獨喜。不須寫入薰風曲，縱有此聲無此耳。

次韻周長官壽星院同餞魯少卿

瑠璃百頃水仙家，風静湖平響釣車。寂歷疏松欹晚照，伶俜寒蝶抱秋花。困眠不覺依蒲褐，歸路相將踏桂華。更著綸巾披鶴氅，他年應作畫圖誇。

弔天竺海月辯師

欲尋遺跡強沾裳，本自無生可得亡。今夜生公講堂月，滿庭依舊冷如霜。

虎丘寺

入門無平田，石路穿細嶺。陰風生澗壑，古木翳潭井。湛盧誰復見？秋水光耿耿。鐵花秀岩壁，殺氣噤蛙黽。幽幽生公堂，左右立頑礦。當年或未信，異類服精猛。胡爲百歲後，仙鬼互馳騁。東軒有佳致，雲光麗千頃。熙熙覽生物，春意破淒冷。我來屬無事，霽日相與永。喜鵲翻初旦，愁鳶蹲落景。坐見漁樵還，新月溪上影。悟彼良自咍，歸田行可請。

刁景純賞瑞香花憶先朝侍宴次韻

上苑夭桃自作行，劉郎去後幾回芳。厭從年少追新賞，閒對宮花識舊香。欲贈佳人非泛洧，好紉幽佩弔沉湘。鶴林神女無消息，爲問何年返帝鄉？

新城陳氏園次晁補之韻

荒凉廢圃秋，寂歷幽花晚。山城已窮僻，況與城相遠。我來亦何事，徙倚望雲巘。不見苦吟人，清樽爲誰滿。

甘露寺彈箏

多景樓上彈新曲，欲斷哀絃再三促。江姬出聽霧雨愁，白浪翻空動浮玉。喚取吾家雙鳳槽，遣作三峽孤猿號。與君合奏芳春調，啄木飛來霜樹杪。

次韻陳海洲書懷

鬱鬱蒼梧海上山，蓬萊方丈有無間。舊聞草木皆仙藥，欲棄妻孥守市寰。雅志未成空自歎，故人相對若爲顏。酒醒却憶兒童事，長恨雙鳧去莫攀。

莫笑銀杯小答喬大博

陶潛一縣令，獨飲仍獨醒。公田二頃五十畝，種秫作酒不種秔。我今號爲二千石，歲釀百石何能醉賓客。請君莫笑銀杯小，爾來歲旱東海窄。會當拂衣歸故丘，作書貸粟監河侯。萬斛船中着美酒，與君一生長拍浮。

寄呂穆仲寺丞

孤山寺下水侵門，每到先看醉墨痕。楚相未亡談笑是，中郎不見典刑存。君先去踏塵埃陌，我亦來尋桑棗村。回首西湖真一夢，灰心霜鬢更休論。

橫湖

貪看翠蓋擁紅妝，不覺湖邊一夜霜。卷却天機雲錦段，從教匹練寫秋光。

寒蘆港

溶溶晴港漾春暉，蘆筍生時柳絮飛。還有江南風物否？桃花流水鮆魚肥。

寄黎眉州

膠西高處望西川，應在孤雲落照邊。瓦屋寒堆春後雪，峨眉翠掃雨餘天。治經方笑《春秋》學，好士今無六一賢。且待淵明賦歸去，共將詩酒趁流年。

和晁同年九月見寄

仰看鸞鵠刺天飛，浮世功名老不思。病馬已無千里志，騷人長負一秋悲。古來重九皆如此，別後西湖更屬誰。遺子窮愁天有意，吴中山水付清詩。

夜雪獨宿柏山庵

晚雨纖纖變玉霙，小庵高卧有餘清。夢驚忽覩穿窗片，夜静惟聞瀉竹聲。稍壓冬温聊得健，未濡秋旱若爲耕。天公用意真難會，又作春風爛漫晴。

送范景仁遊洛中

投老身彌健，登山意未闌。西遊爲櫻筍，東道盡鵷鸞。杖屨攜兒去，園亭借客看。折花班竹寺，弄水石樓灘。釁馬哀憐白，驚雷怯笑韓。薜書標洞府，松蓋偃天壇。試與劉夫子，重尋靖長官。

次韻景仁留別

公老我亦衰，相見恨不數。臨行一杯酒，此意重山岳。新詩眇難和，飲少僅可學。欲參兵部選，有力誰如拳。且作東諸侯，山城雄鼓角。

書韓幹牧馬圖

南山下汧渭，問想見開元。天寶年八坊，分屯隘秦川。四十萬疋如雲煙，騅駓駰駱驪騮騵。白魚赤兔騂皇輪，龍顱鳳頸獰且妍。奇姿逸德隱駑頑，碧眼胡兒手足鮮。歲時剪刷供帝閑，柘袍臨池侍三千。紅妝照日光流淵，樓下玉螭吐清寒。往來蹙踏生飛湍，衆工舐筆和朱鉛。先生曹霸弟子韓，廏馬多肉尻脽圓。肉中畫骨誇猶難，金羈玉勒繡羅鞍。鞭箠刻烙傷天全，不如此圖近自然。平沙細草荒芊綿，驚鴻脫兔争後先。王良挾策飛上天，何必俯首服短轅。

東欄梨花

梨花淡白柳深青，柳絮飛時花滿城。惆悵東欄一株雪，人生看得幾清明。

次韻答邦直子由

君雖爲我此遲留，别後淒涼我已憂。不見便同千里遠，退歸終作十年遊。恨無揚子一區宅，懶卧元龍百尺樓。聞道鵁鶄滿臺閣，網羅應不到沙鷗。

過雲龍山人張天驥

郊原雨初足，風日清且好。病守亦欣然，肩輿白門道。荒田咽蛩蚓，村巷懸梨棗。下有幽人居，閉門空雀噪。西風高正厲，落葉紛可掃。孤僮卧斜日，病馬守秋草。脱身聲利中，道德自濯澡。躬耕抱羸疾，奉養百歲老。吾生如寄耳，歸計失不早！故山豈敢忘，但恐迫華皓。從君學種秫，斗酒時相勞。

臺頭寺雨中送李邦直赴史館兼寄孫巨源

霜林日夜西風急，老送君歸百憂集。清歌窈眇入行雲，雲爲不行天爲泣。紅葉黄花秋正亂，白魚紫蟹君須憶。憑君説向髯將軍，衰鬢相逢應不識。

河復并敍

熙寧十年秋，河決澶淵，注鉅野，入淮泗，自澶魏以北皆絶流，而齊楚大被其害。彭門城下水二丈八尺，七十餘日不退，吏民疲于守禦。十月十三日，澶州大風終日，既止而河流一支已復故道，聞之喜甚，庶幾可塞乎？乃作《河復》詩，歌之道路，以致民願，而迎神休，蓋守土者之志也。

君不見西漢元光元封間，河決瓠子二十年。鉅野東傾淮泗滿，楚人恣食黄河鱣。萬里沙回封禪罷，初遣越巫沉白馬。河公未許人力窮，薪芻萬計隨流下。吾君仁聖如帝堯，百神受職河神驕。帝遣風師下約束，北流夜起澶州橋。東風吹凍收微渌，神功不用淇園竹。居民種麥滿河淤，仰看浮槎棲古木。

虔州絶句

白鵲樓前翠作堆，縈雲嶺路若爲開。故人應在千山外，不見梅花送信來。

朱樓深處日微明，皂蓋歸時酒半醒。薄暮漁樵人去盡，碧溪青嶂遶螺亭。

却從塵外望塵中，無限樓臺煙雨濛。山水照人迷向背，只尋孤塔認西東。

煙雲縹緲鬱孤臺，積翠浮空雨半開。想見之罘觀海市，絳宫明滅是蓬萊。

回峯亂嶂鬱參差，雲外高人豈得知。誰向空山弄明月，山中木客解吟詩。

訪張山人

魚龍隨水落，猿鶴喜君還。舊隱丘墟外，新堂紫翠間。野麋馴杖屨，幽桂出榛菅。洒掃門前路，山公亦愛山。

萬木鎖雲龍，天留與戴公。路迷山向背，人在瀼西東。薺麥餘春雪，櫻桃落晚風。入城都不記，歸路醉眠中。

起伏龍行

徐州城東二十里有石潭，父老云：與泗水通，增損清濁，相應不差，時有河魚出焉。元豐元年春旱，或云置虎頭潭中，可以致雷雨，用其説，作《起伏龍行》一首。

何年白竹千鈞弩，射殺南山雪毛虎。至今顱骨帶霜牙，尚作四海毛蟲祖。東方久旱千里赤，三月行人口生土。碧潭近在古城東，神物所蟠誰敢侮。上歘蒼石擁岩竇，下應清河通水府。眼光作電走金蟒，鼻息爲雲擢煙縷。當年負圖傳帝命，左右羲軒詔神禹。爾來懷寶祇貪眠，滿腹雷霆瘖不吐。赤龍白虎戰明日，倒卷黄河作飛雨。嗟吾豈樂鬥兩雄，有事徑須煩一怒。

送胡掾

亂葉和凄雨，投空如散絲。流年一以駛，遊子去何之。節義古所重，艱危方自兹。他時著清德，仍復畏人知。

答范祖禹

吾州下邑生劉季，誰數區區張與李。重瞳遺跡已塵埃，惟有黄樓臨泗水。而今太守老且寒，俠氣不洗儒生酸。猶勝白門窮吕布，欲將鞍馬事曹瞞。

送將官梁左藏赴莫州

燕南垂，趙北際，其間不合大如礪。至今父老哀公孫，蒸土爲城鐵作門。城中積穀三百萬，猛士如雲驕不戰。一朝鼓角鳴地中，帳下美人空掩面。豈如千騎平時來，笑談謦欬生風雷。葛巾羽扇紅塵静，投壺雅歌清燕開。東方健兒虓虎樣，泣涕懷思廉恥將。彭城老守亦凄然，不見君家雪兒唱。

中秋見月寄子由

西風吹暑天益高，明月耿耿分秋毫。彭城閉門青嶂合，坐聽百步飛鳴濤。史君攜客登燕子，月色著人如著水。筵前不設鼓與鐘，處處笛聲相應起。浮雲卷盡流金丸，戲馬臺西山鬱蟠。杯中淥酒一時盡，衣上白露三更寒。

遊戲馬臺書西軒壁兼簡顔長道

古寺長廊院院行，此軒偏慰旅人情。楚山西斷如迎客，汴水南來故遶城。路失玉鉤芳草合，林亡白鶴古泉清。淡遊何以娛庠老，坐聽郊原琢磬聲。

十月十五日觀月黄樓席上次韻

中秋天氣未應殊，不用紅紗照坐隅。山下白雲横匹素，水中明月卧浮圖。未成短棹還三峽，已約輕舟泛五湖。爲問登臨好風景，明年相憶使君無。

月下與客飲酒杏花下

杏花飛簾散餘春，明月入户尋幽人。褰衣步月踏花影，炯如流水涵青蘋。花間置酒清香發，爭挽長條落香雪。山城薄酒不堪飲，勸君且吸杯中月。洞簫聲斷月明中，惟憂月落酒杯空。明朝卷地春風惡，但見緑葉棲殘紅。

送蜀人張師厚赴殿試

忘歸不覺鬢毛斑，好事鄉人尚往還。斷嶺不遮西望眼，思君直過楚王山。

次韻答田國博部夫還

西郊黄土没車輪，滿面風埃笑路人。已放役夫三萬指，從教積雨洗殘春。

過淮贈景山兼寄子由

過淮山漸好，松檜亦蒼然。藹藹藏孤寺，泠泠出細泉。故人真吏隱，小檻倚岩偏。却望臨江市，東風語笑傳。

端午徧遊諸寺得禪字

肩輿任所適，遇勝亦留連。焚香引幽步，酌茗開淨筵。微雨止還作，小窗幽更妍。盆山不見日，草木自蒼然。忽登最高塔，眼界窮大千。卞峯照城郭，震澤浮雲天。深沉既可喜，曠蕩亦所便。幽尋未云畢，墟落生晚煙。歸來記所歷，耿耿清不眠。道人亦未寢，孤燈同夜禪。

送劉寺丞赴餘姚

中和堂後石楠樹，與君對牀聽夜雨。玉笙哀怨不逢人，但見香煙横碧縷。謳吟思歸出無計，坐想蟋蟀空房語。明朝開鏁放觀潮，豪氣正與潮爭怒。銀山動地君不看，獨愛清幽生雪霧。別來聚散如宿昔，城郭空存鶴飛去。

和孫同年卞山龍洞禱晴

吳興連月雨，釜甑生魚蛙。往問卞山龍，曷不安厥家。梯空上巉絕，俯視驚谽谺。神井湧雲蓋，陰崖垂蘚花。交流百道泉，赴谷走羣蛇。不知落何處？隱隱如繅車。我來叩石戶，飛鼠翻白鴉。寄語洞中龍，睡味豈不嘉。雨師少弭節，雷鼓亦停檛。積水得反壑，稻苗出泥沙。看君擁黃綬，高卧放晚衙。

與客遊道場何山

清溪到山盡，飛路盤空小。紅亭與白塔，隱見喬木杪。中休得小庵，孤絕寄雲表。洞庭在北戶，雲水天渺渺。高堂儼像設，禪室各深窈。犇泉何處來？華屋過溪沼。何山隔幽谷，去路清且悄。長松度翠蔓，絕壁掛啼鳥。我友自杭來，尚歎所歷少。明朝已陳迹，清景墮空杳。

與王郎昆仲及兒子邁遶城觀荷花登峴山亭晚入飛英寺

昨夜雨鳴渠，曉來風襲月。蕭然欲秋意，溪水清可啜。環城三十里，處處皆佳絕。蒲蓮浩如海，時見舟一葉。此間真避世，青蒻低白髮。相逢欲相問，已逐驚鷗沒。

清風定何物，可愛不可名。所至如君子，草木有嘉聲。我行本無事，孤舟任斜橫。中流自偃仰，適與風相迎。舉杯屬浩渺，樂此兩無情。歸來茗雪間，雲水夜自明。吏民憐我懶，門訟日已稀。能爲無事飲，可作不夜歸。復尋飛英遊，盡此一寸暉。撞鐘履聲集，顛倒雲山衣。我來無時節，杖屨自推扉。莫作使君看，外似中已非。

遊淨居寺

寺在光山縣南四十里，大蘇之南、小蘇之北。寺僧居仁爲余言，齊天保中，僧思惠過此，見父老，問其姓，曰：「蘇氏。」又得二山名，乃歎曰：「吾師告我，遇三蘇則往。」遂留結庵，而父老竟無有，蓋山神也。其後僧智覬見思于此山，而得法焉。則世所謂思大和尚，智者大師是也。唐神龍中，道岸禪師始建寺于其地。廣明庚子之亂，寺廢于兵火，至乾興中乃復，而賜名曰梵天云。

十載遊名山，自製山中衣。願言畢婚嫁，攜手老翠微。不悟俗緣在，失身蹈危機。刑名非夙學，陷穽損積威。遂恐死生隔，永與雲山違。今日復何日，芒鞋自輕飛。稽首兩足尊，舉頭雙涕揮。靈山會未散，八部猶光輝。願從二聖往，一洗萬劫非。裴回竹溪月，空翠搖煙霏。鐘聲自送客，出谷猶依依。回首吾家山，歲晚將焉歸。

春日詞

春雲陰陰雪欲落，東風和冷驚羅幕。漸看遠水綠生漪，未放小桃紅入萼。佳人瘦盡雪膚肌，眉斂春愁知爲誰。深院無人剪刀響，應將白紵作春衣。

寒食雨

自我來黃州，已過三寒食。年年欲惜春，春去不容惜。今年又苦雨，兩月秋蕭瑟。卧聞海棠花，泥污臙脂雪。

春江欲入户，雨勢來不已。小屋如漁舟，濛濛水雲裏。空庖煮寒菜，破竈燒溼葦。乃知是寒食，死灰吹不起。

别子由

先君昔愛洛城居，我今亦過嵩山麓。水南卜宅吾豈敢，試向伊川買修竹。又聞緱山好泉眼，傍市穿林瀉冰玉。遥想茅軒照水開，兩翁相對清如鵠。

過建昌李野夫公擇故居

彭蠡東北原，廬阜西南麓。何人修水上，種此一雙玉。思之不可見，破宅餘修竹。四鄰戒莫犯，十畝森似束。我來仲夏初，解籜呈新緑。幽鳥向我鳴，野人留我宿。徘徊不忍去，微月掛喬木。遥想他年歸，解組巾一幅。對牀老兄弟，夜雨鳴竹屋。卧聽鄰寺鐘，書窗耿殘燭。

次韻杭人裴維甫

餘杭門外葉飛秋，尚記居人挽去舟。一别臨平山下路，五年雲夢澤南州。凄凉楚些緣吾發，邂逅秦淮爲子留。寄謝西湖舊風月，故應時許夢中遊。

同王勝之遊蔣山

到郡席不暖，居民空惘然。好山無十里，遺恨恐他年。欲款南朝寺，同登北郭船。朱門收畫戟，紺宇出青蓮。夾路蒼髯古，迎人翠麓偏。龍腰蟠故國，鳥爪寄層巔。竹杪飛華屋，松根泫細泉。峯多巧障日，江遠欲浮天。略彴横秋水，浮屠插暮煙。歸來踏人影，雲細月娟娟。

贈王寂

與君暫別不須嗟，俯仰歸來鬢未華。記取江南烟雨裏，青山斷處是君家。

次韻王震

攜文過我治平間，霧豹當時始一斑。聞道吹噓借餘論，故教流落得生還。清篇帶月來霜夜，妙語先春發病顏。詩酒暮年猶足用，竹林高會許時攀。

送戴蒙赴成都玉局觀將老焉

拾遺被酒行歌處，野梅官柳西郊路。聞道華陽版籍中，至今尚有城南杜。我欲歸尋萬里橋，水花風葉暮蕭蕭。芋魁徑尺誰能盡，榿木三年已足燒。百歲風狂定何有，羨君今作峨眉叟。從未家生執戟郎，也應世出埋輪守。莫欺老病未歸身，玉局他年第幾人。會待子猷清興發，還須雪夜去尋君。

次韻潁叔觀燈

安西老守是禪僧，到處應然無盡燈。永夜出遊從萬騎，諸羌入看擁千層。便因行樂令投甲，不用防秋更打冰。振旅歸來還侍燕，十分宣勸恐難勝。

次韻王晉卿奉詔押高麗燕射

北苑傳呼陛楯郎，東夷初識令君香。天山自可三箭取，海國何勞一葦航。宣勸不辭金盌側，醉歸争看玉鞭長。錦囊詩草勤收拾，莫遣雞林得夜光。

書晁説之考牧圖後

我昔在田間，但知羊與牛。川平牛背穩，如駕百斛舟。舟行無人岸自移，我卧讀書牛不知。前有百尾羊相隨，聽我鞭聲如鼓鼙。澤中草木長，草長病牛羊。尋山跨坑谷，騰趠筋骨強。煙蓑雨笠長林下，老去而今空見畫。世間馬耳射東風，悔不長作多牛翁。

次王定國韻書丹元子寧極齋

仙人與吾輩，寓迹同一塵。何曾五漿餽，但有争席人。人那識郗鑒，天不留封倫。誤落世網中，俗物愁我身。先生忽扣户，夜呼祁孔賓。便欲隨子去，著書未絶麟。願掛神虎冠，往卜飲馬鄰。南遊苦不早，儻及蓴鱸新。

立春日小集呈李端叔

白髮已十載，青春無一堪。不驚新歲換，聊與故人談。牛健民聲喜，鴉嬌雪意酣。霏微不到地，和暖要宜蠶。歲月斜川似，風流曲水慙。辛盤得青韭，臘酒是黃柑。歸卧燈殘帳，醒聞葉打庵。須煩李居士，重說後三三。

定州次韻曾仲錫元日見寄

蕭索東風兩鬢華，年年幡勝剪宮花。愁聞塞曲吹蘆管，喜見春盤得蓼芽。吾國舊供雲澤米，君家新致雪坑茶。燕南異事真堪記，三寸黃柑擘永嘉。

慈湖夾阻風

此生歸路愈茫然，無數青山水拍天。猶有小船來賣餠，喜聞墟落在山前。

我行都是畫中詩，真有人家水半扉。千頃桑麻在船底，空餘石髮挂魚衣。

卧看落月橫千丈，起喚清風得半帆。且並水村欹側過，人間何處不巉巖。

鬱孤臺

入境見圖畫，鬱孤如舊遊。山爲翠浪涌，水作玉虹流。日麗崆峒曉，風酣章貢秋。丹青未變葉，鱗甲欲生洲。嵐氣昏晨樹，灘聲入市樓。煙雲侵嶺路，草木半炎州。故國千峯外，高臺十日留。他年三宿處，準擬繫歸舟。

峽山寺

天開清遠峽，地轉凝碧灣。我行無遲速，攝衣步孱顏。山僧本幽獨，乞食況未還。雲碓水自舂，松門風爲關。石泉解娛客，琴筑鳴空山。林空不可見，霧雨霾雲鬟。

荔支歎

十里一置飛塵灰，五里一堠兵火催。顛坑仆谷相枕藉，知是荔枝龍眼來。飛車跨山鶻橫海，風枝露葉如新採。宮中美人一破顏，驚塵濺血流千載。永元荔支來交州，天寶歲貢取之涪。至今欲食林甫肉，無人舉觴酹伯游。我願天公憐赤子，莫生尤物爲瘡痏。雨順風調百穀登，民不飢寒爲上瑞。君不見武夷溪邊粟粒芽，前丁後蔡相籠加。爭新買寵各出意，今年鬥品充官茶。吾君所乏豈此物，致養口體何陋耶！洛陽相君忠孝家，可憐亦進姚黃花。

新年

北渚集羣鷺，新年何所之。盡歸喬木寺，分占結巢枝。生物會有役，謀身各及時。何當禁畢弋，看引雪衣兒。

小邑浮橋外，青山石岸東。茶槍燒後有，麥浪水前空。萬户不禁酒，三年真識翁。結茅來此住，歲晚有誰同。

荔子幾時熟，花頭今已繁。探春先揀樹，買夏欲論園。居士常攜客，參軍許扣門。明年更有味，懷抱帶諸孫。

澄邁驛通潮閣二首

倦客遥聞歸路遥，眼明飛閣俯長橋。貪觀白鷺横秋浦，不覺青林没晚潮。

餘生欲老海南村，帝遣巫陽招我魂。杳杳天低鶻没處，青山一髮是中原。

昔在九江與蘇伯固唱和其略曰我夢扁舟浮震澤雪浪横空千頃白覺來滿眼是廬山倚天無數開青壁蓋實夢也昨日又夢伯固手持乳香嬰兒示余覺而思之蓋南華賜物也豈復與伯固相見于此耶今得來書已在南華相待數日矣感歎不已故先寄此詩

扁舟震澤定何時，滿眼廬山覺又非。春草池塘惠連夢，上林鴻鴈子卿歸。水香知是曹谿口，眼净同看古佛衣。不向南華結香火，此生何處是真依。

余昔過嶺而南題詩龍泉鐘上今復過嶺而北次其韻

秋風卷黄落，朝雨洗緑浄。人貪歸路好，節近中原正。下嶺獨徐行，艱危倍老成。遥知叔孫子，已致魯諸生。

留題顯聖寺

渺渺疏林集晚鴉，孤村煙火梵王家。居人自種千頭橘，遠客來尋百結花。浮石已乾霜後水，焦坑閒試雨前茶。祇疑歸夢西南去，翠竹江村繞白沙。

雷州雜詩

白髮坐鈎黨，南遷瀕海洲。灌園以糊口，身自雜蒼頭。籬落秋暑中，碧花蔓牽牛。誰知把鋤人，舊日東陵侯。

荔子無幾何，黃柑遽如許。遷臣不惜日，恣意移寒暑。層巢俯雲木，信美非吾土。芳草自有時，鶗鴂何關汝。

下居近流水，小巢依嶺岑。終日數椽間，但聞鳥遺音。爐香入幽夢，海月明孤斟。鷦鷯一枝足，所恨非故林。

培塿無松柏，駕言此焉遊。讀書與意會，却掃可忘憂。尺蠖以時屈，其伸亦非求。得歸良不惡，未歸且淹留。

舊時日南郡，野女出成羣。此去尚應遠，東風已如雲。蚩氓託絲布，相就通慇懃。可憐秋胡子，不遇卓文君。

和公濟飲湖上

昨夜醉歸還獨寢，曉來宿雨鳴孤枕。扁舟小棹截湖來，正見青山駮雲錦。須知老人興不淺，莫學公榮無與飲。與君歌鼓樂豐年，唤收千夫食陳廩。

過海

參横斗落轉三更，苦雨終風也解晴。雲散月明誰點綴，天容海色本澄清。空餘魯叟乘桴意，無復軒皇奏樂聲。九死南荒吾不恨，兹遊奇絶冠平生。

送范德孺

漸覺東風料峭寒，青蒿黄韭試春盤。遥想慶州千嶂裏，暮雲衰草雪漫漫。

雨夜宿淨行院

芒鞵不踏利名場，一葉輕舟寄渺茫。林下對牀聽夜雨，静無燈火照凄凉。

夢中絶句

秋樹高花欲插天，暖風遲日共茫然。落英滿地君方見，惆悵春光又一年。

藏春塢

朱閣前頭露井多，碧桃枝下美人過。寒泉未必能如此，奈有銀牀素綆何。

轆轤歌

新繫青絲百尺繩，心在君家轆轤上。我心皎潔君不知，轆轤一轉一惆悵。何處春風吹曉幕，江南綠水通珠閣。美人二八顏如花，泣向花前畏花落。臨春風，聽春鳥。別時多，見時少。愁人一夜不得眠，瑤井玉繩相對曉。

讀開元天寶遺事

姚宋亡來事事興，一官銖重萬人輕。朔方老將風流在，不取西番石堡城。

潭裏春風百倍多，廣陵銅器越溪羅。三郎官爵如泥土，爭唱弘農得寶歌。

琵琶絃急滚梁州，羯鼓聲高舞臂韝。破費八姨三百萬，大唐天子要纏頭。

西塘集補鈔

鄭俠，字介夫，福州福清人。治平四年進士。神宗朝，調光州司法參軍，入京監安上門。坐上書詆王安石、呂惠卿，謫英州編管。徽宗即位，除監潭州南嶽廟，卒。自號一拂居士，入黨籍。有《西塘集》。

次韻种道行衙賞蓮花

城中勢利如聚蛙，聒聒鼓鬧窮兩衙。忽聞攜樽命真賞，如見地涌金蓮花。況茲危亭跨高爽，極目四顧窮天涯。紅蕖繚遶已數畝，盛妝翠蓋相撐拏。輿肩不換足已到，咫尺異彼窮幽遐。居之自可換凡骨，不必飲露餐朝霞。行杯對弈較勝負，往往笑語成讙譁。歸來清風恐飄帽，月影已向西樓斜。長舒兩脚就枕簟，一覺一聽清晨笳。

贈雲門居士

雲門山口雲徘徊，居士道與山崔嵬。清時肥遁古亦有，驚猿怨鶴今誰偕。居士高卧白雲堆，山門時爲猿鶴開。溪花野草自春色，雲芝石笋寧須栽。軟蒸抱石傾新醅，麋鹿慣我還無猜。寧知玉署思賢切，御手調羹待客來。

江亭與程瞿二君邂逅小飲太守送酒因成

蒼翠擎天江上山，琮琤瀉玉亭前水。邂逅相逢坐上人，傾蓋論心何俊偉。凉風颯颯來几筵，似與清談相表裏。程瞿軒軒古遺義，憫我羈窮見辭氣。以爲此時無一杯，直恐江山解相鄙。旋呼奴僮滌鐺勺，雅興悠悠殊未已。逡巡長呵下雲際，傳以報謁迂千騎。薄聞江滸清飲歡，歸去瓊漿遽來賜。大哉何公古循吏，易俗移風有深致。人之所背公所趨，敦薄醇醨爲己事。連英二城接疆理，舊績新庸滿人耳。道塗賡載盡歡謠，冠佩清言有餘美。

紀連守植道傍木

道傍木，夾道參參如合屋。種之毫末成合抱，太守慈仁輔生育。古來善政蓋有數，道路開通亦其目。何爲左右夾萬柯，化此長龍被崖谷。由吾太守愛民深，憂兹嶺外炎暑酷。黄茅鬱蒸之烈氣，重嵐固結之濃毒。不得清陰縈且紆，何處憩息而躑躅。令如源泉下斯行，長原太山秀可掬。後人愛惜勿翦拜，膏雨每過添新緑。

示廬山寺老勝師

離鄉十九年，日有如年久。歸來山水亦依然，人物存亡半非舊。廬山阜前我舅宅，此寺如我東西家。每來舅家必到此，粤自齒稚今疏牙。庾嶺閩山四千里，青衫謫逐自我始。築臺東望幾悽凉，親故滿前爭不喜。林下相逢真實人，執手忘言行處親。還家一百二十日，五回松下問禪因。師住無住我非動，來不須迎去不送。大千世界等閒看，尋常只把毫端弄。

和孟堅二月晦同出城

城中未免悶，出郭喜還生。濃淡山原氣，高低溪澗聲。鳴棋振幽谷，把酒聽流鶯。疏曠還隨分，何須學步兵。

和叔粲滄浪亭

高亭殖殖水泠泠，笑指鷗鳧坐晚汀。遠不聞聲千櫓去，矯如争秀數峯青。煙雲窗牖紛紛雨，露月蒹葭點點星。最好歸輿擁雙璧，笙歌燈火照仙屏。

題仁王寺橫山樓

案俯橫山跨海來，拂雲高閣爲誰開。荒谿古木閒猿洞，明月白沙空釣臺。曉日東峯龍夭矯，秋風西峽鳳徘徊。居然静卧江南岸，天塹波濤亦壯哉！

次張漢公言懷

人間擾擾竟何營，只爲蠅頭利與名。千里瘴鄉吾逐客，一簞窮巷子書生。文章相誤終須別，寵辱無關自不驚。贏得白頭閒處坐，一竿風月有誰争。

次韻清溪樊主簿

欲致皇恩浹羽鱗，天涯地角盡如春。當年款款曾忘死，今日區區肯患貧。正以庭闈安梓里，誰知魂夢達楓宸。海邦一見如疇昔，心旅相知亦宿因。

次韻余純臣通判球琅軒

聳翠凌空不少盤，回環使宅對千巒。高華誰爲球琅闢，勁節相憐霜雪寒。引得鳳來緣有實，化爲龍去始堪看。桐廬寂寞煙雲暝，惆悵無人近釣竿。

廣陵集補鈔

王令，字逢源，廣陵人。王安石愛其才，因妻以吴夫人女弟。年二十八卒。有《廣陵集》。

韓幹馬

天寶天子盛天廄，吐番入馬上天壽。紫衣牧吏偏坐前，騎入金門不容驟。西極苜蓿爲誰肥，六閑飛黄卧嗟瘦。乾元殿下誰把筆，當年人無出幹右。傳聞三馬同日死，死魄到紙氣方就。鐵勒夾口重兩銜，墨絲卓尾合雙紐。天門未上人就觀，老胡驚嗟失開口。生搜朔野空毛羣，死斷世工無後手。當時天子惜不傳，送入御府置官守。胡塵勃鬱燕薊來，宫闕蕭騷既聞後。誰拼千金出手收，足踏萬里避奔走。幾經蹂躁道邊塵，今日寧無紙上垢。尊前病客不識書，俱驚骨氣世未有。冀北駿足無時無，生不逢幹死空朽。世工無手不肯休，往往氣骨陋如狗。

假山

鯨牙鯤鬣相摩捽，巨靈戲撮天凹突。舊山風老狂雲根，重湖凍脱秋波骨。我來謂怪非得真，醉揭碧海瞰蛟窟。不然禹鼎魑魅形，神顛鬼脇相撑挨。

後山集補鈔

陳師道，字無己，一字履常，彭城人，號後山居士。元祐中，以蘇軾、傅堯俞、孫覺薦，授徐州教授。紹聖初，歷秘書省正字。扈從南郊，不屑服趙挺之衣，以寒疾卒。有集。

丞相温公挽詞

恭默思良弼，詩書正百工。事多違謝傅，天遽奪楊公。一代風流盡，三師禮數崇。若無天下議，美惡併成空。

百姓歸周老，三年待魯儒。俗方隨日化，身已要人扶。玉几雖來晚，明堂訖授圖。心知死諸葛，終不羡曹蜍。

少學真成己，中年託著書。輟耕扶日月，起廢極吹噓。得志寧論晚，成功不願餘。一爲天下慟，不敢愛吾廬。

嘲秦覯

長鋏歸來夜帳空，衡陽回雁耳偏聰。若爲借與春風看，無限珠璣咳唾中。

曾南豐先生挽詞

早棄人間事，真從地下遊。丘原無起日，江漢有東流。身世從違裏，功言取次休。不應須禮樂，始作後程仇。

精爽回長夜，衣冠出廣庭。勳庸留琬琰，形像付丹青。道喪餘篇翰，人亡更典刑。侯芭才一足，白首《太玄經》。

賦宗室士暕高軒過圖

滕王蛺蝶江都馬，一紙千金不當價。異才天縱非力能，畫工不是甘爲下。今代風流數大年，含毫落筆開山川。忽忘朽老壓塵底，卻怪鳧鴻墮目前。邇來八二復秀出，萬里河山才咫尺。眼邊安得有突兀，復似天地初開闢。明窗寫出高軒過，便逐愈湜聞吟哦。晚知書畫真有益，卻悔歲月來無多。官禁修嚴斷過訪，時於僻寺逢稅鞅。秀潤如行琮璧閒，清明似引星辰上。憂悲愉佚百不平，河擘太華東南傾。平生秀句寰區滿，掇拾餘棄成丹青。平湖遠嶺開精神，斗覺文字生清新。未許二豪今角立，要知旁有衛夫人。

寄曹州晁大夫

墮絮隨風化作塵，黃樓桃李不成春。只今容有名駒子，困倚欄干一欠伸。

規禪停雲齋

淨居衆天人，宮殿隨所適。少仕老不歸，重門閉榛棘。道人秀叢林，妙語出禪寂。是身如浮雲，隨處同建立。平生與二子，嗜好同一律。我此復助緣，語綺已多責。何年一把茅，據坐孤崒嵂。呵佛罵祖師，塗糊千五百。

次韻晁無斁夏雨

咫尺隔山海，作書問如何。蟻蛭既畜糧，蛙窟如鳴鼉。積暑復一雨，斧斤仍手摩。鈎窗欲懸麻，出門已横河。人言月離畢，未必致滂沱。東皐繁草木，蘭艾不同科。驚魚畏密罟，獨鳥鳴南柯。稍無蟲飛喧，復覺蟬語多。因聲作好惡，與物殊未和。卧聞夜來雨，歸種故山禾。百年須下澤，萬里付長羅。先生斷百好，尚以詩作魔。縮子萬言手，聽渠七字哦。室邇人則遠，燕默勞者歌。思君得老瘦，觸熱生積痾。

和黄預感秋

宿雲護朝霜，秋陽佐殘暑。蠅癡驅復來，汗下拭莫禦。庭梧自黄隕，風過成夜語。幸是可憐生，胡然遽如許。黄生多新詩，如盆甕抽緒。唱高難《欸乃》，雋永得吹咀。意合無古今，投暗存迎拒。名成弟子韓，價重先生楮。向來得斯人，孰謂予齟齬。晚炊鄰僧米，晝拾狙公芧。甘酸皆適口，霜黄未登俎。門有曲逆軍，謗甚北山女。寧爲溝中斷，不作太倉鼠。老退無好懷，續明燃兩炬。搔首不成眠，寒蟲促機杼。

和魏衍三日

林花女頰紅，春水瓜頭緑。步蹇我三休，來同君一足。苦嗟所歷小，不盡千里目。暮景向昏鴉，歸途取修竹。

陳留市隱者

陳留人物後，疑有隱屠耕。斯人豈其偶，滿腹一杯羹。婷婷小家子，與翁同醉醒。薄暮行且歌，問之諱姓名。子豈達者歟，槁竹聊一鳴。老生何所因，稍稍聲過情。閉門十日雨，吟作飢鳶聲。詩書工發冢，刀籥得養生。飛走不同穴，孔突不暇黔。

城南寓居

遊子暮何歸，韋杜城南村。秋水深可測，挽衣踏行雲。道暗失歸處，棲鳥故不喧。牛羊閉籬落，稚子猶在門。

送蘇公知杭州

平生羊荆州，追送不作遠。豈不畏簡書，放麑誠不忍。一代不數人，百年能幾見。昔如馬口銜，今爲禁門鍵。一雨五月涼，中宵大江滿。風帆目力短，江空歲年晚。

次韻蘇公涉潁

衝風不成寒，脱木還自奇。坐看白日晚，起行清潁湄。三穴未爲得，一舟不作痴。路暗鳥遺音，江清魚弄姿。宇定怪物變，意行覺舟遲。公與兩公子，妙語含風漪。但怪笑談劇，莫知賓主誰？得句未肯吐，鬱鬱見睫眉。相從能幾何，行樂當及兹。生忍自作難，百憂間一嬉。時尋赤眼老，不探黄口兒。解公頭上巾，一洗七年緇。至潔而納活，此水真吾師。須公曉二子，人自窮非詩。

和魏衍聞鶯

春力着人朝睡重，葉底黄鸝鳴自送。綠幕朱欄日覯明，回廊側户風簾動。昨夜春回到寒谷，好鳥飛來把修竹。整翰厲觜初一鳴，已落君詩專妙獨。退紅着綠春事殘，後時獨立知何言。側聽不盡已飛去，懷抱此時誰與論。

舟中

野火燒原雉昏雊，黄塵漲天牛亂鬭。江間無日不風波，老去何時脱奔走。詩書滿腹不及口，遮日寧須釣竿手。愧爾茅簷炙背人，仰目青天搔白首。

次韻無斁雪後

閉閤春雲薄,開門夜雪深。江梅猶故意,湖雁起歸心。草潤留餘澤,窗明度積陰。殷勤報春信,屋角有來禽。

雪後黄樓寄負山居士

林廬煙不起,城郭歲將窮。雲日明松雪,溪山進晚風。人行圖畫裏,鳥度醉吟中。不盡山陰興,天留憶戴公。

秋懷示黄預

窗鳴風歷耳,道壞草侵衣。月到千家静,林昏一鳥歸。冥冥塵外趣,稍稍眼中稀。送老須公等,秋棋未解圍。

除棣學

老作諸侯客,貧爲一飽謀。折腰真耐辱,捧檄敢輕投。早作千年調,中懷萬斛愁。暮年隨手盡,心事許溟鷗。

除官

扶老趨嚴召，徐行及聖時。端能幾字正，敢恨十年遲。肯着金根謬，寧辭乳嫗譏。向來憂畏斷，不盡鹿門期。

除夜

七十已強半，所餘能幾何。懸知暮景促，更覺後生多。遁世名爲累，留年睡作魔。西歸端着便，老子不婆娑。

元日

老境難爲節，寒梢未得春。一官兼利害，百慮孰疏親。積雪無歸路，扶行有醉人。望鄉仍受歲，回首望松筠。

雪中寄魏衍

薄薄初經眼，輝輝已映空。融泥還結凍，落木復沾叢。意在千山表，情生一念中。遥知吟榻上，不道絮因風。

雪

初雪已覆地，晚風仍積威。木鳴端自語，鳥起不成飛。寒巷聞驚犬，鄰家有夜歸。不無慚敗絮，未易泣牛衣。

雪意

睡眼拭朦朧，開門雪已濃。客來迷舊徑，虎過失新蹤。浦遠渾無鶴，林疏只有松。借留如不解，酒興若爲慵。

榆關書不到，雪又滿平蕪。指冷頻呵玉，胸寒屢掩酥。綠斟冬至酒，紅擁夜深爐。塞上風沙惡，征衣得達無。

十五夜月

向老逢清節，歸懷托素暉。飛螢元失照，重露已沾衣。稍稍孤光動，沉沉萬籟微。不應明白髮，似欲勸人歸。

放懷

施食烏鳶喜，持經鳥鼠聽。杖藜矜戛鑠，顧影怪伶俜。門靜行隨月，窗虛臥見星。擁衾眠未穩，艱阻飽曾經。

送秦覯

士有從師樂，諸兒那得知？欲行天下獨，信有俗閒疑。秋入川原秀，風連鼓角悲。目前豘犬類，未必慰親思。

送外舅郭大夫夔路提刑

天險連三峽，官曹據上游。百年雙鬢白，萬里一身浮。可使人無訟，寧須意外憂。平生晏平仲，能費幾狐裘。

別鄉舊

數有中年別，寬爲满歲期。得無魚口厄，聊復雁門踦。齒脱心猶壯，秋清意自悲。平時郡文學，鄧禹得三爲。

別負山居士

田園相與老，此別意如何。更病可無酒，猶寒已自和。高名胡未廣，詩興尚能多。沙草東山路，猶煩一再過。

老柏

歲月那能記，風霜亦飽經。輝輝垂重露，點點泊流螢。色與江波共，聲留静後聽。轉因枯槁後，潤澤出新青。

歸雁

弧矢千夫志，瀟湘萬里秋。寧爲寶筝柱，肯作置書郵。遠道勤相喚，羈懷誤作愁。聊寬稻粱意，寧復網羅憂。

和黄充實詠榴花

春去花隨盡，紅榴暖欲然。後時何所恨，處獨不祈憐。葉葉自相偶，重重久更鮮。流珠沾暑雨，改色淡朝煙。著子專寒酒，移根擅化權。愧非無價手，刻畫竟難傳。

病起

今日秋風裏，何鄉一病翁。力微須杖起，心在與誰同。注水瓶花醒，吹薪鼎藥空。百年先得老，三敗未爲窮。

别寶講主

此地相逢晚，他方有勝緣。咒功先服猛，戒力得扶顛。暫息三支論，重參二祖禪。夜牀鞋脚别，何日着行纏。

鉅野少泊

蒲港牽絲直，平湖墜鏡清。順流風借便，捷路雪初晴。鳥度欲何向，鷗來只自驚。有行須快意，安得易爲情。

野望

霜葉紅于染，吹花落更馨。平江行詰屈，小徑夾葱青。度鳥開愁眼，遥山入畫屏。畏人惟可飲，從俗却須醒。

湖上

湖上難爲別，梅梢已着春。林喧鳥啄啄，風過水鱗鱗。緣有三年盡，情無一日親。白頭厭奔走，何地與爲鄰。

寓目

曲曲河回復，青青草接連。去帆風力満，來雁一聲先。野曠低歸鳥，江平進晚牽。望鄉從此始，留眼未須穿。

晚遊九曲院

冷落叢祠晚，回斜狹路賖。平荷留夜雨，驚鳥過鄰家。雲暗重重樹，風開旋旋花。病身無俗事，待得後歸鴉。

後湖晚坐

水浄偏明眼，城荒可當山。青林無限意，白鳥有餘閒。身致江湖上，名成伯季間。目隨歸雁盡，坐待暮鴉還。

宿齊河

燭暗人初寂，寒生夜向深。潛魚聚沙窟，墜鳥滑霜林。稍作他方計，初回萬里心。還家衹有夢，更着曉寒侵。

寄送定州蘇尚書

初聞簡策侍前旒，又見衣冠送作州。北府時清惟可飲，西山氣爽更宜秋。功名不朽聊通袖，海道無違具一舟。枉讀平生三萬卷，貂蟬當復自兜鍪。

和黄預七夕

盈盈一水不斯須，經歲相過自作疏。坐待翔禽報佳會，徑須飛雨洗香車。超騰水部陳篇上，收拾愚溪作賦餘。信有神仙足官府，我寧辛苦守殘書。

次韻何子温祈晴

九虎當關信不傳，燒烟纔上已回天。驅除霧雨還朝日，蓄縮濤波復二川。奪目光華闕秀句，堆場稟稭驗豐年。從今更上中和頌，少費將軍九萬箋。

和和叟梅花

百卉前頭第一芳，低臨粉水浸寒光。卷簾初認雲猶凍，逆鼻渾疑雪亦香。鼎實自應終有待，天真不假更勻妝。江南望斷無來使，且伴詩翁入醉鄉。

送王元均貶衡州兼寄元龍

先生秀句滿天東，二子緣渠再得窮。詩禮向來堪發冢，孫劉能使不爲公。炎方瘴癘避軒豁，故國山河開始終。傳語元龍要相識，江湖春動有來鴻。

句

昔日剜瘡今補肉，百孔千窗容一罅。拆東補西裳作帶。人窮令志短。百巧千窮只短檠。起倒不供聊應俗。經事長一智。稱家豐儉不求餘。卒行好步不兩得。巧手莫爲無麵餅。不應遠水救近渴，留渴須遠井。瓶懸甕閒終一碎。急行寧小緩。早作千年調，一生也作千年調。拙勤終不補。斧斫仍手摩。驚雞透籬犬升屋。割白鷺股何作難。薦賢仍睹命。

丹淵集補鈔

文同，字與可，梓潼人。自號笑笑先生。第進士，仕至太常博士，集賢校理。元豐初，出守湖州，行至宛邱驛，忽留不行，沐浴冠帶，正坐而逝。

秦王卷衣

咸陽秦王家，宮闕明曉霞。丹文映碧鏤，光采相鉤加。銅螭逐銀霓，壓屋驚蟠拏。洞户鎖日月，其中光景賒。春風動珠箔，鸞額金窠斜。美人卻扇坐，羞落庭下花。閑弄玉指環，輕冰扼紅牙。君王顧之笑，爲駐七寶車。自卷金鏤衣，龍鸞蔚紛葩。持以贈所愛，結歡期無涯。

王昭君

絶豔生殊域，芳年入内庭。誰知金屋寵，只是信丹青。
幾歲後宮塵，今朝絶國春。君王重恩信，不欲遣他人。
極目胡沙滿，傷心漢月圓。一生埋没恨，長入四條絃。

新晴山月

高松漏疏月，落影如畫地。徘徊愛其下，夜久不能寐。怯風池荷卷，病雨山果墜。誰伴予苦吟，滿林啼絡緯。

春閨

枕帶縈春意，窗紗漏曉光。蠨蛸傷遠別，鶗鴂感流芳。妝匣蒸殘粉，熏爐減舊香。洞房燈燭外，只有夢悠揚。

詠鷺

避雨竹間點點，迎風柳下翩翩。静依寒蓼如畫，獨立晴沙可憐。

塘上行

寒塘新漲雨，灩灩翠波滿。沙晴步聲澀，風引羅帶緩。蒲牙姤舌利，荷葉歡心卷。生平玉衣夢，至此神亦誕。徒誦《小星》篇，無人覺腸斷。

釣竿

霜刀裁緑筠，桂餌掛輕緡。斂迹天地間，側身江海濱。悠悠寶帳夜，寂寂煙波春。何時投竿歸，再與君子親。

採蓮曲

緑纈褶，紅繡裳，衫盤蜂蝶裙鴛鴦。雕瑰錯寶垂鬟長，紫冒翠蓋行新妝。蹁躚曲堤下回塘，畫橈送入波中央。羅袖卷起金釧光，摇輕撼脆敲短芒。丹瓊紺玉低復昂，霑裛薄粉撲嫩黄。蠶腰蛛腹絲飄揚，列坐緑舫求比方。笑聲吃吃動明璫，挨蕭拂蔆次岸旁。風吹落霞供晚凉，西城鴉鴉啼女牆。歸來索酒酌滿觴，吴屏蜀帳圍象牀。困卧不起燈燭張，瑠璃盎缶叢生香。

芳樹

庭前有芳樹，穠陰滿軒碧。莫惜更攜酒，醉此青春色。朝來見鶗鴂，飛鳴繞其側。光景不可留，徒遣君歎息。

起夜來

曉窗明緑紗，蜀錦壓春卧。横腮虎魄冷，驚起新夢破。玲瓏轉條脱，縹緲梳倭墮。高軸響銀牀，時誤君車過。

貴侯行

將軍功勳滿旂常，昨日賜對開明光。腰懸橐馱紫金鈕，爵號進拜諸侯王。戟衣翩翩弄春影，大第高門臨萬井。但願刺閨無羽檄，常官中都奉朝請。

朱櫻桃

金衣珍禽弄深樾，禁籞朱櫻斑若纈。上幸離宫促薦新，藤籃寶籠貂璫發。凝霞作丸珠尚軟，油露成津蜜初割。君王日午坐猗蘭，翡翠一盤紅靺鞨。

拾羽曲

新羅研紅裙襵齊，綵縷刺衫花倒提。新晴暖日麗烟草，金獸齧鎖藏春閨。朱橋逼江曉沙白，錦帶交風大堤窄。蘭洲遺翎得殘碧，歸來驚飛上嬌額。

題東巖隱者壁

青峯叢叢擁危壑，緑樹團團扶曲閣。幽人睡起漱寒泉，坐看一林山雨落。巖前火氣雜芝朮，澗下苔痕亂猿鶴。自憐塵土滿衣衫，欲解從君今尚莫。

東山亭

朝陽之峯乃天設，曲嶺長岡地盤結。下臨絶澗走縈回，上聳危亭飛巀嵲。晚雲幾處水墨畫，秋樹數番紅緑纈。安能恰會此時閒，静與詩翁吟曉雪。

水邊春半

芹牙差差蘭笋短，石渠冰銷水色淺。倡情冶思不可奈，好鳥間關花婉娩。鮮衫翠裙者誰氏，行歌楊枝惜時晚。臨流有客抱危膝，苦調長謡問誰遣。

採藥歸晚因宿野入山舍

東巖陰深崖巘古，夾澗垂泉結鵝乳。我來採藥晚忘歸，試宿荆扉問雞黍。春風滿林燈火冷，一夜不眠山月苦。平生擕策下青蒼，松葉紛紛灑新雨。

後溪晚步

陰陰芳樹暗回堤，路入蒙籠轉野溪。澤雉應媒高復下，林鴉引子歇還啼。青蒲宛宛全淹水，紫笋斑斑半出泥。倚杖風前感時節，亂煙斜日一蟬嘶。

山中新晴

山中新晴曉煙暖，散帶頹冠漱巖畔。海鹽未去猿鶴喜，柴桑初歸松菊亂。林間餘雨時一滴，嶺上飛雲忽雙斷。安能舉手恣扶摇，欲共高鴻拂霄漢。

曉入東谷

振纓効王官，釋耒去鄉縣。十年始還此，景物覺盡變。東谷素所愛，乍到若創見。煙雲引晨策，數里入葱蒨。明霞照溪口，花草露初泫。長松盤高岡，竦竦擢秀幹。垂陰雜羣木，上欲接霄漢。柔羅互鈎鎖，攬地走荒蔓。修篁揭其間，萬个挺若箭。登臨愴舊歷，眺聽悅新玩。讀書破茅廬，徑彴已漂斷。惟餘舍南水，尚吐石竇濺。潺潺落危壑，袞袞引飛練。臨流濯塵襟，照影相覿面。功名竟何所，旅跡轉孤賤。引手謝猿鶴，深慚爾驚怨。

夏樹

夏樹始繁密，條縷方且柔。左右覆吾廬，合如張碧油。新蟬噪晴午，餘響藏深幽。軒窗轉炎日，清影爲我留。蚊蚋亦取庇，鬧若春雨稠。拂揮不停手，咀嚼胡爾讎。何當薰風來，一與掃蕩收。吾將就高蔭，濯足臨寒流。

田舍

園林曉氣清，籬巷夕陽明。石竇聞寒碓，煙坡見晚耕。豚蹄供禱賽，龜殼問陰晴。欲識豐年樂，村村雞犬聲。

採桑

谿橋接桑畦，鈎籠呼羣過。今朝去何早，向晚蠶恐卧。家家五十日，誰敢一日墮。未言給私用，且以應官課。

張少愚書院

澗水侵斷橋，車馬不得通。飛嵐積庭礎，秋蘚垂紫茸。窗紙爛溪雨，簾衣坼林風。主人殊未歸，使我煙景空。

永泰劉令清曦亭

木杪照初日，捲簾知曉晴。軒窗無限思，圖史有餘清。露下濛花重，風來泛竹輕。何須嫌五斗，持此謝淵明。

惜花

胡蜂採花花氣薄，黄鳥啄花花蕊落。林風吹花花片亂，池水浸花花色惡。少年惜花會花意，晴張青幃雨油幕。勸君直須爲花飲，明日春歸空晚蕚。

均逸亭

亭宇跨城端，新苔磴道盤。風光晴水石，煙景暮林巒。簿領仍多暇，賓從每盡歡。何由掉塵鞅，聊問借闌干。

青山道

冥冥青山道，叢木含古煙。遠客事行役，未晚不敢前。乳虎正養子，采食大路邊。但顧己所急，其誰辨愚賢。

秋興二首

晨風吹茂林，夕露下芳畹。秋容變憔悴，復此白日短。蕭蕭歲華暮，冉冉節物换。浩歎倚前楹，使我心曲亂。

百蟲感秋陰，入夜聲更切。問爾苦何事，到曉啼不歇。盈庭不可止，蓊薉藏萬穴。會是天運然，相將送凋節。

書隱者壁

枳棘分三徑，猿猱結四鄰。茂林修竹地，枕石漱流人。看雨揞藤杖，迎風卸葛巾。我來懷愧甚，衣上有紅塵。

蒼溪山寺

正午風色高，遂泊蒼溪縣。層崖抱林木，有寺藏葱蒨。出船步危磴，陰密頗縈轉。上到金仙家，緣空列臺殿。修篁掛懸溜，坐覺炎暑變。老僧曉經論，言語何貫穿。引我上高閣，闌干俯江面。寥寥百里内，山水盡奇觀。誰謂羇旅中，所見皆所願。汀洲白鳥聚，井邑青煙散。樂此暮忘歸，疎鐘起岩畔。徙倚下松門，尚怪舟人唤。

呈里中諸友

君莫嗔我不讀書，君莫笑我不飲酒。更精文史豈足用，漸老歡娱復何有。負郭安得二頃田，舉家已聚三十口。山中更無百日閒，淅淅西風驅馬首。

書緑帷亭壁

喬木繞舍如緑幃，羣山四面寒參差。春禽入秋啼自别，早雲到暮歸常遲。庭前好菊勸飲酒，案上佳紙邀吟詩。閒居數月興便野，渾忘簿書相聒時。

墨君堂

嗜竹種復畫，渾如王掾居。高堂倚空岩，素壁交扶疎。山影覆秋静，月色澄夜虚。蕭爽只自適，誰能愛吾廬。

登邠州城樓

試此望揺落，秋襟成惘然。客懷傷薄暮，節物感窮邊。斷燒侵高壘，微陽入晚川。年來舊山意，常與雁翩翩。

登山城書事

節物感羇旅，連空生塞陰。亂鴻寒渚遠，羣雀晚叢深。霜重涇灘出，煙高隴樹沉。歲華徒自老，幽憤滿登臨。

送夏殿直

霜樹東門曉，清寒滿客衣。一樽從此別，百兩幾時歸。漆水魚初薦，梁園雪正飛。高堂今遠郡，須念報春暉。

宜禄昭仁寺後軒

危欄憑絶壑，欲奈此時何。但有夕陽處，就中秋色多。與誰同徙倚，空自發吟哦。便覺成羇旅，歸心逐雁過。

玉峯園經春不得一過因成詩呈同官約遊

春來少嬉遊，俗事日相耗。南園只城外，累月不一到。花香雨後歇，樹色風中老。惟有岩下泉，猶能滌幽抱。

亭口

林下翩翩雁影斜，滿村紅葉映人家。巖頭孤寺見横閣，有客獨來登暮霞。

淺水原

鶉觚西北地鱗鱗，此處當年起戰塵。見說如今溝壠下，斷鋒殘鏃屬耕民。

運判南園瞻民閣

青都高與紫霄通，獨此危欄望不窮。萬嶺過雲秋色裏，一峯擎雪夕陽中。檲楹曉落天倉月，窗户晴吹石闕風。民吏安閒財賦足，管絃時復在層空。

雨過側調

陰車飛空載急雨，雨過林塘若新換。檉花浮波魚誤食，松子落屋鳥驚彈。白雲挂樹久不起，青煙泊草殊未散。東園傲吏愛高竹，把卷倚風頭髮亂。

静林詩僧已老

七十吟中老，清風滿舊林。倚筇秋岸遠，圍衲夜房深。未得雲空在，將成月已沉。生平苦如此，誰是識師心。

彭山縣居

公館靜寥寥，園亭景物饒。溪光明短彴，樹影蔭危譙。山鳥忽雙下，池魚時一跳。主人王事簡，文酒日逍遥。

送郭方叔南充簿

六月東山道，炎風滿去鞍。譙周之舊里，仇覽此官初。簿領無煩壅，圖書好燕安。清朝名路闊，慎勿學長嘆。

題鶴鳴化上清宫

祕宇壓孱顔，飛梯上屈盤。清流抱山合，喬樹夾雲寒。地古芝英坼，巖秋石乳乾。飆輪遊底處，空自立層壇。

寄楞嚴大師

錦官城裏寺，一室若雲峯。水宿秋吟鼎，霜低夜講松。住齋塵入鉢，出定蘚生笻。曾聽三摩義，居常夢曉鐘。

鶯

濃染羽毛深畫眉，曉來風日正晴時。只應自道新聲好，啼徧後園花萬枝。

房公湖

一頃清波四面平，宛然唐相舊經營。高秋林木形容老，落日樓臺綵繪明。有景可尋蘭櫂遠，無幽不入竹橋横。二年所得官居樂，豈厭頻來緩帶行。

什邡道中

驅馬下遥川，殘陽促晚鞭。高林夾廣道，亂水入平田。村落晴如畫，桑林晝起煙。飛鴻正南下，歸意滿雲邊。

步月

掩卷下中庭，月色浩如水。秋氣凉滿襟，松陰密鋪地。百蟲催夜去，一鴈領寒起。静念忘世紛，誰同此佳味。

鬪碧亭

雨餘山景鮮，風定水光好。晴陽破宿霧，秀色濃可掃。平時一樽酒，野客共傾倒。朝暮山水間，年華不知老。

夜聲

秋風動衰草，摵摵響夜月。其下有鳴蛩，到曉啼不歇。乃知搖落時，衆籟自感發。安得苦吟人，不能爲一吷。

近日

近日簿書全簡少，吏人惟趁兩衙休。歸來便只尋冠屨，遶徧林亭山上頭。

憶西湖舊遊

西湖晴碧晚溶溶，與客常來坐好風。記得有人歌小玉，月明猶在畫船中。

山園

久雨無所適，新晴步山園。西風滿高林，敗葉驚已翻。時節急如此，世事安可論。夜歸燈下吟，寒蟲伴幽喧。

觀音院怪松

怪松屢見無如此，每度來觀説向僧。若遇風雷宜守護，恐生頭角便飛騰。秋聲遶殿隨齋磬，夜影侵廊對佛燈。韋偃畢宏今不在，欲求人畫有誰能。

寄紀禪師

自笑塵中遊宦客，長輪林下坐禪僧。水田百畝一區宅，歸老城南何日能。

吾友務深有歎琹之什運使子駿答之佳章務深亦使余繼作

白水滿方湖，山中好秋色。逋翁促瑶軫，來坐湖水側。臨風起高調，此興浩無極。波静戢遊鱗，雲空矯飛翼。蕭條變林野，萬籟一以息。且莫緩商絃，令人涕横臆。

山齋

職事凡少休，餘復不經眼。幽齋設横榻，盡日對層巘。遥懷寄浩蕩，静想縈巇嶮。松雨潤書匲，竹風吹酒盞。榮名付傲兀，勝事入清簡。雖有舊林泉，何須嗟去晚。

屬疾梧軒

高梧覆新葉，滿院發華滋。白日一何永，清陰閒自移。暖蟲垂到地，晴鳥語多時。病肘倚枯榻，泊然忘所思。

北園

春風有多少，盡入使君家。當與郡人樂，滿園桃李花。

提葫蘆

花開已堪摘，酒熟正好沽。山禽會人意，勸我提葫蘆。

過朝天嶺

雙壁相參萬木深，馬前猿鳥亦難尋。雲容杳杳斷鴻意，風色蕭蕭行客心。山若畫屏隨峽勢，水如衣帶轉岩陰。生平來往成何事，且倚鉤欄擁鼻吟。

過青泥

鐵山正月雪交加，欲探東風未有涯。纔過青泥春便好，水邊林下見梅花。

天漢橋

風吹兩岸菰蒲乾，日曬一汀鳧鷺寒。夜深霜月照湖水，須上此橋憑畫欄。

折楊柳

垂楊百尺臨池水，風定煙濃盤不起。欲折長條寄遠行，想到君邊已憔悴。

襄陽集補鈔

米芾，字元章，吴人，一云襄陽人。以母侍宣仁后藩邸恩，補校書郎、太常博士，出知無爲軍。踰年，召爲書畫博士，擢禮部員外郎。大觀二年，罷知淮陽軍。有《寶晉英光集》。

除書學博士初朝謁呈時宰

半生湖海看青山，慣佩笭箵攬轡艱。曉起初馳朱雀路，霜華慚綴紫宸班。百僚卑處瞻丹陛，五色光中望玉顔。浪説書名落人世，非公那解徹天關。

懷南唐硯山

硯山不復見，哦詩徒歎息。唯有玉蟾蜍，向余頻淚滴。

琴詩

滄乎無味中，指下清音發。□□□□□，空山墮凉月。

開先寺觀瀑布

度峽捫青玉，臨深坐緑苔。水從雙劍下，山挾兩龍來。春暖花驚雪，林空石迸雷。塵纓聊此濯，欲去首重回。

中秋登海岱樓

目窮淮海兩如銀，萬道虹光育蚌珍。天上若無修月户，桂枝撑損向西輪。

拜中岳命作

雲水心常結，風塵面久虚。重尋釣鰲客，初入選仙圖。鼠雀真官耗，龍蛇與衆俱。御懷閑禄厚，不敢著潛夫。

瑞巖庵清曉

西山月落楚天低，不放紅塵點翠微。鶴唳一聲松露滴，水晶寒溼道人衣。

送王渙之彦舟

集英春殿鳴捎歇，神武天臨光下徹。鴻臚初唱第一聲，白面王郎年十八。神武樂育天下造，不使敲枰使傳道。衣錦東南第一州，棘壁湖山兩清照。襄陽野老漁竿客，不愛紛華愛泉石。相逢不約約無逆，與握古書同岸幘。淫朋嬖黨初相慕，濯髮洗心求易慮。翩翩遼鶴雲中侶，土苴庛鴟那一顧。邇來器業何深至，湛湛具區無底止。可憐一點終不易，枉駕殷勤尋漫士。漫士平生四方走，多與羣才並肩肘。少有俳辭能駡鬼，老學鴟夷但存口。一官聊具三徑資，取捨殊途莫迴首。

閶門舟中戲作呈伯原

蘋風忽起吹舟悍，雨打圖書藏裹亂。閶門咫尺不安流，星宿浮槎寄江漢。吳王故苑古長洲，潮汐池邊一佇留。秀蕙芳蘭無處所，荒蕪叢葦滿清流。

題蘇之孟家薛稷二鶴

遼海未須顧螻蟻，仰霄孤唳留清耳。從容雅步在庭除，浩蕩閒心存萬里。乘軒未失入佳談，寫真不妄傳詩史。好藝心靈自不凡，臭穢功名皆一戲。武功中令應天人，束髮遼陽侍帝宸。連城照乘詎惜寶，皇圖禮誥誰珍真。百齡生我欲公起，九原蕭蕭松巃嵸。得公遺物非不多，賞物懷賢心未已。

重九會郡樓

山清氣爽九秋天，黃葉紅茱滿泛船。千里結言寧有後，羣賢畢至漫居前。杜郎閒客今焉是，謝守風流古所傳。獨把秋英緣底事，老來情味問詩編。

詠潮

怒氣號聲迸海門，州人傳是子胥魂。天排雲陣千家吼，地擁銀山萬馬奔。勢與月輪齊朔望，信如壺漏報晨昏。吳亡越霸成何事，一唱漁歌過遠村。

五代楊氏據江封金山龍王爲下元水府在其下雖大水不能没余登山賦系以詩

插雲樓殿壓滄冥，笑語風狂伴暑清。誰爲抉雲開皎月，練飛雪捲看潮生。

壯觀亭

邀賓壯觀不辭寒，玉立風神氣上干。欲識謝公清興處，千重岩嶺雪漫漫。

山谷集補鈔

黄庭堅，字魯直，洪州分寧人。庶子舉進士，爲葉縣尉，歷祕書丞。紹聖初，坐修《神宗實録》失實，貶涪州别駕，黔州安置。建中靖國初，召還，知太平州。復除名，編管宜州。卒。自號山谷老人。有《豫章集》、《精華録》。

記夢

衆真絶妙擁靈君，曉然夢之非紛紜。窗中遠山是眉黛，席上榴花皆舞裙。借問琵琶得聞否，靈君色莊妓摇手。兩客争棋爛斧柯，一兒壞局君不呵。杏梁歸燕語空多，奈此雲窗霧閣何。

宗室公壽挽詞

昔在熙寧日，葭莩接貴游。題詩奉先寺，横笛寶津樓。天網恢中夏，賓筵禁列侯。但聞劉子政，頭白更清修。

觀伯時畫馬禮部試院作

儀鸞供帳饕蝨行，翰林濕薪爆竹聲，風簾官燭淚縱横。木穿石盤未渠透，坐窗不邀令人瘦，貧馬百齎逢一豆。眼明見此五花驄，徑思著鞭隨詩翁，城西野桃尋小紅。

題畫屏六言

胡蜨雙飛得意，偶然畢命網羅。羣蟻爭收墜翼，策勛歸去南柯。

水仙花

淤泥解作白蓮藕，糞壤能開黄玉花。可惜國香天不管，隨緣流落小民家。

青奴

穠李四絃風拂席，昭華三弄月侵牀。我無紅袖堪娱夜，正要青奴一味涼。

題花光爲曾公衮作水邊梅

梅蕊觸人意，冒寒開雪花。遥憐水風晚，片片點汀沙。

題石牛洞石上

鬱鬱窈窈天官宅，諸峯排霄帝不隔。六時謁天開關鑰，我身金華牧羊客。羊眠草間我世閒，高真衆靈思我還。石盆之中有甘露，青牛駕我山谷路。

牧童

騎牛遠遠過前村，吹笛風斜隔隴聞。多少長安名利客，機關用盡不如君。

絶句

疊送香羅淺色衣，著來香氣入書幃。到家慈母驚相問，爲説王孫脱贈時。

周昉美人琴阮圖

周昉富貴女，衣飾新舊兼。髻重髮根急，妝薄無意添。琴阮相與娱，聽絲不停手。敷腴竹馬郎，跨馬要折柳。

觀祕閣蘇子美題壁詩

仁祖康四海，本朝盛文章。蘇郎如虎豹，孤嘯翰墨場。風流映海岱，峻鋒不可當。學書窺法窟，當代見崔張。銀鉤刻琬琰，蠆尾迴緗緗。擢登羣玉府，臺閣自生光。春風吹曉雨，禁直夢滄浪。人聲市朝遠，簾影花竹凉。秋荷湔筆硯，怨句挾風霜。不甘老天禄，試欲叫未央。小臣膽如斗，侏儒俸一囊。請提師十萬，奉辭問犬羊。歸鞍飲月支，伏背笞中行。人事多乖忤，南遷浮夜航。此時調玉燭，日行中道黄。柄臣似牛李，傾奪謀未臧。魯酒圍邯鄲，老龜禍枯桑。兼官百郡邸，報賽用歲常。招延青雲士，共醉椒糈觴。俗客避白眼，傲歌舞紅裳。謗書動宸極，牢户縶桁楊。一網收冠蓋，九衢人走藏。庖丁提刀立，滿志無四旁。論罪等饕餮，因衣禦方良。姑蘇麋鹿嚾，風月在書堂。永無湔祓期，山鬼共幽篁。萬户封侯骨，今成狐兔岡。邇來四十年，我亦校書郎。雄文終膾炙，妙墨見垣牆。高山仰豪氣，崢嶸乃不亡。張侯開詩卷，詞意尚軒昂。草書十紙餘，雨漏古屋廊。誠知千里馬，不服萬乘箱。遂令駕鼓車，此豈用其長。事往飛鳥過，九原色莽蒼。敢告大鈞手，才難幸扶將。

答王道濟寺丞觀許道寧山水圖

往逢醉許在長安，蠻溪大硯磨松烟。忽呼絹素翻硯水，久不下筆或經年。一日踏門闖白首，巾冠欹斜更索酒。舉杯意氣欲翻盆，倒卧虚樽將八九。醉拈枯筆墨淋浪，勢若山崩不停手。數尺江山萬里遥，滿堂風物冷蕭蕭。山僧歸寺童子後，漁伯欲渡行人招。先君笑指溪上宅，鸕鷀白鷺如相識。許生再拜謝不能，元是天機非筆力。自陳精力初未衰，八幅生絹作四時。早師李成最得意，什襲自藏人已知。貴人取去棄牆角，流落幾姓今知誰。大梁畫肆閲水墨，四圖宛然當物色。自言早過許史門，常賣一聲偶然得。雨雪涔涔滿寺庭，四圖冷落讓丹青。往來睥睨誰比數，十萬酬之觀者驚。客還次第閲冬夏，坐見歲序寒崢嶸。王丞來觀歎嘖嘖，亦如我昔初見日。新詩雌黄初得實，信知君家有摩詰。我持此圖二十年，眼見緑髮皆華顛。許生縮手入黄泉，衆史弄筆摩青天。君家枯松出老翟，頗似破屏有骨骼。一時所棄顧愛惜，不誣方將有人識。

絕句

黃葉委庭觀九州，小蟲催女獻工裘。金錢滿地無人費，百斛明珠薏苡秋。

宿錢塘尉廨

平湖繞舍山無盜，官事長閑俸有金。安得終身爲禦寇，不辭兒女作吴音。

題東丁水

古人題作東丁水，自古東丁直到今。我爲改名方響洞，要知山水有清音。

贈宗室大年

揮毫不作小池塘，蘆荻江邊落鴈行。雖有珠簾籠翡翠，不忘煙雨罩鴛鴦。

山礬

北嶺山礬取次開，清風正用此時來。平生習氣雖料理，愛著幽香未擬回。

句

春將國豔熏花骨，日借黃金縷水紋。人得交遊是風月，天開圖畫卽江山。清鑑風流歸賀八，飛揚跋扈付朱三。

次韻曾子開舍人遊籍田載荷花歸肇

維王調玉燭，時夏雨我田。璧挂蒼龍骨，溜渠故濺濺。三推勸根本，百穀收皁堅。官司極齊明，崇丘見升煙。繫馬西門柳，憶聽去夏蟬。剥芡珠走盤，釣魚柳貫鮮。掃堂延枕簟，公子氣翩翩。自爾欲繼往，心阻如壅泉。紫薇樂暇日，披襟詠風漣。紅妝倚荷蓋，水鏡寫明蠲。珠宫紫貝闕，足此水府仙。鬱鬱冠蓋宅，追奔易彫年。能從物外賞，真是區中賢。仍聞載後乘，籠燭照嬋娟。

次韻答張文潛惠寄

短褐不磷緇，文章近《楚辭》。未識想風采，別去令人思。斯文已戰勝，凱歌偃旍旗。君行魚上冰，忽復燕哺兒。學省得佳士，催來費符移。方觀追金玉，如許遽言歸。南山有君子，握蘭懷令姿。但應潔齋俟，勿詠無生詩。

次韻子瞻贈王定國

遠志作小草，鼉衣生陵屯。但爲居移氣，其實何足言。名下難爲人，醜好隨手翻。百年炊未熟，一垤蟻追奔。夏日蓬山永，戎葵茂牆藩。王子吐佳句，如蠒絲出盆。風姿極灑落，雲氣畫罍樽。屬有補袞章，日當竄頻煩。鄙夫無他能，上車問寒温。惟思窮山去，抱犢長兒孫。

送范德孺知慶州

乃翁知國如知兵，塞垣草木識威名。敵人開户玩處女，掩耳不及驚雷霆。平生端有活國計，百不一試薶九京。阿兄兩持慶州節，十年騏驎地上行。潭潭大度如卧虎，邊人耕桑長兒女。折衝千里雖有餘，論道經邦政要渠。妙年出補父兄處，公自才力應時須。春風旍旂擁萬夫，幕下諸將思草枯。智名勇功不入眼，可用折箠笞羌胡。

題王黄州墨跡後

掘地與斷木，智不如機春。聖人懷餘巧，故爲萬物宗。世有斲泥手，或不待郢工。往時王黄州，謀國極匪躬。朝聞不及夕，百壬避其鋒。九鼎安磐石，一身轉孤蓬。浮雲當日月，白髮照秋空。諸君發蒙耳，汲直與臣同。

次韻劉景文登鄴王臺見思

黄濁歸大壑，漣漪遶重城。西風一横笛，金氣與高明。歸鴉度晚景，落鴈帶邊聲。平生知音處，别離空復情。

其二

舊時劉子政，憔悴鄴王城。把筆已頭白，見書猶眼明。平原秋樹色，沙麓暮鐘聲。歸鴈南飛盡，無因寄此情。

其三

繫匏兩相憶，極目十餘城。積潦千斗極，山河皆夜明。白璧按劍起，朱絃流水聲。乖逢四時爾，木石了無情。

其四

公詩如美色，未嫁已傾城。嫁作蕩子婦，寒機泣到明。緑琴蛛網遍，絃絶不成聲。想見鴟夷子，江湖萬里情。

奉同子瞻韻寄定國

風雲開古鏡，淮海熨冰紈。王孫醉短舞，羅襪步微瀾。老驥心雖在，白鷗盟已寒。斯人氣金玉，視世一鼠肝。南歸脱蟲蠹，入對隨孔鸞。忽以口語去，鼓船下驚湍。收身薄冰釋，置枕泰山安。后土花藥麗，海門天水寬。伐木思我友，知人良獨難。遥憐鬢髮緑，猶復耐悲歡。

謝黄從善司業寄惠山泉

錫谷寒泉撱石俱，并得新詩蠆尾書。急呼烹鼎供茗事，晴江急雨看跳珠。是功與世滌羶腴，令我屢空常晏如。安得左轓清潁尾，風爐煮餅卧西湖。

省中烹茶懷子瞻用前韻

閤門井不落第二，竟陵谷簾定誤書。思公煮茗共湯鼎，蚯蚓竅生魚眼珠。置身九州之上腴，争名燄中沃焚如。但恐次山胸磊隗，終便酒舫石魚湖。

常父答詩有煎點徑須煩緑珠之句復次韻戲答

小鬟雖醜巧妝梳，掃地如鏡能檢書。欲買娉婷供煮茗，我無一斛明月珠。知公家亦闕掃除，但有文君對相如。政當爲公乞如願，作牋遠寄宫亭湖。

謝公定和二范秋懷五首邀余同作

西風一葉脱，迹已不可掃。巷有白馬生，朝回焚諫草。誰云事君難，是亦父子間。所要功補衮，不言能犯顔。

其二

四會有黄令，學古著勳多。白頭對紅葉，奈此揺落何。雖懷斵鼻巧，有斧且無柯。安得五十絃，奏此寒士歌。

其三

采蓮涉江湖，采菊度林藪。插鬢不成妍，誰憐飛蓬首。平生耦耕地，風雨深稂莠。謝公遂如此，永袖絶絃手。

次韻秦覯過陳無己書院觀鄙句之作

陳侯大雅姿，四壁不治第。碌碌盆盎中，見此古罍洗。薄飯不能羹，牆陰老春薺。惟有文字性，萬古抱根柢。我學少師承，坎井可窺底。何因蒙賞味，相享當牲醴。試問求志君，文章自有體。元鑰鎖靈臺，渠當爲君啟。

題松下淵明

南渡誠草草，長沙慰艱難。終風霾八面，半夜失前山。遠公香火社，遺民文字禪。雖非老翁事，幽尚亦可觀。松風自度曲，我琴不須彈。客來欲開説，觴至不能言。

題竹石牧牛

野次小峥嶸，幽篁相依緑。阿童三尺箠，御此老觳觫。石君甚愛之，勿遣牛礪角。牛礪角尚可，牛鬥殘我竹。

戲書秦少游壁

丁令威，化作遼東白鶴歸。朱顔未改故人非，微服過宋風退飛。宋父擁篲待來歸，誰饋百牢鸊鴣妃。秦氏烏生八九子，雅烏之兄畢逋尾。憶炊門牡烹伏雌，未肯增巢令汝棲。莫愁野雉疏家雞，但願主人印纍纍。

戲和答禽語

南村北村雨一犂，新婦餉姑翁哺兒。田中啼鳥自四時，催人脫袴著新衣。著新替舊亦不惡，去年租重無袴著。

次韻答斌老病起獨遊東園

萬事同一機，多慮乃禪病。排悶有新詩，忘蹄出兔逕。蓮花生淤泥，可見嗔喜性。小立近幽香，心與晚色靜。

寄黄幾復

我居北海君南海，寄鴈傳書謝不能。桃李春風一杯酒，江湖夜雨十年燈。持家但有四立壁，治病不蘄三折肱。想得讀書頭已白，隔村猿哭瘴溪藤。

次韻幾復和答所寄

海南海北夢不到，會合乃非人力能。地褊未堪長袖舞，夜寒空對短檠燈。相看鬢髮時窺鏡，曾共詩書更曲肱。作箇生涯終未是，故山松長到天藤。

謝公擇舅分賜茶

外家新賜蒼龍璧，北焙風煙天上來。明日蓬山破寒月，先甘和夢聽春雷。

和答元明黔南贈別

萬里相看忘逆旅，三聲清淚落離觴。朝雲往日攀天夢，夜雨何時對榻涼。急雪脊令相並影，驚風鴻鴈不成行。歸舟天際常回首，從此頻書慰斷腸。

贈黔南賈使君

緑髮將軍領百蠻，橫戈得句一開顏。少年圯下傳書客，老去崆峒問道山。春入鶯花空自笑，秋成梨棗爲誰攀。何時定作風光主，待得征西鼓吹還。

宋楙宗寄夔州五十詩

五十清詩是碎金，試教擲地有餘音。方今臺閣稱多士，且傍江山好處吟。

次韻黃斌老晚遊池亭

路入東園無俗駕，忽逢佳士喜同遊。緑荷菡萏稍覺晚，黃菊拒霜殊未秋。客位正須懸榻下，主人自愛小塘幽。老夫多病蠻江上，頗識平生馬少游。

次韻文少激推官紀贈

文章藻鑑隨時去，人物權衡逐勢低。揚子墨池春草徧，武侯祠廟曉鶯啼。書帷寂寞知音少，幕府留連要路迷。顧我何人敢推輓，看君桃李合成蹊。

次韻聞善

扶醉三竿日，題詩一研埃。張羅門帶雪，投轄井生苔。待得成丘壠，誰能把酒杯。常應黄菊畔，悵望白衣來。

新喻道中寄元明用觴字韻

中年畏病不舉酒，孤負東來數百觴。喚客煎茶山店遠，看人穫稻午風凉。但知家裏俱無恙，不用書來細作行。一百八盤攜手上，至今猶夢遶羊腸。

題小景扇

草色青青柳色黄，桃花零落杏花香。春風不解吹愁却，春日偏能惹恨長。

題花光畫山水

花光寺下對雲沙，欲把輕舟小釣車。更看道人烟雨筆，亂峯深處是吾家。

題鄭防畫夾

惠崇煙雨歸鴈，坐我瀟湘洞庭。欲喚扁舟歸去，故人言是丹青。

梨花

巧解逢人笑，還能亂蝶飛。清風時入户，幾片落新衣。

次韻清虛喜子瞻得常州

喜色侵淫動縉紳，俞音下報謫仙人。驚回汝水間關夢，乞與江天自在春。罨畫初游冰欲泮，浣花何處月還新。《凉州》不是人間曲，佇見君王按玉宸。

與黔倅張茂宗

静居門巷似烏衣，文采風流衆所歸。别乘來同二千石，化民曾寄十三徽。寒香亭下方遺愛，吏隱堂中已息機。暫與許司參婉畫，百城官吏借光輝。

大暑水閣聽晉卿家昭華吹笛

蘄竹能吟水底龍，玉人應在月明中。何時爲洗秋空熱，散作霜天落葉風。

題大年小景

水色煙光上下寒，忘機鷗鳥恣飛還。年來頻作江湖夢，對此身疑在故山。

梅花

障羞半面依篁竹，隨意淡妝窺野塘。飄泊風塵少滋味，一枝猶傍故人香。

書王氏夢錫扇

壓枝梅子大於錢，慚愧春光又一年。亭午無人初破睡，杜鵑啼在柳梢邊。

題王晉卿平遠

風流子晉罷吹笙，小筆溪山刮眼明。相倚鴛鴦得偎映，一川風雨斷人行。

題覺海寺

罏煙鬱鬱水沉犀，水遶禪牀竹遶溪。一段秋蟬思高柳，夕陽元在竹陰西。

元師自榮州來追送余於瀘之江安綿水驛因復用舊所賦此君軒詩韻贈之并簡元師法弟周彥公

歲行辛巳建中年，諸公起廢自林泉。王師側聞陛下聖，抱琴欲奏南風絃。孤臣蒙恩已三命，望堯如日開金鏡。但憂衰疾不敢前，眼見黑花耳聞磬。豈如道人山繞門，開軒友此歲寒君。能來作詩賞勁節，家有曉事揚子雲。籜龍森森新問舊，父翁老蒼孫子秀。但知戰勝得道肥，莫問無肉令人瘦。是師胸中抱明月，醉翁不死起自說。竹影生涼到屋椽，此聲可聽不可傳。

宛丘集補鈔

張耒，字文潛，楚州淮陰人。第進士，元祐初，仕至起居舍人。紹聖中，謫監黄州酒税。徽宗召爲太常少卿，坐元祐黨，復貶房州别駕，黄州安置。尋得自便，居陳州，主管崇福宫，卒。有《柯山集》。

七夕歌

人間一葉梧桐飄，蓐收行秋回斗杓。神宫召集役靈鵲，直渡天河雲作橋。橋東美人天帝子，機杼年年勞玉指。織成雲霧紫綃衣，辛苦無權容不理。帝憐獨居無與娛，河西嫁得牽牛夫。自從嫁後廢織紝，緑鬢雲鬟朝暮梳。貪歡不歸天帝怒，謫歸却踏來時路。但令一歲一相逢，七月七日河邊渡。别多會少知奈何，却憶從前恩愛多。怱怱離恨説不盡，燭龍已駕隨羲和。河邊靈官曉催發，令嚴不管輕離别。空將淚作雨滂沱，淚痕有盡愁無歇。寄言織女若休歎，天地無情會相見。猶勝嫦娥不嫁人，夜夜孤眠廣寒殿。

秋螢行引

碧梧含風夏夜清，林塘五月初飛螢。翠屏玉簟起涼思，一點秋心從此生。方池水深溪雨積，上下煇煇亂凝碧。幸因簾捲到華堂，不畏人驚照瑶席。漢宫千門連萬户，夜夜熒煌暗中度。光流太液池上波，影落金盤月中露。銀闕蒼蒼玉漏遲，年年爲爾足愁思。長門怨妾不成睡，團扇美人還賦詩。避暑風廊人語笑，闌下撲來羅扇小。已投幽室自分明，更伴殘星碧天曉。君不見連昌宮殿洛陽西，破瓦頽垣今古悲。荒榛腐草無人迹，只有秋來熠燿飛。

贈營妓劉淑女

可是相逢意便深，爲郎巧笑不須金。門前一尺春風髻，窗外三更夜雨衾。別燕從教燈見淚，夜船唯有月知心。東西芳草渾相似，欲望高樓何處尋。

未說蛸蟵如素領，固應新月學蛾眉。引成密約因言笑，認得真情是別離。尊酒且傾濃琥珀，淚痕更著薄胭脂。北城月落烏啼夜，便是孤舟腸斷時。

木香

紫皇寶輅張珠幰，玉女熏籠覆繡衾。萬紫千紅休巧笑，人間春色在檀心。

次韻奉酬旡咎兼呈慎思天啓

平生交結圓納方，過眼十人八九忘。晼蘭蕙畝幽谷芳，懶隨家奴諛五郎。苦飢方朔身漫長，顛毛種種顔欲蒼。誰謂勝癡端坐狂，清淮之陰一草堂。列筆作陣茶森槍，絕口平戎與破羌。百年如此計亦臧，何用竊食官倉糧。元黄病足畏高岡，但願縮頸老支牀。煌煌東壁日月傍，神仙鸞鳳争騰驤。萬書落架城復隍，牙籤如雲丹碧裝。晁侯再作班與揚，正始故在何曾亡。江湖十年願飽償，夜成七發光出囊。蘇公後出長卿鄉，爲君吴都無一行。世有伯樂生驌驦，肯使弭耳隨鹽商。鄧侯楚山深閨房，名走上國交侯王。朝隨日影夜燈光，包攬今古窮炎黄。吐詞分葩有國香，近君如雪六月涼。又似心醉醍醐觴，東南蔡子名飛翔。同隨天書拜未央，瑰瑋宏傑萬夫望。頰牙凜凜有風霜，文如神鼎爛龍章。鍾山長齋讀《老》《莊》，論兵説佛兩俱忙。不夸得硯文字祥，但願破敵如頹牆。我窮乞酒更得漿，仰看三虎争雄張。

輸麥行并序

余過宋，見倉前村民輸麥，止車槐陰下，其樂洋洋也。晚復過之，則扶車半醉，相招歸矣。感之，因作《輸麥行》，以補樂府之遺云。

場頭雨乾場地白，老稚相呼打新麥。半歸倉廪半輸王，免致縣吏相催迫。羊頭車子毛布囊，淺泥易涉登前岡。倉頭買券槐陰涼，清嚴官吏兩平量。出倉掉臂呼同伴，停亭酒美單衣换。半醉扶車歸路涼，月出到家妻具飯。一年從此皆閑日，風雨閉門公事畢。豺狐置免歲蹉跎，百壺社酒相經過。

君家誠易知曲

君家誠易知，易知獨難忘。西風牆頭吹葉黄，蟲絲當户理秋光。翠屏碧簟生朝涼，牀頭蟋蟀見焚香。鮫綃碎纈雙鳳凰，上元緑鬟遮耳璫。來車去馬官道傍，碧雲傳情何處郎，相望玉樹啼寒螿。

于湖曲并序

蕪湖令寄示温庭筠《湖陰曲》，其序乃云：「晉王敦反，屯于湖陰。帝微行至其營，敦夢日遶之，覺而追不及，故樂府有《湖陰曲》。」按晉《地志》，有于湖，而無湖陰。《本紀》云：「敦屯于湖陰，察營壘而去。」余頃遊蕪湖，問父老湖陰所在，皆莫之知也。然則帝至于湖，當爲斷句。乃作《于湖曲》以遺之，使正其是非云。

武昌雲旗蔽天赤，夜築于湖洗鋒鏑。巴漬緑駿風作蹄，去如滅没來不嘶。日圍萬里纏孤壁，虜氣如霜已潛釋。蚍矛賤士識天顔，玉帳髯奴落妖魄。君不見銅駞上陌塵沙起，胡騎春來飲灃水。浮江天馬是龍兒，鹭踏揚州開帝里。王氣尚懸五百秋，弄兵老濞生白頭。石城戰骨卧秋草，更欲君王分上流。

襄陽曲

西津折葦鳴策策，蟾蜍光入芙蓉白。山頭不雨賈船稀，日日門前江水窄。欲將烜赫招行人，旋起丹樓照長陌。銀屏深閉玉笙閒，自擘新橙飲北客。倏離暫合心未果，淚映雙眸爲誰墮。

少年行二首

騂弓鵲角蒼鵬羽，金錯旂竿盡貔虎。長驅直踏老上庭，手拔千將斬狂虜。歸來解甲見天子，金印懸腰封萬户。自爲大漢上將軍，高揖羣公佐明主。

少年賣珠登主門，主家千金惜一身。緑韝請罪見天子，尚得君王呼主人。鬬雞走馬長安道，豪傑驅來奉談笑。漢庭碌碌公與侯，畏禍憂誅先白頭。

代贈

洞房飛香作春霧，仙人勸酒香中語。明眸第二紫雲娘，鶯學歌聲柳如舞。蹙眉長歌澧有蘭，銀鉤請君春草篇。繁絃高張燭燒夜，玉壺未盡參在天。春泥雪消淮上路，東風浪欲驚客櫓。惱公舊事幾魂夢，過眼相逢一風雨。黄流清洛上天漢，吴山洞庭藏水府。漫題詩句寄歸舟，江口風狂那得渡。

白紵詞效鮑昭

揺輕裾，曳長袖。爲楚舞，千萬壽。新詞《白紵》聲按舊，朔風捲地來峥嶸。燕雁避霜飢不鳴，高堂酒多華燈明。回纖腰，出素手，髻墮鬟傾釵欲溜。爲君歌舞君飲酒，歲云暮矣七澤空。湯湯漢沔天北風，玉壺之酒樂未終。

片雪歌

瑶池一片孤飛雪，風急身輕飛不歇。誰將翠袖遮得歸，十斛明珠换與誰。金龜貴客迎將去，玉作輜軿載煙霧。人間不解桃李心，獨與琵琶自相語。主人白頭情不親，朱樓夜鎖梨花春。願同花落寄流水，飄出朱門隨路塵。長恐此生空已矣，從今失身輕薄子。人生但樂兩心知，誰是瓊瑶孰泥滓。鶯鷩中彈花辭樹，蝶散蜂驚春日暮。風光不斷流水長，不知片雪今何處。

寒食歌

東風芳草長，寒食春茫茫。人家掩門去，雞犬靜相將。原頭簇簇柳與花，行人往來長歎嗟。舊墳新塚纍纍是，裂錢燒酒何人家。桑上鳴鳩喚山雨，雨脚蕭蕭山日暮。歸來門巷正春家，花底殘紅落無數。北里悲啼夜未休，清絃脆管起南樓。古今歌哭何時盡，芳草白楊春復秋。去年巧笑鞦韆女，今年嫁作東家婦。綵繩畫柱似當年，只有朱顏不如故。百人學仙無一成，麻姑不見但聞名。萬斛春醪須痛飲，江邊漁父笑人醒。

東臯行

秋雲捲盡秋天清，東臯蕭條雞犬聲。黄葉吟風聲不平，芙蕖半落更有情。歸來僮飢羸馬疲，城頭樹暗烏欲棲。誰家朱樓人夜宿，微紅一點簾間燭。

贈楊念三道孚

黄鶴樓前月，清輝千里寒。娟娟過江北，送子到長安。長安百萬家，車馬無時閒。中天聳觀闕，四海會衣冠。憐爾薛蘿子，豪華駭新觀。蕭蕭囊中句，飢坐奏清彈。漫郎久不愜，逸詩生風翰。寄聲武昌魚，欲從傖父餐。

贈張嘉甫

浮舟大江里三千，歸掃先隴清淮壖。杜門古寺厭岑寂，夢寐清潁如家山。汝陰昔謬稱刺史，自愧何術甦恫瘝。平生爲吏甘淺拙，敢作蟊賊傷民田。未憂懷韍擊之去，乃欲築室買一椽。簞瓢三畝易辦耳，寄聲父老不汝干。長淮冬嚴龍蜃蟄，放舟出郭天宇寬。浮梁橫前蝸可纜，金塔却立儼難攀。修髯幼好此奇服，白璧刻珮鳴玦環。抱持微學不忍棄，清明竹木遭削刪。三年江湖友魍魅，一日寶府觀瑜璠。漸消鄙吝心自喜，追計存没涕亦潸。尋山把酒豈易得，客路霰雪衣裘單。塵埃可洗憂可豁，待君一勺玻璃泉。

贈馬十二時全玉沿檄過楚頃刻而別

我離海邊方季夏，子時別我西庭下。是時積雨河水深，卧看孤舟放清夜。爾來忽忽冬已闌，歲晚荒涼學官舍。那知復與子攜手，猶能頃刻聽清話。來時綠樹今黄葉，須信丹顔暗中化。別離易得當重惜，歲月難留足悲咤。人生坎軻多憂虞，萬事紛紛少休暇。況余飄泊不可常，幾度相逢卽衰謝。功名有命何足求，富貴無常來亦乍。隨珠彈雀雖有獲，口口纖塵千金價。我于世事甘不學，久師壁觀依僧社。辱君指我曹溪源，行雖未至寧辭駕。君如有志返丘壑，我卽求田買桑柘。卜鄰丈室聽談禪，更問老農求學稼。

宿龜山寺下贈旻師

淮流赴海何時窮，我生飄泊西復東。山中老僧舊相見，驚我非復舊時容。三年歷徧百憂患，遷就汲汲如飛鴻。人生易老古所歎，如我安得顏長紅　塵埃漫滅舊題壁，枝葉已拱當時松。我方奔走師已老，更念別此何時逢。眼看故舊懷抱豁，宴坐不覺聽山鐘。長淮月高人語絕，惟有塔鈴鳴夜風。

送邵郎中守同州

君不見漢家左輔百萬户，里胥夜驚厭桴鼓。爾來荆棘露霑衣，只有河山閱今古。邵侯風流華省郎，三十憑熊兩開府。不須閉閤決田訟，多屑石餅羞魚俎。東南文章舊人物，莫愧蓴羹便酪乳。仍煩細閲白沙龍，驌驦一骨今何所。

送劉季孫赴浙東

將軍好書如郤縠，文史隨船三萬軸。吟詩坐嘯士賈勇，不學虎頭飛食肉。念昔先君得佳語，歸見兒童咤珠玉。乖離存歿偶不死，十年遇公拜還哭。堂堂山西忠勇後，凜凜典刑在眉目。總戎南下聊復爾，健虜黠羌要頗牧。戈船水犀士扼虎，三江大湖浪翻屋。丈夫爲將亦不惡，寂寞揚雄老天禄。

惜別贈子中昆仲

寒雲崩騰不成雪，北風吹窗燈半滅。病來廢飲卧無眠，終夜吟詩聲不絕。南城三俊坐契闊，想對寒爐掉吟舌。行留一日誰有情？慰我與君千里别。

官閒

官閒吏歸早，歲晏寒欲盛。槐稀庭日多，鳥下人語静。幽花破寒色，過雁驚秋聽。酒賤莫辭沽，北風行欲勁。

病臂比已平獨挽弓無力客言君爲史官何事挽弓戲作此詩

君不見吾鄉少年曹子桓，文章七子相後先。有時擲筆事弋獵，邀輕截俊馳平原。獵貊名弓燕代馬，射雉歸來宴清夜。一聞驚倒荀令君，何物書生乃知射。我雖把筆笑腐儒，束腰待懸玉鹿盧。自從病臂憂親友，百嗜爲之心一枯。降癯無名天悔禍，奪之而與復完軀。但慚未使杯安肘，猶負當年門掛弧。便使凄凉身未伏，略聞弓馬氣猶粗。莫爲早衰須袖手，將軍臂折尚平吴。

離楚夜泊高麗館寄楊克一甥

水天夕雲重，不雨衣自濕。夜寒更士語，雞唱舟子急。青黄數宿莽，蒼茫暗原隰。高城亦何有，倚牆我獨立。

其二

客去水關閉，疏燈亦復收。川鳴半夜雨，卧冷五更秋。扁舟已寒暑，冉冉真乘桴。一燈照客睡，短夢良悠悠。

晚飯寶應

晚風吹古柏，落照明空山。深行得寶刹，崖嶺相回環。人遠草木遂，境出魚鳥閒。道人掃華堂，延我具晚飧。齋庖野菊美，石井新泉寒。既飽涉上方，浮香出林端。平生麋鹿志，彊學伏車轅。塵懷造勝絶，欲去猶三歎。

淮陰阻雨

橋竿日日春風轉，渺渺孤舟數家縣。朝來雨暗隔淮村，白浪卷沙吹斷岸。渡頭楊柳濕青青，橋下涓涓野水生。滿尺白魚初受釣，斷行歸雁故能鳴。平生行止任遲速，篷底欠伸朝睡足。從來江海有前約，老去塵埃無可欲。曉天暖日生波光，桃杏家家半出牆。春日春波好相待，短帆輕櫓底須忙。

春陰泊龜山寄圓明

東風淮聲鳴萬鼓，山頭孤塔藏煙霧。一庵老宿何處峯，孤舟倦客沙邊雨。楊柳梢頭春未多，白蘋汀下正滄波。莫向春陰開病眼，風煙如此奈愁何。

江城

江城寒食近，風雨作輕寒。花落已可惜，春衣猶怯單。畏人成不出，投老漸無歡。沽酒金明道，回頭與太蘭。

舟次安州孝感縣偶感寒疾臥病舟中復大風不可解舟晚方離

船頭風聲鳴萬鼓，扁舟繫纜沙邊樹。船中病客晝閉篷，睡起空江日亭午。雞犬蕭條數家縣，市聲已變淮南語。長年三老喚不回，一葉波間去如舞。

發岐亭宿故鎮作

我別竟陵時，楚稻如碧絲。秋風發齊安，稻穗如植旗。流年去荏苒，客路何逶迤。弛擔中林下，永負山中期。

其二

乘月入秋山，月午山蹊靜。森森松竹林，夾道散疏影。陰風留暗壑，白露蒙朝嶺。耿耿村雞鳴，坐感單衣冷。

其三

征人不敢安，蓐食待明發。朝衝石上雲，冷踏松間月。艱難付一笑，歲月驚屢閱。偃亞道傍松，茯苓應可掘。

宿峻極下院

天寒蒼山高，野寺在山麓。長林繫我馬，古屋留人宿。空巖陰風豪，逹旦號古木。平明出户望，曉日在巖腹。冰霜刮昏霾，萬丈森翠玉。山行日已久，常苦見未足。猶同賢者處，愈久歎如玉。傳聞峻極嶺，千里如在目。愧爾巖上僧，窮年玩幽獨。

初離淮陰聞汳水已下呈七兄

朝離淮陰市，春水滿川平。依依道邊人，送我亦有情。千里積雪消，布穀催春耕。人家遠不見，柳色煙中明。輕舟鳴榔子，野靜遥相應。連網收撥剌，嘉魚飽南烹。平生晤語歡，促膝聯弟兄。相逢古難得，白髮老易生。檣烏飛更北，汴柳緑相迎。從今淮山夢，却在鳳凰城。

寒獵

十月北風燕草黄，燕人馬飽弓力彊。虎皮裁鞍鵰羽箭，射殺陰山雙白狼。青氈帳高雪不濕，擊鼓傳觴打令急。戎王半醉貂裘眠，昭君獨抱琵琶泣。

臘月十八日早苦寒與家婦飲

寒夜不可旦，老雞鳴苦遲。晨興出户視，風折山樹枝。最愛堂東梅，冽寒亦弄姿。夜來月中影，窺我讀書帷。中庭石井欄，晨吸氣如炊。今日復何事，環珮聯冰澌。甆罌有芳醇，庖舍具鮮肥。地爐熾新炭，三酌對山妻。

東園

浮雲蔽亭午，白日成蕭森。餘涼入坐隅，瀟灑散煩襟。孟夏愛我屋，秀木成佳陰。衆果漸以熟，永日鳴山禽。杖履時一到，逍遥忘滯淫。舉頭天雨霽，落日低遥岑。

獨遊東園

清曉步東園，獨遊悵無侶。菰蒲緑已深，鵝戲春堂雨。取酒傍花傾，隔林邀客語。歸來春興闌，睡起日亭午。

秋池

平生落莫意，況此秋池側。寒水静無波，衰荷萎餘碧。蕭蕭動風鬢，照影感新白。來往雙浴鳧，爾生真自得。

菊叢

下根盤秋泥，上葉披宿雨。惟餘黃金蕊，秀色日夜吐。寧須薦九日，但惜歲行暮。吾將屑落英，持泛蘭皐露。

上巳日洛岸獨遊寄陳永寧

風雩感賢遊，嘉節偶乘輿。人稀好鳥語，麥秀春野静。澄波漾清洛，遊子度明鏡。南山夜來雨，雲日淡相映。解鞍憩高柳，覽物動新詠。優遊徒侶歡，豐熟蔬果盛。官閒省文檄，俗古少諠競。乘閒聊獨遊，茲焉愜吾性。

獨遊崇化寺題觀音院

默默苦不展，駕言陟崇岡。人遠塵坌息，高門開寶坊。華簷敞虚殿，喬木護修廊。閒庭引幽步，偃息得茲堂。惟時炎火衰，清秋朝暮涼。窗虚竹色静，風遠松聲長。遥山露雲表，遠水連天光。獨遊不自得，遐眺有餘傷。留滯感華歲，登臨思故鄉。言歸日已夕，月出林蒼蒼。

洛水

洛水秋深碧如黛，亂石縱横瀉鳴瀨。清明見底不留塵，日射澄沙動璣貝。南山秋風已蕭瑟，倒影上下迷空翠。何當載酒縱扁舟，一尺鯉魚寒可鱠。

美哉

美哉洋洋清潁尾，西通天邑無千里。舸艤大艑起危檣，淮潁耕田汳收米。芒芒陂澤帶平原，古時溝澗還相連。昔日屯田戍兵處，今人阡陌連丘墓。今年雨足種麥多，北風吹桑鳴空柯。高城回望鬱嵯峨，豐年閭井聞笙歌。河邊古堤多老柳，去馬來船一回首。百年去住不由人，歲暮天寒聊飲酒。

三龕

萬穴列巖壁，三龕獨雄夸。封山鑿其骨，開像儼且呀。悲哉輕人功，不計歲月賖。像成竟何補，國破荒蓬麻。悠悠清伊水，去去縈山斜。晚渚棲暝鷗，夕波戰餘霞。陵谷良未遷，古今如轉車。惟應千年鶴，歸顧時咨嗟。

題廬阜官廳壁

平生山水興，今夜宿東林。落日樓殿影，西風鐘梵音。雲橫杉閣迥，雨過虎溪深。脚力猶堪在，他年當重尋。

題江州琵琶亭

危亭古榜名琵琶，尚有楓林連荻花。嗚呼司馬則已矣，行人往來皆歎嗟。司馬風流映千古，當日歌詞傳樂府。江山寂寞三百年，潯陽風月知誰主。我今單舸犯江潭，往來略已徧東南。可憐千里傷春眼，不待琵琶淚滿衫。

偶書

秋陰漫漫幾千里，赤壁磯前天接水。連檣接柂不復行，老魚擘波時出戲。黃橙紫栗收如積，青錢買酒不堪惜。北人歲久厭南飧，山邊有路何時還。

其二

窮秋晝夜陰如山，夜不見星朝蔽日。枯疇已穫大野空，怒江未落連州沒。長魚撥剌不受鈎，漁子高眠守蓬蓽。紫髯舊官誰復遊？鼎峙雄心久蕭瑟。

其三

周郎戰處滄江回，魚龍蕩潏山石摧。荆州艨艟莫舉櫂，走君不勞一炬灰。當年雄豪誰復在？喬木荒烟忽千載。蘄州截作寸笛材，一寫山川萬古哀。

馬周

馬周未遇虬髯公，布衣落魄來新豐。一樽獨酌豈無意，俗子不解知英雄。賢豪相逢自相得，一語君王見胸臆。當時豈不爲人言，聾耳安能爲君側。

福昌秋日效張文昌

秋野無人秋日白，禾黍登場風索索。豆田黄時霜已多，桑蟲食葉留空柯。小蝶翩翩晚花紫，野鵶啄粟驚人起。洛陽西原君莫行，秋光處處傷人情。

其二

黃葉蕭蕭秋水清，田中日午村雞鳴。場頭九月禾黍熟，空原雉飛飽新穀。棘籬蟲鳴村路曲，道邊古墳生野菊。人稀田闊草茫茫，洛陽秋深能斷腸。

臨文

一病廢百嗜，好文心未忘。南窗納虛明，羅列陳縑緗。茫昧考巢燧，典章斷虞唐。清妍進屈景，雋永旌蘇張。少往不自料，遇事形文章。誤逢作者歎，因復力披攘。蹉跎生白髮，始紬石室藏。粗見漢家事，濡毫時否臧。文詞比工祝，不殊公卿行。何用疲心精，舍本棄耕桑。讀賦意凌雲，律令尊張湯。榮華繫遇合，才技無短長。頗師老氏術，抱朴和其光。無營以卒歲，刻意翰墨場。

秋日獨酌懷滎子邕

新秋一杯酒，風雨早涼天。眷言西鄰友，咫尺莫能前。豈無病羸馬，泥滑不勝鞭。端居何爲者，落莫掩書眠。高柳颯已疏，碧草留餘鮮。衰懷感徂節，客舍悲流年。孤吟誰與和，獨酌還醒然。新晴野路乾，期子南山邊。

春陰

春山苦多昏，陰靄晝長暝。鳥鳴欲成巢，冰泮魚已泳。薄寒方未已，慘切有餘勁。霏霏晚雨飄，黯黯夕氛凝。高鴻戢南翮，布穀謹新令。班班農在田，冉冉麥將盛。官閒倦無侶，覽物偶乘興。無辭數攜酒，溪柳黃欲映。

秋興

八月禾黍熟，登高望川原。山河豁清霽，風日開明鮮。晴光散草木，餘爽厲淵泉。飄飄孤飛鵠，擊搏無留拳。幽獨感摇落，端居驚歲年。誰爲知心者，賴有濁醪賢。

秋日晨興寄楚望

夜雨霽清曉，浮雲散涼川。幽人理青髮，汲彼石井泉。焚香展素帙，持珠諷妙言。晨暉淡幽揚，秋霞麗紺天。花萎開露餘，孤葉零風前。感此芳節晚，長嘯心悠然。傾觴散滯念，餐菊留華年。牢落歲暮心，非君誰與宣。

苦雨

春淺天尚寒，雨多聲入夜。幽人不出門，坐惜梅花謝。庭竹未抽萌，酴醾將復架。芳時喜病愈，淺酌供清話。趨世劇曳牛，投閒如噉蔗。因逢老農談，悔不初學稼。

不雨

齊安一春雨不足，稻畦土堅不入穀。城中赤日風吹沙，老鴉銜火燒竹屋。百尺長繩抽井底，井中泥滓多于水。潭邊龍祠懸紙錢,誰令霹靂驚龍眠。

喜雨

陰陽不暫駐,今夕已秋風。晨興絺綌冷,歲月驚衰翁。朝煙爨薪濕,小甲蔬畦空。且復一杯酒,吾生不終窮。

其二

手種五色蕉,意待聽秋雨。南風扇旱日,破葉萎不舉。霧霈未終夕,綠潤遽如許。秀色入書幃,已覺青鸞舞。

喜雨止

敬亭與吾期,今日雨當止。静掃峯頭雲,秀色粲如喜。我慚無以酢,園逕欣細履。夜來四簷聲,添我北池水。破圩久不補,積潦齧其址。南人麥禾薄,稻隴魚尾尾。豐穰未敢望,疲飢何由起。飽食但高眠,自慚稱刺史。

春早

大野拱連山,晴空轉規日。青春散坱莽,積水中蕩潏。欣欣見羣動,咄咄争湧出。滯留無好懷,風景獨蕭瑟。離羣與誰語,塊坐守蓬蓽。卮酒樂餘春,沉憂畏生疾。

其二

風雲閒益高，旱色起諸嶺。施生澤未渥，曉氣挾餘冷。飛沙摻桃李，碧草思耿耿。麥根不走地，稻壠卧陳梗。蛟龍且偷安，雷電勢欲逞。憫農非我事，剛復念閭井。

次韻錢大尹公庭種菊

人才因齊量，能尺不能咫。誰如錢京兆，獄訟閒書史。平明吏擁堂，過午掃階戺。風威變姦傲，應若度淮枳。清秋動高興，庭菊粲可喜。栽培豈無情，收拾自棄委。客來擷芳秀，歲晏聊爾耳。新涼一尊酒，九日意在彼。何必餐落英，離憂對蘭芷。

庭菊

窮秋慘無姿，所向盡枯槁。可憐中庭菊，灼灼顔色好。豈無風霜苦，所守良自保。清商振驅除，爾獨傲百草。煌煌中央色，嚴麗謝浮姣。山家有薄酒，爲爾數傾倒。嘗聞仙人術，採餌庶難老。呼童掃藥齋，遲爾寒英擷。

聞蛩有感

遥夜飛螢動秋思，獨卧空山驚晚歲。可堪六月已聞蛩，日暮咿咿響庭際。關河多風氣蕭索，碧樹先秋早摇落。鳴機夜織常怨寒，白紵吴衫苦輕薄。年年促織誰最悲，堂上美人愁翠眉。清砧搗練對殘月，玉筯啼紅裁遠衣。唐風詩人勸其主，行邁苦遲嗟歲暮。山城聽汝已三年，三年白髮多于故。飄飄秋夢到江湖，我欲東歸鱠碧鱸。安得爲爾將雙淚，歲歲風前沾客裾。

近清明二首

斜日去不駛，好風來有情。江城過風雨，花木近清明。水樹閒照影，山禽時引聲。吾年行老矣，淹泊蹇何成。

冉冉春向老，昏昏日復斜。鮮歡常上酒，不睡更烹茶。幡起煙中□，雞鳴林外家。陳王鬬雞道，風柳不勝斜。

青春

青春忽妍好，半嶺麗朝陽。谷鳥喜相見，園花明晚妝。閒居躭道味，吟眺惜風光。扣户有佳客，悠然三舉觴。

暮春書事

冉冉春將老，悠悠晝掩關。鳩鳴高柳暗，雨細廣庭閒。塵榻談無客，風簾望有山。銜泥新燕子，一一及時還。

其二

漠漠山雲合，簷風透薄帷。柳藏陰後絮，櫻壓雨中枝。坐暖晨杯罷，香濃午睡遲。薄寒猶故在，再取紫貂披。

其三

林花飛已久，芳草雨餘長。人静槐庭午，簾斜竹院涼。沾泥新筍白，封蠟煮醪香。莫厭殘春醉，流鶯勸舉觴。

正月六日元豐七年。

楊柳梢頭臘雪消，東風猶著晚寒驕。新年花柳傳芳信，去臘星霜變斗杓。來共春煙晴冉冉，灑隨疏雨淚蕭蕭。峨嵋一閉年華改，縱有遺魂可得招。

寒食贈遊客

陰陰晝幕映雕欄，一縷微香寶篆殘。寒食園林三月近，落花風雨五更寒。箏調寶柱絃初穩，酒滿金壺飲未乾。明日踏青郊外去，綠楊門巷繫雕鞍。

夏日雜興

隔牆泉下是東陂，細柳涓涓入我池。一部笙簫寒竹響，百年風雨古槐姿。果懸幽檻朱初熟，蔓度東牆翠欲垂。野趣轉深身愈老，祇應寂寞畏人知。

早秋感懷

永日付悠悠，年華逝不留。風聲送殘暑，雲色淡新秋。吾道儻有待，窮通寧遽憂。朝來望清潁，一雁下汀洲。

落日

落日西風急，空山客獨驚。夕雲寒不動，秋木暮多聲。粟厭周人飯，蓴思故國羹。南飛有征雁，羨爾羽毛輕。

落寞

歲晚苦落寞，獨遊情易傷。晴溪沙漾碧，秋徑葉鋪黃。幽菊開經雨，疏槐老耐霜。閉門無俗客，攄散有林塘。

次韻和王彥昭九日湖園會飲

故人憐寂寞，九日共登臨。天地客行遠，山河秋色深。狂來能醉舞，興罷獨悲吟。莫怪淒涼甚，多憂損壯心。

冬日書事

景短冰霜地，人稀豺虎村。風連諸壑動，日帶亂山昏。浩蕩空迴首，蕭條獨掩門。東周舊耆老，留滯飽知言。

冬夜

慘慘諸山暮，寥寥老樹空。尚飛霜雁急，不動雪雲重。冷掛寒燈壁，悲傳夜柝風。隔窗無限竹，蕭颯到晨鐘。

其二

歲晚轉無趣，席門誰駐車。澗泉分當井，山葉掃供廚。謀拙從人笑，身閒讀我書。幸知霜霰晚，時得灌園蔬。

冬至後三日

水國過冬至，風光春已生。梅如相見喜，雁有欲歸聲。老去書全懶，閒中酒愈傾。窮通付吾道，不復問君平。

山夜

更漏孤城迥，簾帷静夜長。天高風送雁，月冷樹浮霜。晚菊差遲緑，高桐次第黄。曉來南國夢，不覺寄他鄉。

東堂夜坐偶成示秬秸和

東堂歲云暮，永夜有餘清。月暗雁程急，霜嚴雞夢驚。微明旁舍火，斷續戍樓更。老眼渾無睡，偏聞曉雨聲。

同晁郎及秬秸步遊乾明晚逾柯山歸

野水菰蒲秀，荒陂薺麥長。卑田留積雨，荒寺掩斜陽。遠樹連雲夢，羣山近武昌。言歸日已夕，村逕度牛羊。

離宿州後寄兄弟

落日村橋涕泣漣，東風疋馬去翩翩。兩行綠樹當隋岸，一片春雲限楚天。忘意致身常許國，強顏得祿廢求田。幅巾會作淮南叟，白髮相收一釣船。

久陰忽晴作詩寄秬秸時二子沿幹在陽翟鎮

想爾扁舟野岸橫，久陰今旦喜晴明。天寒野曠北風利，雪霽江渾春水生。家近涷醪時可致，旅庖鳴雁足供烹。東園早作歸來記，紅紫欣欣日向榮。

謁告之楚出都晚泊

馬跡不在眼，浪聲初拍船。蒼禾荒霽澤，紅樹表霜川。淮海南浮地，星辰北拱天。東方聊一飽，楚稻不論錢。

離宛丘斗門

檣烏映高柳，晚門近晴川。野日離煙樹，風霜斷夕天。牛羊知別墅，燈火認隣船。獨客歸何晚，平蕪遠更連。孤城飛鳥外，春水片帆前。蕭瑟孤征恨，更深獨未眠。

驅馬

騤騤驅馬去，秋晚思悠哉。日暖禾黍熟，霜晴鴻雁來。晚篁經雨出，幽菊挽寒開。官冷無拘束，尋山肯易迴。

惠莊道中

山雨夜塵息，林霜晨氣清。荒城餘古木，破塚有新耕。風俗通秦壤，川原抱洛京。憑高將馭馬，指點問山名。

宿東魯火店

夕陽低欲盡，春淺色蕭條。暝色催歸牧，炊煙向晚樵。疏星臨水際，遠火隔村橋。黯黯柴門夜，棲鴉對寂寥。

過少室

驅車繼日未知勞，翠靄嵐光下褐袍。日暖峯巒開少室，雪餘松柏近嵩高。山行歲晚風霜苦，地勢西來氣象豪。勝事笙歌紛滿目，煙霞深處欲誅茅。

春日偶題

隔壁桃花暖鬬粧，好風時有過牆香。滿園芳草無人種，何事春來特地長。

清明船中書事二首

清明不到旅人家，乞火隣船自試茶。弄柳好風低作舞，夾船春浪細浮花。

巢烏噪處緑楊村，寒食人家盡掩門。麥壠曉風收宿潤，煙村午日漲春昏。

夜來

夜來風雨掠餘春，晏起蕭條一病身。三月長安泥浩浩，懶隨車馬作遊人。

十八日

寒食清明人意閒，春城士女出班班。柳黃花白樓臺外，紫翠江南數疊山。

偶成

乍晴幽步踏斜陽，殘潦青苔曲徑荒。風送落花填小塹，雨催芳草上空牆。

夏日池上三首

新蟬樹上空遺蛻，野鵲啣雛爭小蟲。粉沾衣袖竹枝雨，香滿水亭荷葉風。
落日鳴蟬夏木荒，芙蓉半落柳成行。何人紈扇生新恨，亭館迎秋夜夜涼。
拒霜灼灼欲破紅，夜來雨惡荒蘭叢。空庭無人日色午，但聽桐葉驚秋風。

秋日卽事二首

支離卧病不知秋，暑退初驚大火流。蟋蟀知時鳴近壁，銀河照夜直當樓。
蕭蕭衰草傍牆生，中有寒蟲白日鳴。秋物荒涼禾稼熟，悠悠驅馬水邊行。

昏昏

昏昏落日下牆東，歷歷晴雲送去鴻。歲晚蒼槐甘老大，盡將黃葉付秋風。

正月十日雪晴

西窗融雪飄如雨，故與新春作薄寒。昨夜雁聲渾向北，夢魂隨去度關山。

楚城曉望

鼓角凌虛雉堞牢，曉天如鑑絕秋毫。山川搖落霜華重，風日晴明雁字高。

登乘槎亭

海天秋霧暗乘槎，風響空山浪卷沙。杳杳櫓聲何處客，一帆衝雨暗天涯。

題水閣

積雨荒池水欲平，軒窗長夏有餘清。公餘一枕滄浪夢，卧聽風荷受雨聲。

崇化寺

樓殿沉沉鎖夜煙，秋燈一點佛龕前。梧桐葉上三更雨，亦有愁人獨自眠。

聞鵓鴣

紙窗將白燭微明，鵓鴣枝頭一兩聲。却憶去年桃李後，淮陽旅舍聽殘更。

具茨集補鈔

晁沖之，字叔用，濟北人。説之從弟，在羣從中獨不第。授承務郎。紹聖以來，黨禍既作，超然獨往。有《具茨集》。

謝胡御史寄茶兼簡朱郎中

諫議茶猶寄，郎官迹已疏。斜封三道印，不奉一行書。會遠長安去，終臨顧渚居。大江清見底，爲問客何如。

送一上人還滁州瑯琊山

上人法一朝過我，問我作詩三昧門。我聞大士入詞海，不起晏坐澄心原。禪波洞澈百淵底，法水蕩滌諸塵根。迅流速度超鬼國，到岸捨筏登崑崙。無邊草木悉妙藥，一切禽鳥皆能言。化身八萬四千臂，神通轉物如乾坤。山河大地悉自説，是身口意初不喧。世間何事無妙理，悟處不獨非風幡。羣鵝轉頸感王子，佳人舞劍驚公孫。風飄素練有飛勢，雨注破屋空留痕。惜哉數子枉玄解，但令筆畫空勝騫。君看瑯琊釀泉上，醉翁妙語今猶存。向來溪壑不改色，青嶂尚屬僧家園。

覽古

遥岑不娱人，蒼茫頗愁絶。東南有斷梁，水寒不可涉。西闉不欲往，旦暮畏喋褻。歸來坐北堂，悠然理書策。之人阿堵中，雖死情不隔。周公徂東山，仲尼陳蔡厄。大儒且不遇，小子何足責。時命姑置之，胡爲常促迫。

至日

短晷催長至，新晴改故陰。風霜遊子鬢，節序異鄉心。合坐呼盧轉，分曹舉白深。百年家魏闕，存没一沾襟。

次季此兄九日韻

清秋九日至，晚菊兩三開。愁把他鄉酒，思登故國臺。賜懷朝士寵，詩想從臣才。向晚能無淚，飄飄雁影來。

夜坐

入夜暑氣薄，輝輝星滿空。鈎簾倚新月，却扇受微風。痟渴幾時愈，浮槎何處通。輕生一快意，波浪五湖中。

梅

素月清溪上，臨風不自勝。影寒垂積雪，枝薄帶春冰。香近行猶遠，人來折未曾。江山正蕭瑟，玉色照松藤。

行泌水上

肅肅郊原静，牛羊草樹間。石磯寒不掃，水閣静常關。故里無消息，孤城絶往還。多愁獨來此，猶得見河山。

道中

北風吹雨不能晴，羸病人騎瘦馬行。鬢髮向來渾白盡，半緣憂患半多情。

陵陽集補鈔

韓駒，字子蒼，蜀之仙井監人。政和中召試，賜進士出身，除秘書省正字。累除中書舍人，兼權直學士院。高宗卽位，知江州。有《陵陽集》。

恭賦御畫雙鵲圖

君王妙畫出神機，弱羽爭巢並占時。想見春風鳷鵲觀，一雙飛上萬年枝。
舍人簪筆上蓬山，輦路春風從駕還。天上飛來兩烏鵲，爲傳喜色到人間。

戲作冷語

石崖蔽天雪塞空，萬仞陰壑號悲風。纖絺不御當元冬，霜寒墜落冰谿中。斲冰直侵河伯宮，未若冷語清心胸。

劉童子七歲能誦書部使者聞諸朝旣至京師會更制不果試其歸也以二小詩送之

七歲瀾翻數萬言，飢鷹引子望騰騫。時平不用甘羅輩，寂寞提書歸故園。

不作西京童子郎，時人已自識黄香。還家更誦五千卷，十八重來詣太常。

題修師陽關圖

風煙錯漠路崎嶮，倦客羇臣淚滿衿。何事道人常把翫，只應無復去來心。

題楊妃馬上圖

翠華欲幸長生殿，立馬樓前待貴妃。尚見君王一回顧，金鞍欲上故遲遲。

謝泉州連使君寄子魚

驛騎持書自海旁，開籃剩喜子魚香。紅螺紫蛤俱羞避，獨許渠儂近酒觴。

題李伯時畫背面仕女

睡起昭陽暗淡妝，不知緣底背斜陽。若教轉盼一回首，三十六宫無粉光。

題李伯時畫太乙真人圖

太乙真人蓮葉舟，脱巾露髮寒颼颼。輕風爲帆浪爲檝，卧看玉宇浮中流。中流蕩漾翠綃舞，穩如龍驤萬斛舉。不是峯頭十丈花，世間那得葉如許。龍眠畫手老入神，尺素幻出真天人。恍然坐我水仙府，蒼煙萬頃波粼粼。玉堂學士今劉向，禁直岧嶤九天上。不須對此融心神，會植青藜夜相訪。

代妓送葛亞卿

劉郎底事去怱怱，花有深情只暫紅。弱質未應貪結子，細思須恨五更風。

絶句

憶將南庫官供酒，共賞西垣敕賜花。白髮思春醒復醉，豈知流落到天涯。

贈向巨原

老子真祠地，君來覓紙題。文如士衡俊，年與正平齊。聞說鍾陵郡，官居章水西。涪翁詩律在，佳處可時攜。

鷄肋集補鈔

晁補之，字无咎。年十七，從父端友宰杭州之新城，著《錢唐七述》，受知蘇軾。舉進士，試開封及禮部別院，皆第一。元祐中，爲著作郎。紹聖末，謫監信州酒稅。起知泗州，入黨籍。有《鷄肋集》。

行路難和鮮于大夫子駿

贈君珊瑚夜光之角枕，玳瑁明月之雕牀，一繭秋蟬之麗縠，百和更生之寶香。穠華紛紛白日暮，紅顏寂寂無留芳。人生失意十八九，君心美惡誰能量？願君虛懷廣末照，聽我一曲關山長。不見班姬與陳后，寧聞衰落尚專房。

自題畫留春堂山水大屏

胸中正可吞雲夢，盞裏何妨對聖賢。有意清秋入衡霍，爲君無盡寫江天。

塔山對雨

山外圓天一鏡開，山頭雲起似浮埃。松吟竹舞水紋亂，坐見溪南風雨來。

謝王立之送蠟梅

去年不見蠟梅開，準擬新年恰恰來。芳菲意淺姿容淡，憶得素兒如此梅。立之家小鬟。

八音歌答黄魯直

金蘭況同心，莫樂新相知。石田罹清霜，念此百草腓。絲看煮繭吐，壬聽憤悱語。竹馬非妙齡，美人恐遲暮。匏繫魯東家，今君尚天涯。土膏待陽暉，氣至如咄嗟。革薄難爲廓，士迫下流惡。本無松柏心，穴處螻蟻托。

次韻李秬梅花

寒巖幽霧不曾開，殘雪猶封宿草荄。一萼故應先臘破，百花渾未覺春來。慚非上苑青房比，誤作唐昌碎月猜。常恨清溪照疏影，横斜還許落金杯。

次韻李秬雙頭牡丹

寒食春光欲盡頭，誰抛兩兩路傍毬。二喬新獲銅臺怯，雙隗初臨晉帳羞。月底故應相伴語，風前各是一般愁。使君腹有詩千首，爲爾情如篆印繆。

次韻李秬約賞牡丹

天紅穠綠總教回，更待清明穀雨催。一朵故應偏晚出，百花渾似不曾開。常誇西洛青屏簇，久説南徐紫錦堆。任是無情還有意，不知千里爲誰來。

道鄉集補鈔

鄒浩，字志完，常州晉陵人。元豐五年進士。擢右正言。坐諫立劉后，謫新州。徽宗朝，遷吏部侍郎，再謫永州。大觀元年，復直龍圖閣，卒。入黨籍。高宗朝贈寶文閣學士，謚曰忠。有《道鄉集》。

送俞秀老歸維揚

踏雪驅驅原憲履，御風獵獵老萊衣。情投豈比鍾山出，興盡還同剡水歸。煬帝池邊松蔭遠，維摩室内燭光微。攜筇促席徜徉處，應記當年接下機。

過永州澹山巖作

我入幽巖亦偶然，初無消息與人傳。訓狐戲學仙伽客，一夜飛鳴報老禪。

寄樓謙中

三年客揚州，鄙吝誰與晤。美人海上來，青眼獨余顧。荒凉弔遺蹤，每每參杖履。敗意無俗物，欣快平生遇。陶令今杜門，習懶殆成痼。麈尾掛壁間，琴書自朝暮。匡山正倚天，枕漱實幽趣。清壯增筆力，重規謫仙句。相望越千里，款段不獲驅。何當繼疇昔，把手論情素。惟有月下桐，秋聲已如故。

效十二屬體

區區鼫鼠技不優，鼓刀要使無全牛。力探虎穴必有獲，縱如兔窟焉能謀。好龍既久乃龍至，畫蛇添足豈蛇侔。驄馬御史風烈在，瘦羊博士聲名流。棘端猶作刻猴用，寶鼎忽患烹雞求。相狗他年會見賞，牧豕海上非吾憂。

陶丘得旁字。

山河融結皆奇狀，此丘之形誰與覡。一成爲敦再爲陶，二帝昌時已詢訪。至今《禹貢》名字存，氣勢仍容菏澤傍。普天率土此其中，雜遝舟車來四向。分茅開國南面尊，屢致千金謝齊相。爾來日月幾春冬，興廢相尋人物上。紛紛萬事已塵埃，此丘迤邐初無恙。平生苦死嗜登臨，准擬攜笻事疏放。冷雲寒日滿荆榛，蕞爾令人重悽愴。會須東走泰山巔，縱目乾坤更何障。

次韻羅正之提刑見寄

天邊故人贈明月，恍惚如臨滄海闊。幾年麈尾阻清談，一日中腸寬百結。鍾君骨朽誰能琴，流水高山猶到今。平生宮徵愧伯牙，邂逅夫子還知心。相期端欲追前古，諸事斯言逃責數。青雲窮達豈須論，廊廟由來齊子午。

王景亮攜晁無咎清美堂記來求詩爲賦此一篇

先生不出二十年，幅巾種樹老盧泉。盧泉水木清且妍，築堂流水茂樹間。晁侯作記筆如椽，畫欄素壁青瑶鐫。明珠白璧光射天，先生矜詫喜欲顛。春歸野岸緑漪漣，青山東缺如斷環。雪消風軟山蒼然，杏梢紅破臙脂寒。先生醉狂夢思山，自駕草車束塵編。上堂讀書門畫關，金徽朱絲弄猗蘭。相思古人太古前，若非豪士魯仲連，卽是幽人梁伯鸞。先生好學老益堅，少時不信功名艱。青衫屢補韠决穿，晚知有命絶可憐。歸來自買汶上田，穲稏香露凝秋殷。只知留客有酒錢，肯問釜粥寒齏酸。拖金曳繡卷曉班，何似布褐煖且寬。先生所願一何廉，貴人孰與先生賢。朱門銅臭厨肉羶，夜闌白月照管絃。美人一笑夭桃然，安知賢達死丘園。正恐後世終無傳，此意已輸先生先。我今欲歸無由緣，蕙帳依約聞清猿。何時相從一醉眠，梨花楊柳傍禁煙。曾點浴沂春衣單，德公渡沔應已還，山中桂枝聊攀援。

三朡亭

結構安在哉，荒凉但郊藪。無言對斜陽，青天漫搔首。惟餘舊時春，年年暗楡柳。棄置勿復論，興衰古來有。

成陽

茅茨土階不圖好，想見遊宫滋草草。有時警蹕從天來，誶語應無路傍老。可封之民紛萬邦，豈獨兹城知所保。穀林南畔今何如，煙草茫茫車馬道。

韓園

春風挽我出，邂逅陪友生。濱湖足勝事，繫馬聊班荆。疏柳傲清淺，孤芳媚晴明。禽哢雜魚躍，日轉無人行。此間已深趣，繼踵仍高情。犀局自勝負，玉軫誰虧成。盈樽不在飲，會意時一傾。豈減七賢遊，亦云四者并。如何渺茫外，忽起絲竹聲。未暇從爾爲，目斷陘山横。

次韻仲弓見懷

與子風雨散，掩關非世喧。琴書到古人，危坐屢忘言。何當同此趣，脱略文物繁。歲晏猶清居，厲節真王尊。

次韻崔光先見簡作詩催春色

春遊有客忘朝暮，酷似經星好風雨。豈知仲蔚長蓬蒿，寂寂儒宫栽一畝。新詩故委黄耳來，舌在驚疑爲頻吐。鴻鈞密運掃轍蹤，萬物終然歸鼓舞。去年枯槁欲樵蘇，今已蕃鮮媚農圃。我家吹律信參天，苗裔非才閔無覩。族寒官冷自離奇，安能仰贊媧皇補。廟堂燮理皆少年，佇見囊金罄花塢。

次韻德符過曾園

東方澹殘星，車馬各有之。心落聲利間，摇摇無静時。幽人獨朝徹，蟾光濯漣漪。賦詩鷗鷺邊，妙絶中郎詞。青眸正相向，白駒忽已馳。歸來過我談，聞風徒振衣。

戲世美

楊家絶藝十六絃，公卿往往趨賓筵。妙齡才子更豪酌，月中醉倒西湖船。楚宮殘夢幾春曉，五陵好事猶喧傳。只今展江嘗託足，香風帶恨留苔錢。誰令故人不他寓，揭來亭上仍秋天。幽花脈脈鑑清漢，似與當塗争嵬妍。此心如水亦滉漾，那堪鋍撥還鏘然。驊騮夜半解歸鐙，青燈炯炯空韋編。砧聲漁唱起何許，坐久波面生寒煙。故應鷗鷺有深意，忽焉鼓翅鳴窗前。

次韻德符訪世美

秋晨飯香積，舉袂清風生。揭來展江道，老木森亭亭。纖埃不隨步，昨宵寒露零。人境兩相值，簡編煥新晴。遷固久黄壤，椽筆窺羣英。崔子獨異趣，一笑鉛槧輕。詩成似金鑰，爲我開塵扃。

次韻和韓大資湖光亭對雪之什

巖廊未旋歸，故國聊自晦。塵表澹崧高，胸中妙天對。豐年隨政還，嘉雪徧境内。從容陟九層，指顧紛百態。經綸動初心，枯槁入長嘅。雖陳北海樽，終念東皐耒。只應沙路乾，依前符帝賚。

次韻世美見寄

鼻端漫故蠅，心與天地遠。判合亦何常，從古車輪轉。君不見儒衣攘攘趨白頭，幾人管鮑情相投。我豈季孖難之鄉，行矣同聽黃栗留。

再宿南堂分韻得星字

夕雲不成雨，冉冉東南征。涼月掛河漢，鮮風起階庭。蛩韻響新織，螢光駛流星。誰知亦有念？夙駕在青冥。

詠路

赤路如龍蛇，不知幾千丈。出没山水間，一下復一上。伊余獨何爲，與之同俯仰。

榴花

閣東閣西安石榴，兩株相映花枝稠。山高江闊萬木葉，獨此爛熳開不休。有如牙門集纓紱，碧油幢外紅光浮。又如青天駐羲御，火龍鱗鬣驚人眸。朝朝暮暮看愈好，直若有意寬離憂。無窮歸念姑且置，欄邊取醉商聲謳。

仙宫嶺

曉雲生嶺端，遮日成清陰。炎氛遽辟易，興逸安能禁。仙宫風塵表，高高百千尋。石路上曲折，健足猶難任。綽約兩仙子，雙鬟坐沉吟。巫覡意何許，門窗藤蔓深。樵叟向我言，自古傳至今。去州五十里，有峒鬱森森。陶家李家女，年各勝巾衿。恍惚若逢遇，相與登崎嶔。一朝作蟬蛻，英魂不墜沉。鄉人共祠之，髣髴來顧歆。水旱禱輒應，民吏同所欽。言已叟仙去，四望祛煩襟。回環萬峰巒，插雲皆玉簪。滔滔兩川流，會合通梧潯。虛徐韻長松，飛鳴集珍禽。我罪貸五鼎，我軀重千金。雖居瘴癘鄉，肯使瘴癘侵。囊衣完舊裾，匣劍存初鐔。中和王度新，祈招詠愔愔。賜環諒匪朝，聊以寫我心。

有感

雲回雨歇天欲晴，鵓鳩喚婦皆和聲。山南山北樹陰裏，歡然相趁争飛鳴。伊余流竄止平樂，妻孥尚寄瀟湘城。五嶺横空喚不聞，不如鵓鳩猶有情。

九日對菊

不雨江亦乾，草木翳塵土。重陽到眼前，菊蕊猶未吐。鄰家一株來，高才尺四五。種之小庭中，亦自足風矩。摘蘂以當花，茱萸可爲伍。泛我流霞杯，喜色動眉宇。頽然逍遥遊，妙處有誰睹。淵明何人斯，東籬傲今古。

少隱惠所畫瀟湘雪景

永州城北十五里，二水初同爲一水。天花開玉滿前飛，人在故人亭子裏。

其二

將謂雪消無覓處，元來只在毫端住。爲余展出凍雲天，一片瀟湘宛如故。

次韻錢岊雪中

六出飛瓊玖，雲愁正臘天。寒聲生密竹，爽氣徹純綿。故苑風初靜，重樓月向圓。何當酬此景，醮甲引金船。

次韻王賢良贈陽先生

修塗幾閱歲終窮，鶴唳猿啼蕙帳空。杖屨何當歸舊隱，靜看五柳颺春風。

戲孫揚休

啾啾僧坊寄日邊，晚移窮巷避諠闐。羹藜不飽同攻苦，秣馬言歸獨處先。木葉已隨風力遠，霜輪行作璧形圓。衣冠返敝文昌路，何似高堂坦腹眠。

石適中

南明山下讀書堂，曾許寒生借燭光。高誼豈殊親骨肉，令人無復念家鄉。那知十載天涯別，忽起三泉薤露傷。追恨故時攜手處，焉能執紼助棺傍。

祭山口堤上

煙籠官柳柳籠堤，風引澄波細細移。駿馬不知鞍上意，回頭已是獲麟陂。

戲王寬之

晚來聞説醉黄封，絃管欣欣急雨中。應笑西鄰少風味，一罏沈水對梧桐。

聽泉

天中懸日月，激激正鳴泉。洗耳豈吾事，披襟聊石邊。焦桐無雜弄，佩玉有羣仙。欲識偃溪語，于今蹄與筌。

順陽東山下小池

行盡江山知幾重，山前池沼尚殘紅。塵埃滿眼欣相見，駐馬垂楊夾岸風。

送薛唐卿赴省試

河東文物久塵埃，之子亭亭鬱有材。已見中天鳴鸑鷟，不應環堵更蒿萊。緑衣春色知誰共，青筒風流自此開。傾耳西州人快意，玉階曾上直言來。

次韻酬德符湖上春色

乘風曾到水晶宫，春色推輪目力中。幾處梅花傲殘雪，不隨桃李事輕紅。

與仲儒述之世美東禪納涼校韓文世美以韓公召先去

清風多處是精廬，飯罷俱來校異書。車馬焉能落吾事，未斜桐影且安居。

洗竹

欣欣花草不關心，絶倒宮庭一畝陰。夏箨隕風栽幾日，秋筠要月擬千尋。攜持斤斧從他怪，繚繞闌干着意深。全是吳中舊瀟灑，過門應喜伴龍吟。

南堂

倦來措策立階除，深喜官中似隱居。寒日西流報衙鼓，紛紛清影上圖書。

湖上訪世美不遇

夜雨朝晴似蜀天，湖光山色故人邊。琵琶不許陪犀麈，聽水亭東一黯然。

次韻陳君益見寄

冉冉歲云暮，泠然流水心。他邦勤短策，今日慰孤斟。竹韻淩風遠，花光受月侵。毫端落珠琲，三復故情深。

次韻羅正之朝散到臨穎見寄

何事委天數，平生嗤李尋。同時得君子，如古惜分陰。白髮日非故，黃花秋似深。誰知千里駕？中有歲寒心。

代書招德符

北風鳴四野，飢鳥下黄昏。寒燭照無寐，孤懷誰與論？伊余賦招隱，撫事倍銷魂。莫使衡門下，朝來獨負暄。

曾氏北園

蘇郎北闕未尋盟，崔子西山尚掩扃。矯首空庭問懷抱，天高無路雁邊青。

次韻君表送仲弓迴有作

北野陰成幄，崇朝得暫休。班荆無濁酒，交轡有清流。風絮閒相逐，晴絲懶自遊。吾行亦朝夕，未擬問功裘。

春陰

極目三封日易斜，無因重守故庭花。春陰又是憐芳草，燕子飛來知幾家。

初夏過西苑呈商居平程良弼二年兄

紅香吹盡綠陰垂，恰似當年錫宴時。今日玉津樓下過，午聲依舊囀黄鸝。

池上

荷花荷葉滿池塘，柄柄搖風作晚涼。忽憶新開湖裏過，遶船終日送清香。

淮海集補鈔

秦觀，字少游，一字太虛，高郵人。舉進士。元祐初，蘇軾以賢良方正薦，除秘書省正字，兼國史院編修官。紹聖初，坐黨籍削秩，監處州酒稅。徙郴州，編管橫州，又徙雷州。放還，至藤州，卒。有《淮海集》、《閒居集》。

觀易元吉獐猿圖歌

參天古木相樛枝，嵌空怪石銜清漪。兩猿上下一旁挂，兩猿熟視蒼蛙疑。蕭蕭叢竹山風吹，海棠杜宇相因依。下有兩獐從兩兒，花餐草齧含春嬉。易老筆精湖海推，畫意忘形形更奇。解衣一掃神扶持，他日自見猶嗟咨。金錢百萬酒千鴟，荆南將軍欣得之。老禪豪取棄爲垂，白晝掩門初許窺。房櫳烱烱明冬曦，榛叢羽革分毫釐。殘編未終且歸讀，歲暮有閒重借披。

贈女冠暢師

瞳人翦水腰如束，一幅烏紗裹寒玉。飄然自有姑射姿，回首粉黛皆塵俗。霧閣雲窗人莫窺，門前車馬任東西。禮罷曉壇春日静，落紅滿地乳鴉啼。

題大年小景四首

本自江湖客，宦遊何苦心。因君小平遠，還我舊登臨。
公子歌鐘裏，何曾識渺茫。唯應斗帳夢，曾入水雲鄉。
曉浦烟籠樹，晴江水拍空。煩君添小艇，畫我作漁翁。
島外雲峯晚，沙邊水樹明。想當揮灑就，侍女一時驚。

遊仙詩

陰風一夜攪青冥，風定霏霏雪霰零。想見玉清真境上，白虛光裏誦《黄庭》。
夜深樓上撥書眠，天在闌干四角邊。風掃亂雲毫髮盡，獨留璧月照人圓。
天風吹月入欄干，烏鵲無聲子夜閑。織女明星來枕上，了知身不在人間。
本是廬山種杏人，出山來事碧虛君。上清欲問因何到，請看仙家十賚文。

遣朝華

月露茫茫曉柝悲，玉人揮手斷腸時。不須重向燈前泣，百歲終當一別離。

再遣朝華

玉人前去卻重來，此處分攜更不回。腸斷龜山離別處，夕陽孤塔自崔嵬。

遊杭州佛日山淨慧寺

五里喬松徑，千年古道場。泉聲與嵐影，收拾入僧房。

和孫莘老題召伯埭斗野亭

淮海破冬仲，雪霜滋不平。菱荷枯折盡，積水寒更清。輟棹得佳觀，湖天繞朱甍。信美無與娛，濁醪聊自傾。北眺桑梓國，悠然白雲生。南望古邗溝，滄波帶蕪城。村墟翳茅竹，孤煙起晨亨。簷間鳥聲落，客子念當行。攬衣視日影，薄陰漏微明。何時復來遊，春風發鮮榮。

和遊金山和子由同彥瞻。

江流會揚子，洶洶東南騖。海門劃前開，金山屹中據。鼓鐘食萬指，金牓棲千柱。夜庭遊月波，曉觀搏香霧。天清猿鳥哀，風暗魚龍怒。雲物橫古今，濤波閱晨暮。念昔憩精廬，登臨輒忘去。汲新試團月，飯素羹魁芋。別來星暑換，寤寐經從處。忽蒙珠璧投，了與雲巒遇。幽光炯肝肺，爽氣森庭户。區中多滯念，方外饒奇趣。寄語山阿人，泠然行復御。

同子瞻賦遊惠山

輟棹縱幽討，籃輿入青蒼。圓頂相邀迓，旃檀燎深堂。層巒淡如洗，傑閣森欲翔。羣芳含雨滋，岫日隔林光。涓涓續清溜，靡靡傳幽香。俯仰佳覽眺，悠哉身世忘。

司馬遷

子長少不羈，發軔遍丘壑。晚遭李陵禍，憤悱思遠託。高辭振幽光，直筆誅隱惡。馳騁數千載，貫穿百家作。至今青簡上，文彩炳金雘。高才忽小疵，難用常情度。譬彼海運鵬，豈復顧矰繳。區區班叔皮，未易議疏略。

和王通叟琵琶夢

鵾鵊鳴時衆芳歇，華堂夢斷音容絶。風驚玉露不成圓，一夜芙蕖泣秋月。金紋捍面紫檀槽，曾抱花前送酒舠。庾郎江令費珠璧，小硏紅牋揮兔毫。風流雲散令人瘦，忍看麯塵昏錦綬。楚水悠悠更不西，上天破鑑空依舊。

次韻子由題斗野亭

滿市花風起，平堤漕水流。不堪春解手，更爲晚停舟。古埭天連雁，荒祠木蔽牛。杖藜聊復爾，轉盼夕煙浮。

過六合水亭懷裴博士次韻

昔同裴博士，酌酒俯庭柯。晚岫潭潭碧，風池瑟瑟波。蒼崖遺老没，白首故人過。轉眄成陳迹，勞生可奈何。

次韻安州晚行寄傅師

投暮安州北，蒼煙亂眼昏。茅茨人外路，砧杵月邊村。野水飛雲薄，空林噪雀繁。幾人堪此樂，逢客莫輕論。

次韻子由題摘星亭迷樓舊址。

崑崙左右兩招提，中起孤高雉堞西。不見燒香成宿霧，虛傳裁錦作障泥。螢流花苑飛星亂，燕滿春城綠髮齊。長憶憑欄風雨後，斷虹明處海天低。

次韻謝李安上惠茶

故人早歲佩飛霞，故遣長鬚致茗芽。寒橐遽收諸品玉，午甌初試一團茶。著書懶復追鴻漸，辨水時能效易牙。從此道山春困少，黃書剩校兩三家。

次韻公闢會蓬萊閣

林聲摵摵動秋風，共躡丹梯上卧龍。路隔西陵三兩水，門臨南鎮一千峯。湖吞碧落詩爭發，塔湧青冥畫幾重。非是登高能賦客，可憐猿鶴自相容。

題閣求仁虛樂亭

長官平昔嗜林丘，僧與開亭待勝遊。修竹回環扶碧瓦，小池方折轉清流。春深鶗鴃催詩句，夜靜蟾蜍入酒舟。只恐政成留不得，縣人空此憶常遊。

誰搆新亭近翠微，似教陶令狎天機。池光引月來簷廡，竹影疏風到客衣。愛酒有時攜玉斝，無絃聊自拂金徽。人間此樂應無幾，肯向良辰與物違。

流觴亭并次韻

卧龍西畔北池頭，水擘華堂瑟瑟流，幾曲漪漣盤翠帶，一峯孤聳落蒼虬。香囊近午清無汗，素扇生凉爽入秋。待喚畫師來貌取，圖成便是竹溪遊。

睡足軒

數椽空屋枕清流，一榻蕭然散百憂。終日掩關塵境謝，有時開卷古人遊。鳴鳩去後滄浪晚，飛雨來初菡萏秋。此處便令君睡足，何須雲夢澤南州。

次韻馬忠玉喜王定國還自濱州

淮海相逢一解顏，紛紛歲月夢魂間。初驚漁艇迷花去，忽認星槎拂斗還。桂嶺暮登猿斷續，槐堂春到鳥綿蠻。石渠舊議行當復，未信佳時得自閒。

别程公闢給事

人物風流推鎮東，夕郎持節作元戎。樽前倦客劉師命，月下清歌盛小叢。裘敝黑貂霜正急，書傳黄犬歲將窮。買舟江上辭公去，廻首蓬萊夢寐中。

首夏

節物相催各自新，癡心兒女挽留春。芳菲過盡何須恨，夏木陰陰正可人。

還自廣陵

南北悠悠三十年，謝公遺埭故依然。欲論舊事無人共，卧聽鐘魚古寺邊。

題金華山寺壁

驚鶴同爲汗漫遊，天風吹散下滄洲。金華有路通元氣，水繞高寒不斷流。

興國浴室院獨坐時兒子湛就試未出

滿城車馬没深泥，院裏安閒總不知。兒輩未來鈎箔坐，長春花上雨如絲。

題務中壁

醉頭春酒響潺潺，壚下黄公寢正安。夢入平陽舊池館，隔花螭口吐清寒。

江湖長翁集補鈔

陳造，字唐卿，高郵人。淳熙二年進士，調繁昌尉，尋宰定海，倅房陵，至淮浙安撫使參議。晚號江湖長翁，有集。

百花樓

樓中香飄百和濃，樓上錦纈翻東風。玉樽美酒清若空，吴姬妝面相映紅。人生一笑不易得，是間一醉千金值。元龍百尺君勿論，芳時且可金杯側。

泛湖

荷面跳珠小濺衣，酒邊團扇已停揮。溼雲收盡人間暑，卻度西山載雨歸。

龍雲集鈔

劉弇，字偉明，吉州安福人。元豐二年，以明經及第，主通州海門縣簿，調臨潁縣尉。紹聖二年，知嘉州峨眉縣。會開宏詞科，弇試豫選，改太學博士。元符中，進《大禮賦》，哲宗嘉之，除祕書省正字。歷著作佐郎、充實録院檢討官，以疾致仕，卒年五十有五。弇兒時資警穎，誦言日萬餘。甫長，落筆駸駸，恃才不少貶，性放達，不卹細節。所爲詩文，掀幽抉奥，剗盪庸腐。居龍雲鄉，即以名集。共詩文三十二卷，周必大序之，謂「廬陵自歐陽文忠公以文章續韓文公正傳，遂爲一代儒宗，繼之者弇也」。祖賢，父澔，俱有聲。弟龜、翕、奮，皆登進士。

贈賈仲武

賈侯器宇何軒昂，下視齪齪真粃糠。眉分八字髭根黄，自許忠膽鐵石剛。雕弓一挽一石强，錦臂錯出虬青蒼。匣劍排射星斗光，壯心飛過祁連傍。鴽鷹朝按血染裳，鐵驄騎出辔鬧裝。健兒前呵榼列行，捷矢齊指雲中鶬。豈惟武力稱擅場，亦有文價騰焜煌。新詩字字古錦囊，清論灑落飛天潢。險韻千百敢獨當，管鋒落紙鏗琳琅。古文深討屋壁藏，史傳山岳遺毫芒。酒酣往往歌慨慷，連卷大白鯨吞航。自云疇昔富文章，家在冀北邊一方。天書屢膺貢州鄉，雲衢卜日横騫翔。中間落泊志不償，武科拉取如截肪。況有豪氣十丈長，蟠螯僅類絆驌驦。苦恨天驕久頡頏，撫臂便覺大袂攘。坐靡歲月耗囷倉，口厭醇釀飽肉粱。吾非斯人可相望，要且報國真不忘。我來自東甫春陽，邂逅紺宇同一觴。幅巾輕蹝追徜徉，促膝調笑初無妨。自知投分出泛常，豁如餒腹得糗粻。短長不復置形相，落去睥睨決壅防。嵇生轉覺嗜鍛忙，高陽還因酒發狂。漫叟戲規祇攪腸，嘲嘈不減笛弄羌。截竹岳頂掀滄浪，撥雲春茗詩頭湯。夾齒旋復行蔗漿，黃金大顆披橘瓤，插首往往羅幽芳。頃茲行樂殊未央，更辱邀我臨山岡。大壺載酒冽鼻香，果飣梨栗庖馨香。韓劉黃胡狄與張，一一瀟洒雜珮珩。高譚終日佛老莊，妙理密契矢插房。絕倒頓足爭蹌踉，罷去追惜成悵悵。誰謂夫君氣特揚，投以大句尤加詳。啓函愜與劇爬瘍，忽疑寫睇臨望洋，高躋欲扼李杜吭。麟鳳自是品物祥，邀予屬和馳縑緗，直取夷險分駑良。九牛犒師始落鋋，正喜先獲大臠嘗。洪河下湧淼沛滂，囙屯衆鬼納大荒，脫去束縛投桁楊。濘郎瞰臨獲與臧，滿注羿矢連九暘。沉魂夜泣青女霜，此來繼辱厚意將，殆欲引轍觀怒螗，狗尾續貂彌足傷。雕胡未易加糠𪏭。搏空方見一鶚颺，短翮便可搶榆枋，咄嗟豈得不知量。區區瑣碎久嗜菖，食魚誰敢期大魴，尚欲勉强牽牛箱。無鹽弄姿映毛嬙，雜工祇益羞姬姜，聊將瓦礫酬琮璜，終愧後乘非騰驤。

儀徵呂明父席中觀新曲

有客揚楚舲，歸與汨吾事。波神慳冬漲，吞過限修蟦。轉頭凋歲陰，篷行變匏繫。一逢金鑾人，穆我若清吹。挽置十尺牀，淵襟掃苛細。壺封拆初黃，露液攢沸蟻。老實侑胺紫，枯螯嚼霜漬。坐有豪爽賓，譁譁睨雲驥。屯雲刮癡白，有如擁天篲。疏櫺炯蕭森，北固決遥眥。半酣大軸出，鯨寇咀甘餌。當中傾玄圃，琚瑀紛百綴。物愁殫渺情，神妒奪孤閟。快魂疏冷冷，大叱回熱寐。況復儀真曲，不減銅鞮思。淒清激吳音，皓齒曾未愧。辛鹹皆可口，卷舌得真意。初如嚴冬逼，肅物有餘惴。未似陽春回，怳入衆骨醉。將壇凜先登，樂府仍一洗。呂侯斯人望，胸中弔古氣。二十佩青綸，三十清閒侍。高踸見騰踏，茂渥擅褒賁。頃來笑畫脂，無補當身寄。卜築傲園綺，秋蜩一官蜺。大筆橫利槊，興來卽摩壘。非如騷些徒，冗語釀愁悱。珍重白玉船，虹吞楚狂子。

癸酉歲暮壽春道中五首

有城有城半蕪没，倔强當年開狡窟。青驪白馬成底事，魏得其狗空凌突。清淮不洗饕利魄，石馬崔嵬化英物。據鞍浩歎爲踟躕，但有悲風起蓬勃。

有鳥有鳥高飛鴻，哀鳴嗷嗷隻影東。枯聲策策霜後葉，狂態騷騷空際蓬。秋毫不礙挂天斗，一氣正在胚腪中。客邪中饑亂心曲，短裘垢襪催衰癃。

有渡有渡背北城，凌排駕淮吹暮聲。郢程未央豈病涉，寄汝一楫椎生平。古來豪士重感慨，車下未乏宵衣征。出處任天幸無苦，有如此水吾其行。

有叟有叟皤兩顛，杖藜道周傲天年。懷顔發笑挽行子，胡乃儽爲忘舍旃。吾儕小人敢不勉，孔孟卷轍如趨口。男兒禿脛乃始已，非爾所知徒憮然。

有客有客垢髮鬖，羹魁挂鞍無宿儲。翹心北闕比寒藿，它日南山抛舊廬。逆旅丈人真脆意，揖我下牀邀踞爐。悠悠高門擊鮮子，萍匏殊根寧笑渠。

石廊洞 在永新之蓮花村。

君不見仙家三十六洞天，西南大半盤蒼巔。此外元陽擅嶄絶，況有石廊人喜傳。碧蓮參差隅地湧，徙倚危梯飛螮蝀。陰陰洞户半空開，一縷聯凹愁寄種。萬鈞崔嵬挂礌石，吁可怪兮若飛動。天然湫面尋丈圍，寒菊初慳媪神捧。紫崖蒙茸瑶草秀，懸泉涓涓挹天酒。淑靈豈卽乾坤私，窟宅宛是神仙舊。飛鳥點影陽光回，遊子履深驚殷雷。九夏三冬自回斡，雨暘寒燠争喧豗。神物奄有似無謂，突兀古廟當岩隈。鼪鼯嘯舞助怪變，落日愁絶松風哀。瞰臨一方殆天意，累露之疑此其是。仙乎仙乎胡不歸？忍使秋燐泣陰鬼。

李宰新成假山

夫子絶俗姿，趣尚豁雲海。花移落下品，池割天潢派。中間壘嵯峨，石手紛磊磊。功倖一簣始，正爾臨爽塏。羅浮窮南勢，迎目出巧怪。洗昏新鎛發，祕匿若有待。騫騰天吴揖，鬡鬋虬尾擺。當頭七八峯，縹渺散青靄。直下三四溪，何年取東匯。洞指白鹿迷，路認桃源改。時時攻冥煩，瀟灑遞天籟。得非緣夜半，提挈有真宰。俗物卑培塿，高標想衡岱。我家香爐傍，登躡素心在。一從羈官綴，未省識嵓嵬。俯窺攙雲骨，逸興幾十倍。無爲議真假，自可蠲塵浼。何日升君堂，把酒取一快。

敍舊贈董承君并序

弇十年前與董承君承議，摻執淮上。今又相值於故鄉，契與比舊，則有加矣。聊欲見之於詩，遂賦古風云。

搖搖不根舟，瀰漫隨所適。朝辭呂梁險，暮駭瞿塘迫。長波送日月，漭與雲海隔。晚從天末歸，良愧故人識。夫子吾土傑，久任詞翰責。刺手翻天漿，洒作弔古墨。班班出素蘊，想見豹姿澤。憶昨長淮壖，半面欣相得。君時天涯宦，我亦西風客。薰絃破愁顏，爽抱洗連璧。吳岑刻玉瘦，吟對挹佳色。頹年瞥眼過，十見溪草碧。鍾陵旅學子，宦況秋蟬翼。影撇愧西崦，弔影心惻惻。夔魑競揶揄，甚者得鴟嚇。由來次公狂，僅免陳遵謫。敢意今者見，依然得江國。鄉情比重裘，暖氣回肘腋。南閭與東阡，閑躡車馬迹。古人重交契，遠有千里憶。連牆彼何人，老死不相覿。張陳汨勢利，光初竟何益。青原秀撞天，螺水藍膏擘。襟期方未央，更約浮我白。

丫頭巖

弋陽之東當古道，有石突兀號丫頭。苔侵蘚剝風雨蝕，骨幹聳削如鑱鏤。不知何寃上訴帝，叫閽之勢難稽留。草木焦禿僅比髮，獨瞰平皐疑秀發。淺深丹頰耀晴霞，彷彿瓊梳掠初月。行人躊躇眸子眩，癡女垂丫亦何別。惜哉僞態苦冒真，土俗傳謌疑有神。陰崖黝黑崩脊腹，石眼六七流嵌根。君不見望夫嶄嶄亦頑石，似不徒然肖真魄。顱頂廟食爾何補，登進雞豚始乘隙。安得擲置八荒外，化作膏腴豐稼穡。

宿法藏禪院

斜河左界懸朱提，冷爐掠天螢𧕿飛。高梧泫液涼參差，前村後村烏夜啼。雕甍繡栱絶坤維，知自在世張禪扉。有晼釋子龐兩眉，清梵一聲捎翠微。亂我心曲天之涯，寂歷故感迎新悲。歸與誰是真忘機？獨鹿水深愁濁泥。

清思

羲和日車脱其輻，白雨洗天泊煩促。綠蒲紫荇媚回塘，搖搖瘦青環橚矗。景長臺樹翳復明，百尺虹腰黏浄淥。神觀翛然物外歸，一簪斑籜動涼飇。天上廣寒之宫不足羨，人間醥清百斛真吾師。

憶黄天倪

遊思冒空坐别愁，我車欲駕羌無軜。驚風吹花濺紅雨，白日西注僚丸投。青春九十行過半，天腳空隨江水流。思君度日倚高閣，時把長懷寄寥廓。古人不願身後名，但願卽時一杯樂。安得此身生羽翰，高騫便似追飛鶴。

村南

村南行吟踏新場，馬乘款段壺懸漿。稼如濃雲穟含黄，秔葉亞枝收趁霜。臘團鷄髀盤餚香，簫鼓下神巫正狂。呼兒往問當壚孃，清美何如顧建康。

贈法雲寺光上人

日邊開神皋，古刹面青嶂。寂寥千年後，凜凜發孤壯。上人薝蔔英，絶軔超性相。獨鶴疑瘦姿，層冰爛清尚。雲遊始丁年，自副乃盂杖。鞭羊去智害，畫堊契郢匠。喉呀般若音，浩汗卷溟漲。衢尊灑法味，如取赤子餉。九夏天無雲，暑風濁於釀。汨吾渺西征，揮汗迷背項。眈眈清涼境，一榻岌相向。履滿寧嫌猜，目擊自張王。禪場推選鋒，宛是喑嗚將。洗我苦空語，盡決濛羃盎。兜羅辭銛棘，何有挂諸妄。露地非端倪，灑灑白牛放。惜哉功名誤，未爾寄物當。它日虎溪傍，還期杖藜訪。

秋日儀徵即事

秋風來從越天末，痛洗玻璃出明月。雲陣隱起玉龍眠，下有春容萬濤雪。獨蠒之綸欹一葉，半酣老漁櫂歌發。客心寸許了無多，底事臨風吹欲折。

丁字河頭文錦翼，似是東園故鸂鶒。天風蕭蕭吹汝急，遣汝周章無好色。江籬羃羅過行人，一顧爲之三歎息。我願舴艋從溪翁，雙舂鉏邊作幽客。

秋入前山瘦如刻，楚弄吳吹沸江國。魚龍燕爵安在哉，粉白黛綠埋真色。迎鑾誰是當時人，胚胎黃金仍掃迹。飛來蜀岡爾何事，似欲撞空爭岸客。

無限濤頭萬瑶垤，曾是隨風起生滅。不應散裂氾人綃，大似半呑廣寒月。紛紛何用辨馬牛，晼晼相矜笑蛙黿。會得秋時買野航，別看吴兒舞狂雪。

持釣

艇子悠揚打雨來，嫋絲越箭青玫瑰。昨聞古湫新雨足，漲波泛入西溪回。西溪兩岸行人少，白鷺對翹佳客陪。低雲弄嬌不成去，半與枉渚相瀠洄。藻閑頳尾廁銀鯽，正爾作羣争曝腮。故應沉餌得所置，行醉甕頭新熟醅。

宿長山寺

蒼山兩蟠虬，傑勢分夭矯。不緣事幽尋，兹地窅難到。破暝紫烟生，寫谷清樾好。村長下牛羊，雲綻入歸鳥。松風卷孤磬，夜半秋聲小。客懷方未央，千里漫白道。庭樹一鳥驚，愁看楚天曉。

夜泊玉湖口

溪流一瀉鷺磨垢，夜繫蒙衝玉湖口。青燈明外稍知村，白鳥飛邊初辨斗。風死波閑坐來久，短髮欲搔慵著手。一泓清淚墮吴雲，横管叫秋龍子瘦。

何塘精舍

松閑竹澹清午陰，金地少塵門更深。忽從襬䙫出重閣，飛睇十尺下瞰臨。有客觸熱來自東，汗絺褭暑慳天風。頳龍揚翳日轡緩，碧椀先愁井絲短。

大孤山

章貢西南來，銀濤白浮天。揚瀾開泛濫，如剖大腹然。茲山遥相望，盤薄知何年。海風一何高，吹落蓬萊巔。浮根襲氣母，弄影白日邊。赴渴夸父奔，闒蟇踵不旋。軒軒執法臣，立當天子前。穹螺出佛髻，青跗帶秋蓮。瑠璃千丈簪，忽與冰箔連。鳴榔岩腹雨，挂席浦外煙。鶴駕控不返，空遺紫芝田。香鑪初争豪，落星纔一拳。擢秀蒼梧雲，發彩翼軫躔。上窺杳冥無極之層霄，下控瀰茫不測之重淵。松蘿參天歲月老，清瀾泛沫魚龍閑。中有神揭臨，睥睨舟往還。流俗謂女子，彯纓來此山。香脂閒綃繪，鵝豬捧羞盤。至以孤爲姑，考究初無端。可憐俗好怪，此語良大謾。神固不可誣，何得正以女子觀。吾言庶幾不悠謬，不然茲山徒與望夫女石争巑岏。

送哲公上人二首有序

哲公禪老，住奉新之人王院。于其别也，送以二詩。

有鶴青田來，骨傲九秋老。羽毛雖鶩間，不復故時好。吴霜割青夢，一夕落幽島。哲公開士秀，佛塔著鞭蚤。世累糊空雲，一以凉飆掃。往聞瑯琊覺，禪海卷狂潦。紛紛方袍子，未易艖䑰到。師如健噉兒，把握攫梨棗。爾來三十年，方寸不貲寶。鯨鐘人誰識，聊徇衆擊考。又作雲山行，方將同木槁。勿學斷緣人，時寄新詩藁。

我聞豫章境，勢勝所至生。山皆撞空活，水有照骨清。其間佛老宫，往往聯飛甍。人王邑一隅，古屋纔數楹。塵點自不到，日飽松風聲。十丈拄谿影，虹橋插崢嶸。揶揄下夔魈，踉蹌笑麏麚。師方得所欲，振錫了不攖。非如入流子，横計多餘贏。秋畦蹲鴟老，晝飯宜香秔。由來介石身，忽作歸雲輕。

贈雪峯長老守超

仰窺玉奩天面窄，頑碧顛青自天擲。祖禕不管地祇慳，十五百徒此其宅。流水聲中换今昔，粉抹頳糊老椽壁。枯木庵回舊日春，難提塔示重來拆。存公自云：難提塔拆當示現，而師住持，適當塔拆云。超公最後法席張，全機撲落輥毬場。會令天花倏飄墜，況有庭橘符青黄。師與愛弟彥泊中散公雙生，生時庭橘止有青黄二色，人以爲瑞。烏藤横膝傲佛祖，熟識眉宇瞬且揚。天吴吹瀾洗霾垢，方諸挹月來清涼。東甌萬刹盡金布，咋舌誰堪參妙悟。賺殺參兒走衲雲，高枕無乃林泉負。廬峯南遠真西村，叩寂丈室慚宗雷。秀巔龐眉逼人爽，反疑不自塵中來。由來山輿復不薄，畏途何計揮塵幕。詰朝匹馬汗羞顔，又作楊花共漂泊。

和仲武苦雨見寄

君來通川居，朱門檐重岏。近聞值霅雨，匝舍野水淙。平地忽浩瀚，頓足疑涉江。猛風利如刀，觸紙無完窗。朝釜魚頭生，飄注旋甖缸。仰收墮案書，俯拾短焰釭。癡兒臨缺湫，往往駭影雙。我亦有此患，漏榻遶屋扛。塊如失羣鵠，感憤愁眉龐。孤膺紛填噎，更甚兩肘撞。辱君大句投，華旗揭修杠。直欲御以心，不容苟且降。森披漢殿戟，縹緲梵天幢。倉皇短兵接，豈暇輒淬鏦。區區苦吏役，展驥曾非庬。强亦歌巴歈，跛鼈慚駹駹。

晚晴

翔飆拂層陰，孤鏡挂天腳。幽姿媚澂塘，俊活扶秋岳。飢鳥下木末，啅雀喧檐角。落日銜半規，遠野如新濯。海濤晚聲收，萬里卷冰箔。微颸襲疏櫺，輕靄躐叢薄。蛛絲娟如狂，虛隙野馬躍。病軀得愜適，更甚解攣縛。瀟灑萬籟并，翀翮百飛卻。熊經與鳥申，髣髴猶能學。蕭蕭寒碪弄，天半哀音落。客愁轉如篷，萬緒入冥寞。不無臨風想，曬日歸領略。茹蔬味新腴，把酒蘸沉粕。明朝踏新泥，已有蹊攀約。

送新淦余宰虞卿

時平循良用，墨綬紛委蛇。夫子西南英，三十朝紳拕。爰來慈衆兒，一掬芝眉和。里閭無愁歎，卒歲知婆娑。牛解等是刃，恩染誰非波。神閑略朱墨，日永餘絃歌。及瓜賦歸與，去去可奈何。春容雲濤裏，一葉翩經過。羹魚飯香秈，涼衣送長哦。三年種桃李，留得春陰多。鄧挽徒虛語，襧翮方雲摩。行哉尚良食，吾君正卷阿。

留題王公謨沖閣

檐牙排青冥，眺聽脫蒙昧。居然人境寬，魚貫出萬態。坐疑天機緘，發露窮瑣碎。圓清入鳥哢，灑灑送客慨。脫巾晚吾來，靜稱一榻對。睨雲發高興，勇欲決翳薈。胡爲淫書史，欽若嗜炙膾。長年馬如狗，埃壒顛毛改。茲趣恐長負，踽踽依儕輩。何當拾頹齡，相與寄耨耒。挽君醉鄉衣，枯肺時一溉。

和權之嚴韻

庭椿摘初黃，畦韭剪柔綠。春盤巧飣餖，一箸生理足。今者鳴啾腸，飢花到雙目。終慚短豆戀，誰轉紫芝矚。青煙撲九衢，碧瓦酣萬屋。朝來好龍客，義動重裘燠。殷勤斗酒約，豪健賽楊僕。吹回麴車夢，鴆羽正肅肅。九天真龍飛，萬物彈冠沐。肅然草木姿，寠賤衾裯宿。可仗詩筒趣，叨逾太官粟。惟應杯中物，敢計功利速。

送貫之縣丞解官還壽春

西江客袂春風老，吹得歸心亂如草。鯢浪三篙下晚艎，去程不學寒蓬掃。淮山蒼蒼淮水長，千里一宦歸故鄉。舉世由來青眼少，孟娵破黛嫫母狂。緹巾什襲寶燕石，埋蝕太半雙明璫。千霄自是男兒氣，遭與不遭原偶爾。人非田文莫彈鋏，世有伯喈須倒屣。君其行矣重問津，蹀月駒駼寧絆死。

次韻和彭道原元夕

攙雲幄幕張流蘇，華輈夾道青罹毹。黃昏天公下種榆，百萬星點成須臾。赤帝鞭車墮雲衢，燭龍駢頭浦還珠。競隨丹豹膏鳳雛，麟鬒拂蛾閒數疏。絃嘈管喉聲鬱紆，櫛比百戲羅侏儒。輕紈繡履踏艷姝，灼灼巧笑聯芙蕖。有客年來倦著書，囊錢困粟索無餘。短釵列按擁敝襦，未堪行樂誇睢盱。大奴聽響仆屋隅，小女行卜迎紫姑。子雲門巷正蕭疏，誰者載酒論區區。

題遠上人休老菴

上人叢林秀，襟期支許越。往從湖山遊，發軔無留轍。轉身浮雲空，歸與飛鳥豁。故鄉得青海，下瞰鯨鼇窟。給廬纔蝸牛，勝踐喧卑脫。叢殘剪荆棘，悅敞棲眉埒。蘭茁紛被徑，關鎖晝不掣。由來大慷生，卓錫果清絕。菅茅席三徑，虛榻掃涼月。不持一錢居，未省香火歇。鶴骨老亦輕，田衣故仍潔。高舂一飯過，野蔌供嚼齧。笑作豬刎肉，薦語畏饒舌。陽岡藷蔗稠，乳竇春泉冽。行當攬俗駕，滯念論一吷。

我行

我行適東陂，野色若可搴。問津初無從，強驅良苦鞭。三濡貯客潦，冉冉吞吴天。故壘何峥嵘，荒凉非昔年。虹腰截海堰，蜃氣噓窯煙。霜封百草乾，回風時猋然。狐兔死欲盡，飢鷹空老拳。村深行人稀，落日下烏鳶。敗荷古毳衲，野菊金連錢。羈懷自騷屑，節物驚徂遷。投暮僧舍中，誰者同留連。

留題疎山白雲禪院因呈長老秀公

白雲去不還，空留白雲額。至今飛山顔，片片盡秋色。蕭蕭事盤紆，刳石轉欹仄。觚稜騫古殿，粉墨昏絶壁。有客倦歸艎，瀟灑寄一適。松蘿青鳥哢，江影卷餘白。始時開山人，真意非無得。百年驚一吷，節物變今昔。誰是雲無心，儵然彼禪伯。

鄱陽湖四十韻

巨浸連吳越，高躔直斗牛。玄冥開別府，江伯匯支流。象緯元精逼，神奸秘怪裒。番君疏帶礪，彭蠡壯襟喉。赴隙如無地，憑壖忽有州。津涯逾寫潤，窟宅定刳幽。島認瀛鼇戴，濤疑陣馬蒐。珠跳憐雨駛，鏡滑識風收。樹帶喬枝隱，山餘短碧浮。窺覘波罔象，睥睨伏陽侯。漾月都迷皓，蒸雲閒作油，涵濡均藻荇，兄長到鰕鰍。蜃幻晴噓閣，龍腥夜拔湫。萬尋懸圓玉，一帶洞庭秋。盈縮知誰紀，吞并似力掔。鯉矜封赤鯶，龜笑斥朱眸。嵌竇扶桑翳，珍文匠石鏤。鷗羣馴野客，蚖肆傲潛虯。罟數筐零霰，檣輕弩激鍭。孰分浮瓠溢，或訝繞蛇邱。絃索延商婦，艊艘送莫愁。陶朱誠得策，神禹想遺憂。端稱潺湲弄，非無隱伏搜。豆分高下渚，葦視去來舟。血脈乾坤活，瘡痍稼穡瘳。拔猖包息壤，瑣碎落浮漚。蓮女嬋娟櫂，漁郎芼燥甌。有人搴繡被，無客傲鷫裘。貨貝窮乾沒，醪羞肅丐求。束枯論沃釜，戒覆比傾輈。衆水杯盂外，它年吐納尤。鵲填功未議，鯨吸志應酬。何事輕思濟，吾防果未周。阽危心骨醉，飄泊面顏羞。敢計乘桴去，何知戴笠遊。片帆真擾擾，雙影轉悠悠。卑濕嗟梁傅，星霜挂魏牟。勞歌慙孺子，破篋付平頭。烏跂緣蕁置，黃粻爲鱠謀。清螺取歸日，穩櫂聽夷猶。

蔣沙莊居八首

它日蓬蒿地，吾廬瓦數溝。井泉甘勝乳，庭竹冷先秋。村落時情澹，田疇歲計優。荆扉論日掩，最亭松楸。

翳翳柔桑活，輝輝野水寬。蓺蔬蒼芥甲，延客白蒲團。點綴花黏蔓，稀疏粉束竿。家風纔茗飲，一室聽冰寒。

軟滑香秈顆，肥長紫蕨苗。盤飧殊不惡，鄰叟亦時邀。潘岳蕭條鬢，陶潛頡頏腰。巢枝得安穩，萬物一鷦鷯。

晴屋鳴鳩婦，春陂翳雉媒。筯頭甘野蔌，鉏力到陳荄。掠水千艘健，橫風一笛哀。最憐雙白鳥，解事等閑來。

十里蛇原近，宜秔一畝金。亂酲眠暗術，嬌碧擁雲林。早晚歸與計，因循愧此心。江南吾土樂，應得慰消沉。

羊棧雞塒接，蔬畦麥壠傍。蝸涎書老壁，苔陣澀高廂。家有青緗學，兒傳《急就》章。未甘騎瘦馬，跳蚤事乾忙。

名愧周繁弱，材非魯孟勞。蛙仍當鼓吹，徑任沒蓬蒿。紫芋新廚味，黄橙馥鱠刀。業詩何水部，耽酒阮兵曹。

劉宗墳墓國，金水渺縈回。颭颭鴉巢覆，疏疏槿户開。春風持贈柳，臘雪試妝梅。欲識塵埃少，元無俗物來。

莆田雜詩十首

梅雨催農鎛，癡風泣海檣。魚龍波浪闊，燕雀户庭涼。緇柱春刳玉，蠔山夜鑿霜。家園兩痕淚，早晚促吾裝。

南北分雙刹，公私限五塘。蚶祠開瑣碎，蟹井幕荒涼。酒熟傳紅泛，槍珍異墨黄。飄零晉耆舊，冠劍幾星霜。

梅井經疏鑿，如聞自昔人。玉奩深貯月，雲乳暖藏春。桐葉誰新汲，葵芽好問津。端堪事杯酌，泠汰客襟塵。

鶗鴂青春晏，鯖鮈白社驕。掠風雛燕翼，界雨晚虹腰。醥醁銀床灑，芊茸紫澗苗。到家幸無苦，浦漵有回潮。

飽聞何氏子，遺迹在仙山。節擁三清絳，龍騎九色斑。曲屏明翳薈，哀玉走潺湲。好刷摩天翮，徂鑣試一攀。

鶴唳歸雲急，龍移過雨腥。桂清飄月岫，槎老卧煙汀。洞失壺公舊，雩傳妙應靈。不緣幽事隔，小復理箳篂。

共樂超然構，躋攀一氣邊。蒼茫雲水國，清潤李梅天。碎白淙崖瀑，孤青煮海烟。三神山自邈，何至苦求旃。

蟰蛸當户綴，絡緯擁莎吟。詩魄干霄上，棋魔攪海深。忘機一飛鳥，藏拙萬黃金。昨有逃虛慰，支郎下北岑。

當日山南寺，層樓插蔽虧。龍蛇緘柳筆，風雨舛唐碑。甃淺雲吞液，山稀海襯眉。杖藜揩瘦鶴，白髮茂林緇。

荔子綃囊擂，蕉花玉糝駢。紫髯牽驟衺，紺繐走嬋娟。蕭寺千家幕，蘭盆七月天。壺公仙日月，乞汝送流年。

早發赴蒙縣

草露垂垂白，溪泥脚脚深。槿籬藏吠犬，桑蘙漏棲禽。食乜驚浮世，鞭梢度寸陰。利名么麼得，會是死灰心。

贈謝民師

三語君爲掾，百罹吾厭生。江山共鄉思，蘭茝敵交情。黃卷真無負，龍淵恐不平。何當改初服，别約紉荃蘅。

臨江

居然兩福地，首尾限清江。窊篠蘆洲抱，晶熒石澗淙。潑雲和䆉稏，割雨曉艅艭。愁絶村南舍，馴雞對小窗。

春日舟中卽事

罨綬蠻鄉去，青春瘴海行。漏篷愁暴雨，小艇畏長鯨。灘惡舟難渡，風狂浪易生。不堪江上笛，時送兩三聲。

試院次韻奉和趙達夫記室惜別之什

風酣雨軟嫋檐絲，端負吾人痛飲師。使者嶺梅傳信遠，王孫芳草怨歸遲。釀成紫府無端夢，開到朱闌第幾枝。欲問東君挽流轉，顛狂好在曲江詩。

酷愛春如蜂蝶迷，還憂青帝學班師。愁城恨壘挨排到，酒約花期賭當遲。端負江湖歸去櫂，最闕桃李別來枝。松丸暖動蟾蜍滴，消殺風光盍付詩。

張壽翁朝散有詩紀同舍名銜録次其韻

柳茸無力杏燒紅，春入愁腸不散窮。千佛經慚名姓入，一尊酒愜笑言同。寫成懸圃新聯璧，分與秋風舊轉蓬。好樣醉鄉拋擲卻，百錢輸與杖頭翁。

次韻和汪道濟都講惜惜吟錫製温體器也。汪强名爲惜惜。

温柔鄉定虛言耳，爐火功真長物哉。疑別有天春不老，知誰爲雨夜曾來。滿移妃子三湯夢，暗奪仙家一息胎。燕玉浪傳思暖老,箇中消歇幾沈煤。

送林錫遠帳勾罷官

五月角黍江南天,驪駒送客黃金船。悠悠别思不足道,去去宦情如欲仙。青萍由來異死鐵,綠綺未易論膠絃。强懷爲君歌短什,壯圖輒勿輕流年。

招季山還家

蕭條門巷未足愧,晼晚歲時胡不歸。綠葵白苧故園老,黄頰頳尾前溪肥。浮名莫羡風過耳,久客可憎塵滿衣。約君對擁當户榻,聊割一畝秋蟾輝。

早發襄邑

迢迢汴水吞窈冥,白楡多於天上星。林梢碎漏月痕白,草頭冷泣螢腰青。雲霄九重近在目,鵷鷺百翮誰趨庭,雞聲馬蹄正立敵,斷送垢褐疲吾形。

夜泊建溪豐樂驛前

溪靈覓罅吹灘聲,削木刺波舟逆行。問津候館得豐樂,回首洞天無玉清。愁看迮纜疊石子,快是隔篷眠水晶。兒曹等閒動喜色,甑有滑白長腰粳。

清真觀清軒

向背仙宫總餅林，玆軒仍出古城陰。千年曾史長存魄，一片巢由不染心。秋闊雨高天洗翳，夜凉風軟月吹金。冰壺早訝貯人世，況復隔溪葱蒨深。

清真觀齋軒

物理想懸能幾何，是非得喪了無多。仙家日月閑庭户，人世浮沉寄唯阿。矗樠曉聲來雜珮，漣漪春脈漲青羅。箇中故有天倪在，持語流光任擲梭。

送廷允決曹解官舟行赴闕

春江活碧染衣濃，鬧艣初挨鷁首東。岸柳躍絲金稍重，渚梅收糝玉全空。腐儒糟粕迂疏後，上客風雲感慨中。好訪瀛州綴仙客，家山無苦夢壺公。

次韻酬友

束書歸伴鶴頭鉏，贏得髭根未雪如。春野有田皆杜鄠，曉窗無岫不衡廬。糟牀冣與天真近，魚沫何妨世態疏。蹲足龜腰負芝木，因君特地愧三餘。

次韻表民偶作

紛紛儀覆與秦傾，何者竟爲吾道行。物外金珠猶土芥，興來詩酒亦功名。夢同秋棧縈紆入，分比春蘭馥郁生。他日未宜輕感慨，勸人歸是子規聲。

贈致政曾宣德

自得逍遥物外情，閒將冠冕漫勞形。門前始種先生柳，斗下重添處士星。文豹霧中誰逐逐，飛鴻天外自冥冥。最憐孤竹人高卧，卻訝三閭客獨醒。放曠七賢林下洞，棲遲六逸水邊亭。和煙買得花栽潤，帶雨移來藥顆馨。梟鳥印殘蒼蘚緑，蝸廬築破遠山青。消磨日月棋千局，笑傲雲霞酒一瓶。隱几旋成招隱句，披衣新看養生經。小軒静把琴開匣，幽苑深將鶴剪翎。明月有時來竹塢，紅塵無路到松扃。幾多九老圖中景，都爲丹青入障屏。

上金陵黄尚書安中二首

南來踽踽拜前塵，雅睠仍從轍鮒新。四照色温初似玉，一時恩到總成春。非如學者論糟粕，須信人間得鳳麟。況有珠璣常滿把，冥搜終恐物華貧。

千毫回斡自無旁，逸勁仍聞飲石梁。黄卷素心因事見，空門真味與閑長。扁舟尚録袁臨汝，清酒無論顧建康。五載轉頭歸一瞬，門闌依舊笑羝羊。

和安中東樓會飲

岧嶢飛觀決層雲，主意全傾合坐賓。談笑龍岡下白日，衣冠麟閣識功臣。欲窮人目逢山好，未老秋容到酒醇。忍對南鴻問寥廓，沉冥誰是蜀莊珍。

王公濟四美樓

寸心不與一物隔，遠目自爲千里期。便共溪山有情分，更緣阡陌識參差。層雲異日誰輕舉，獨鳥長年可俯窺。緹騎到家春滿眼，庾公清興不應衰。

李倅惠詩次元韻酬謝

寸毫揮洒敵連城，想見仙標白玉京。周鼓直須論妙刻，陶琴初不費煩聲。它年浪許曾窺豹，此日誰堪與濯纓。寂寞蓬茨今有助，病軀那復愧登瀛。

九曲池

昔帝檣烏下日邊，曾留清蹕此蹁躚。魚龍窟暗浮春漲，鳧鴈行低破暝煙。星閣摧頽空歲月，□蕪埋没舊山川。後庭一曲陳家破，更看當年水調傳。

揞笻

蹭蹬年來誰寄聲，静揞笻竹了無營。照衣檜竹露逼冷，過耳海潮風送清。豈有稻粱驕雀鼠，終慚醅酒費瓶罌。請纓自是男兒事，咄咄胡爲過半生。

次韻酬錫遠孤坐有懷

自簡差差長蠹魚，强顔那復計三餘。長波不洗客愁去，脱葉似將官況疏。行樂醉鄉金欲盡，投身老境歲還除。因持舊史論窗燭，大半功名不是書。

寄兒率悦禪師二首

三峽當年一錫飛，祖燈曾是密傳西。示徒端的只消指，灌頂分明别有醍。秋衲擁雲驚曉榻，病髭鑷雪照寒溪。知誰解吸西江水，賴有孤禪覺衆迷。

微與曾約下山顔，白足塵緣等是慳。貪爲水雲留物外，劣容紙墨到人間。銀潢一匊愁枯肺，金鑰千重想上關。病客此身似籠鳥，何時毳衲對斕斑。

王適中渝飲約以詩招之

别君倒指倏旬日，顧我摇心如旆旌。滿引未應勤上客，高談聊欲破勞生。望梅終恐難酬渴，挹露懸知别得清。咫尺履綦猶惜到，可能無負故人情。

送致政吴通直

黑頭貪作隱中仙，高謝清時五兩綸。物外收將閑日月，人間歸去好溪山。二疏等作揮金計，通直伯氏，前此亦以朝請謝事。五柳猶遲倦鳥還。多少有車懸不得，規規鐘漏亦何顔。

贈吴伯玉

瞥去門闌兩换春，標規仍愜此來親。能將官況爲餘事，别有陽和到後塵。衮衮何妨流水滲，紛紛誰數白頭新。擬論一報酬恩地，愧我猶爲欒棘人。

羅漢系南長老

諸方喉舌卷春容，直指慈幢信長雄。翳盡全開捫海月，清多平挹洗天風。相望震旦傳衣後，别寄西兒妙斲中。好把沃洲論五老，驪然重此得支公。

送螺川張太守二首時請宫觀，因居瑯琊。

西南五馬照青螺，衆惜班春未幾何。緑髮桑榆收太早，青雲歧路牘來多。仙家職事清閑好，逋客林泉取次過。正恐此身休不得，再看鄒律起陽和。

涼颸一水漾清虚，畫鷁翩翩北去初。暫把壯圖收紱冕，只留元氣到蘧廬。海邊有路通銀闕，物外無心挂隼旟。寄語瑯琊好泉石，使君不是賦歸與。

江館三首

山川定出畫意外，魚鳥自閑眠對時。艇子黏天歸一葉，濤頭吹雨落千麾。截波尚欲論孤劍，應客初慚乏大兒。聽得漁郎隔溪語，夜來秋色暗江蘺。

無塵一境好仙去，有夢九秋應鶴知。弱篠嬋娟藏別塢，野荭高下補疏籬。秋田百畝堪供酒，鱠手千刀閒憶鯔。未愧鏡湖誇賀監，聊將星管覓桓伊。

連雲草樹縱横幕，點水浮鷗黑白棋。日晏廚煙青一穗，暑餘窗雨暗千絲。飽聞楊惲生行樂，懶賦張衡我所思。軟碧會須連月占，恣看飛檝界琉璃。

自竹巖至杉溪

曉尋葱蒨踏頑雲，越俗閩風雜楚民。天窄定藏巫峽雨，溪深疑有武陵春。驅寒萬籟争奔壑，競秀千峯自逼人。斷送殘年歸馬首，卻羞頭著故綸巾。

送狄太守清明日燕莆田共樂亭二首

青幢翠葆抱參差，浮客黄金盤落揮。一日山川如得主，兩眸天地不藏機。華胥有國真稀闊，《齊物》名篇孰是非。澀道直西暄絳蠟，卷空簫鼓使君歸。

它年勝踐歸林記，舊亭有林子中記。大半豪誇落蔡篇。亭有蔡君謨詩。快甚躍壺窺日月，恍疑枯海變桑田。觥船照客吹紅液，軒檻嬌春撲紫烟。到得無雲騰寥廓，此身仍在鳥飛邊。

出試院次韻和酬鄭通直

吏役區區病足酸，愁聞三十六盤山。建安道中有山，號三十六盤。偶從物外抽身去，又作人間行路難。主意十分濃似酒，客心一縷急於灘。夜光莫道無因至，乞與扁舟洗眼看。

白鷺亭逢胡仙尉晉侯

漲天絲雨欲肥梅，江上相逢秀色開。白髮十年歸夢寐，青衫一笑洗塵埃。雲邊活碧山圍健，汀末疏明鳥陣回。獨向稠人見高義，此情須敵萬瓊瑰。

過合肥會黃天倪

白狼峯頂共留連，一紀於茲騰四年。事過已如炊黍夢，鬢催難著買春錢。飄零慚説相思駕，灑落仍傳到手篇。梨栗果盤魚蟹飣，恍疑身世上通川。

贈致政曾宣德

何得清時便挂冠，歸來高卧水雲間。一輪白日易催老，百斛明珠難買閑。行止盡將隨白鶴，生涯都付與青山。夜前烏影高三丈，見説朱扉尚閉關。

冬日呈郭明遠

《騷》《雅》亡來幾百年，不圖今日見君篇。遒豪壓倒元才子，清麗追回李謫仙。風月吟窮三寸舌，江山歸欠一囊錢。此時長嘯出門去，但覺遶梁遺韻傳。

春日送簽判陽承議

春山野思萬千重，那更江頭來送公。別淚滴流紅杏雨，離情搖曳緑楊風。一枝易遶南飛鵲，隻字難憑北塞鴻。惟有感恩情不斷，夜深長入夢魂中。

春日送林推官

送君南浦忍分襟，注目春江煙水深。思亂似雲無所著，情濃如酒不堪斟。杏花燒離人恨，杜宇啼穿去客心。別後願爲深夜蝶，翩翩飛夢去相尋。

春日舟中卽事

不因門有北堂親，肯泛孤舟瘴海濱。萬里江湖愁去客，一春風雨厭行人。花朝水國留題懶，月夜鄉園入夢頻。每被煙波驚破膽，却思雲石自由身。

春日舟中喜晴

霧斂雲回雨卻殘，衣單猶尚怯朝寒。烟塵暗處江山窄，日月光來宇宙寬。漁權不憂灘浪險，客輪惟喜路程乾。關關珍重梢頭鳥，每到晴中語亦歡。

海山樓晚望

登高懷遠思依依，目斷滄洲舊釣磯。城上兩三聲畫角，天涯千萬里斜暉。烟抽綠草隨洲轉，風遞輕烟貼水飛。到此自然堪下淚，不須啼鳥勸如歸。

春日卽事

歲月催人誤壯圖，風清官況強支吾。春來酒病尋常有，老去花迷大致無。慵裏盛添詩債負，閑中贏得睡工夫。誰知到此扁舟內，白面書生瘦矣乎。

舟中驚夏

牡丹纔過石榴開，歲月驚人老易催。一面紅顔春遞去，滿簪華髮夏催來。蠅頭利祿徒勞耳，麟閣功名太晚哉。不必更增川上歎，及時行樂且銜杯。

觀劉禹錫題湟川記

誰道連州海瘴邊，只消禹錫一雄篇。江山草木皆增價，風月煙霞總直錢。十二亭臺塵外境，一千疆界洞中天。自經大筆留題後，從此湟川勝洛川。

題清漪亭

平昔江流清得名，只今池面勝江清。人間有鏡磨秋骨，天上無宮敵水晶。月借嬋娟相表裏，路分瀟灑人逢迎。會須飽占銀潢魄，莫似滄浪濯垢纓。

次韻譚令尹茅菴

到佛元非定，如仙等是家。了忘名利戰，秦晉謾彭衙。

鱄月明窗紙，凉竿掃徑塵。御因環堵在，瀟洒屬吾人。

輦下春懷七絶呈趙達夫試院中作。

絳闕岧嶢五色中，六街風穩柳貪慵。金明解染波千頃，不似君王惠澤醲。

蝶正冶容蜂正狂，鶯如羞澀燕如忙。低枝莫搭鞦韆索，留送嬋娟出短牆。

杏紅似爲桃紅妒，柳緑渾將水緑争。去日背人來日逼，新愁特地舊愁并。

活琉璃漲金明色，鬧綺羅成上苑圍。須信皇州春自滿，莫愁青帝等閑歸。

魂先絮怯青樓女，命爲花輕白袷郎。春色不應疏病客，正緣生計紙千張。

岸柳禁持人學舞，牆花勾引客窺鄰。速將事當悠悠夢，賸買歡歸衮衮身。

直取浩歌論纂纂，肯容三爵徑油油。送花明月憐人殺，帖體紅波凝不流。

富沙門樓

撲閙行人衮底流，闤闠縹緲到三休。霜魂月魄交光夜，十二冰簾不上鈎。

曾聞仙子好樓居，樓外仙山入指呼。聊作上遊新粉澤，使君不爲貯羅敷。

安濟橋編舟爲之，去玉清洞天五十步許。

誰把靈槎接飲牛，主人瀟灑古東甌。玉清夜半開冰箔，暗認方平駕采虬。

擁翠拕青得要津，截波仙屐略無塵。借令烏鵲填橋巧，何補褰裳問渡人。

送李德素解官歸舒城

朔風吹眼水溶溶，白社凝香杏靄中。千里滄洲帆一抹，遥知此日背冥鴻。

水落淮天蟹子肥，三年遊子片帆歸。東坡穲稏黄雲滿，試傍林椒振客衣。

陪彭安行雙蓮亭小酌

無塵浄淥枕青鴛，箇樣清虚不似鄽。更喜晚來翹白鷺，伴君和我作三仙。

留題神仙院

白鷺飛邊盡古今，蕭條鬼冢與神林。故時門巷猶能憶，十載重來白一簪。

白帝憐秋自不勝，等閑時放一番清。詩情大似歸飛鶴，聊作當年警露聲。

陪林明復功德院小軒對假山有成

候禽幽哢似争春，我亦貪搔不屋巾。巖嶭煙姿在眉睫，箇中還有傲秦人。

蓮華峯法雲卽事

奈我此身無定居，正如飛絮撲江榆。兩毛更甚盧蒲短，好在朱陵見憶無。

十十五五跳波魚，三三兩兩踏歌妹。前山後山碧一色，似不多愧瀟洒圖。

送徐擇之秘校還睢陽

汴水東頭古堞開，青鴛無影幾樓臺。莫將歸雁比行色，身未到家春已來。

題增城駐舟亭

一亭瀟洒枕江流，水色山光四面浮。多少客帆檣外過，不知誰是濟川舟。

題吉水南華寺

紫翠浮浮奪曉昏，生涯谷汲與松焚。客塵一點自應少，終日到門惟白雲。今寺有刻石，扁其堂曰白雲。

野興由來愜杖藜，層巒影裏見翬飛。虛堂一炷起凝碧，化作九天雲染衣。

雲巢集補鈔

沈遼，字睿達，錢唐人。遘弟，用兄任監壽州酒税。熙寧中以太常寺奉禮郎監杭州軍資庫，轉運使攝華亭縣。他使者以夙憾，文致其罪，下獄，奪官流永州，徙池州。有《雲巢編》。

陸機宅

朝日欲出已復西，人間興廢那可知。崑山陵谷久已變，水傍惟有將軍碑。

西溪集補鈔

沈遘，字文通，錢唐人。皇祐元年進士第一。歷知杭、越、揚三州，官至翰林學士。卒。有《西溪集》。

題山光寺

馬蹄輕蹙柳花浮，醉入淮南第一州。不是青樓羞薄倖，自緣無錦不纏頭。高臺已傾池已平，隨家宮殿春草生。千年往事何足歎，廣陵非復舊時城。

送施密學守錢唐

塞外風煙河上塵，歸來始覺二毛新。承明自厭頻趨直，滄海還思一濯巾。幕府旌旗初壓境，畫船歌吹便行春。湖山滿目舊遊在，何日從公醉紫蓴。

和王微之漁陽圖

燕山自是漢家地，北望分明掌股間。休作畫圖張屋壁，空令壯士老朱顏。

天禄硯匣歌

張君贈我古硯滴，四脚爬沙角如戟。肉翼絡髀老獸姿，世不能名眼未識。我知此爲天禄兒，口銜一寸黄金匜。蟾蜍嚼月兩吻坼，天鯨胸穴雙泉飛。玉聲琮琤珠迸落，影射巖石光瀺灂。未央書殿立髼髵，曾見揚雄老投閣。子孫晚出中平間，渴烏翻車灑平洛。宗資墓口卧露霜，頭角頓挫仍騰攫。爾來拂拭傍几案，眉目睢盱苔蘚剥。形模不入世俗用，疑付大手傳糟粕。未能點綴《清廟》頌，開闢大《易》摛《春秋》。就令□□□□□，末勢猶足爲遷彪。物無貴賤繫所用，千金乞我直暗投。圖書散落愈□下，晚歲惟有齏鹽謀。學注蟲魚問老圃，無乃塌颯爲匜羞。

龜谿集補鈔

沈與求，字必先，德清人。政和五年進士。高宗朝，累官吏部尚書，翰林學士兼侍讀，除參知政事，知樞密院。卒，贈左銀青光禄大夫，謚忠敏。有《龜谿集》。

夜書山驛

天寒夜向闌，月出山更静。風露摇青空，萬象光耿耿。啼蛩泣幽草，賓鴻度前嶺。歸來坐孤窗，松竹舞清影。

矅菴

地控三州界，池開十丈蓮。桑麻無杜曲，松菊有斜川。别浦歸帆遠，他山晚照妍。江湖春水闊，容與白鷗前。

遊玲瓏山因訪朱氏草堂

平生邱壑心，餘事不掛目。藜杖南山來，要使富幽矚。異哉小玲瓏，蟠峙蒼弁腹。修藤結懸崖，飛溜響空曲。伏石狀卧虎，騰挐雜奔鹿。呀然牙呑吐，側路劣容足。拂拭古蘚紋，字刻翳新緑。標榜玲瓏名，奇怪殆天屬。捫蘿上絶頂，坦坦類平陸。俯首瞰來蹤，窅然在幽谷。傳聞昔逋客，誅茅此營屋。清魂不可招，千載想遺躅。我思造物巧，妙供幽人禄。揮斤役山祇，斲此一拳玉。雲窗與霧閣，一一相互屬。豈無部曲衆，猿鶴即更僕。豈無節旄貴，松檜自張纛。此事久棄置，蛛絲網巖麓。翩翩佳公子，心古韻不俗。駕言脱華簪，玆焉卜幽築。終日面巑岏，世俗豈容觸。指點空洞姿，喜氣政堪掬。挾杖校昔遊，健步念須續。亦有招隱詩，薄暮不可讀。

臘月二十六夜大雪投曉霽色恍然鳥語啁啾便有春意感而賦之

黄昏雪打窗，夜雨破幽夢。晨光逗簷花，霽色恍池動。老木驚向榮，好鳥發微哢。草根露纖芒，蟲聲試羣哄。空畦土匀酥，側澗泉流湩。臘盡殺氣衰，春歸生理共。人情自多端，天意皆曲中。懸知造物公，未厭萌區衆。艱難重時節，俯仰疲迎送。心閑數造化，骨寒遭鬼弄。那驚梅柳新，但飽藜藿供。行須過田家，泥飲空社甕。

讀成士轂詩卷和其書事一章

長年賦《子虛》，狗監絶同里。杯水聊自酬，博此一笑喜。副墨粲我前，頓使百廢起。朱絃渺遺音，慎勿娱俗耳。論交儻自今，相從期暮齒。

鄭維心用張仲宗韻見贈復次其韻奉酬

胸中飽世故，了了分白黑。十年客異縣，中夜夢鄉國。買鄰枕寒溪，此計吾猶及。大恐歲星惡，翻令銷福德。不如早移文，徑效山庭勒。

夾竹桃花

摇摇兒女花，挺挺君子操。一見適相逢，綢繆結深好。妾容似桃萼，郎心如竹枝。桃花有時謝，竹枝無時衰。春園灼灼自顏色，願言歲晚長相隨。

蠶

吴桑成緑陰，吴蠶盈翠箔。闔門障風雨，荒祠動村落。千絲爲衣被，一繭自纏縛。殺身以成仁，此計殊不惡。

夏日書事

洗竹明新牖，疏泉理廢池。破磚炊玉粒，釣影鱠銀絲。假寐抛書帙，蠲煩泥酒巵。空餘八角扇，懶惰不能持。

到吴

三載故鄉別，歸帆恰到吳。食寒新火換，天闊斷雲孤。酒市仍依岸，漁村遠帶湖。碧山千萬疊，翻憶夢崎嶇。

旦日趨府

紫簫吹夢斷，起視斗闌干。瘦馬踏殘月，單衣中薄寒。錦囊那復佩，革帶頓成寬。浪逐官曹底，趨摳敢自安。

次韻律兄持節燕山且調兩河兵賦喜而作詩

伯也吾宗秀，心期萬里侯。燕民方築郡，漢使果鳴騶。更借牙籌計，聊寬玉座憂。平生揮翰手，此意莫淹留。

中年情緒惡，遠別信音疏。聞道陰山路，貪迎使者車。騎羊厭鳴鏑，佩犢欲扶鋤。願上螭頭奏，煩苛一切除。

倦夜

獨坐苦無賴，開軒懷抱空。徘徊簾上月，淅瀝竹間風。清影迷篝火，哀音咽砌蟲。怪來寒次骨，霜氣已冥濛。

送別

老覺交情重，貧知世路高。相看心已折，此別夢應勞。未用脂長轂，須聽詠大刀。平生故人意，能費幾綈袍。

秉元以按田至村落有詩次其韻

竹户連村閉，官何此榜舟。蒿萊半殘壟，風露溢清愁。試爲歌田畯，那知餞蓐收。老盆如見領，應作小遲留。

舟行即事

逗帆風借力，入坐水浮光。村落知多少，郵亭自短長。跳魚吹暗浪，浴鷺耿殘陽。又是吾廬遠，相看思渺茫。

舟過北塘

嫋嫋輕颸動，娟娟佳月生。岸回雙樹暗，村遠一燈明。過雁參差影，跳魚撥剌聲。停橈且勿去，吾意不勝清。

舟次吴淞江

棹發鱸鄉晚，頻經桂子秋。懶投青玉案，政敝黑貂裘。水落喧魚市，雲微辨橘洲。五湖煙浪靜，誰復泛扁舟。

秋懷

庭柯脱翳葉，歸翼斷經過。水檻清漁罟，風櫺響薬羅。傲霜荷柄少，團露橘叢多。秋色遂如此，愁城今幾何。

别羣從

十年勞遠夢，今日又征鞍。雨入花梢困，風生麥浪寒。飄零逢酒怯，老大别家難。去矣功名事，終須把鏡看。

得家書

國步猶艱棘，不堪頻問家。霜毛失翠葆，蒿目亂玄花。孤客知時節，殊方度歲華。干戈就休息，歸理邵平瓜。

於潛道中

首路潛溪驛，雞聲欲暗天。籃輿衝宿霧，棧閣倚層巔。高下林端屋，横斜石罅田。野泉隨處有，草木盡蒼然。

新城道中

馬蹄隨意到，回首隔南岡。日落鳥猶語，春歸花自芳。殘紅媚幽谷，新綠漲回塘。假榻知何地，昏鐘出上方。

次韻避寇

窮途厭遷次，歲晚惜分攜。茅舍荒村北，柴門曲港西。雞豚暫同社，桃李舊成蹊。那得干戈定，浮家著兩谿。

宦遊成屢卻，戎壘悵頻遭。聞詔趨吳會，經途事董逃。心期紓國難，力欲挽人豪。漂泊多危涕，真成失木猱。

維心過邵子非溪亭夜話有傷時感舊之作索余次韻

官儀全復漢，盟會競尊周。郊野多戎壘，衣冠半客遊。地偏朋舊鮮，人老歲時遒。莫厭經過數，相看又麥秋。

朝廷策數馬，寇盜谷量牛。世亂思奇畫，身閒喜勝流。鵷鸞霄漢侶，鳧雁稻粱謀。得趣皆爲達，誰爲不繫舟？

劉希顏持節按縣招維心舟中小酌次維心韻

大艑浮溪曲，華旌映道周。勞農纔徹警，問俗偶成遊。王事今云棘，官稱古號遒。正須哀疾苦，輒莫詫防秋。故國真如寄，餘生宛若浮。巢鳩不護鵲，池鳳肯容鶖。老木低春水，孤花帶晚洲。杯行應酹我，知復念幽憂。

曉過鄰村

推枕夢初斷，籃輿踏露行。歲登人意樂，風急雁行驚。曲澗哀湍瀉，危橋獨木横。清霜莫欺客，雲日自晶明。

卽事

竹樹參差合，溪流半隱扉。雨昏鳩婦鬧，風急雁奴歸。策杖循沙步，褰裳到石磯。遊魚吾共樂，身世自依違。

觀網魚

暗雨垂垂梅欲黄，春山吐源春漲狂。雪鱗頳尾泝流上，吹濤噴浪能奔忙。魚師布網名白大，萬目井井連重綱。聯艘絶流勢甚武，遮羅初若無留藏。大魚已得小魚棄，要使遺育充陂塘。鰥鰥安用誤回避，蝦蟹亦復虚跳梁。寧知不比綸索手，欲以巧餌空滄浪。

何子楚爲范明倫賦九疑石石吾不及見也讀詩可以知其巑岏秀峙之狀吾累下峯石爲小寒林興寄不淺用其韻并及之

峨弁千峯倚天碧，上有修竹材可笛。月明三弄面巉巖，驚起哀猿啼峭壁。兒童斵石攢青瑶，寒林蕭蕭吹墮樵。坐令結習入幽夢，芒鞵竹杖歸路遥。覺來隻影徒相守，哦子清詩筆如口。眼中何必小玲瓏，仿像九疑當户牖。神丹已失大江湄，誰與安期追後塵。分天隔日不可到，使我目斷蒼梧雲。

劉行簡見借詩藁以長句歸之

文章偏忌聲名早，富貴政須門第好。了知二物不相關，風月膏粱兼者少。劉郎天韻真不凡，飛騰宜在蓬萊島。年來窮愁已到骨，只有珠璣落殘稿。紛紛餘子何能追，定向詩壇分六纛。造物小兒亦薄相，浪付繁華給揮掃。却令徑坐詩人窮，只與清冷消熱惱。向來狗監非同邑，渴盡文園尚傭保。九原千古忽可作，如君自是不枯槁。茅齋夜誦誰得聞，咄咄空能訴窮昊。請君更作昇天行，勿使貧胡彊知寶。

次韻何子楚食櫻桃

輕衫駿馬飛彈丸，上林花開紛繡團。御廚賜笋未解籜，山櫻亦復登金盤。宗廟薦新勤玉路，凡果紛紛不論數。風清日美雨絲收，朱實烘春燃緑樹。筠籠采擷價萬錢，北人羊酪雅所便。自從燕罷曲江曲，五湖十載身回旋。已作孤蓬共流轉，萬顆徒勞野人獻。故無清夢大明宮，醉倚酡顔浮玉盌。

次韻黄子虚同飲葛次顔家釀玉友

先生早年忘掃白，懶飯青菁借顔色。獨餘驢伯爲友朋，熟不暇篘巾自漉。何須引泉連百井，飲若長鯨太豪猛。細斟玉箸滑無聲，酌我應憐官獨冷。奇篇更寫陟釐黄，逼人心地生清凉。了知二事盡家法，眼饞徑索銀缾嘗。老我華池少滋液，年來愛酒如偷蜜。陶然一醉樂未央，此外要知俱長物。相期徑造君勿違，坐得名勝從忘歸。公侯似聞倦設醴，穆生政恐同分擕。

寧國道中

山石犖确行路難，山風蕭蕭吹早寒。十步九歇僕馬瘁，兔蹊鳥道窮躋攀。崖谷空籠瀑泉走，碎玉零亂飛前灘。石隄捍水幾百級，落處疑有蛟龍盤。兩山之間開畎畝，石鎛著鋤那得寬。前村後村煙火冷，土牆茅蓋常掩關。我行不知記近遠，宦遊歲晚良自歎。豈如家家一飽外，雞豚社酒相追歡。那知亦有簡書畏，里胥剥啄驚胸顔。

溪上見梅

晴溪漲緑如陰苔，晴山插影相低回。畫船疊鼓順流下，波光浩蕩征帆開。灘縈岸繚舵牙轉，水石相激如奔雷。須臾已復過絶壁，歸路漸近嚴陵臺。山重溪複境彌迥，暗香忽自空中來。日斜正見叢棘外，炯炯疏片飄寒梅。槎牙一種獨愁絶，含情不語明巖隈。淩波疑是水仙出，縞衣素質行徘徊。下窺深淺一笑粲。坐使凡卉俱塵埃。山谷之儒已癯甚，龜腸鶴骨世所咍。相逢頓覺百憂釋，不嫁春風誰與媒。舟行易遠空回首，角聲吹夢心悠哉。

次韻葛魯卿送示近作

八騶畫屏如縶策，微步招尋老賓客。離離草色亂溝塍，脚底春風隨蠟屐。蟄龍昨夜起洄潭，忽雷閃電飛千巖。朝來遺珠落懷袖，復見國風歌二南。公洗膏肓砭傳癖，詞伯儒宗早揚歷。詩成聊復貯錦囊，副在久應藏石室。只今漂泊客煙村，高吟七字哀王孫。有如此言公不食，東山那得留安石。君侯胸次多籌策，歲晚翻爲江海客。小隱方營一把茅，幽尋定費幾兩屐。公心落月印寒潭，出濟巨川歸築巖。追還正始遊戲事，聊爲風騷作指南。我有幽憂如酒癖，起誦君詩春寂歷。天公下取氣淩雲，神物護持光滿室。老矣懷歸葑上村，倚公佳句譜桐孫。須公拯危紓旰食，快寫車攻刊藥石。

攝尉歸安呈江嘉

無地誅鋤一束茅，清吟端作《反離騷》。奔波且復同香尉，蕭散還須似馬曹。名下吹噓初定價，暗中摹索便矜豪。文章論世寧論晚，肯慕羣飛輒仰高。

清明

杏火燒空潑眼明，遊人蕩槳渌蕪城。山歌慣習吳歈調，水戲終含楚些聲。草滿池塘春漲淺，燕歸簾幕午風輕。踏青舊約誰能問，已喜年來粥有餳。

報中有盛年休官者感而賦詩

中都如海士如鱗，乖雁雙鳧亦見馴。林下已無長往客，江頭誰伴獨醒人。因循儻使能成事，彊健何須便乞身。但喜高風激頹俗，要令鐘漏一番新。

喜次律兄見過

大艑軻峩許暫留，一樽相屬話牢愁。封胡羯末名終在，許史金張迹浪投。遵陸漸看鴻雁集，在原當紀鶺鴒求。他年會有相從樂，泛宅浮家萬事休。

用子虛韻和呈駿發次顏

十里笙簫沸市樓，已占風物兩優遊。人從月窟開青嶂，燈挾星河映碧流。曲席深杯成徑醉，長廊古寺溢清愁。暗中我亦知公在，彊對蘭膏爲舉眸。

邵子非謂余有天台之行見貽以詩因次其韻

巉巉老氣鬱青霞，過我依然醉帽斜。爲説驚魂招楚些，忍聞悲曲動胡笳。扁舟犯雪來何許，健筆淩雲語益嘉。莫笑海山風引去，要尋源上問桃花。

小雨

小雨廉纖未肯晴，勒回花信待清明。冷官何預芳菲事，空聽春禽作意鳴。

題林屋洞口

仙去遺蹤亦謾留，羽旗那復肯來遊。欲知洞府煙霞邃，漠漠蒼崖面橘洲。

新春書事

早歲驚逢上苑春，蹇驢朝踏落花塵。只今懶問芳菲事，柳眼相看也笑人。

有懷山中

可奈風埃老客遊，故山歸思日悠悠。軒裳結裹非吾事，野性從來在一邱。
冠卷塵埃亦謾彈，勒移終復愧家山。他年猿鶴應相笑，倦羽卑飛久未還。

申應時以圖尋山圖所載湖之西溪也爲作絶句

王維買宅先成畫，申子尋山亦載圖。他日真能營小築，此山佳處著儂無。

夜坐

娟娟微月小窗東，竹裏寒聲嘯夕風。孤客坐來驚歲晚，推愁不去酒杯空。

虛堂夜寂自神清，更僕無端倦觸屏。多謝短檠隨我老，更温檀火校《黄庭》。

月波樓

突兀晴樓壓郡城，樓前波面縠紋生。何人合作佳從事，來伴胡牀看月明。

會景亭

柳株高下隔桃蹊，萬頃煙波似渼陂。畫手無人貌平遠，小亭風冷立移時。

次曾宏父韻

小雨經旬户不開，隔牆青子滿江梅。幽禽葉底如相識，睥睨空庭欲下來。

未用欣然念可人，世間那有白頭新。出門更復推葱麥，笑笑扶風井大春。

曾宏父將往霅川見内相葉公以詩爲别次其韻以自見

腸斷故園春到時，澆花日日遶芳蹊。而今夢逐東風去，小榼深杯手自攜。

兩溪以南無數山，輿來徑造無時闌。空餘日蠟幾兩屐，日暮雲深天小寒。

隔溪花柳自無賴，煙淡風微惱殺人。走向西家覓酒伴，芒鞵竹杖去尋春。

吴江阻雨過豁然閣次周廉彦韻

花鴨呼羣自拍浮，河人蓑笠在孤舟。半生已負江湖約，不爲經行肯暫留。
濛濛小雨麥秋天，江上人家欲暮煙。行客未能忘勝處，繫船相伴白鷗眠。

次韻錢德初九日旅懷

西風江面荻花秋，鱠玉頻年念昔遊。客帽只今無地落，黄花滿眼謾供愁。
登高虚欲夸能賦，樂事何曾副賞心。斜日孤雲兩愁絶，一觴聊爲盍朋簪。
濁醪自稱和山藥，小令新能坼水花。況有阿戎供細雨，豈知秋思滿天涯。

過嘉禾野塘

木末孤煙起夕炊，茅簷直下釣魚磯。蒼茫遠水連天碧，一葉短篷何處歸。

次韻院中

芳樽相屬語黄昏，密雪飄零正滿門。記得江橋迴馬處，冷香應斷玉梅魂。
要知春色到池塘，深院無人午夢長。已覺此身便静樂，自温檀火炷爐香。

石壁寺山房卽事

雲根斷翠接山椒，小築初營一束茅。未放野泉縈曲磵，旋移寒緑引春梢。

過卞山次韻朱仰止澗亭

曲澗潺潺隱石隄，玉蚪雙引戲晴漪。相思後夜添清絶，木落山空月半規。

珮環琮琤落斷崖，水清石瘦没平沙。幽人散策經過地，草閣柴扉趁水斜。

卽事

卯酒賸澆胸礧磈，晨梳聊理髮鬅鬙。方牀自岸烏巾坐，欲校《黄庭》懶未能。

過竹西

百折清灣抱野田，竹西風物故依然。歸牛更背斜陽去，牧笛一聲吹暮天。

瓜步

呼聲漸逐潮頭遠，帆影低隨日脚斜。已喜扁舟近瓜步，江鷗無數立寒沙。

觀瓊花

千里隋河走濁流，檣烏東下指迷樓。春風簾幕今何在，只有瓊花伴客愁。

即事和卓彥翼

曈曚曉日上簾旌，簾外幽禽作意鳴。呼斷故鄉千里夢，起來搔首問歸程。

次桐廬

泱泱溪流不滿灘，獨憐舟子上風灣。日斜指點西村渡，竹户茅牆趁碧山。

吏鞅縈人未許閒，當遊聊復到春山。倡條冶葉無風味，賴有寒梅醒病顏。

千秋嶺

山河四塞限中原，籬落而今不復存。豺虎晝行何日息，但餘征戍滿荒村。

月下獨步

娟娟微月小庭西，月下幽人影自隨。賴有寒梅伴愁絶，一枝清豔耿疏籬。

溪亭夜坐

波面搖風暑氣微，禿巾來坐釣魚磯。相看月墮行人盡，只有流螢上下飛。

節孝集補鈔

徐積，字仲車，楚州山陽人。治平四年進士，授楚州教授。事母極孝，政和中，賜謚節孝處士。有集。

淮之水示門人馬存

淮之水，淮之水。春風吹，春風洗。青於藍，緑染指。魚不來，鷗不起。瀲瀲灩灩天盡頭，祇見孤帆不見舟。殘陽欲落未落處，盡是人間今古愁。今古愁，可奈何，莫使騷人聞櫂歌。吾曹盡是浩歌客，笑聲酒面春風和。

愛愛歌

吴越佳人古云好，破家亡國可勝道。昨日閒觀《愛愛歌》，坐中歎息無如何。愛愛本是娼家女，金魂玉魄沉塵土。歌舞吴中第一人，緑鬟雙鬟纔十五。耳聞目見是何事，不謂其人乃如許。操心危兮勵志深，半夜窗前淚如雨。假饒一笑得千金，何如嫁作良人婦。桃李不爲當路花，芙蓉開向秋風渚。忽然一日逢張氏，便約終身不相棄。山不磨兮海可枯，生唯一兮死難二。有如樗櫟叢中木，忽然化作瀟湘竹。又如黄鳥春風時，遷喬林兮出幽谷。文君走馬來成都，弄玉吹簫從幾曲。不聞馬上琵琶聲，忽作山頭望夫哭。去年春風還滿房，昨夜明月還滿牀。行人一去不復返，不念關山歧路長。前年猶惜縷金衣，今年不畫深臙脂。今年今日萬事已，鮫綃翡翠春如泥。一女二夫兮妾之所羞，不求所事兮志將何求。蛾眉皓齒兮妾之所憂，不如無生兮庶幾無尤。喓喓草蟲，趯趯阜螽。靡不有初，鮮克有終。鴛鴦于飛兮畢之羅之，人間所恨兮何休時。深山人跡不到處，病鸞斂翼巢空枝。

貧女扇

妾有一尺絹，以爲身上衣。自織青溪蒲，團團手中持。朝攜麥隴去，暮汲井泉歸。無人不看妾，不使見蛾眉。

釣者

有人口誦浮雲曲，手把瀟湘一竿竹。荻花洲上作茅菴，坐看江頭浪如屋。

垓下歌

垓下將軍夜枕戈，半夜忽然聞楚歌。詞酸調苦不可聽，拔山力盡無如何。將軍夜起帳中舞，八千兒郎淚如雨。此時上馬復何言，虞兮虞兮奈汝何。

江南春

今年是處春風早，江南地暖春逾好。春風次第入江山，先入梅花旣芳草。芳草春深更有情，直共江山到洞庭。落花流水武陵道，湖中有山春更青。斜陽西落一點月，少年莫上岳陽城。

寄李道源

春風本是詩家友，典卻琴書也沽酒。呼童去問紫霄翁，近來枕上詩吟否？不醉不吟將奈何，過卻今年春已多。胸中壯氣吐不出，看看又作送春歌。

酬李道源彈琴之句

數尺焦桐常在手，知子愛歌兼愛酒。今朝已是二月三，梅花驛使曾來否？古今多少無奈何，古今慷慨良已多。爲報陶潛且飲酒，無絃琴上不須歌。

贈査宣教

晚來閒共秋風約，惟有黄花莫吹卻。有人懷抱似陶潛，待向東籬共花酌。

和魯山感春

君看紛紛能幾時，一翻情態隨光馳。歡日常少戚日多，共君且趁春風歌。莫學時人種花草，不似山中松桂好。

述懷寄呂師

試眺關西山壁立，春雲突盡長空窄。濃嵐滴去渭川寒，孤峯深入秦天碧。白雲流水豈無情，立馬吟詩定相憶。且倩東風先寄聲，我整西裝期已迫。吟到秋風放客歸，歸時待作瀟湘客。

送王潛聖

公車待報凡幾年，蕭生罷去心浩然。鹽瀆野中尋舊隱，揚子江頭呼渡船。太湖波浪溼秋天，洞庭橘柚生紅煙。馬踏新霜吴嶺外，猿啼小雪建溪邊。關西夫子雖遲暮，行笑行吟正安步。菑川海上牧羊兒，解說公孫放豚去。

送李昂長官

征南兵勢欲平蠻，軍聲殺氣秋風寒。南國此時霜霰早，八月草莫楓葉丹。江有渚兮山有麓，君向洞庭何處宿？四垂天幕亂波平，九嶷山送愁嵐綠。日斜葉落黄陵祠，月明風起瀟湘竹。愁娥遠放峽雲來，冤臣暮借江聲哭。雁號孤喙度蒼梧，猿叫哀腸抱霜木。此行正合風騷情，縣衙乃在衡山足。

寄蔣大漕

大使莫憂淮上老，無山可望梅花少。梅花可種山奈何，日中枕上山更多。豈無閒僧坐林下，亦有樵子持斧柯。起來恍惚從萬里，便買玄猿栽薜蘿。人間流水寓之意，天外白雲來者歌。

送陳長官赴衡陽

楚天搖落霜風早，山色依依江渺渺。洞庭水寒帆影孤，雁聲正在衡陽道。君不見屈原憔悴賈生夭，遺恨至今猶未了。日晚江頭船住時，行人莫望江邊草。

答范君錫

醉中數問風流掾，酒價太高何日賤。君將使我典衣沽，詩人未有春衫絹。山陽才吏倪大夫，煩君爲我特致書。正月臘寒猶未去，諸君吟坐待圍爐。

楊柳枝

楊柳枝，試向枝頭折楊柳，舞罷青衫困垂手。相如病思最多情，沈約才情更酣酒。君看好鳥鳴枝間，日與春風問安否。清明前後峭寒時，好把香緜閒抖擻。

漁者

縛竹編茅雜亂蓬，四籬俱是野花叢。莫道江湖山色好，籬落不禁秋後風。秋後風從西北起，身上蓑衣冷如水。夫妻卻在釣船中，兒孫走入蘆花裏。夫妻不會作活計，辛苦賣魚沽酒費。兒孫身上更貧窮，白日無衣夜無被。昨日前村沽酒處，今朝忽見無人住。聞道江南地更暖，移舟急望江南去。

寄蘇子由

午日移陰後，行人罷燕時。路從西郭去，船值北風吹。夢裏猶迴首，心中欲附詩。從來義如此，兩意自相知。

和孫元規資政遊園

禁煙娛樂且須頻，二月風光特地新。料得壺中無俗客，更聞歌者盡陽春。酒來花下斟瓊液，茶向松間碾玉塵。應笑謝安空寂寞，東山終日爲何人。

召汝弼

外府新讎校，問君來不來。春隨流水遠，日被落花催。煩子神仙御，盡余賢聖杯。何時松徑下，閒坐踏蒼苔。

寄潁叔

南郭茶杯菊未香，西簷老柳覺疏黄。家無縣令雙鳧舄，夢有仙人五色羊。梅信易傳來嶺北，雁書難附過衡陽。定知遠俗懷公義，若説威名背負芒。

和路朝奉新居

世俗紛紛事總虚，詩翁今作逸人居。勤穿東地緣栽竹，喜占明窗爲著書。近市好賒春肆酒，就淮仍買晚罾魚。忽撐小艇來西郭，不問皆知訪仲車。

君向瀟湘我向秦

我望秦關方整駕，子遊湘水欲登舟。馬嘶山隝誰家宿，纜繫江楓何處留。壠上耕隨殘月去，日邊帆帶落霞收。灞陵古恨騷人意，歌向樽前不易酬。

柳絮

君看清絲蕊，開花便棄捐。臨風競離別，就地忽團圓。孤客正心亂，浮雲來馬前。灞□逢杜甫，老淚更潸然。

長條徒自重，狂絮去何之。禁籞穿花樹，春江撲酒旗。因風無定意，著物有閒時。謝媪何爲者，深情在雪詩。

敗荷

有客方笑歌，誰人吟敗荷。但言爲秋惜，不道礙船過。折柄刺芒在，亂絲根本多。江頭浪如屋，今夜奈風何。

宿山館

下馬開門日已沉，回旋村落乞樵燈。隔雲吠去誰家犬，踏月歸來何處僧。潭上風生千嶂吼，枕前泉落一牀冰。呼兒笑問今宵事，身在危峯第幾層。

文仙

紫微詔誥都經手，東壁圖書盡在家。何日再遊羣玉府，吟窗依舊鎖煙霞。

富仙

碧霞樓上常先曉，白玉宮中愛早寒。亂玉甃成池浴鳳，渾金削就棟棲鸞。

吟仙

金編誦處無人見，玉洞題時有鳳知。昨夜忽然何處去，月中吟就白雲詩。

醉起仙

佩環聲動出金華，鳳引鸞隨入絳霞。行到瑶臺雲路窄，側身趨避玉妃車。

地仙

瑶臺紫府都歸夢，碧洞紅塵總是家。蓬島有時來問信，桃源無處不開花。

太平仙

誰知我是太平仙，歌罷浮雲笑暮煙。更倚玉樓吟樂府，斷虹消盡月明天。

水仙

龍馭曾遊絳水霞，回來却坐赤鯨車。夜深正解雙珠珮，莫點犀燈照我家。

題東軒

我有東軒景，喜君爲此行。一如曠野外，四面好風生。但見雲連樹，不知山是城。重來如有約，秋水夕陽明。

春雪

天上星榆一夜彫，晨風吹落下層霄。溪頭岸狹流應漲，簾外春寒到不消。數騎急投村野宿，幾人閒問酒家謡。登高望徧東城路，又領詩兵戰寂寥。

秋雲

淡似秋河水，濃於春塢煙。隴頭寒塞雁，峽外晚江天。忽斷月華墮，乍明虹影連。西風休強住，飛勢自翩翩。

村家

階前生蔓草，門外是多歧。老叟行無伴，兒童飽自嬉。鴟羣巢衆樹，狐迹過疏籬。不肯勤耕耨，豐凶爲有時。

漁者

家住前村蘆葦中，一生無事是漁翁。眼看波浪如平地，身向江湖若斷蓬。小艇醉眠寒夜雨，短帆閒掛夕陽風。營營市井應相笑，不道錐刀盡是空。

雪

君看飛雪競翩翩，雲將争驅正著鞭。人望已酬殘臘後，物華兼值早梅天。招沽北掾輸平日，走馬西州憶少年。漏屋旋消濡敝褐，破窗穿過溼餘牋。蹄涔易見真窪滿，糞土難辭僞色鮮。席户冷灰人削迹，朱門熱炙客摩肩。紛紛萬事還如此，寂寂幽懷盡舍旃。流水明邊争趁月，斷鴻深處獨藏仙。誰家漁棹空聞笛，何處樵村只見煙？最好耕農相賀了，牛衣醉卧夕陽田。

蘇子瞻輓詞

起起公終矣，斯文將奈何。新書傳異域，舊隱寄東坡。直道謀身少，孤忠爲國多。死生公論在，高義出岷峨。

簡齋集補鈔

陳與義，字去非，洛人。一云汝州葉縣人。登政和三年上舍甲科。紹興中，歷中書舍人，拜翰林學士知制誥，尋參知政事，提舉洞霄宮。有《簡齋集》。

題唐希雅畫寒江圖

江頭雲黄天醞雪，樹枝慘慘凍欲折。耐寒野鶴不知歸，猶向沙邊弄羽衣。黄茅終日不自力，影亂弱藻相因依。唯有蒼石如卧虎，不受陰晴與寒暑。舟中過客莫敢侮，閑伴長江了今古。

爲陳介然題持約畫

層層水落白灘生，萬里征鴻小作程。日暮微風過荷葉，陂南陂北聽秋聲。

山居

耿耿虚堂一榻秋，人間高枕幾王侯。亂雲未放曉山出，片月不隨溪水流。檢校一身渾是懶，平章千古得無愁。湘波見説清人骨，恨不移家阿那州。

雨過

水堂長日靜鷗沙，便覺京塵隔鬢華。夢裏不知涼是雨，卷簾微濕在荷花。

長干行

妾家長干里，春慵晏未起。花香襲夢回，略略事梳洗。妝臺罷窺鏡，盛色照江水。郎帆十幅輕，渾不聞櫓聲。曲岸轉掀篷，一見兮目成。羞聞媒致辭，心許郎深情。一牀兩年少，相看悔不早。酒懽娱藏鬮，園嬉索鬬草。含笑盟春風，同心以偕老。郎行有程期，郎知妾未知。鵲首生羽翼，蛾眉無光輝。寄來紙上字，不盡心中事。問徧相逢人，不如自見真。心苦淚更苦，洞爛閨中土。寄語里中兒，莫作商人婦。

九日家中

風雨吴江冷，雲天故國賒。扶頭呼白酒，指眼認黄花。客夢蛩聲歇，邊心雁字斜。明年又何處？高樹莫啼鴉。

試院春晴

今日天氣佳，忽思賦新詩。春光挾晴色，併上桃花枝。白雲浩浩去，天色青陸離。餘霏遇晚日，彩翠紛新奇。天公出變化，驚倒癡絶兒。透迤或耐久，美好固暫時。平生一枝筇，隱處念力衰。澹然意已足，却赴青燈期。

晚步

畎畝意不適，出門聊散愁。雨餘山欲近，春半水争流。衆籟夕還作，孤懷行轉幽。溪西篁竹亂，微徑雜歸牛。

雨思

小閣當喬木，清溪抱竹林。寒聲日暮起，客思雨中深。行李妨幽事，闌干試獨臨。終然遊子意，非復昔人心。

將次葉城道中

荒野少人去，竹輿伊軋聲。晴雲秋更白，野水暮還明。寂寞信吾道，淹留諳物情。王喬有餘舄，借我一東征。

青

道中寒食

飛絮春猶冷，離家食更寒。能供幾歲月，不辦了悲歡。刺史葡萄酒，先生苜蓿盤。一官違壯節，百慮集征鞍。

金潭道中

晴路籃輿穩，舉頭閒望賒。前崗春泱漭，後嶺雪槎牙。海内兵猶壯，村邊歲自華。客行驚節序，回眼送桃花。

別伯共

樽酒相逢地，江楓欲盡時。猶能十日客，共出數年詩。供世無筋力，驚心有別離。好爲南極柱，深慰旅人悲。

聞王道濟陷虜

海内堂堂友，如今在賊圍。虚傳袁盎脱，不見華元歸。浮世身難料，危途計易非。雲孤馬息嶺，老淚不勝揮。

次韻富季申主簿梅花

東風知君將出遊，玉人迥立林之幽。欹牆數苞乃爾瘦，中有萬斛江南愁。君哦新詩我聽瑩，句裏無塵春色静。人人索笑那得禁，獨爲君詩起君病。欲語未語令人嗟，桃李回看眼底沙。同心不見昭儀種，五出時驚公主花。典衣重作明朝約，聊復寬君念歸洛。笛催疏影日更疏，快飲莫教春寂寞。

送王周士赴發運司屬官

寧食三斗塵，有手不揖無詩人。寧飲三斗醋，有耳不聽無味句。牆東草深蘭發薰，君先夢我我夢君。小窗誦詩燈花喜，窗外北風怒未已。書生得句勝得官，風其少止盡人歡。五更月暈一千丈，明日君當泛淮浪。去去三十六策中，第一買酒壓北風。

眼疾

天公嗔我眼常白，故着昏花阿堵中。不怪參軍談瞎馬，但妨中散送飛鴻。著籬令惡誰能對？損讀方奇定有功。九惱從來爲佛種，會知那律證圓通。

盱江集補鈔

李覯，字泰伯，建昌軍南城人。皇祐初，以薦爲試太學助教。終海門主簿，太學說書。有《退居類稿》。

絶句

人言落日是天涯，望極天涯不見家。已恨碧山相掩映，碧山還被暮雲遮。

王方平

五百餘年别恨多，東征重得見青娥。擗麟始擬窮歡樂，不奈閑人背癢何。

璧月

璧月迢迢出暮山，素娥心事問應難。世間最解悲圓缺，衹有方諸淚不乾。

梁帝

凝旒南面總虚名，廟祀何曾暫割牲。但學禪心能忍辱，莫羞侯景陷臺城。

送僧遊廬山

行非爲客住非家，此去廬山況不遐。要見南朝舊人物，池中唯有白蓮花。

望海亭席上作

七閩山水掌中窺，乘興登臨到落暉。誰在畫簾沽酒處？幾多鳴櫓趁潮歸。晴來海色依稀見，醉後鄉心積漸微。山鳥不知紅粉樂，一聲檀板便驚飛。

句

幾函道藏金壺墨，一片秋容玉井花。酒鄉貧更入，詩債病猶還。

流杯池

幽居久不樂，心死如濕灰。聞言山有池，仙客曾流杯。披衫向西坐，欲望無崇臺。何當命遊宴，盡聚不羈才。顧恐狹隘地，未足開吾懷。仰手斷河漢，決向天南來。移舟復轉嶽，壅遏成環迴。橫持北斗柄，量盡酒星醅。箕踞接下流，一插空千罍。八風助吟唱，萬怪供嘲諧。醉來散髮卧，鼾聲視霆雷。冷笑勢利子，茫茫塵土堆。

穫稻

朝陽過山來，下田猶露溼。餉婦念兒啼，逢人不敢立。青黄先後收，斷折傴僂拾。鳥鼠盈官倉，新租喜復入。

美女篇

繁霜毒春木，花開苦不早。愚夫擇利婚，美女貧中老。曷不冶顏色，門前車馬道。閨房有禮文，自衒誰言好。俗態競朱粉，古心慕蘋藻。所期君子恩，卒以慰枯槁。

愁熱

江湖限南鄙，秋令到還稀。節換空看歷，人間未趁衣。齊紈方得意，廈燕莫言歸。祇有松筠徑，風高暑氣微。

寄題鄒氏延壽亭

一世躋仁壽，君因更欲延。山中想無事，分外得長年。松老多經雪，雲閒不到天。區區殉名者，迴首倍淒然。

感秋

徙倚重咨嗟，非緣惜歲華。關山異鄉客，砧杵別人家。天冷雲含日，溪清水獻沙。屈魂終不返，悲思更無涯。

次韻答陳殿丞

不能隨薄俗，非是向深山。自喜道無屈，所嗟心未閒。酒鄉貧更入，詩債病猶還。一字成虛美，通宵只厚顏。

讀趙氏淳化詩集

少年曾誦習，誤認古人詩。風雅世不重，姓名誰得知？高情如隱者，薄宦過明時。地下尋才鬼，應逢陸與皮。

送李侍禁

三載盱江上，軍和盜亦殲。事煩終不倦，貧極始知廉。別袖揮寒日，歸舟載夜蟾。懋功宜有賞，天意在官占。

寄周寺丞

我愛南豐宰，天資舉措奇。上官如不怒，善政有誰知。賦役貧中減，鞭笞獷處施。邑人多未悟，去後始應思。

怡山長慶寺

行行金碧裏，氣象恍如春。不記來時路，自嫌衣上塵。院香知有佛，僧静似無人。十載京華夢，相逢一度新。

書樓夏晚

地僻無他管，樓危有剩涼。遠流通越派，殘日共秦光。鳥道頑雲黑，人家病葉黄。高情夢箕潁，閒景畫瀟湘。山藥香多桂，魚歌濁少商。太平知可喜，何者是簪裳。

悶書

行行四月晦，絺綌未能裁。天氣疑無定，春寒恐再來。襲衣從汗浹，交扇取風回。野秀深成候，鑪薫冷作媒。年高情已淡，俗薄意多猜。李杜今何在，芳樽誰與開。

烏鵲

烏鵲翩翩競羽毛，南飛無樹過良宵。就中管得他人事，祇與天孫倩作橋。

睡起

簟卷鱗紋帳繁紗，六龍西降樹陰斜。祇應夢裏成蝴蝶，猶記南園數種花。

戲題荷花

昔人詩筆咏蓮花，不嫁春風早可嗟。今日倚欄添懊惱，池臺多是屬僧家。

次韻答史太博

驛使將詩訪遠山，發函寧暖正衣冠。秦城未割難論價，燕谷纔吹已不寒。佔畢有心忘老至，惰農無罰賀恩寬。一枝數粒惟知分，豈是明時學考槃。

和王刑部遊仙都觀

尋幽西去路非賒，回首紅塵事可嗟！不待鸞驂并鶴駕，便分人世與仙家。幾函《道藏》金壺墨，一片秋容玉井花。還似武彝高會日，凡胎猶幸醉流霞。

和遊丹霞有懷歸之意

暫時來訪道家流，肯伴煙蘿滯一丘。爲意長安瞻日下，欲尋蓬島向鼇頭。陶潛醉後雖眠石，王粲憂多更上樓。宣室歲餘虛席在，青山何路更重遊。

栟櫚集鈔

鄧肅，字志宏，南劍沙縣人。少警敏能文，美風儀，善談論。李綱與之倡和，爲忘年交。父喪，哀毁踰禮，芝産其廬。入太學，交天下名士，作詩諷花石綱，爲當道屏黜。欽宗召對，補承務郎。靖康二年，張邦昌僭位，奔赴南京，擢左正言。遇事感激，不三月上二十餘疏，言皆切至，多見采納。會李綱罷，肅奏留之，迕執政，罷歸。紹興三年卒。有《栟櫚集》。

花石詩十一章并序

臣聞功足以利一國者，當享一國之樂；德足以被四海者，當受四海之奉。恭惟皇帝陛下，至仁之所濡，神道之所化，覃乎無外，不可量數。如一元默運，萬物自春。豈特宜民宜人，使由其道。雖鳥獸魚鼈，莫不咸若是，其所享宜如何哉！雖移嵩嶽以爲山，決江海以爲沼，竭東風之所披拂者以爲臺榭之觀，且不足以奉聖德之萬一。區區官吏，輒以根莖之細，塊石之微，挽舟而來，動數千里，竊竊然自謂其神刓鬼劃，冠絶古今，若真足以報國者。以臣觀之，是特一方之物奉天子，曾不以天下之物奉天子也。臣今有策，欲取率土之濱，山石之秀者，花木之奇者，不間大小，尤可以駭心動目，畢置陛下圃中。若天造地設，曾不煩唾手之勞，蓋其策爲甚易，而天下初弗知也，臣獨知之，喜而不寐，謹吟成古詩十有一首，章四句，以敍其所欲言者。雖越俎代庖，固不勝誅，然春風鼓舞之下，則候蟲時鳥，亦不約而自鳴耳，惟陛下留神，幸甚幸甚。

蔽江載石巧玲瓏，雨過嶙峋萬玉峯。艫尾相銜貢天子，坐移蓬島到深宮。
浮花浪蕊自朱白，月窟鬼方更奇絶。繽紛萬里來如雲，上林玉砌酣春色。
守令講求争効忠，誓將花石掃地空。那知臣子力可盡，報上之德要難窮。
天爲黎民生父母，勝景直須函六宇。豈同臣庶作園池，但隔牆籬分爾汝。
皇帝之圃浩無涯，日月所照同一家。北連幽薊南交趾，東極蟠木西流沙。
是中嵩嶽摩星斗，下瞰羣山真培塿。千年老木矯龍蛇，天風夜作雷霆吼。
三月和風盎太空，天涯海角競青紅。不知花卉何遠近，六合内外俱春容。
聖主胸襟包率土，天錫園池乃如許。坐觀塊石與根莖，無乃卑凡不足數。
飽食官吏不深思，務求新巧日孳孳。不知均是圃中物，遷遠而近蓋其私。
恭惟聖德高舜禹，一圃豈嘗分彼此。世人用管妄窺天，水陸驅馳煩赤子。
安得守令體宸衷，不復區區踵前蹤。但爲君王安百姓，圃中無日不春風。

巖桂

雨過西風作晚凉，連雲老翠出新黄。清芬一日來天闕，世上龍涎不敢香。

泛江

風迴浪急月初圓，攜得魚竿下釣船。一曲高歌星斗上，不須馭氣夜行天。

靈應寺

松篁擁翠入雲間，雅稱高人養道閒。自是紅塵飛不到，一溪流水遶青山。

寄張應和運副

土屋茅茨山萬重，陰雲不解雨濛濛。桃源目斷知何處？身在杜陵詩句中。

題枕碧閣

清流繩斷炎洲境，松響挾將寒意來。坐上逸情留不住，欲隨風月過蓬萊。

西庵餞春

傍水禪房半掩門，乍晴簾幕捲黃昏。風驅紅雨春何在？酒入香肌玉自温。勿笑飢腸充筍蕨，須將醉眼睨乾坤。杖頭更有百錢在，明日還尋未到村。

次韻龍學文

水色山光入畫屏，浩然相對自由身。芳菲莫恨無情去，天地還藏不盡春。儻得江河化酒醴，何須瓦礫點金銀。是日諸公各論燒丹。花開花謝兩休問，且向尊前一笑頻。

雲際嶺

狂直初無涉世才，雷公斥下九天來。面衝風雪吹三月，馬避干戈易四迴。帶雪燒柴偎體栗，漉糟沽酒慰飢雷。如聞明日登閩嶺，茅舍春風夜滿懷。

和鄒宣教

未須絶跡便餐霞，且飲當朝諫議茶。法水有緣隨遠浪，污泥無計染蓮花。千篇信筆初無語，萬里浮螺觸處家。已晤色空元不兩，蛇虁何用更憐蛇。

訪故人

扁舟載月夜隨風，曉到溪源訪老農。水骨借風鳴活活，澗毛被雨綠茸茸。竹萌已削瓊瑶白，村酒仍沽琥珀紅。醉倒田間無一事，九衢車馬自衝衝。

自嘲

平生蹤跡半九區，醉倒時得蛾眉扶。連年兵火四方沸，一飽雞豚半月無。住世今非孔北海，分司自到賓頭盧。卷簾月色招人醉，三百青銅徑自沽。

偶成二首

蒼苔白石兩清幽，縹緲虹橋跨碧流。日過窗間騰野馬，雨餘牆角篆蝸牛。飢寒不作妻孥念，笑語那知天地秋。一炷水沉參鼻觀，掃空六鑿自天遊。

夢破南窗蜴水沉，卧看素壁挂瑶琴。絲絲細雨晚煙合，閣閣鳴蛙蔓草深。但得甕邊眠吏部，不妨胯下辱淮陰。何時樓上登晴景，一醉聊舒萬里心。

和李粱溪春雪韻二首

白白朱朱春已深，那知雪意更陰陰。落花幾陣遮山密，穿褐餘寒賴酒禁。騎馬不前真有恨，留衣過臘豈無心。等爲遷客俱逢雪，誰似粱溪獨醉吟。

玄冥忽欲作春容，不許東君利自封。已使素英拖暖絮，更摧妖艷別寒松。那知往事思飛燕，豫慶豐年免象龍。向有謫仙詩句好，何妨閉户醉金鍾。

送春

宿雨初開萬翠屏，相攜雲水自由身。寸心未逐鶯花老，一笑能留天地春。儻得新詩同刻燭，不妨濁酒共傾銀。往來一氣何須問，蝙蝠飛時日正晨。

避地過雷劈灘

門前又見馬如流，兵革紛紛幾日休。嶺似車盤方稅駕，灘如雷劈更行舟。豺狼敢侮乾坤大，江海徒深蟣虱憂。安得將壇登李郭，挽迴羲御照神州。

偶題

才薄難趨供奉班，歸來作意水雲閒。謫官謾說九年計，客枕曾無一夕安。渭水不應藏釣艇，淮陰便合起登壇。喚回勝景憑夫子，使我甘歸苜蓿盤。

次韻謝明遠和

乞身天上爲溪山，鉦鼓不容蓑笠閑。酷暑扁舟同海角，暖風杯酒念長安。高情我自歸蓮社，妙譽君應冠杏壇。更約三山從少款，頳虯吐卵粲金盤。

題步瀛閣

玲瓏畫閣入鴻冥，隱約鴻冥入太清。紫氣氤氳隨去步，青霞杳靄逐行旌。桃花浪暖三山近，龜角屏高七朶橫。解逐梅仙在塵世，誰知塵世有蓬瀛。

子安提舉

怪底祥光夜滿門，朝來入社得詩人。空疏嗟我句無眼，俊逸如君筆有神。共隱兵戈不到處，相攜雲水自由身。便當痛飲追河朔，紅雪繽紛膾錦鱗。

洪丞和來再次韻

世事無由到竹窗，只餘心賞獨難降。雨餘翡翠山連七，春漲玻璃磎自雙。萬壑不須看越嶠，千尋端可配吳江。摳衣便欲同清景，安得黄封列萬缸。

又述

萬里歸來一小窗，利名心滅不須降。縱無何子食錢萬，未到潘郎雪鬢雙。樓上詩狂欲騎月，晚來酒渴思吞江。從今痛飲須論日，瑣瑣何勞問幾缸。

成彦女奴琵琶

婷婷嬝嬝出紗窗，坐使紅妝萬目降。翠袖薄籠春笋十，玉釵初合緑雲雙。四絃對客追三疊，萬喚令人憶九江。曼倩酒狂本無量，爲渠瀲灧倒銀缸。

寄璨老西軒

水沉一炷媚晴窗，默坐無心可得降。浥露菖蒲能寸寸，語晴新燕自雙雙。祇今得免不鑽紙，那用浮杯更渡江。前世遠公只師是，好從元亮供千缸。

偶成

數椽茅屋傍山隈，野草如雲徑不開。小院縱横行蟻陣，孤燈明滅縱蚊雷。并包益見乾坤大，掃淨何時風雪來。磊塊胸中何處洗，酒行到手莫停杯。

次韻凝翠閣看水

闌干十二俯煙濤，冒雨從君一醉陶。頗覺寒窗侵島瘦，故將勝景助韓豪。波聲列岸漁歌遠，水勢横天釣艇高。前日主人今國老，乘槎何處泛滔滔。

寄司録朝奉兼簡伯壽

老松古柏争清勁，社稷元勳李文正。風流千古照人寰，家有白眉聲益振。十年遊宦落窮山，妾無衣帛日號寒。只餘淨業磨不去，騤騤筆勢江河寬。阿戎作詩更難偶，銀鈎仍復規顔柳。蒼藤千尺練敲冰，萬軸晶熒照窗牖。明月夜光兩相酬，束筍堆牀曾不休。公家自有嘔心戒，豈容雕斲損天遊。嗟我無文出月脇，惟有篷窗堆柿葉。如何分我三百萬，試掃危言助調燮。

道原惠茗以長句報謝

太丘官清百物無，青衫半作蕉葉枯。尚念故人家四壁，郊原春雪隨雙魚。榴火雨餘烘滿院，宿酒攻人劇刀箭。李白起瞰仙人掌，盧仝欣覩諫議面。瓶笙已作魚眼從，楊花傍碾隨輕風。擊拂共看三昧手，白雲洞中騰玉龍。堆胸磊塊一澆散，乘風便欲款天漢。御憐世上不偕來，爲借干將誅趙贊。

芙蓉軒

我聞幽軒牓芙蓉，琉璃十頃浸新紅。此來踏雪空無有，黄蘆敗葦争號風。卻坐明窗弄書史，新詞仍試佳毫楮。香風忽到簾幙開，一朶芙蓉却能語。我生眼中萬妖嬈，爲渠還作夢魂勞。炙牛未數劉師命，驂鸞便學王子高。

謝虞守送酒

瑟瑟嚴風鼓蓬户，對話春團兩亡趣。使君送酒唤春來，坐使漫空翻柳絮。雪榭懸知雪未消，一目千里皆瓊瑶。詩仙冷坐清入骨，便合九萬摶扶摇。迴首故園歸未得，天意留人亦奇絶。我今幸得賢主人，公亦未易有此客。

送思道之福唐

狂風一過天如洗，四卷陰雲空萬里。高樓月色三更寒，漁歌相應起寒葦。一尊初對謫仙人，只用瀾翻細論文。半夜拂衣翩欲往，飄飄逸興淩秋雲。破浪扁舟一葉細，問君去去端何意。笑言口峽隘心胸，要觀閩海浩無際。顧我虀鹽尚泮宫，安得化雲便從龍。好景欲觀今未遂，憑君驅入錦囊中。

寒梅上李舍人

窮山觸目紛茅葦，此意昏昏誰可洗。竹間忽破一枝梅，對月嫣然耿寒水。吟詩索酒滿高堂，穿簾的皪射晶光。世上腥羶來不到，翦翦天風吹冷香。人言百花睡未起，獨冠羣芳差可喜。那知和羹自有期，未用爭雄壓桃李。但憐雨雪正濛濛，寒意未舒萬象窮。故作先鋒驅殘臘，挽回天地變春風。

霹靂松

老幹千年如削鐵，蟄龍釀春未肯泄。阿香推車動地來，振起虬髭上天闕。砰轟一聲驚倒人，雨勢更挽銀河傾。炎洲六月塵生海，一朝化作無邊春。

題梅齋

江邊蘆葦風颼颼，東君一點破寒愁。窗間疏影橫春瘦，枕上冷香尋夢幽。夜半竹折驚殘雪，捲簾呼起千山月。肺腑洗清龍麝腥，落筆天香鬬清絶。

上先生

疲馬踏殘月，荷策來泮宮。入門見先生，先生何雍容。循循言語能下誘，青蒿因得附長松。短檠挑燈一千二百夜，高談雄辯磊落沃胸中。吾皇求士苦忽忽，不許先生久卧龍。玉鞭斜指長安道，衹愁此去何由從。嗚唏吁小軒從此冷如水，虀鹽朝暮欣欣爾。空留絳帳照孤燈，窗外西風起寒葦。

龍興避難

傍水怪石如蹲虎，絶頂去天無尺五。卻披叢棘下山腰，丹碧照空飛棟宇。道人養道厭塵勞，避世只嫌山不高。那知行空老曼倩，竊食不遺王母桃。松檜參天門晝閉，碧玉擷蔬飯炊雪。百年冷坐無車音，一旦偕來真惡客。當知喧寂無殊觀，出世何妨在世間。能致吾人師作古，龍輿今日始開山。

醉吟軒

淵明句法古無有，頭上幅巾供漉酒。李白豪篇驚倒人，舉目望天不計斗。二子風流不可追，公作幽軒爲喚迴。長鯨渴與沉江海，錦囊妙句生風雷。安得一壓在公側，時時去作孔融客。愁腸得酒生和風，也向毫端寫春色。

送丹霞

山壓濃陰勢欲頹，阿香推車振不開。君來論詩風四起，挽出羲和照九垓。別君八年驚電掃，霜髭已失童顏好。逝者姑從造物流，吾人一笑初不老。明朝飛錫過平津，浩歌歸耕隴上雲。巖竇不應藏一滴，要須化作無邊春。

小飲

斷臂一朝續狼肉，楛矢漫空夜相逐。海鳧飛亂三丈毛，藍田不行四寸玉。何如南嶽追祖風，雲門坐致桃李穠。笑盡酒船三百斛，醉吹簫管升晴空。

訪丹霞

煙雲著天無寸空，寒窗瑟瑟夜號風。浩歌出門何所詣，故人飛錫梵王宮。扣門兀坐寂無語，衲被蒙頭面如土。逢場聊復觸機鋒，千偈瀾翻疾風雨。我生鼻孔自撩天，笑將龍肉比談禪。針水相投得吾子，帖肉汗衫今脱然。但憐浄業猶詩酒，醉筆時作蛟龍走。儻惟語默兩無妨，憑師刻燭聯千首。偏教雪意遲相留，慎勿怱怱磨刀頭。明日笑談作春色，同在瓊瑶十二樓。

送游教授

世事齗齗飢寒語，恩怨嘈然相爾汝。蠅營狗苟端可憐，不要秋風黄鵠舉。君看三山夜降神，孕爲人傑超人羣。堂堂勁氣薄霄漢，藐視四海豈如人。簞瓢陋巷誰知己，自足一竿釣煙水。誰使文星射紫微，天書敕下川龍起。笑來南國開絳帳，議論清明森萬象。已經爐鎚無頑金，九萬卻搏羊角上。飄飄歸輿凌秋空，莫恨丁寬易已東。天生若人不私子，當令四海遍春風。

廬山

平生作意廬山遊，往來卻貪吴越舟。陛下許臣鞭匹馬，芒鞵因得尋清幽。是時六月蒸炎暑，六合黄塵空一雨。上方冷翠襲衣襟，便覺笑談拓天宇。

和謝吏部鐵字韻

紀德

引領門牆數舍耳，劍之水源自樵水。公，邵武人也。裹糧聞道嗟未能，參前倚衡見夫子。自笑昔爲塵土人，春狂時逐賣符瞋。年來懶惰百事廢，洗空人僞惟葆真。更餘浄業磨未絶，强繼彌明不知拙。豈是螳螂敢當車，貘獸從來食銅鐵。

邱宰生日

昔年怨聲嘗滿耳，紛紛女巫未沉水。天教我侯慰遠人，坐令盜賊化君子。期年仁政遍人人，撫之如子不須瞋。吏民欲欺亦不忍，出言洞見胸中真。要途書問久已絶，人皆巧中渠寧拙。優遊黄卷有餘歡，此志不回端截鐵。

自敍

萬物紛紛一馬耳，百川不同均一水。不將彼是作殊觀，坐使須彌納芥子。李白高視空無人，審言更作牙官瞋。可憐紙上較輕重，畫餅象龍俱未真。我師宣尼四病絶，抱甕寧作漢陰拙。萬變紛紛不敢侵，真室何須樞楗鐵。

遊山

高巖去天尺五耳，下飛瀑布千尋水。山間瘦竹映枯松，歲寒相對凜君子。杖藜去去尋幽人，剝啄扣門公勿嗔。凡骨羶腥儳不厭，願供薪水看修真。高人隱几語言絶，大巧深心反若拙。無乃誤遊天目山，偶見唐公冠戴鐵。

對酒

八斗一傾聊熱耳，開匣時觀三尺水。指天喝月使倒行，揚波直欲斬鮫子。安得知音吾黨人，相看青眼不余嗔。笑驅八鑾有奇策，開懷聊與話誠真。可憐吐哺風流絶，乞巧未遑姑守拙。坐觀明月侵蝦蟆，空使玉川懷寸鐵。

送成彦尉邵武

汗血神駒卓錐耳，去似蒼崖決積水。據鞍年少笑西征，神仙中人梅氏子。平生胸抱不由人，點額再歸會未嗔。儀舌尚存斯足矣，卞玉那愁無識真。一官聊續箕裘絶，登山莫厭芒鞋拙。會使狗偷掃地無，不須蠭蠆揮□鐵。

謝楊休

人生相值梗萍耳，無酒投錢亦飲水。烏衣里巷足風流，封胡羯末又賢子。匹馬來尋物外人，坐上無氈寒不瞋。傾蓋相逢已如故，洗空機械天倪真。公今在陳屢糧絶，惡圓喜方如我拙。窮愁兀守兩蕭然，座上指揮如意鐵。

呈機曳儀曹

管中窺豹一斑耳，敢向江海更言水。賴公不作揚雄尾，舞雩曾許隨童子。綈袍戀戀懷故人，世人欲殺渠不瞋。更將妙語發高價，龍門巉嶫齊九真。期君終始毋拋絶，回恩參魯余亦拙。睠懷明德崇努力，那用留侯袖中鐵。

口占

白鶴一去斷消息，白鶴嶺高高無極。仙人望汝久不歸，珠花撩亂瑶海碧。當時同伴有飛鸞，雪浪掀天翻綵翼。世間千歲會重來，過眼不須尋鳥跡。

招成老

萬竅于喁北風烈，烏雲貼地欲飛雪。醉乘一葉上玻璃，忽覊陰威行夜月。鳳凰山頭想大顛，芒鞋竹杖弄清泉。胸中得句自春色，散入草木騰雲煙。安得今宵對揮麈，快然別作一歲語。遥知今吾非故吾，便當刻燭追風雨。

送成材

伯夷自甘首陽蕨，商臣不戴周日月。那知世人冷笑渠，卻言馮道有全節。紛紛過眼萬飛蚊，何如閉目日飲醇。議論不從流俗變，吾宗賴有謫仙人。謫仙品流居第一，射策王庭恣狂直。不知天上聞不聞，見説奸臣俱辟易。秋風鞭馬衫挼藍，一官聊試大江南。羣從相從得髯尹，家學相當宜劇談。江南風月歸詩酒，二陸相從真得友。無人肯伴栟櫚狂，爲我喚回脱帽張。

寄李狀元

渡頭送君泛小舟，絲絲細雨織寒愁。自聞君來天亦喜，急掃陰霾開十洲。聚星高會古難續，也欲從君勤秉燭。灑君花露蘇甌閩，一笑春風滿暘谷。

黄楊巖

石壁巉岩鷲鬼劃，異草幽花鎖春色。羣山迤邐不能高，突兀獨摩霄漢碧。芒鞵千尺上崔嵬，手摘星辰脚底雷。撥破煙雲得洞户，醉眼恐是天門開。入門嵯峨森紫玉，冷風吹面天香撲。箕踞胡不揮麈尾，萬指未充空洞腹。我來避地尋名山，扁舟夜渡沙溪寒。辛勤博此一諧笑，太平猶在蒼雲間。猛將今無三角虎，狐狸晝號鰍鱔舞。靈岩知有老龍藏，挽出人間作霖雨。

鼓腹謡

當時大鑊四十石，餡鹿如柱餅八尺。飽食起來舞金剛，揮戈天上駐斜日。底事年來到骨窮，炙蒲脯苔詿腹空。鬬牛一飯期五日，一半又聽闍黎鐘。啄腐吞腥將日削，天公作意殊不惡。十圍漸化楊柳輕，因馭冷風上寥廓。

次鼓腹謠元韻

我心不轉本非石，世路爬沙任退尺。杯酒高懷獨未忘，只有三萬六千日。原憲雖貧亦非窮，石髮溪毛放筯空。只遣寸毫飽風月，安得高堂列鼎鍾。明朝莫怕山如削，夾路花香破酒惡。世間得失競雞蟲，一笑危岑天地廓。

風雨損荔子

前日雨聲如隕石，昨日風狂退六鷁。荔子吐華漫如雲，結實定知無十一。南來無以慰愁煎，端期一飽菓中仙。山頭看花日千轉，默想香味空流涎。事類翻羹慎勿恤，風雨在天非人力。要及豐年天下同，那爲海邦私一物。

題吹衣亭

馬上衣衫涴塵土，斂版權門腰傴僂。冷風天上呼不來，厚顏如甲汗如雨。星郎高韻凌雲煙，天籟喚歸酌流泉。人間熱惱醺不到，亭上鶴衣飄欲仙。君方醉樂人愁絕，何如御此登天闕。叩天借取衣上風，吹下九天作春色。

古意三首

妾身如暮雲，陰霾愁漸濃。郎來如曉色，日高雲自空。曉色未應夜，愁雲不可重。會持一杯酒，舉室生春風。

妾心如寒梅，隨郎遍江東。妾身如飛雪，知落何亭中。雪花故清絶，何人能擊節。梅花歲歲春，千秋香不滅。

妾如傍籬菊，不肯嫁春風。郎如出谷鶯，飛鳴醉亂紅。亂紅有何好，風雨一夕空。菊英雖枯澹，不愁霜露濃。

謁南齋諸友

青青門外竹，練練澗中流。水竹自相激，天壤無炎洲。我友有高韻，來爲挾策遊。氛埃飛不到，軒窗寸寸秋。高文穿天心，細細編蠅頭。氣豪欲騎月，志鋭定焚舟。我來初過雨，衣衫空翠浮。平生百斛塵，一洗空不留。歸來短檠下，清風入夢幽。不知白蓮社，肯容靈運不。

登妙峯閣

維舟古木陰，故人能倒屣。相攜步高閣，千尺誇雄偉。雨餘天氣清，宇宙空如洗。對面碧玉峯，去天不盈咫。憑欄一超然，欲摶九萬里。下視囂塵間，蠢蠢魚蟲耳。平生浪自苦，馬上肉消髀。悤悤欲何之，燒香更隱几。入夜寂無人，波聲欄下起。坐覺非塵寰，雷霆生脚底。

陪李梁溪遊泛碧

凉天夜無雲，寒江秋更碧。冷照月華中，水天同一色。畫船渺中流，三更羣動寂。清風遠相隨，蘆花秋瑟瑟。近山得桂香，隔煙起漁笛。樓臺半有無，疑是化人國。我生本無事，釣竿勤水石。今宵更可人，仍侍君子側。浪登元禮舟，本非謫仙敵。斂手看揮毫，光芒騰萬尺。

舫齋

寓形天宇間，一枝慎所處。到眼無溪山，堆胸自塵土。陳子作舫齋，端能世外趣。笑傲風波境，恬無風波慮。循本魚可觀，灰心鷗自舞。風景雖可人，公乎聊四顧。紛紛逐末流，誰援沉迷苦。吾事在濟川，慎勿五湖去。

過黄楊巖

朔風夜號空，于喁幾枝木。深山自春色，芳草不凋緑。朋來得佳遊，招提藏翠麓。新酒赤如丹，竹萌肥勝肉。一醉出門去，缺月挂修竹。歸路沙溪淺，危橋踐寒玉。夜過渭濱居，門庭故不俗。對坐寂無語，泉聲如擊筑。宗盟更可人，相邀勤秉燭。開緘得捷音，豺狼俱面北。迴櫂今可矣，賞心嗟未足。西去有奇巖，佳名配王屋。箕踞列十人，未充空洞腹。更約林宗俱，來伴白雲宿。

次韻王信州遊棲雲

勝遊出林杪，參天僅一分。從君如附驥，顧我願爲雲。野色連空碧，幽香襲露薰。耦耕當卜此，横笛夜相聞。

寄朱韋齋

歸帽納毫真得策，要殘留帶計還疏。公如買菜苦求益，我已忘憂何用渠。閉户羽衣聊自適，推窗柿葉對人書。帝都聲價君知否？寄付新傳折檻朱。

分歲

餘臘羈人少共歡，那堪飛雪集雲端。四時欲盡三更漏，六出翻成兩歲寒。壓□嶺梅殘艷薄，敲殘亭竹碎聲乾。公卿休掃黌堂下，留與來朝執玉看。

别陳少卿

平生杯酒百無憂，四海風流説太邱。據景筆端凌鮑謝，當年門下得伊周。那知避世欽嵜迹，也許從公汗漫遊。聞説片帆今又舉，三山無處着人愁。

戲洪丞

萬里歸來雲水鄉，逢春得酒且徬徨。好賢誰侶雙松吏，使我時終一石狂。忽與高唐來鼠目，却令朱户鎖梅妝。先生取瑟吾知己，安得從今不舉觴。

大雨

夜夜陰雲如潑墨，雨勢欲挽銀河竭。春工十八落泥塗，驟雨誰云不終日。魏紫姚黃業已空，嬉遊何足介心胸。只恐年年禾黍地，浸淫盡入陽侯宮。憑誰爲我呼少女，掃室陰翳開天宇。光風霽日暖層霄，坐令六合同歌舞。

再用南齋韻謝

沙溪清可啜，遠山翠欲流。翩然航一葦，浩歌入蘆洲。高堂上木杪，幽人事勝遊。但足簞瓢樂，不知天地秋。我輩嗟無日，冥搜空掉頭。何如三才傑，等是濟川舟。開卷騰光怪，天上卿雲浮。阿雲又嗣音，吾研不欲留。平生浪詩名，寒蟲號清幽。已對狂道士，從此聽吟不。

雙溪集補鈔

王炎，字晦叔，婺源人。乾道進士，始令臨湘。慶元中，官著作佐郎，出守湖州。有《雙溪集》。

題姜堯章舊遊詩卷

出郭栽花涉小園，歸調琴譜輯詩編。少年豪健今揫斂，休羨騎鯨李謫仙。

眉山集補鈔

唐庚，字子西，丹稜人。舉進士，受知張商英，擢提舉京畿常平。商英罷相，貶惠州，會赦北歸，卒。有《眉山集》。

次韻強幼安冬日旅舍

殘歲無多日，此身猶旅人。客情安枕少，天色舉杯頻。桂玉黄金盡，風埃白髮新。異鄉梅信遠，誰寄一枝春。

秧馬

擬向明時受一廛，著鞭常恐老農先。行藏已問吾家舉，從此馳名四十年。

謫羅浮作

説與門前白鷺羣，也須從此斷知聞。諸公有意除鉤黨，甲乙推排恐到君。

白頭吟

秋風團扇情，夜雨長門意。高鳥既已逝，潛魚自當棄。賤妾白頭吟，知君懷異心。衹知茂陵女，不憶臨邛琴。

五雜組

五雜組，水中魚。去復還，天上鳧。不獲已，轅下駒。五雜組，名利地。去復還，塵埃蠻。不獲已，貧而仕。

結客少年場

結客何用少年場，男兒尚氣須激昂。朝從魯朱家，暮過秦武陽。飲酒邯鄲市，膝上橫秋霜。明年從軍入燉煌，金印紫綬煇路傍，貧中知己慎勿忘。

食笋行

半夜春山試雷雨，驚起蟄龍初出土。野人不惜蒼苔深，掘得嘉根自燒煮。滿盤明玉遠飄香，一筯鱸魚味差苦。竹齋食罷竹陰午，竹裏行吟傲簪組。君誇食肉君固卑，我誇食笋我亦癡。阿蠻豐肥飛燕瘦，意態雖異要皆奇。君不見天隨先生貧食杞，關中客卿肥刺齒。豐儉不齊理或然，彼此相忘聊爾耳。

蛩兒歌

□南二子天一邊，思之不見今三年。阮咸已老□遥集，白髮自愧還欣然。未看顱骨并頰顴，啼□已有過秦篇。諸田何得賤庶孽，會斬莊賈摧强燕。

採藥行贈梅皤

順途行歌醉者誰，先生採藥山中歸。昨日擕籃入山去，今日出山香滿路。先生年來飯黄精，俗眼但白髮但青。得失乘除適相補，勿取讒人畀豺虎。

十月復暄

誰會世間事，即今冬後秋。殘年仍御袷，先日已重裘。地勢炎煙令，天時此客愁。此生槖籥内，反復任吹咻。

送客之五羊

不到番禺久，繁雄良自如。江山《禹貢》外，城郭漢兵餘。圓折明珠浦，旁行異域書。五羊雖足樂，雙鯉未宜疏。

遊廣州悟性寺寺有趙王臺蓋尉佗時所築有井甘甚號達摩井云

崎嶇走上方，浩蕩取秋光。臺上經樛女，江天入夜郎。華夷憑檻遠，興廢引杯長。泉脈來何處，中含定慧香。

舟中

去楚及梅落，過夔逢麥秋。既非就國者，伴作賈胡留。心力盤灘盡，年光拋渡休。移書故山友，愼勿厭鋤耰。

雪意

睡眼拭朦朧，開門雪正濃。客來迷舊徑，虎過識新蹤。浦遠渾無鶴，林深只有松。惜琴如不解，酒興若爲供。

舍弟既到有作

武陵倉卒記他時，我獨南翔子北飛。覷過幾多歸後事，相看仍是別時衣。匪躬老矣惟心在，便腹依然但髮稀。尚有苦吟三十載，與君同飽蜀山薇。

西溪

西溪霜後更沉涵，溪上愁人雪半簪。市散争歸橋納納，櫓摇不進水潭潭。利傾小海魚鹽集，味入陀村酒茗甘。百里源流千里勢，惠州城下有江南。

憫雨

老楚能令畏壘豐，此身翻累越人窮。至今無奈曾孫稼，幾度虛占少女風。兹事會須星有好，他時曾厭雨其濛。山中賴有茱糧足，不向諸侯托寓公。

贈儘倅丘明善二首

吳頭楚尾秀山川，一分才華占得全。和氣暖敷冬有日，清風寒壓瘴無煙。分麾共領南門鑰，簪筆終歸北闕天。寄語江陽夷落道，安排春織待新篇。

可曾爲客到江陽，塞上蕭條斷旅腸。歌動《竹枝》終日楚，笛吹梅蕊數聲羌。仰天太息偷閒憤，披髮驚呼不爲狂。校尉自能青白眼，肯教牛尾一般黃。

峽路

上馬復下馬，羸軀不暫停。鈴聲今古道，柳色短長亭。亂石波翻雪，洪崖岫破青。羊歸沿絶壁，鹿飲入寒汀。兩岸渾遮月，中天略見星。雲來通玉壘，江去背滄溟。春少花難折，霜多葉易零。愛山猶著物，畏棧未忘形。事業知安在，艱危已備經。宦遊方始此，何日遂鴻冥。

鴻慶集補鈔

孫覿，字仲益，晉陵人。大觀三年進士。政和四年中詞科。高宗朝，仕至户部尚書，提舉鴻慶宫。有《鴻慶集》。

棲霞洞

飛仙集三山，弱水環四瀛。誰知黄茅嶺，自有白玉京。獨曳一枝筇，梯空上青冥。蟾飛墮八桂，石隕化七星。幽幽炬火然，異狀不可名。垂天紫雲蓋，插地翠羽屏。已無俗士駕，尚有遷客經。敢言居夷陋，妙絶冠平生。

題洞庭山觀音院德雲堂

千丈銀山屹嵩華，浪湧雲屯天一罅。榜舟夜並黿鼉窟，杖藜曉入雞豚社。處處人家橘柚垂，竹籬茅屋青黄亞。牛羊出没怪石走，蛟龍起伏蒼藤挂。樓殿青紅隱半山，兩腋清風策高駕。飢鼠窺燈佛帳寒，華鯨吼粥僧趺下。世味久諳真嚼蠟，老境得閒如噉蔗。山靈知我欲歸耕，一夜築垣應繞舍。

蘆川歸來集補鈔

張元幹，字仲宗，長樂人，向伯恭之甥。紹興中，坐送胡邦衡詞，得罪除名。有《蘆川歸來集》。

瀟湘圖

落日孤煙過洞庭，黃陵祠畔白蘋汀。欲知萬里蒼梧眼，淚盡君山一點青。

建康集補鈔

葉夢得，字少藴，吴縣人，清臣曾孫。紹聖四年進士。累官龍圖閣直學士，帥杭州。高宗朝，除尚書右丞，江東安撫使兼知建康府、行宫留守。移知福州，提舉洞霄宫。居吴興弁山，自號石林居士。有《石林集》。

杜堅大夫作南窗求詩爲賦

意得不願多，心閑本長虚。超然適有契，天地良有餘。頗念彭澤老，所懷常宴如。南窗僅幾何，盤薄萬古初。束帶悟已往，世紛便能疏。懸知千載情，共有三間廬。杜子老不遇，買田賦歸歟。西山鬱攙空，江山繞故墟。衡門閉松菊，亦有琴與書。邂逅一杯酒，安知我非渠。

景修與吾同爲郎夜宿尚書新省之祠曹廳步月庭下爲言往常以九月望夜道錢唐與詩僧可久泛西湖至孤山已夜分是歲早寒月色正中湖面渺然如鎔銀傍山松檜參天露下葉間㠜㠜皆有光微風動湖水晃漾與林葉相射可久清癯苦吟坐中凄然不勝寒索衣無所有空米囊覆其背

爲平生得此無幾吾爲作詩記之

霜風獵獵將寒威，林下山僧見亦稀。怪得題詩無俗語，十年肝膈湛寒輝。

遊南峯寺

遊南峯寺，獨登待月嶺而還。長老才上人示欲作亭嶺上，以待予再至。因以詩贈云。

澤國鍾下流，有山獨西南。標奇借明眼，夙昔多窮探。腹背眩金碧，鐘魚半精藍。支郎放鶴處，妙解無餘談。高木氣未炎，緑陰正清酣。我懶倦登陟，茲行咤猶堪。幽尋雖云初，佳處默已諳。久欲謝塵滓，往同彌勒龕。平生術九九，晚識前三三。才也實可人，窮年玩煙嵐。胸中有定水，萬境潛包含。嚴霜掃頳紫，老幹餘楩楠。噉蔗要自佳，食荼亦云甘。坐斷方丈室，天花雨毵毵。笑我窘世網，何殊老眠蠶。我今已解縛，真理早自耽。但恐愛山意，多求尚成貪。願借待月嶺，重開石頭庵。偃松久傲兀，碧琳故澄涵。言尋覺庵路，更欲從徧參。

送嚴壻侍郎北使

朔風吹雪暗龍荒，荷橐驚看玉節郎。楛矢石砮傳地産，毉閭析木照天光。傳車玉帛風塵息，盟府山河歲月長。寄語遺民知帝力，勉拋鋒鏑事耕桑。

横浦集補鈔

張九成，字子韶，號無垢居士。開封人，徙家錢塘。紹興二年進士第一。歷宗正少卿兼侍講，擢刑部侍郎。累謫南安軍。起知温州。丐祠，卒。贈太師，封崇國公，謚文忠。有《横浦集》、《心傳録》、《日知録》、《論語詩》。

南安寶戒院作

苦無人事擾閑居，贏得終年學著書。今日欣然出門去，秋風吹意滿芙蕖。

菩提寺

高僧居物外，有户畫長扃。海闊知天大，泉甘識地靈。一簾春月静，數點别山青。便卜歸歟計，移文休勒銘。

遺樊茂實硯

端溪石硯天下奇，紫光夜半吐虹霓。不隨凡石追時好，真與日月争光輝。韜藏久已不亂用，唯恐翰墨污染之。樊子文章有餘地，汪汪萬頃誰能窺。贈君此硯無輕棄，經史妙處其發揮。飛流濺沫徧天下，要使咳唾皆珠璣。

山中見柿樹有感

兹山余初來，掩冉柿葉青。相去未三月，柿花亦已零。及兹尋去路，纍纍滿空庭。人生豈無情，眷眷不忍行。嚴霜八九月，百草不復榮。惟君粲丹實，獨掛秋空明。寄語看園翁，勿使墮秋風。願比櫻桃春，置之大明宫。

魯直上東坡古風坡和之因次其韻

幽蘭如君子，閒雅翰墨場。春風曉□暖，斜日半窗光。竟夕澹相對，菲菲吐暗香。掩門清杖屨，簾卷度修廊。釵玉莖分紫，官梅花更黄。豈惟堪紉佩，試伴菊英嘗。退處深林好，休移庭户傍。自同凡草茂，無事莫相傷。

正月二十日出城

春風驅我出，騎馬到江頭。出門日已暮，獨行無獻酬。江山多景物，春色滿汀洲。隔岸花繞屋，斜陽明戍樓。人家漸成聚，吹煙天際浮。日落霧亦起，羣山定在不。江柳故掩人，縈帽不肯休。風流迺如此，一笑忘百憂。隨行亦有酒，無地可遲留。聊寫我心耳，長歌思悠悠。

二十六日復出城

杜門不肯出，既出不忍歸。借問胡爲耳，江山棲落暉。濯濯漱寒玉，青青入煙霏。柳色明沙岸，花枝作四圍。玉塔天外小，漁舟雲際微。興遠俗情斷，心閒人事稀。我本江湖人，誤落市朝機。計拙物多忤，身臞道則肥。所以此勝概，一見不我違。吟餘尚多思，白鳥背人飛。

十二日出城見隔江茅舍可愛

茅屋臨江上，四面惟柴荆。緑陰繞籬落，窗几一以明。門前灘水急，日與白鷗盟。不知何隱士，居此復何嘗。朝來四山碧，晚際沙鳥鳴。棋聲度竹靜，江深琴調清。終攜一樽酒，造門相對傾。心期羲皇上，安用知姓名。

菖蒲

石盆養寒翠，六月如三冬。勿云數寸碧，意若千丈松。勁節淩孤竹，虬根蟠老龍。傲霜滋正氣，泣露泫春容。座有江湖趣，眼無塵土蹤。終朝澹相對，澆我磊磈胸。

九月七日喜新涼

晚來天宇陰，使有如許涼。衣襟不作苦，燈火耿寒光。青編如故人，入眼興未央。憶昔炎歊日，蒸鬱如揚湯。百事嬾不支，何暇攷短長。念此深自喜，拂窗浄琴張。老來縱眊昏，閉目自焚香。心清神亦正，聖賢儼在傍。此意勿輕語，此景吾弗忘。

十一月忽見雪片居此七年未嘗有也

寒色遽如許，神清瘦不禁。瓦溝聲磔索，珠琲亂衣襟。斯須忽復變，玉屑墮前林。風勁勢回旋，飄飄蔽遥岑。落此炎瘴地，七年到于今。不見六花飛，況聞寒玉音。今年盈尺瑞，天以慰我心。呼兒具盃盤，開樽須滿斟。更製白雪辭，入我緑綺琴。

罷禄

嗟余命偏奇，一生隨枯槁。雖無青精飯，顔色亦自好。富貴點污人，修潔終可保。居處既悠悠，衣食亦草草。静觀天寶間，脂澤逞淫姣。冰山赫日來，隨例須崩倒，所得無纖毫，所喪不到老。施施若無事，憂心惄如擣。

偶成

冒熱不安寢，整冠常夙興。清風入我懷，眷眷如有情。嗟彼朝市人，正與膏火爭。藏機入鈎鈐，肆辯紛縱横。所得無幾何，所嗟無一成。往來各有趣，南北自分明。明德天所相，欺誣禍所嬰。猶如赴火蛾，纏綿尚營營。悟此澹無作，不與炎凉并。居閒苦無事，驅馬出南城。登山猿不避，鼓棹鷗靡驚。誰知瘴嵐中，談笑適此生。祥鳳非矯矯，高鴻本冥冥。請君少安坐，此味殊可聽。

送鄭仲遠

仲遠英俊人，落筆驚飛電。來自神仙中，風姿冰雪瑩。我謫天南陲，君來適相見。憶昔我與君，射策麒麟殿。君時氣横秋，九萬摶風便。文辭洒星斗，議論倒江漢。便宜上玉堂，不爾登蓬館。别來二十年，青衫尚州縣。蘭薰爵所忌，玉潔女多怨。嗟我正衰遲，何階往論薦。豈有如此人，而得長貧賤。朝廷方急賢，珠璧聯清貫。去去行勿遲，九天春晝暖。

擬古

昔我竄横浦，佳致未易陳。偶經□頭宿，谿山妙入神。煙波横小艇，疑是古玄真。誓言或生還，孤志良一申。别來已十載，念□渴生塵。何當攜我輩，徑往莫問津。謹勿思高官，驚憂可悲辛。

又

平生澹無營，生計亦草草。吾廬儘有餘，懶問長安道。楚澤驚屈平，書空咤殷浩。願君且休矣，沉憂令人老。

又

余生本無用，頹然落澗阿。飢食山頂薇，寒編松上蘿。豈敢怨明時，貧賤固其宜。原憲樂窮巷，屈平愁深陂。度量何相越，道在胡速遲。屈子則已矣，原子有餘輝。

又

願隨春陽和，不隨秋草萎。光陰瞬息耳，憂悲亦何爲。蘭蕙生深林，時有朝露滋。清香隨春風，邈若有所思。我亦慕明德，杖藜往從之。林深不可見，相遇終有時。

又

蕭騷老蠶婦，窈窕深閨女。閨女曳羅裳，老婦勤機杼。夜深燈火微，那復淒寒雨。辛勤貢王宮，棄擲乃如許。一縷不著身，含愁誰敢語。

又

促裝何喧喧，西笑都門道。出門何所見，王孫媚春草。綠鬢仍朱顔，未信人間老。去去謹勿遲，功名苦不早。

又

山色翠揉籃，盃中酒如玉。飲酒彈瑶琴，漫奏流水曲。音微澹無味，絃緩軫不促。不須苦求知，古人有遺躅。推琴一長嘯，清風振吾屋。

又

喬松列萬行，知是誰人墓。龜趺表山岡，石馬夾山路。潺潺瀑水秋，蕭蕭白楊暮。蒼黄愁殺人，何物能超寤。人命極危脆，不殊花上露。秦皇死則已，規與山河固。一朝禍機發，所掘無尺度。想見冥漠中，自歎平生誤。遺臭千萬年，至今污尺素。

又

少小有高志，思與古人親。二十學文史，三十窮《典》《墳》。坐觀世間事，抱火厝積薪。此心雖炯然，不敢以告人。君門深九重，欲陳諒何因。

嘉祐寺

曳屣出南郭，招提在高岡。誰言林樾中？乃有此寶坊。甘泉溢中庭，修桂蔭層廊。三秋此花開，清香駐高堂。試問紅塵中，那得六月凉。門外江聲闊，堂中松韻長。古殿儼像設，佛燈龕夜光。不見堂中人，斗覺心悲傷。人生本無定，樂處是吾鄉。吟餘復何事，月落山蒼蒼。

多雨偶成

謫居天南陲，終年寡儔侶。四月山氣行，淋漓滿城雨。獨坐北窗下，蕭然無一語。睡起復何如，雞鳴已亭午。

七月十二日偶成二首

今夕起鄉心，何日歸漁釣。欲歸定何所，無言獨長嘯。君意復何如，雅俗不同調。此生吾自斷，天道自難料。

塘南蓮吐錦，塘北樹成幄。夜來已秋風，朝見一葉落。呼酒玩餘景，行見紛索索。人生如寄耳，何苦不行樂。

桂

清香不復聞，雪英驚滿地。尚餘青青葉，濃陰猶可庇。我欲營茅屋，示此惜花意。玆謀未易言，俗士寡清致。

擬歸田園二首

所居極幽深，事簡人迹稀。乘興或登山，興盡輒復歸。芝朮足吾糧，薜蘿富吾衣。一生澹無營，百事不我違。

不必效沮溺，聊與世相娛。荒山無隣里，人煙在村墟。所以近城市，幽處卜吾居。門前草三徑，堂下柳五株。雖無羊酪羹，簞瓢亦晏如。在我儻知足，清貧樂有餘。

遊南路菩提寺次刁文叔韻

高僧居物外，有户晝常扃。海近知天闊，泉甘識地靈。一簾春□静，數點列山青。便卜歸歟計，移文漫勒銘。

雙秀峯

且向城西去，休驚雨濺空。亂山明滅外，古刹有無中。笑指雙峯翠，迴看落日紅。中興喜無事，歌管莫匆匆。

雨

已止還復作，瀉簷聲更長。苔錢添晚翠，梅子試新黄。屋裏圖書潤，庭前蘭芷香。倚欄閒覓句，水閣夜生涼。

到白石寺次壁間鄭如圭韻

寺古僧多老，雲深水自流。鳥聲驚客夢，山色到江樓。落日千林迥，清風一徑幽。幽懷終未已，歸去輒回頭。

三月十一日不出

老罷慵人事，柴門盡日扃。春江入幽想，夜雨漲前汀。何日當晴霽，西山正眇冥。江頭無限好，見説柳深青。

雨晴到江上

今朝山色好，不似未晴時。路轉沙汀出，橋回欅柳移。衆山來袞袞，積水去披披。雲葉多奇態，蘋花弄晚姿。人家機杼急，野寺鼓鐘遲。欲去不得去，冥搜足此詩。

十二月二十四夜賦梅花

我來嶺下已七年，梅花日日門清妍。詩才有限思無盡，空把花枝歎晚煙。頗怪此花嵐瘴裏，獨抱高潔何娟娟。香如靈均佩蘭芷，遠如元亮當醉眠。真香秀色看不足，雪花冰霰相後先。平生明明復皦皦，一嗅霜蕊知其天。固安泠落甘蠻蜑，不務輕舉巢神仙。他年若許中原去，攜汝同住西湖邊。更尋和靖廟何許，相與澹泊春風前。

見菊花呈諸名勝

勿謂重陽把一枝，嗟余何限古人思。靈均自著《離騷》日，元亮長歌歸去時。未曉只疑猶泫露，開門忽見滿疏籬。要呼四海平生友，來醉花前金屈巵。

出城

不出柴門近兩旬，江邊柳眼已窺人。却思歸去西湖上，剩把長條醉幾春。

元夕

前年元夕沸香塵，萬朵紅燈上早春。誰謂今宵頓寥落，長天獨擁一冰輪。

夏日卽事

萱草榴花照眼明，楸枰水閣晚風清。蕭然終日無人到，簾外時聞下子聲。

又

陰陰庭院静無聲，只有黄鸝遠樹鳴。午睡覺來何所見，玉爐風細碧煙横。

惜花

數日生寒緊杜門，今朝步屧到前村。可憐桃李都飛盡，細雨斜風更斷魂。

二月八日偶成

今年春色可勝嗟，二月山中未見花。長憶去年今夜月，海棠花影到窗紗。

題郡齋壁

吏散兵休文案静，數竿修竹隔疏簾。嗟余老矣欲歸去，肯對江山歎滯淹。

浮溪集補鈔

汪藻，字彦章，德興人。崇寧中第進士。高宗朝，累除中書舍人兼直學士院，擢給事中，遷兵部侍郎兼侍講，拜翰林學士。出知外郡，奪職居永州，卒。有《浮溪集》。

春日

一春略無十日晴，處處浮雲將雨行。野田春水碧于鏡，人影渡傍鷗不驚。桃花嫣然出籬笑，似開未開最有情。茅茨烟暝客衣溼，破夢午雞啼一聲。

題張資政汝川圖

澹巖書堂

昔人曾此結精廬，故老猶傳井臼餘。今代子房來卜築，要看圯上一編書。

多寶院

每尋疏磬訪支郎，苔竹交陰杖屨旁。絲履氈巾聊取用，風流不減贊公房。

金石臺

花光連接兩臺春，中有眠雲趺石人。莫使鞭笞鸞鳳去，時來重現宰官身。

懷賢菴

屐綦行處日蒼苔，斲帨深藏月一開。已辦此身同法喜，不應臨感更難裁。

題江南春曉圖

忽從林杪見朝暉，釋嶠孤雲半欲飛。何惜扁舟並畫我，要從海際望春歸。

題大年小景

忽驚坐上江天渺，半幅鵝溪寫霜曉。風低黄蘆潮欲到，平沙無人喧宿鳥。向來著眼應萬里，開卷尺餘那盡了。須知王孫寄筆力，平日氣吞雲夢小。故將點綴調兒輩，不待淋漓翻墨沼。滕王蛺蝶往誰並，曹霸驊騮今已少。坐令好事費百金，窗几短屏横軸繞。君家此本傳幾世，羇客見之先絶倒。江頭歷歷舊行處，好在漁磯落寒潦。浮家汎宅歸去來，還看飛鴻卧林杪。

題止戈堂

此老胸中百萬兵，暫勞試手沸狼羣。山頭不復望廷尉，柱後何須用惠文。解帶爲城聊戲劇，賣刀買犢便耕耘。三山勝處開華屋，千載人傳舊史名。千里閩山驛騎飛，天書趣解海邊圍。異軍方逐蒼頭起，元帥徐將白羽揮。翻就鐃歌春舉酒，收還烽火夜開扉。向來萬事關兵氣，都作風光坐上歸。

士人買妾既而疾以詩戲之

但知瓊樹門清新，不道三彭接有神。處仲未聞開閤事，維摩空對問禪人。封侯燕頷何妨瘦，伐性蛾眉御怕顰。從此空花掃除盡，定須嚼蠟向橫陳。

賦琴高魚

百川萃南州，水族何磊砢。其間琴高魚，初未到楚些。豈堪陪薨鮮，裁用當肴果。士人私自珍，千里事封裹。遂令四方傳，噍嚼亦云頗。俗云琴高生，控鯉宛溪左。靈蹤散如煙，遺鬣尚餘顆。向來騎鯨人，逸駕嘗慕我。不應當時遊，反用此么麽。得無效齊諧，怪者記之過。彭越小如錢，蹤跡由漢禍。越王載王餘，變化更微瑣。因知天地間，人莫窮物夥。區區于其中，臆決蓋不可。僞真吾何知，且用慰頤朵。

郊丘書事

琅輿深出未央門，十里圜壇氣象尊。珪璧三千周典備，貔貅百萬漢兵屯。青城浮靄連霜動，黃道微風帶日温。不用靈光符聖武，從來精祲答乾坤。

隆祐太后挽詞

慶源由魏國，奉祀及宣仁。盛德儀中壼，私恩絶外親。長秋期不老，厚夜忽無晨。來歲柔桑緑，誰臨繭館春。

朔漠遐征後，南州俶擾時。人心憂社稷，天意屬簾帷。擁佑千齡主，圖回萬世基。中興能事畢，條與帝鄉期。

宿焦山方丈

明發理烟艇，歡言濟遥岑。盤渦沸風雨，稍辨鐘磬音。行行並疏柳，迎客多幽禽。扶輿上犖确，始見江湖深。臺殿明海色，嵌空憶龍吟。修郎延客步，妙香慰人心。遐眺未云極，千巖忽秋陰。孤月欲生嶺，諸天悉浮金。兹遊信奇絶，況接支道林。夜語不知旦，虚窗對横參。人間驚毫末，物外雄窺臨。稽首悟真理，微生安所任。蒼崖有奇字，霜乾約重尋。

句

人間何事非戲劇，鶴有乘軒蛙給廩。

香溪集補鈔

范浚，字茂明，蘭溪人。紹興間，舉賢良方正，以秦檜當國，不起。學者稱曰香溪先生。有集。

讀長門賦

阿嬌負恃顏姝好，那知漢帝恩難保。一朝秋水落芙蕖，幾歲長門閉春草。自憐身世等前魚，舊寵全移衛子夫。獨夜不眠香草枕，東廂斜月上金鋪。曉鶯永巷車音近，失喜疑君枉瑤軫。臨風望幸立多時，卻是輕雷聲隱隱。年年織女會牽牛，百子池邊侍宴遊。自從一入離宮後，無復穿鍼更上樓。長記髫年聘時節，愛深金屋寧衰歇。而今遽學冷如冰，不解向人伴暖熱。愁看空樹集珍禽，孔翠追飛鸞鳳吟。顧步深嚬生悵望，伊誰一爲迴天心。人言消渴臨邛客，天下工文專大册。黃金取酒奉文君，願悟君王賜顏色。賦成果得大家憐，鳳觜煎膠續斷絃。不似昭君離漢土，一生埋没犬羊天。

遣興

商山園綺徒，雪髮映松露。山間謂終老，不踏市朝路。一朝前星匿，羽翼起調護。婆娑古衣冠，笑定國儲副。留侯計偶爾，曷遽動真素。因知今昔士，出處自冥數。功名苟不免，四老猶一助。寧容巧馳驅，失爾邯鄲步。

登富陽觀山亭

弭棹依寒渚，臨亭俯碧川。嘶雲征海雁，椎鼓過風船。水闊天低樹，山空日暝煙。擬題江似練，終媿謝公賢。

避盜泊舟武康遠光亭下與同行分和杜工部詩傷秋及宿江邊閣

帶郭人煙少，通村徑路微。水光浮棟宇，野色動窗扉。小樹無重數，前山不合圍。艱危隣虎窟，奔迫詭牛衣。白舫竟何適，丹楓看卽稀。西園小茅屋，知復幾時歸。

次韻端臣姪喜雨

初弦落微月，草宇夜岑寂。迎涼拂桃笙，曲肱聊偃息。檐檠忽飛雨，散亂銀竹白。避漏起移牀，青燈暈空壁。曉看蛙入戶，時有燕爲石。是節正驕陽，敲煩火雲赤。煩蒸等坐甑，百體勞按抑。良苗憂槁暴，空有庭樹碧。借免抱龜腸，猶應困蔬色。炎埃今一洗，萬井沐甘澤。望歲卽交歡，寧容須暇隙。相逢如得酒，酌飲莫餘瀝。

偶作

晏食聊當肉，緩步聊當車。身閒貴莫比，心足富有餘。時飲一杯酒，歷覩千載書。正爾良獨難，亦復將何須。

次韻茂永兄首夏新晴

燕落雨知節，鳩鳴天欲晴。行雲飛斷碧，斜日漏微明。笋出竹三徑，苗肥田一成。野人知得飽，索酒坐班荆。

初冬郊行

空闊野雲疏，行行思鬱紆。露花啼晚菊，風葉舞高梧。日落牛羊下，天寒雁鶩呼。却回南岸路，暝色徧蓬廬。

雨後出郊二首

晴景收林靄，春郊牘物華。麯塵官道柳，粉黯野牆花。竹裏草亭古，沙邊苔徑斜。遣心知有處，發興渺無涯。

扶輿穿密竹，度彴過前溪。霽色煙横野，春聲水繞畦。映山行白鷺，遷木韻黄鸝。客裏貪幽事，歸時日已西。

遊南山晚歸二首

樂事愜幽討，閒情便舊遊。梳風修竹晚，掛日老楓秋。一飽桑門飯，百忘塵世憂。蕭條茅屋下，可以縱冥搜。

荒荒日已暮，廻首興何長。罷䆉紛乾𥟖，森疏嘯折篁。水枯山石露，風晚野花香。歸卧前簷下，詩成小雨涼。

春飲分章字韻

傳盃行美釀，擊鉢課名章。月借全窗白，花分小樹香。人情歡不盡，道術醉相忘。雞黍襟期厚，渠論漢范張。

送徐彦思倅建安

君不聞，詩人一席眠篷窗，夜泊建溪微月中。猶能即境慰岑寂，隔簾朗詠看曈曨。今君笑擁筓篁去，早有繁花明驛路。修程百越渺風煙，發興自應多麗句。知君踔越是名流，朱紱聊煩佐上州。貳政少安山水國，尋登要路紓皇猷。西風略略摇征旆，過往題詩援離袂。武夷鶴膝杖扶羸，寄我他時訪松桂。

對酒分和杜詩

桃花朱朱李花白，高柳花邊出多碧。雨中物色更芳鮮，未礙劉郎中一石。醺酣裁詩角險麗，坐客豪宕成勍敵。但令得醉復長吟，山雲從爾生虚壁。

四月十六日同弟姪効李長吉體分韻得首字

黄梅雨歇春歸後，搏黍哺雛鳩唤婦。紅殘小頰踩上花，翠刷濃眉陌頭柳。籜痕半脱煙篁瘦，露裛幽香逗書牖。雲容漠漠曉陰愁，麥信風前一搔首。

題茂安兄藏春園

春入名園何處尋，東風引步上嶇嵚。平凝四面雲嵐合，曲折一丘花木深。碧草華滋迷絶徑，緑蘿陰影護芳林。韶光向此知歸處，長與先生供醉吟。

西園

路入西園線緑苔，閒來倚杖一徘徊。霜林有樹葉皆落，風榭無人花自開。奴橘甘酸千百顆，候梅蕭薄兩三栽。幽人自是便幽勝，把酒孤吟只費才。

四睡次茂載兄韻

門外啼鴉暗柳濃，華堂翠幕度香風。流鶯不識夢魂遠，自向窗前訴落紅。春

水亭珍簟卧瑠璃，日暮凉生小雨催。誰刺蓮船過前渚？榜歌聲落枕邊來。夏

小窗卧冷聽吟蛩，半擁輕衾乍怯風。清夢不成空有恨，蕭騷疏雨打梧桐。秋

滿面風霜道上兒，箝銜口角甲生飢。幽人只有高眠興，雪擁柴門了不知。冬

暮春病起

病起春深白晝間，瓦松花老掩柴關。坐調心息無浮念，沉水煙銷古博山。

屏山集補鈔

劉子翬，字彥冲，號病翁，崇安人，韐季子。以蔭補承務郎，除通判興化軍，尋以宿疾辭歸。與胡憲、劉勉之講學，學者稱爲屏山先生。有集。

開善寺

寒聲蕭蕭霜葉秋，石路磽确穿林幽。雲橫遠岫若平斷，風約小溪如倒流。偶經名藍亦終日，喜有勝士同茲遊。移牀果茗咄嗟辦，杖履欲歸仍更留。

悠然堂

吾廬猶未完，作意創此堂。悠然見南山，高風邈相望。賓至聊共娛，無賓自徜徉。

遊龍潭

四客同笑言，一僧陪杖屨。徜徉山水窟，適意忘晨暮。疏鐘巖北寺，細竹溪南路。中流石參錯，不礙瀉湲瀠。澄泓小龍潭，潤氣金碧聚。時驚木葉墜，俯見鯈鱗度。斯遊非預期，偶爾造佳處。幼輿丘壑情，陶令琴觴趣。淹留慰所願，惟以賓友故。夕陽淡寒山，遲回不能去。

春寒偶書

浮雲匿晨暉，雨雹驚春晝。天公號令乖，陰晴變何驟。小徑踐芳泥，通渠走寒溜。風顛萬木偃，氣凜孤闈透。鵁鶄護巢翔，奈此羣雛幼。擁爐烏薪燃，雙手慵出袖。褰幃望空明，屋角見遥岫。良朋不可招，塊處慚孤陋。青青桃葉長，奕奕蘭花香。長吟曷咨嗟，佳辰去難又。

入白水訪劉致中昆仲

夜雨歇清曉，山椒雲氣昏。駕言聊出遊，窈窕窮川原。側帽避横篠，揚袪障晴暾。春泉散石壁，細草羅丘園。陟峻已逾嶺，窺深更緣源。喬松傍澗折，垂柯激潺湲。過籟寒慘慘，驚林白翻翻。造幽景寥闃，勝絶難具論。僕夫知余樂，踟躕爲停軒。惜無徙倚地，時來此開尊。暮投鵝峯宿，青燈耿柴門。相從二三子，交情久彌敦。談玄測象象，攬佩紉蘭蓀。顧言固所懷，丘壑吾道尊。

懷致中

夢覺殘夜永，山寒氣逾清。林幽萬籟息，月出虚堂明。披衣坐復起，懷人思空盈。經時不對面，素榻浮埃生。遥知念盍簪，臨風亦關情。褰幃望歧路，慨然欲宵征。無人導我先，何因識門庭。仰憑鴻雁飛，書詞寫深誠。詞多意莫宣，益遣幽恨并。

雙樹

猗猗映門樹，團團若雙蓋。微風薄層霄，髣髴遞清籟。逍遥步其下，秀色吾所愛。秋來霜葉紅，飄落不相待。

次韻張守秋懷

杖藜乘輿出，佳處每關情。白石溪流淺，黄花籬落清。林煙經雨薄，野日傍山明。賴有杯中物，愁懷得暫平。

道中

微風收宿靄，細路遶平皐。石亂春溪急，山寒曉月高。鳥聲時出樹，花氣欲侵袍。行役兼清賞，驅馳未覺勞。

致明攜酒來雲際

有客攜家釀，敲門訪病翁。一春寒食過，幽寺晚晴中。嫩竹扶簷緑，殘花蓋地紅。牢愁賴君破，歸意莫忽忽。

過致思新齋

酷愛鵝溪水，潺潺傍馬流。落梅寒崦静，啼鳥暮村幽。我病今朝已，君家有酒不。新齋最奇絶，差得少淹留。

次韻蔡學士梅詩

梅梢破白香清切，清雨含春不成雪。瑶池髣髴萬妃遊，縞帬練帨何鮮潔。凌晨燦爛忽驚眼，客中又過嘉平月。年年見梅非昔地，海角尋芳更愁絶。多情欲伴曉雲飛，有恨只教啼鳥説。兵厨況是酒如澠，東閤喜聽談吐屑。飄零使我歡意盡，山城暮角聲嗚咽。庭邊一樹春最晚，照影遥憐水方折。暫忙不到今幾時，南北枝頭開又歇。新辭婉媚發春妍，未害廣平心似鐵。

荔子歌

炎精孕秀多靈植，荔子佳名聞自昔。絳囊剖雪出瑚盤，尋常百果無顔色。閩天六月雨初晴，星火熒煌曜川澤。歘如彩鳳戲翺翔，爛若彤雲堆翕爀。我聞二和全盛時，貢輸不減開元日。繡衣中使動輶車，黄紙封林遍阡陌。浮航走轍空四郡，妙品人間無復得。似聞供御只纖毫，往往盡入公侯宅。驪山廢苑狐兔静，艮嶽新宫鼙鼓急。繁華今古共凄凉，遶樹行吟悲野客。

法石見李漢老參政

我識今朝李翰林，十年隔絶飛寸心。素書每逢雙鯉得，雲路欲倚長梯尋。翰林昔參建炎政，想見中興人物盛。方圓齟齬不足論，角巾雅有江湖興。玉堂草詔褫兕魄，丹陛陳謨發天聽。介圭便合趣公還，只今密勿才稀並。自憐隨牒東南奔，假道因得登龍門。怪余鬢面亦老矣，一笑問勞情彌敦。僧坊蕭蕭遠闤闠，豈料飄零獲清對。牛行尚憶王相宅，曩日交遊幾人在。濁酒青燈夢寐間，九州四海煙塵內。區區王事今有程，暫見復別難爲情。長亭喚馬一悽斷，璧月曉墮桐花城。

夢仙謠并引

劉致明夢與七客遊仙，胡原仲與焉，其事甚異。致明清修純實，非夸誕人也，因爲作謠以記之。他時二人凌太虛，誦此謠，當懷所謂病翁者耶。

鵝子峯前波色清，劉郎看山無俗情。癯儒自昔有仙骨，夜夢體飛如葉輕。雲中不識朝天路，雙童導我凌空去。側身度巖隈，盤盤復回回。翛然意往形不礙，石窟□竇俄天開。乘槎夜泛牛女渡，鞭鸞曉入金銀臺。花深不逢人，時聞佩環聲。仙翁睡起方結襪，見客坦易無崖垠。擊蒙冀垂矜，叩妙獲一言。駐紅却白非難事，貪生慮死真愚計。當時同遊七姓俱，但記古月成胡字。塵緣未斷不得留，海風吹過蓬瀛洲。覺來窗户冥朦曉，玉鏡晶晶墮松杪。

夜過王勉仲家宿酒數行爲作此歌

遥林帶雪迷村畔，伶俜一馬行無伴。故人家住丁坂頭，停驂邂逅成清款。犯寒如我猶空腹，地爐然薪架紅玉。花瓷湯酒欲生香，竹外庖廚聞剎肉。夫君不有中饋賢，咄嗟辦此何神速。酒酣意氣悲荆棘，尚憶朱甍舊時宅。豺狼得志竟何成，至今人骨如霜白。亂離少有閭門在，漂蕩俄驚五年隔。數畝荒田已失耕，一間茅屋仍留客。客情主意歡難盡，短臘窮冬春欲近。明朝分手更愁人，且覆清觴莫留賸。

次韻原仲幽居

貴賤營營各有求，柴門晝掩靜幽幽。讀書無效空千卷，學稼雖勤少一丘。感慨舊餘王粲賦，棲遲今倦長卿遊。幔亭莫失春風約，我亦身如不繫舟。

山寺見牡丹

倦遊曾向洛陽城，幾見芳菲照眼新。載酒屢穿卿相圃，傍花時值綺羅人。十年客路驚華髮，回首中原隔戰塵。今日尋芳意蕭索，山房數朵弄殘春。

會蔡子思張叔獻二教授

膠庠夙昔記追隨，物變時移萬事非。曉闕風煙胡騎滿，夜窗燈火故人稀。中郎秉德無瑕纇，平子談經有旨歸。獨我衰遲愧朋友，蹉跎已覺壯心違。

翁仁山受恩歸□以詩相訪因次其韻

寒階響葉終日靜，剝啄欣聞人叩關。一聽清言風灑坐，幾回幽夢月沉山。遺珠未許留滄海，老驥終閒在六閑。獻策明光豈無用，人心久矣厭多艱。

防江行

朝來殺氣秋，千里無立草。翩翩黑幟飛，結壘天長道。獵罷楚天寒，黃雲淡如掃。
漢家飛將雄，夜戰燕城北。雙刀斫盡刓，月暗穿圍出。低頭拔湖箭，却向湖軍射。
寒烽隔水明，虜意猶叵測。君王自臨戎，萬騎隨清蹕。士氣薄層霄，欃槍夜無色。

涼陰軒

北窗何所見？疏竹雜遥岑。涼飆思有無，虛簷動蕭森。此興何由盡，移牀入翠陰。

次韻六叔村居卽事

飯了呼童疊石門，雨餘幽事不勝繁。花殘何用深惆悵，梧竹新陰又滿園。

田家

長空淡淡如雲掃，暮過田家風物好。耕犁倚户寂無人，飢牛卧齧牆根草。

贈宗周賓

我車南，君車北，相逢總是天涯客。擁爐談笑一燈殘，出門風雨千山隔。

寒澗

林間幽鳥啄枯槎，落盡寒潮一澗沙。獨木橋西遊子宿，酒旗斜日兩三家。

秋望

輝輝江日已沉西，隱約餘紅泛渺彌。却上松岡望秋色，偶逢僧話立多時。

得冲佑命

幾年歸夢水雲間，猿鶴重尋已厚顔。慚愧君恩猶竊禄，官銜偏帶武夷山。

燕子

燕子營巢得所依，銜泥辛苦傍人飛。秋風一夜驚桐葉，不戀雕梁萬里歸。

得天台命

暖風環珮滿芳洲，貝闕珠宫憶舊遊。此日劉郎心似水，桃花空遶暮溪流。

遊密菴

病身偏與静相宜，着意悠悠定自癡。兀座南窗了無語，篆花縈處一星移。

絶句送巨山

二年寄跡閩山寺，一笑翻然向浙江。明月不知君已去，夜深還照讀書窗。

約致明入開善不至

偶臨沙岸立多時，淡淡煙村日向低。幽事挽人歸不得，一枝梅影浸澄溪。

夜涼

茅舍蕭蕭暑雨餘，夜涼清若在冰壺。一窗月上杉篁影，便是人間水墨圖。

次韻朱喬年送山老住三峯

平生耳裏三峯寺，況識峯頭舊主人。借我一笻扶病去，月林松吹度綸巾。

寄題黃應亨東明齋

青藜不復來人世，好學如君自少雙。賴有羲和鞭日轂，晚紅常照讀書窗。
齋居雅意與誰論？會見依光沐寵恩。慚愧野人欺我嬾，相招炙背坐松根。

送致明之高沙

忽驚風袂去翻翻，老子吟毫强更援。底事幽懷却成惡，鵝峯一點入離樽。

韋齋集補鈔

朱松，字喬年，號韋齋，徽州婺源人。政和八年，同上舍出身。南渡，歷司勳員外郎 出知饒州，主管台州崇道觀。有《韋齋集》。

新筍

春風吹起籜龍兒，戢戢滿山人未知。急喚蒼頭斲烟雨，明朝吹作碧參差。

春晚書懷

萬里西遊爲覓詩，錦城更付一官癡。脱巾漉酒從人笑，拄笏看山頗自奇。疏雨池塘魚避釣，曉鶯窗户客争棋。老來怕與春爲别，醉過殘紅滿地時。

曉過吴縣

舟行有嚴程，越國常曉發。雙櫓兀殘夢，起坐窺落月。人家岸野水，霧雨籠邃闥。遥憐瑣窗人，欹枕聽鴉軋。

坐睡

坐久睡屢兀，手失未了書。清風脱然至，心醒得我娛。起看孤隙光，了不移錙銖。云何短夢中，萬境生須臾。嗟彼市朝子，百巧營其軀。安知非夢境，過眼滅無餘。

題蘆雁屏

征鴻坐何事，天遣南北飛。蕭然如旅人，無情自相依。孤葦吹欲折，秋風不勝威。冥冥一高雁，空費弋者機。寒聲落煙渚，相應不我違。嗟余識此情，納手空歎欷。

於潛道中

山行厭犖确，理策扶欹危。綠野三兩家，一息知可期。冉冉層林端，炊煙裊晴暉。其民豐且樂，恐是太古遺。那知都邑間，百索困鞭笞！繁華今何有，半作道傍羸。

度芙蓉嶺

幽泉端爲誰，放溜雜琴筑。山深春未老，泛泛浪蕊馥。娟娟菖蒲花，可玩不可觸。枯根盤翠崖，老作蚯蚓蹙。褰裳踏下流，濯此塵土足。何當餌香節，淨洗心眼肉。餘功到方書，萬卷不再讀。晚歲窮名山，靈苗縱穿斸。

遊山光寺

寺藏兩山腹，路轉百步陰。登高試病脚，掬冷清煩襟。危壁龕石刻，歲月不可尋。屋古困枝柱，摧頹力難任。何當咄嗟辦，嗣彼鐘梵音。興衰豈吾預，得酒且滿斟。歸路有溪月，俛仰閱古今。

效淵明

人生本無事，況我麋鹿姿。一墮世網中，永與林壑辭。此行獨何事，豈不爲寒飢。弱歲慕古人，頗覺世好卑。那知齒髮邁，終然此心違。春風到山澤，魚鳥亦知時。吾行何日休，流目瞻長歧。且用陶翁言，一觴聊可揮。

戲答胡汝能

我生苦中狹，與世枘鑿乖。平生素心人，耿耿不滿懷。汝能伯始後，遊世如嬰孩。相逢握手語，便作壎篪諧。時時笑謂我，如子患未涯。執古以稽今，求合誠難哉。涉世幸未遠，子車尚可回。不見山巨源，雍容居鼎台。寥寥嵇中散，絶交良可哀。

謁吴公路許借論衡復留一日戲作

幽獨不自得，駕言款齋廬。殷殷主人意，投轄恐回車。世途早已涉，此去將焉如？惟憂酒錢盡，使我詩腸枯。會合曾幾何，可復自爲疏。更當留一夕，帳中搜異書。

書窗對月

天公自厭雨，一夕開寒晴。霜風浄曠野，摇落有餘聲。飢鴉得林静，霽月紫窗生。故人千里餘，濁壺誰與傾。遥知勸影醉，共此通夕情。明年溪上路，來餉雨中耕。

用退之韻賦新霽

春泥窘幽步，苔上屐痕少。新晴一褰衣，緑葉藏啼鳥。方塘灔宿漲，古鏡窺清曉。華顛忽自笑，綵羽墮驚矯。瞻言雲中叟，所耕在縹緲。歸把東皐犁，此念何日了。

送金確然歸弋陽

昔我雲溪居，送子雲溪濆。重來問何時，笑指溪上雲。一别四周星，坐此世故紛。衰顔兩非昔，華髮粲可耘。我纏風樹悲，終日無一欣。子乃水菽憂，南北奔走勤。對牀語未終，别意如絲棼。歸夢尚隨子，何當嘆離羣！

用前韻答翁子静

客心既岑寂，節物亦倥傯。幽籬菊初暗，深壑梅已動。松高節磊砢，鶴老格清聳。當知山澤臞，誰羡將相種。一官戲人間，叢書以自擁。微言聞緒餘，三歎手輒拱。青天本寥廓，不受雲霧滃。願言及清明，茗盌不辭捧。

微雨

端居身百憂，況乃貧病俱。天公頗相哀，雨我蔬藥區。曉霽新青勻，日薄生意蘇。衞生固未必，一飽行可圖。故園天一涯，茅荆誰爲鋤？峥嶸歲云晚，此念當何如！

春日與卓民表陳國器步出北郊

灼灼桃吐華，濯濯柳吐縷。芳菲挽人出，春工乃如許！嗟余閉門久，佳節過不數。伴擬山陰勝，詩作斜川語。誰言一尊酒，妙指合千古。歸來讀殘書，耿耿霜月苦。空餘流落心，三歎非吾土。

和謝綽中觀瀾亭

方塘瀦宿漲，曲澗來飛湍。光涵蔚藍天，澒洞碧玉寬。小亭塵土外，瓦影浮朱欄。霜渚寫秋色，煙林養漁竿。佳人秋霞衣，皎皎明月冠。欲濯且無塵，隱几得妙觀。海若眩河伯，等在蝸角端。那知坳堂上，盃水生濤瀾。

題寄陳國器容膝齋

淵明乃畸人，遊戲于塵寰。南窗歸徙倚，宇宙容膝間。豈不念斗米，折腰諒匪安。是非無今昨，飛倦會須還。之子青雲姿，逸志追孔鸞。曲肱數椽間，尚友千載前。規摹琴書室，料理松菊緣。要知丘壑志，本出軒裳先。瑣闥麗宸居，追飛詎云艱。回車莫待遠，泉石聞此言。

答保安江師送米

不見道人久，天涯歲云除。朝來食指動，忽接送米書。念師折脚鐺，五合未省餘。雖無覆餗禍，尚有乞食逋。云何憐孤客，日受飢火驅。未曾貸監河，矧肯索胡奴！嗟余事筆耕，輕棄南畝鋤。愿煩方外客，此計良已疏。何時事粗了，歸葺五畝居。生涯寄緯竹，豈即非良圖。

梅花

山深春未動，沙淺水欲冰。玉梅于此時，靚粧略無朋。霜蕊繁的皪，月枝掛鬅鬙。儼如江漢女，可愛不可陵。聊分窺水影，依我照字燈。昔如夢中蝶，今學桑下僧。見此菩提長，勿詢曹溪能。

久雨短句呈夢得

身閒書有味，吏傲俗不親。小窗據物表，掃盡心眼塵。令尹垂珠玉，敲門喚行春。作意向芳物，吾車曾未巾。愁陰入病骨，鳩婦聲亦嗔。冥冥三日雨，桃李迹已陳。眼中醉鄉路，風味良獨醇。流光不容玩，尺璧何足珍。濁俗益可厭，願言勤問津。

芭蕉

地鹵不敏樹，珍植何由暢。斸根移芭蕉，美蔭跂可望。芳心日卷書，翠葉忽張王。偏工鳴秋雨，疏密眇難狀。霜風一以厲，狼籍坐惆悵。誰言繿縷中，秋子得佳餉。緗囊貯瑞露，厚味天所貺。懷哉腊毒言，節口畏生瘴。

菖蒲

東山在眉宇，未到心鬱紆。流泉撞哀玉，清冽生菖蒲。聞有嬋娟子，棄家來結廬。窈窕雲霧窗，參差冰玉膚。絶粒餌香節，仙姿清且腴。邇來隱身去，冷落愁臞儒。靈方無由乞，石斗移根鬚。相看意已消，何必見子都。

奉同胡德輝八月十四日夜玩月次韻

我夢故山月，蘿影垂秋光。誰言九衢曉，莽莽吹塵黄。羣公直道山，晤語清夜央。飛轍轉空闊，積暑蘇蒼凉。哦詩中天律，流光惜堂堂。新寨社酒熟，狎宴何時忘。

亭亭月初高，河漢坐可搴。病餘久制酒，灝氣兩争先。振衣萬里風，歸袖何時翩。懷哉故山友，共此今夕圓。離離雲飛鴻，何意影沉川。觀心要如是，出處直悠然。

中秋夜雨

秋雲定何心，忍翳今夕月。尚嫌微點綴，況乃都漫滅。他時任氛霾，此際望清澈。倦投衲子窗，竹雨聽騷屑。對牀不成夢，有酒那能設。螢飛矜意氣，蟲語轉幽咽。心知層陰表，皎皎玉輪潔。何當凌倒景，徙倚玩飛轍。

新秋

幽人無與娛，耳中百不聞。新米熟未知，但覺市酒醇。滄洲散秋色，山水逾清新。一醉不忍獨，念我存故人。

道中得雨

我行田野際，吁嗟連數村。千山收宿雨，溪水黄梅渾。漸看風葉底，一洗龜坼痕。餘功被行客，稍壓車塵昏。

秋懷

秋風來幾日，我髮白已多。千林了未覺，奈此一葉何。安坐惜流光，斜盼寄庭柯。寒蟲獨何者，唧唧夜自歌。月林疏愈明，露草浄可拭。飛飛螢遞照，軋軋蟲自織。移燈檢書讀，千載如經夕。微言契夙心，妙解失陳迹。文章事雕琢，回視真兒劇。世無揚子雲，此理誰見直。林皋片葉脱，静士最先知。自我抱兹獨，悠然星氣馳。乾坤一逆旅，鼎鼎竟何爲？枯榮俯仰中，兒輩浪自悲。青雲渺難必，白髮不可辭。得飽良已泰，雨畦瓜芋肥。庭柯一葉失，風挾涼氣歸。湛湛陂中青，芙蕖脱紅衣。非無岑寂士，句法妙玄暉。獨懷履霜戒，德人貴知微。

市朝富危機，匹夫死馮河。何如狎鷗子，煙雨一滄波。行藏各有趣，不在相詆訶。我師陋巷人，千古冠四科。

穿堵超玉繩，影倒夜窗寂。火雲一洗空，月露清欲滴。幽人負痾卧，起坐三歎息。歸同對牀第，晤語永佳夕。

次韻謝綽中遊報國寺詩

掩關味詩書，青簡亦已槁。相攜出東城，及此風日好。僧簷覆谿淥，共取一尊倒。眷此松桂陰，不接車馬道。殷勤玩流光，齒髮行且老。

吾言

丹白春事了，灌木忽暗園。卷書護岑寂，幽鳥時一喧。起攜無事酒，往叩常關門。豈無素心人，之子不可諼。

巖桂花

開門驚積葉，秋氣日已厲。獨芳搖落中，粲粲巖下桂。幽姿不自憐，惆悵紛滿地。未忍蹋殘英，何以娱晚歲！

解汳舟

上國經年客，春流一棹波。已醒離帳酒，猶記客亭歌。野枕殘歸夢，霜衾擁獨哦。篷窗横落月，作意傍人多。

淮南道中微雪

密密雲陰合，斜斜雪態妍。似欺春力淺，故傍客愁邊。宿鳥投村暝，寒梅抱蕊鮮。無人命尊酒，清絶裊茶煙。

東陽社日泛舟觀競渡

誰喚思家客，來爲蕩槳嬉。鬢華羞照水，雨意解催詩。疊鼓飛文鷁，香鬟出短籬。醉歸真夢覺，猶憶湔裙時。

春晚五言寄夢得

美景殊可惜，殘春猶不堪。晚英餘燕蹴，殘顆墜鶵含。歲月蓬雙鬢，生涯粟一甔。惟思對公瑾，把酒話江南。

辛亥中秋不見月

今夕九秋半，心期負隔年。勞生灰劫裏，微雨客遊邊。旅泊正無酒，陰雲追怨天。何時草堂月，相對藉糟眠。

飲梅花下贈客

憶挽梅花與君别，終年夢掛南臺月。天涯谿上一尊酒，依舊風枝舞香雪。高情絶艷兩無言，玉笛冰灘自幽咽。且當醉倒此花前，猶勝相思寄愁絶。

次劉彦仲傅茂先韻

强蹋府塵從傅子，立談江閣識劉郎。一樽此地見眉宇，十載相思成鬢霜。秋燈煜煜照情話，夜浪翻翻吹客牀。投名徑入農圃社，老矣不夢天門翔。

送藺廷彦之衡州

牆東新徑去年開，二老扶筇便往來。數面何曾三日别，離懷都寄十分杯。客亭繫馬梅争落，官舍裁書雁欲回。見説雲霄有知己，那須卜築向蒿萊。

竹齋

誰云山僧貧，而有千椽玉。幽眠豈無趣，愛此晴窗緑。

懷劉園作

一與劉園別，春風到海隅。牆陰草争緑，留得屐痕無。

太康道中

一色春勻萬樹紅，坐愁吹作雪漫空。誰知榆莢楊花意，只擬春殘卷地風。

遊妙峯菴二首

朝暖南岡一杖藜，忽投深壑得禪栖。共言伐翳通樵徑，後日重來路恐迷。
手開茅棘養疏慵，不着塵中車馬蹤。只許幽人來別嶺，卧聽巖磴響枯筇。

芍藥

已分春光冉冉過，奇葩好去奈愁何。誰令玉頰紅成點，如意痕流琥珀多。

春日

夢和殘月兩朦朧，饒舌幽禽苦喚儂。若説五更春睡好，絶勝騎馬火城中。

玉瀾集補鈔

朱槔，字逢年，韋齋之弟。有《玉瀾集》。

大食餅

窳質謝天巧，風輪出鬼謀。入窯奔閼伯，隨舶震陽侯。獨鳥藏身穩，雙虹繞腹流。可充王會賦，漆簡寫成周。

竹洲集補鈔

吴儆，字益恭，初名偁，避秀邸諱，改名。紹興二十七年第進士。歷朝散郎，廣南西路安撫使，主管台州崇道觀。卒，謚文肅。有《竹洲集》。

寓郡城客舍熱不可寐與程彦舉坐語達旦

淡月微雲對倚樓，無聲河漢自西流。高城忽起梅花弄，散作晴空萬里秋。

省齋集補鈔

周必大，字子充，一字洪道，廬陵人。紹興二十一年進士，中宏詞科，權中書舍人。孝宗朝，歷右丞相，拜少保，進益國公。寧宗朝，以少傅致仕。卒，贈太師，謚文忠。有《平園集》。

遊茅山道中口占須徧遊乃成章

千峯溧陽來，勢若西南奔。遥拱三茅峯，不敢迫至尊。三茅如軒懸，次序儼弟昆。正西闢夷途，羣仙之所門。至今下泊宫，往往弭旗旛。

過池州作

千古風流杜牧之，詩材猶及杜�兒。向來稍喜《唐風集》，今晤樊川是父師。

高宗皇帝挽詞

社稷興中否？干戈静四溟。生年同藝祖，慶壽似慈寧。人憶庚庚兆，天傾九九齡。向來懷夏禹，今祔越山青。

太極乾元父，清都大帝宫。宴酣忘御駿，仙去任遺弓。音遏堯仁遠，旻號舜孝隆。孤臣臺閣舊，淚血灑春風。

題九華化成峯

攀蘿度險捷猱猿，石角鈎衣屨盡穿。莫訝遠尋金地藏，也曾徐步玉階前。

平園續集補鈔

訪誠齋

楊監全勝賀監家，賜湖豈比賜書華。回環自斲三三徑，頃刻常開七七花。門外有田聊伏臘，望中無處不烟霞。却慚下客非摩詰，無畫無詩只謾誇。

陶淵明有己酉重九詩一首某以此年此日舟次吉水距永和才一程耳輒用其韻先寄二兄十三弟并呈提舉七兄

王覲十五載，歸來稀舊交。我鬢昔已華，今茲固宜凋。去國甫重五，還家倏登高。永和有兄弟，咫尺如煙霄。緬懷江東使，地遠心更勞。遥知上翠微，江山勝金焦。豈無茱萸酒，望望心鬱陶。相從會有日，永矣非一朝。

次韻史院洪景盧簡詳館中紅梅

紅羅亭深宮漏遲，花開外人誰得知。蓬山移植自何世，國色含酒紛滿枝。初疑太真欲起舞，霓裳拂拭天然姿。又如東家窺牆女，施朱映粉尤相宜。須臾臙脂着雨落，整粧俯照含風漪。遊蜂戲蝶日採掇，嗟爾何異氓之蚩。提壺火急就公飲，他日墮馬空啼眉。

漁父四時歌

三湘七澤雲連水，短棹意行無遠邇。江花時傍綠簑飛，水鳥忽隨清唱起。醉從歡呼踏踏兒，鮪可鱠兮秔可炊。芳草從教天樣遠，都無閑恨寄悽迷。碧桃幾片來何處，試訪秦人武陵路。朝霞沈綺烏鵲驚，釣車徐理根一鳴。夕蟾散金鷗鷺浴，乘流蕩槳清江曲。行人亭午汗如流，綠陰濃處杙扁舟。絲綸卷盡身無事，日長睡足風颼颼。覺來一觴仍起舞，未信人間有炎暑。世人只詠江如練，此景何曾眼中見。露零月白人已眠，萬頃風光儂自占。蓴鱸況復生計優，酒醒還醉餘何求。有時閒看飛鴻字，斜倚篙竿不掉頭。曉來誰誤招招渡，一笑夤緣葦間去。白浪粘天雲覆地，津人斷渡征人喟。欲矜好手傲風波，故把扁舟恣遊戲。雪簑不博狐白裘，尺寸之膚煖即休。賣魚得錢沽美酒，翁媼兒孫交勸酹。田家禾熟疲輸送，樂哉篷底華胥夢。

二月十五日同兄弟甥姪遊西山次子戴韻

地飲成真率，天風恕澀慳。臺臨平野迥，人對老僧閒。已是尋春至，仍容戴月還。郊坰如有此，能不數追攀。

遊雲光寺李提舉庚領客將至留詩奉呈

來如負弩先，去爲乘驄避。江祖一片石，留伴幽人醉。作者正七人，飲中空八仙。長齋詎容醉，晉也合逃禪。

直徽猷閣邵及之挽詞

不殖千金產，惟求十畝園。湖山堆几席，花木報寒暄。曾是尊前客，常思醉後言。懷賢空有淚，無路洒新原。

胡元之提刑迂塗相過寵示二詩次韻爲詩兼簡趙再可經略張君量運使

外計初馳傳，元戎久奏功。馬牛非北海，雞犬是新豐。梅萼三冬綠，榴花四季紅。德星臨越分，桂海郎吳中。

次沈作式署園詠

宮槐分影直，官柳着行疏。畫棟飛翬遠，晴霞散綺餘。池邀山簡馬，水勝武昌魚。只恐封泥召，鵷鸞上帝居。

送陸聖修府赴春闈

送君南浦慘離情，握手依依數去程。日薄雲濃風轉勁，江寒水落浪還生。此時執別仙舟穩，後夜相思山月明。好把嘉謀獻丹扆，中興天子急昇平。

舟行憶永和兄弟

一掛吳帆不計程，幾回繫纜幾回行。天寒有日雲猶動，江闊無風浪亦生。數點家山常在眼，一聲鴻雁正關情。長年忽得南來鯉，恐有音書急遣烹。

次韻丁維皐糧料幬牡丹未開

拙速那能鬭巧遲，從教緑暗與紅稀。天香未染蜂猶懶，日幄先籠蝶已飛。羯鼓只應催上苑，鶴林誰復倩紅衣。請君多釀淮南米，縱賞先拚倒載歸。

次韻廣東芮漕時聞其部中寇退而湖湘之民方避地來此

笑酌貪泉爲賦詩，凜然清節照南夷。廐空不納如羊馬，才大常嗤捕鼠貍。盜已奔秦非地險，心遲去魯只天知。愛君勤把歸鞍促，莫待鸞旂訪具茨。

胡邦衡相過賞金鳳花許時未送邦衡復作木犀會二花殆是的對偶成四韻

身閒端合醉秋光，兩地名花況並芳。金作鳳形如許巧，木成犀理若爲香。髻頭自笑辜釵色，沙面誰知識帶黃。莫閉詩壇偃旂鼓，天生的對欠平章。

楊文甫主簿傾惠佳篇今赴松溪次韻送別

投林倦翼久知還，尚列君家伯仲間。入市每嫌妨杖履，臨歧那忍問河山。家聲好在金陵簿，人物争看玉笋班。他日銀黄夸里後，不妨徐步野夫間。

邦衡再送皇字韻來詩仍次韻

賓鴻列陣競隨陽，却向丹山隱鳳凰。銀管題詩紛滿帙，金釵度曲儼分行。漢宫早促三更席，梁苑行稱萬壽觴。顧我飄零無着處，非公湔祓尚誰望。

戴子微運使出使湖北約以惡語送行而未遣也佳篇見督次韻奉寄

早日逍遥侍從間，重來奉引近威顔。倦趨北闕晨霜冷，思上南樓夜月閒。直指不誇新衣繡，曲臺猶記舊聯班。豈知隔面心猶渴，空訝相如下筆慳。

文潞公居洛有丙午同甲會詩今執政府凡三位樞密使王季海參政錢師魏與某連牆而居適然齊年時號丙午坊次文公韻

四公八十會伊川，盛事于今又百年。豈憶蒼顔華髮叟，亦陪黄閣紫樞仙。府居未至容連棟，班路遥瞻愧比肩。丁丙連干如合德，君臣慶會豈虚傳。

三月十六日中宫生辰二府例以前四日就孤山四聖觀設醮泛舟至玉壺環碧園因記歐陽公治平三年丙午歲上巳和韓丞相詩輒借元韻賦簡諸公

東華正踏軟紅塵，却趁西湖祓禊辰。曆似明天時令正，春逢閏歲物華新。流連花柳輸豪俠，判斷湖山愧隱淪。尚擬鳴鸞一猶豫，還陪英衮奉嚴宸。

送廣西譚景先經幹兼簡趙帥思朱漕晞顔

舊歷南流上海航，今經韡鞴下灕江。元戎正直詩書帥，廉使曾臨父母邦。不憚客從南去少，須陪驛召北來雙。水衡自古同承拜，豈必紅焦映碧幢。

僕嘗小圃方兩月而張坦夫示腴莊圖有起予之意輒成鄙句

百年種德十年栽，映帶雲岩與月臺。無問四時留客醉，何曾一日不花開。人人争羡富登覽，物物豈知工剪裁。我比樊須身更老，祇今學圃亦悠哉！

彭孝求惟孝以緑野行送芍藥數種鄙句爲謝

占斷春光及夏初，琉璃剪葉朵珊瑚。休論花品同而異，爲詠詩人樂且訏。北第莫辭金鑿落，南禪争看玉盤盂，彭宣微恙何妨醉，自有嬌癡婢子扶。

次韻廷秀待制玉蕊

姑射山前雪照人，長安水畔態尤真。步摇翹玉中心整，瓔珞塗金四面勻。常笑荼䕷藏浪蕊，應陪芍藥殿餘春。自從唐代來天女，直到平園見後陳。

平江顔侍郎度挽詩

吴門自古俊英多，中外推公政事科。議禮不妨豐酒課，治繁猶暇講禪那。榻前屢記宣除目，川上遥憐逐逝波。底用鐫碑紀廉直，鄉評正自不消磨。

送韓希道亞卿移漕江東

饋餉隨蕭不作難，秦淮今視漢秦關。天開虎踞龍盤處，地近雞翹豹尾間。洗印先經三峽寺，觀風徧踏九華山。盡收奇秀歸詩稿，却趁賡歌供奉班。

朱叔止軫通判屢示詩詞綽有家法輒次年字韻一篇兼簡汪仲嘉敷學樓大防顯學二尚書

筆勢奔騰決大川，談鋒激烈敵丁年。花開共入長春苑，柯爛争看不老仙。西笑君先聽漢履，上供我未拍洪肩。從今日日親漁釣，恐有三賢尺素傳。

丙辰七兄有詩及八月分圓已未彼此服藥未能夜坐今次舊韻爲重九之約

初非遠道思綿綿，自是岑岑懶涉川。咫尺却成千里隔，蹉跎還負十分圓。坐看碧落飛金鏡，遥想黄樓運筆椽。寬約重陽各强健，登高同賦去年篇。

次韻章茂獻射茶

墨淡名高筆有花，胸中五色補皇家。諫書夜奏常焚藁，講舌時乾每賜茶。祕祝重尋丹竈火，長生元笑紫河車。新詩有味知何似？雙井春來試白芽。

茶陵王琰求清暑堂詩次王民瞻敷文胡邦衡資政二公舊韻

旱遮西日見王宫，晚倚南窗審膝安。疊疊清風揮麈落，紛紛蒼雪着笙寒。花前白酒傾雲液，竹裏行廚洗玉盤。江月上時凉意足，四絃三弄寫驚湍。

李子西卿月乙卯秋試畢攜家兄舊詩相過索次韻

三日揮毫迥出羣，貳師西伐有奇勳。便從蟬窟升金掌，休戀江東賦暮雲。

中秋古梅盛開次子兄中兄韻

抱甕畦夫破井台，炎天日日灌陳荄。預支春夜無聲雨，贏得冰花帶葉開。

吴斗南仁傑架閣求夢芳亭詩

屈平流放楚江皐，蕭艾叢中思鬱陶。君是國香人服媚，詩情端合古《離騷》。

文公集補鈔

朱子諱熹，字元晦，一字仲晦，徽州婺源人。中紹興進士。寧宗朝，歷官寶文閣待制。僞學禁起，落職奉祠，卒。累贈寶謨閣直學士，謚曰文。理宗朝，贈太師，追封徽國公，從祀孔子廟庭。曾結草堂于建陽蘆峯之雲谷，扁以晦菴，亦號雲谷老人。既又創竹林精舍，更號滄洲病叟。最後因筮遇遯之同人，更名遯翁。有文集。

醉下祝融峯

我來萬里駕長風，絶壑層雲許盪胸。濁酒三杯豪氣發，朗吟飛下祝融峯。

路出上背仰見上封寺遂登絶頂聯句同張敬夫、林擇之

我尋西園路，徑上上封寺。竹輿不留行，及此秋容霽。磴危霜葉滑，林空山果墜。崇蘭供清芳，深壑遞幽吹。不知山益高，但覺冷侵袂。路回屹陰崖，突兀聳蒼翠。故應祝融尊，羣峯拱而峙。金碧雖在眼，勇往詎容憩。絶頂極遐觀，脚力聊一試。昔遊冰雪中，未盡登臨意。兹來天宇肅，舉目淨纖翳。遠邇無遁形，高低同一視。永惟元化功，清濁分萬類。運行有機緘，浩盪見根柢。此理復何窮，臨風但三喟。

自上封登祝融峯絶頂次敬夫韻

衡岳千仞起，祝融一峯高。羣出畏突兀，奔走如曹逃。我來雪月中，歷覽快所遭。捫天滑青壁，俯壑崩銀濤。所恨無十犗，一掣了六鼇。遄歸青蓮宮，坐對白玉毫。重閤一徙倚，霜風利如刀。平生山水心，真作貨食饕。明朝更清澈，再往豈憚勞。中宵撫世故，劇如千蝟毛。嬉遊亦何益，歲月今滔滔。起望東北雲，茫然首空搔。

寄劉珙胡憲

先生去上芸香閣，閣老新峨獬豸冠。留取幽人卧空谷，一川風月要人看。

虞帝廟樂歌

皇胡爲兮山之幽，翳長薄兮俯清流。渺冀州兮何有，眷茲土兮淹留。皇之仁兮如在，子我民兮不窮以愛。沛皇澤兮横流，暢威靈兮無外。潔尊兮肥俎，九歌兮韶舞。嗟莫報兮皇之祜，皇欲下兮儼相羊，烈風雷兮暮雨。

挽沈菊山

愛菊平生不愛錢，此君原是菊花仙。正當地下修文日，恰值人間落帽天。生與唐詩同一脈，死隨陶令葬千年。如今忍向西郊哭，東野無兒更可憐。

月波臺

潺湲流水注回塘，中作平臺受晚涼。四面不通車馬跡，一樽聊飲芰荷香。韓公無復吟花島，楚客何妨賦藥房。少待須臾更清徹，月華零露洗匡牀。

德興縣葉元愷家題

葱湯麥飯兩相宜，葱暖丹田麥療飢。莫道儒家風味薄，隔鄰猶有未炊時。

遠遊篇

舉坐且停杯，聽我歌遠遊。遠遊何所至，咫尺視九州。九州何茫茫，環海以爲疆。上有孤鳳翔，下有神駒驤。孰能不憚遠，爲我遊其方。爲子奉尊酒，擊鋏歌慷慨。送子臨大路，寒日爲無光。悲風來遠壑，執手空徊徨。問子何所之，行矣戒關梁。世路百險艱，出門始憂傷。東征憂暘谷，西遊畏羊腸。南轅犯癘毒，北駕風裂裳。願子馳堅車，躐險摧其剛。峨峨既不支，瑣瑣誰能當！朝登南極道，暮宿臨太行。睥睨即萬里，超忽凌八荒。無爲蹩躠者，終日守空堂。

擬古

離離原上樹，戢戢澗中蒲。娟娟東家子，鬱鬱方幽居。濯濯明月姿，靡靡朝華敷。昔爲春蘭芳，今爲秋蘼蕪。寸心未銷歇，託體思同車。

綺閣百餘尺，朝霞冠其端。飛櫩麗遠漢，曲楹何盤桓！清謡發徽音，一唱再三歎。借問誰爲此？佳人本邯鄲。微響激流風，浮雲慘將寒。爲言何所悲，遊子在河關。不恨久離闊，但憂芳歲闌。願爲清宵夢，燕昵窮餘歡。

上山採薇蕨，側徑多幽蘭。采之不盈握，欲寄道里艱。沉憂念故人，長夜何漫漫！芳聲坐銷歇，徘徊以悲歎。

佳人朗秋夜，蟋蟀鳴空堂。大火西北流，河漢未渠央。野草不復滋，白露結爲霜。梁燕起高飛，雲雁亦南翔。念我同心子，音形阻一方。不念執手歡，隔我如參商。寓龍不爲澤，畫餅難充腸。金石徒自堅，虛名真可傷！

高樓一何高，俯瞰窮山河。秋風一夕至，憔悴已復多。寒暑遞推遷，歲月如頹波。《離騷》感遲暮，《惜誓》閔蹉跎。放意極驩虞，咄此可奈何！邯鄲多名姬，素豔凌朝華。妖歌掩齊右，緩舞傾陽阿。徘徊起梁塵，綷縩紛衣羅。麗服秉奇芬，顧我長咨嗟。願生喬木陰，彙緣若絲蘿。

夫君滄海至，贈我一篋珠。誰言君行近，南北萬里餘。結作同心花，綴作紅羅襦。雙垂合歡帶，麗服眷微軀。爲君一起舞，君情定何如？

衆星何歷歷，皦霄麗中天。殷憂在之子，起步荒庭前。出門今幾時，書札何由宣。沉吟不能釋，愁結當誰憐。臨風一長歎，涙落如奔泉。

友人黄子衡欲之上庠以詩留行

若士有奇操，久壓山林卑。奮衣千里道，已與親友辭。子行何悠悠，世路方如兹。歸來亦何日，車馬光陸離。幽蘭生前林，擢置白玉墀。不以芳意遠，結根終不移。願子崇明德，濬躍貴因時。悲風静夜聽，喬木歲寒姿。何以迴軒駕，千載相與期。

奉酧丘子野表兄飲酒之句

微褐不充體，寒夜懷重衾。古來窮廬士，歲暮多苦心。苦心亦何爲，世路多崎嵚。不藉杯中物，離愁坐自侵。舉杯當勿辭，何爲復沉吟。醺酣遺所拘，神慮契遐襟。荒湎思前戒，歡謡發清音。雅唱一何高，仰酬非所任。申章聊敘報，洪量亦余欽。

古意

兔絲附樸樕，桂樹生高岡。弱蔓失所依，佳木徒蒼蒼。兩美不同根，高下永相望。相望無窮期，相思諒徒爲。同車在夢想，忽覺淚沾衣。不恨歲月遒，但惜芳華姿。嚴霜萎百草，坐恐及兹時。盛年無再至，已矣不復疑。

晨起對雨

淒冽歲云晏，雨雪集晨朝。高眠適方起，四望但蕭條。遠氛白漫漫，風至林靄消。流潦冒荒塗，清川亦迢迢。遐瞻思莫窮，端居心自超。覽物思無託，即事且逍遥。

春日言懷

春至草木變，郊園猶掩扉。兹晨與心會，覽物徧芳菲。桃蕚破淺紅，時禽恰朝暉。泉谷暖方融，原田水初肥。東作興庶眖，歲功始在兹。端居適自慰，世事復有期。終然心所向，農畝當還歸。

賦水仙花

隆冬凋百卉，江梅厲孤芳。如何蓬艾底，亦有春風香。紛敷翠羽帔，温艴白玉相。黄冠表獨立，淡然水仙粧。弱植愧蘭蓀，高操摧冰霜。湘君謝遺褋，漢水羞捐璫。嗟彼世俗人，欲火焚衷腸。徒知慕佳冶，詎識懷貞剛。凄凉《柏舟》誓，惻愴《終風》章。卓然有遺烈，千載不可忘。

秘閣張丈簡寂之篇韻高難繼别賦五字以謝來貺

勞農會稽宅，息駕丹元鄉。丹元不可見，翠壁空雲房。是時中春月，暄風發新陽。白水注幽壑，緑樹敷崇岡。俯聽足怡悦，仰觀共徜徉。班坐得瑶草，傾壺得瓊漿。長吟遊仙詩，亂以招隱章。忽忽林景西，躊躇申慨慷。坐上江湖客，兀傲鬢眉蒼。逸氣邁霄漢，英詞吐琳瑯。思與泉石勝，韻隨笙鶴翔。追遊不敢及，咏嘆何能忘？

秋懷

秋風吹庭户，客子懷故鄉。矧此卧愁疾，徘徊守空房。佇想澗谷居，林深慘悲涼。鵾鷄感肅辰，拊翼號風霜。氛雜無留氣，悄蒨有餘芳。幸聞衞生要，招隱夙所臧。終期謝世慮，矯翮兹山岡。懷痾坐竟日，晚色散幽樹。寂歷候蟲悲，沆瀁碧草露。端居與方淡，沉默自成趣。羽觴歡獨持，瑶琴誰與晤？空知玄思清，未惜年華度。美人殊不來，歲月空遲暮。

歸自湖南袁州道中多奇峯秀木怪石清泉

我行宜春野，四顧多奇山。攢巒不可數，峭絶誰能攀。上有青葱木，下有清泠灣。更憐灣頭石，一一神所剜。衆目共遺棄，千秋保堅頑。我獨抱孤賞，喟然起長歎。

賦歸雲洞

人生信多患，吾道初不窮。云何感慨士，伏死巉巖中。宜陽古道周，竅石何嵌空。窮幽歷肺腑，履坦閒房櫳。頗疑有畸人，往昔寄此宫。歲月詎云幾，井竈無遺蹤。我來記清秋，歸途涉窮冬。興懷重幽討，永嘯回長風。風回雲氣歸，洞口春濛濛。信美非人境，出門吾欲東。

過潤陂日晴意可喜至暮復雨因次伯崇韻

客裏歲云暮，我心殊未平。悠悠惜往日，鬱鬱懷平生。況復久陰雨，喜兹霜曉明。那知不終日，又作瀟瀟聲。坐厭泥塗辱，空嗟鴻雁輕。

宿黃沙以山如翠浪湧分韻得如字

日中秣吾馬，日暮膏吾車。崎嶇陟南嶺，浩蕩凌八嶇。夜雨薦峰前，朝登碧琳瑀。蒼茫永歎罷，翕忽清景徂。去此二三子，我行將何如？崔嵬正丘垤，萬里思南圖。

暇日侍法曹叔父陪諸名勝爲落星之遊

長江西委輸，匯澤東滉瀁。中川屹孤嶼，佛屋寄幽賞。我來此何日，秋風欲蕭爽。共載得高儔，良辰豈孤往。酒酣清歗發，浪湧初月上。疊鼓喚歸艎，陳迹真俯仰。

釋奠齋居

理事未逾月，簿書終日親。簡編不及顧，几閣積埃塵。今辰屬齋居，煩蹋一舒伸。瞻眺庭宇肅，仰首但秋旻。茂樹禽轉幽，忽如西澗濱。聊參物外趣，豈與俗子羣。

秋懷

井梧已飄黃，澗樹猶含碧。煙水但逶迤，空齋坐蕭瑟。端居生遠興，散漫委書帙。愛此北窗閒，時來岸輕幘。微鐘忽迢遞，禽語破幽寂。魂神爲悄然，淡泊忘所適。

寄題金元鼎同年長泰面山亭

抗心塵境外，結宇臨秋山。乘高一騁望，表裏窮遐觀。衆崿互攢列，連岡莽縈環。陽崖煙景舒，陰壑悲風寒。碧草晚未凋，林薄已復丹。仙人吴門子，歲晚當來還。

冬至陰雨

愆陽值歲晏，忽復層陰結。一雨散霏微，千林共騷屑。端居遺簿領，遠意懷幽潔。曠慮守微痾，殊方感新節。豈伊田廬念，丘壠心摧折。還登東嶺岡，瞻竚何由歇。

還家卽事

獻歲事行役，徂春始還歸。昔往草未芳，今來翠成幃。扶疏滿園陰，時禽互翻飛。叢萱亦已秀，丹葩耀晨輝。卽事誰與娱？淹留自忘機。日暮復出門，悵然心事違。古人不可見，獨掩荒園扉。

和林擇之黄雲之句兼簡同遊諸兄

登覽日云晏，歸車眇重岡。天風振余旟，夕露沾我裳。數子情未厭，春山杳茫茫。還瞻長江白，迥眺飛雲黄。當念塵中友，心期邈相望。無爲跨鴻鵠，泱起凌青蒼。

三月晦日與諸兄爲率真之約裴回石馬晚集保福偶成

春服明朝换，晴川漲緑陰。追隨皆勝侣，邂逅即初心。社蹟莓苔古，禪扉竹樹深。移尊真惜日，畢景共披襟。儉德遵賢範，哇詞愧雅音。清和應更好，逸想寄雲岑。

宿石邑館

春江日東注，我行遡其波。揚帆指西溢，兩岸青山多。青山自逶迤，飛石空嵯峨。緑樹生其間，幽鳥鳴相和。搴篷騁遐眺，擊楫成幽歌。獨語無人晤，茲懷竟如何！

過武夷作

弄舟緣碧澗，棲集靈峯阿。夏木紛已成，流泉注驚波。雲關啓茫茫，高城鬱嵯峨。眷言羽衣子，俛仰日婆娑。不學飛仙術，纍纍丘塚多。

宿武夷觀妙堂

陰靄除已盡，山深夜還冷。獨卧一齋空，不眠思耿耿。閒來生道心，妄遣慕真境。稽首仰高靈，塵緣誓當屏。

久雨齋居誦經

端居獨無事，聊披釋氏書。暫息塵累牽，超然與道俱。門掩竹林幽，禽鳴山雨餘。了此無爲法，身心同晏如。

雨中示魏惇夫兼懷黃子厚

讀書春日晏，雨至滿郊園。一灑幽叢竹，藹藹清陰繁。齋居無還往，鎮日空掩門。欲將冲静趣，與子俱忘言。

晨登雲際閣

晨起踏僧閣，徙倚望平郊。攢巒夏雲曉，蒼茫林影交。暫釋川途念，憩此煙雲巢。聊欲託僧宇，歲晏結蓬茅。

倒水坑作

窮幽鮮外慕，殖志在丘園。卽此竟無得，空恨歲時遷。川陸綿半載，煩燠當歸緣。憩此蒼山曲，洗心聞澗泉。

齋居聞磬

幽林滴露稀，華月流空爽。獨士守寒棲，高齋絶羣想。此時隣磬發，聲合前山響。起對玉書文，誰知道機長。

川上見月歸示同行者

川上偶攜手，皓月起林端。一舒臨流望，玄露已先漙。歸掩荒園扉，更怯衣裳單。清夜誰晤言，獨處難爲歡。

同安官舍夜作

官署夜方寂，幽林生月初。閒居秋意遠，花香寒露濡。故國異時節，欲歸懷簡書。聊從西軒卧，塵思一蕭疏。

試院卽事

端居惜春晚，庭樹緑已深。重門掩晝静，高館正陰沉。披衣步前除，悟物懷貞心。澹泊方自適，好鳥鳴高林。

謝人送蘭

幽獨塵事屏，婉娩秋蘭滋。芳馨不自媚，掩仰空相思。晤對日方永，披叢露未晞。脩然發孤詠，九畹陳悲詩。

秋蘭已悴以其根歸學古

秋至百草晦，寂寞寒露滋。蘭臯一以悴，蕪穢不能治。端居念離索，無以遺所思。願言託孤根，歲晏以爲期。

秋暑

晨興納新涼，亭午倦猶暑。卧對北窗扉，淡泊將誰侶。疏樹含輕颸，時禽轉幽語。端居悟物情，卽事聊容與。

溪亭

循澗闢芳園，結亭對虛壁。澄潭俯幽鑒，空翠仰寒滴。主人心事遠，妙寄塵壤隔。豈爲功名期，而忘此泉石。

雪亭

危亭竹柏間，悄蒨日幽絶。朔風一以厲，愛此枝上雪。仰悲玄景駛，俯歎羣芳歇。不用此時來，那知歲寒節。

殘臘

殘臘生春序，愁霖逼歲昏。小紅敷艷萼，衆緑被陳根。陰壑泉方注，原田水欲渾。農家向東作，百事集柴門。

書事

重門掩晝静，寂無人境喧。嚴程事云已，端居秋向殘。超遥捐外慮，幽默與誰言。即此自爲樂，何用脱籠樊。

秋夕

秋風桂花發，夕露寒螿吟。歲月坐悠遠，江湖亦阻深。紛思寧復整，離憂信難任。終遣誰爲侶，獨此淡沖襟。

柚花

春融百卉茂，素榮敷緑枝。淑郁麗芳遠，悠颺風日遲。南國富嘉樹，騷人留恨詞。空齋對日夕，愁絶鬢成絲。

對月思故山夜景

沉沉新秋夜，涼月滿荆扉。露泫凝餘彩，川明澄素暉。中林竹樹映，疏星河漢稀。此夕情無限，故園何日歸。

呈黄子厚

茅齋塵事遠，幽獨興無窮。永晝呻吟内，新涼愁思中。朱顔非昨日，素髮已秋風。珍重牆東客，遥憐此意同。

蒙判院丈垂示用韻喜晴之句率爾奉酬

客枕終難穩，歸來鼾息深。曉雞回遠夢，缺月挂空林。冰谷晨加帽，晴窗晝解襟。詩筒多妙語，仍喜舊盟尋。

後洞山口晚賦

日落千林外，烟飛紫翠深。寒泉添壑底，積雪尚崖陰。景要吾人共，詩留永夜吟。從教廣長舌，莫盡此時心。

十五日再登祝融用臺字韻

江流圜玉界，天影抱瓊臺。拄杖烟霄外，中巖日月回。箕山藏遁許，吳市隱仙梅。一笑今何在，相期再舉杯。

舟中晚賦

長風一萬里，披豁暮雲空。極浦三年夢，扁舟二子同。離離浮遠樹，杳杳没孤鴻。若問明朝事，西山晻靄中。

安仁曉行

夙駕安仁道，行行得自娛。荒山園野闊，遠樹出林孤。景晦長烟合，天寒碧草枯。歸心懷往路，極目向平蕪。

寄雲谷瑞泉菴主

憶昔誅茅日，山房我自名。風埃猶俗累，烟雨負巖耕。多謝空門侶，能同物外情。肯來分半壑，聊爾度平生。少待清秋日，聞尋遠嶽盟。不知誰是客，一笑絕塵纓。

和李伯玉用東坡韻賦梅花

北風日日霾江村，歸夢正爾勞營魂。忽聞梅蕊臘前破，楚客不愛蘭佩昏。尋幽舊識此堂古，曳杖偶集僧家園。嵐陰春物未全到，邂逅只有南枝温。冷光自照眼色界，雲豔未怯扶桑暾。遥知雲臺溪上路，玉樹十里藏山門。自憐塵羈不得去，坐想佳處知難言。但哦君詩慰岑寂，已似共倒花前樽。

題霜傑集

先生人物魏晉間，題詩便欲傾天慳。向來無地識眉宇，今日天遣窺波瀾。平生尚友陶彭澤，未肯輕爲折腰客。胸中合處不作難，霜下風姿自奇特。小儒闕閲金匱書，不滯周南滯海隅。枌榆連陰一見晚，何當挽袖凌空虛。

秋夜歎

秋風淅瀝鳴清商，秋草未死啼寒螿。幽人夜半起唔歎，仰視河漢天中央。河漢西流去不息，人生辛苦何終極。蒼山萬疊雲氣深，去鍊形魂生羽翼。

次韻傅丈題呂少衞教授藏書閣

西樓誰與共閒居？茂樹婆娑清晝餘。大隱秖今同一壑，行吟非昔似三閭。揣摩心事惟黄卷，料理家傳亦素書。更鑿寒泉供漱石，世紛寧擬問焉如。

舫齋

扁舟容與小房櫳，搖颺簾旌蜀錦紅。兩岸蒹葭秋色裏，一川煙浪夕陽中。不愁蠶頦雙蓬鬢，未怯江湖萬里風。築室水中聊爾爾，何須極浦望朱宫。

次秀野韻題臥雲菴

君家丘壑本圓成，何意尋芳入翠屏。爲愛晴雲薦孤枕，故將閒日付新亭。夢魂寂寂衣裳冷，心事悠悠簡策青。更把枯桐寫奇趣，鵾絃寒夜獨泠泠。

次韻雪後書事

惆悵江村幾樹梅，杖藜行遶去還來。前時雪壓無尋處，昨夜月明依舊開。折寄遥憐人似玉，相思應恨刼成灰。沉吟日落寒鴉起，却望柴荆獨自回。

圭父爲彦集置酒白蓮沼上彦集有詩因次其韻呈坐上諸友

大阮歸來客滿堂，更移芳席近回塘。共憐的皪水花浄，并倚離披風蓋涼。銀筆看題青玉案，佳人恨望碧雲鄉。此時此景真愁絶，病著無因爲舉觴。

送四十叔父

吾家從昔號清門，叔父于今道更尊。客路艱難空自惜，遺經終始向誰論？獨尋雲嶠逢孤雁，共愛春江接故園。細説刈葵休放手，此來真不爲盤餐。

和張彦輔雪後棲賢之作

夜來春雪徧林丘，却喜風威曉便收。好上籃輿閒縱目，休將衲被苦蒙頭。微官正愧逍遥社，勝日猶堪汗漫遊。欲出林關戀瑶草，不妨樽酒更淹留。

送建陽陳丞伯厚還鄉

括蒼雲壑入秋夢，閩嶺風霜侵鬢絲。歲晚未收稽古力，徑荒曾愛賦歸辭。一官坎壈嗟丞負，百歲歡榮慶母慈。去步逶迤無愠色，此心惟有古人知。

芭蕉

芭蕉值秋檻，勿云憔悴姿。與君障夏日，羽扇寧復持。

蔬圃

花柳遶宅茂，先生在郊居。下帷良已苦，時作帶經鋤。

題石佛院亂峯軒

因依古佛院，結屋寒林杪。當户碧峯稠，雲烟自昏曉。

題畫卷

流雲遶空山，絶壁上蒼翠。應有采芝人，相期烟雨外。

石瀨

疏此竹下渠，漱彼澗中石。暮館繞寒聲，秋空動澄碧。

月榭

月色三秋白，湖光四面平。與君凌倒景，上下極空明。

采菱舟

湖平秋水碧，桂棹木蘭舟。一曲菱歌晚，驚飛欲下鷗。

劉平甫席上分得寫字

歲晚風雨交，流雲暗平野。公子燕華姻，招呼及同社。高情寄壺觴，晤言到風雅。剪燭夜堂深，幽懷共書寫。

寄諸同僚

把酒江頭烟雨時，遥知江樹已芳菲。應憐倦客荒茅裏，落盡梅花未得歸。

之德化宿劇頭鋪夜聞杜宇

王事賢勞祗自嗤，一官今是五年期。如何獨宿荒山夜，更擁寒衾聽子規。

小盈道中

今朝行役是登臨，極目郊原快賞心。却悔從前嫌俗事，一春牢落閉門深。

竹節灘

船下清江竹節灘，長烟漠漠水漫漫。人家斷岸斜陽好，客子中流薄暮寒。

野望

登高立馬瞰晴川，四面平林接暝烟。東望不堪頻極目，歸心已度鳥飛前。

山茶

江南池館厭深紅，零落荒烟細雨中。却是北人知愛惜，數枝和雪上屏風。

和喜雨

黄昏一雨到天明，夢裏豐年有頌聲。起望平疇烟草緑，只今投筆事晨耕。

夜

獨宿山房夜氣清，一窗涼月共虚明。鄰雞未作人聲悄，時聽高梧滴露鳴。

謝吳公濟菖蒲

翠羽紛披一尺長，帶烟和雨過書堂。知君别有臞仙種，容易難教出洞房。

秋日

一雨生涼杜若洲，月波微漾緑溪流。茅簷歸去無塵土，淡薄閒花遶舍秋。

石湖集補鈔

范成大，字致能，吴郡人也。紹興擢進士第，授户曹，監和劑局。遷正字，累遷著作佐郎，除吏部郎官。奉祠。起知處州，入爲禮部員外郎、兼崇政殿大學士。使金國歸，除中書舍人，出知廣西静江府，除敷文閣待制，四川制置使。召對，除權吏部尚書，拜參知政事。奉祠。起知明州，除端明殿學士。尋帥金陵，進資政殿學士，再領洞霄宫，加大學士。卒。所居石湖，有集。

琉璃河又名劉李河，在涿州北三十里，極清泚。茂林環之，尤多鴛鴦，千百爲羣。

煙林葱蒨帶回塘，橋眼驚人失睡鄉。健起褰帷揩病眼，琉璃河上看鴛鴦。此河大中祥符間路振《乘軺録》，亦謂琉璃河，惟嘉祐中宋敏求《番録》，乃謂之六里河。大抵胡語，難得其真。

挽王提刑彦光

諭蜀三年戍，還吴萬里船。雲歸雙節後，雪白短檠前。百世春秋傳，一丘陽羨田。浮生如此了，何必更淩煙。

日者悲離索，公平又杳冥。門人辨韓集，子舍得韋經。此去念築室，空來聞過庭。路遥人不見，千古泣松銘。

致爽軒

夕陽塵外漲郊墟，六六峯頭夢覺餘。竹色喚人來下馬，亂蟬深處有圖書。

蜀州西湖 荷花正盛開。水月，登舟亭也。湖陰亭外，別有白蓮尤奇。蜀中無菱，至此始見之。

閒隨渠水來，偶到湖光裏。仍呼水月舟，徑度雲錦地。誰云不解飲，我已荷香醉。湖陰玉嬋娟，夐立紅樓外。何須東閣梅，悠然自詩思。驚風入午暑，水竹含秋意。采菱不盈掬，興與蓴鱸會。遙知新津宿，魂夢亦清麗。

曉出古城山

落月墮眇莽，殘星澹微茫。竹輿亂清溪，飛蓋入嵐光。松檜霧靄濕，桑麻風露香。空翠滴塵纓，何必濯滄浪。山家亦早作，追此朝氣涼。林深無人聲，木末炊烟蒼。離離瓜芋區，肅肅棗栗場。田園古云樂，令我思故鄉。墟市稍來集，筠籠轉山忙。吏事亦挽我，歸路盤朝陽。

隱静山 杯渡師道場

五峯抱巖扉，千柱奠雲壑。荒原蕞爾縣，有此寶樓閣。維昔經營初，衣錫化雙鶴。杖頭具隻眼，矯矯雲中落。尊者一笑許，璇題照林薄。庭柏有祖意，石泉韻天樂。清籟囀碧雞，飛梭擲蒼鵲。號風飢虎怒，失木啼猿愕。英遊偶然同，吏檄乃不惡。題名記吾曾，醉墨疥丹堊。

寄題向撫州采菊亭

一葉起秋色，衆綠凋歲華。耿耿霜露側，餘此黄金葩。西風滿天地，孤芳照塵沙。慇懃開小築，花氣日夕嘉。落英楚纍手，東籬陶令家。兩窮偶寓意，豈必真愛花。不如亭中人，一笑了天涯。采采勿虛度，門前欲高牙。

古風上湯丞相

抱琴遊孔門，豈識宮與商。古曲一再行，乃雜巴人倡。知音顧之笑，解絃爲更張。歸來掩關卧，冰炭交愁腸。平生桑濮手，未省歌虞唐。明發理朱絲，復登君子堂。遺音入三嘆，山高水湯湯。

中巖

去眉州一程，諾詎羅尊者道場。相傳：昔有天台僧遇病僧，與之木鑰匙云：「異時至眉州中岩，扣石筍，當再相見。」後果然。今三石屹立如樓觀，前兩樓純紫石，中一樓蘿蔓被之。旁有寶瓶峯，甚端正。山半有喚魚潭，慈姥龍所居。世傳雁蕩大小龍湫，亦諸詎羅道場，豈化人往來無常處耶！

赤巖倚岭屏，翠邏森戍削。岑蔚嵐氣重，稀間暑光薄。聊尋大士處，往叩洞門鑰。雙撑紫玉闕，中矗翠雲幄。應供華藏海，歸坐寶樓閣。無法可示人，但見雨花落。不知龍湫勝，何似魚潭樂。夜深山四來，人靜天一握。驚看松桂白，月影到林壑。門前六月江，世界塵漠漠。寶缾有甘露，一滴洗煩濁。捫天援斗杓，請爲諸君酌。

秋日雜興

夕陽下桑柘，餘暉挂西山。西山在何許，冉冉紫翠間。綵雲無朝昏，綠蘿竟暄寒。著與霞上人，同跨雙飛翰。上凌紫霄峯，下弄白石湍。風吹墮渺莽，及此行路難。佳人應望余，我豈真忘還。

宿義林院

暝氣昏如雨，禪房冷似冰。竹間東嶺月，松杪上方燈。鷩鶻盤金刹，流螢拂玉繩。明朝窮脚力，連夜斬崖藤。

十月朔客建業不得與兄弟上冢之列悲感成詩

歲已看成暮，身今未得歸。風塵孤淚盡，霜露寸心違。南磵新流水，西山舊落暉。烟松應好在，宿草定成非。逝水方東去，浮雲浪北飛。危魂先自斷，不待更沾衣。

擬古

彎環樓前月，掩仰樓上人。人月不得語，相看兩凝顰。西窗回紋機，織徧錦字春。聊可自持玩，何由將寄君。

春思

沙際緑蘋滿，樓前芳草多。風光入網户，羅幕生繡波。前年花開憶湘水，去年花開淚如洗。園樹傷心三見花，依舊銀屏夢千里。

夜發崑山

歲寒人墐户，霜重獨登舟。弱櫓摇孤夢，疏篷蓋百憂。但吟今不樂，寧計幾宜休。慚愧沙湖月，年年照薄遊。

次韻温伯城上

閉户成癡坐，扶藜得意行。樓臺浮霽色，市井碎春聲。雪盡小橋出，煙消千嶂生。病多無脚力，遥羨落鴻輕。

湘潭道中詠芳草

積雨條然晴，秀野若新沐。芳草徑寸姿，中有不勝緑。萋萋路傍情，頗亦念幽獨。驅馬去不顧，腸斷招隱曲。

耳鳴戲題

歷歷從何起，泠泠與耳謀。人言衰相現，我以妄心求。遠磬山房夜，寒蜩隴樹秋。圓通無別法，但自此根修。

火墨坡下嶺

清晨入岑蔚，嵐重寒颼颼。忽聞黃鸝語，方悟麥始秋。旅食法當瘦，遠行人所愁。況復深山中，不與和氣遊。苦辛那敢憚，病悴良可憂。徒憂亦無益，聊作商聲謳。

秭歸縣

周封楚子熊繹於此。縣宇，宋玉宅。東山清烈祠，屈原宅也。

永日貪程客，長年弔古詩。悲秋荒故宅，負石慘空祠。峻壁鴉翻倦，高畬麥秀遲。窮山熊繹國，偪仄建邦時。

蟠龍嶺

自峽歸夔萬，至於梁山，五郡間不知其幾嶺。梁山之蟠龍，峰門尤爲高峻。然下嶺即有平陸，吏卒皆相賀云。

夷陵至朐䏰，複嶺苦絲亂。初程尚勇往，少日還委頓。安得長劍揮，盡劃疊嶂斷。雖云北山愚，聊快南溟運。此意竟蕭索，勞歌謾淒曼。日日望平陸，念念到彼岸。人言束馬險，但欠蟠龍峻。摧頹強弩末，黽勉焚舟戰。譬如已償逋，猶有未折券。山根治曉裝，峰頂寄朝飯。稍脫蚓瘴染，還探虎窠玩。性命乃可憂，筋力何足算。嶺半途有饅頭山，以形得名。其上多鷙獸，土人謂之虎窠。

新津道中

雨後郊原浄，村村各好音。宿雲浮竹色，清溜走榿陰。曲沼擎青蓋，新田蓺緑針。江天空闊處，不受暑光侵。

長風沙

夕陽明遠帆，高浪兀孤嶼。綿綿淮山來，閃閃沙鳥去。落木兩三家，炊烟南北渡。眉伸擊汰行，夢愕阻風處。

上方寺在消夏灣上。

艤棹古銷夏，搘笻新上方。珠灣鎖圓折，冰鏡沉空光。楓纈醉晴日，橘黄明早霜。閒門松竹逕，隨處有清涼。

道中

月冷吟蛩草，湖平宿鷺沙。客愁無錦字，鄉信有燈花。蹤跡隨風葉，程途犯斗槎。君看枝上鵲，薄暮亦還家。

晚春

静極聞簷珮，慵來愛枕幃。隙虹飛永晝，簾影碎斜暉。燕踏花枝語，蜂縈柳絮歸。輕颸宜白紵，時節近清微。

好事憐春老，無愁耐日長。爐煙驚扇影，酒面舞花光。照水雲容懶，移牀竹意涼。更煩紅槿帽，促拍打山香。

天都峯黄山。

維帝有天都，作鎮此南國。孤撑紫玉樓，横絶太霄碧。晶熒砂竇紅，夭矯泉紳白。晴雲無盡藏，竟日裊幽石。諸峯三十五，離立侍傍側。會稽眇小哉，請議職方籍。

次韻唐子光席上賞梅

玉枝横斜照清空，纖手撚香俱惱公。水部無人廣平去，後來我輩猶情鍾。誰噴昭華送愁絶，叫雲三弄怨斜月。徑須踏雪問前村，莫待馬蹄如踏鐵。春風壓盡百華橋，尊前仍有董嬌嬈。惜無楚客歌成雪，空有蕭郎眼似刀。

次韻陳季陵寺丞求歙石眉子硯

金星熒熒眉子緑，婺源琢石如琢玉。寶玩何曾救枵腹，但愛文君遠山蹙。丈人筆陣森五兵，書品入妙仍詩名。我有坡陀天海様，與公文字俱金聲。梟盧一擲不須呼，況敢定價論車渠。只煩將到粧臺下，試比何如京兆畫。

次韻季陵貢院新晴

鎖闥令嚴深復深，五星簾幕晴若陰。澹雲微月謾清夜，短檠政自關人心。看燈作暈生睡色，江南行處夢不隔。覺來快讀《新晴》篇，悅然置我鶯花前。徑欲觴公後堂酒，儻煩春衫小垂手。

重遊南嶽

焚香鎮南殿，過銓德觀，醮注生祠庭，觀道君玉符王七及八角玉印。經方四寸許，文曰：「注生真君玉印。」雨中登山，遊南台、福嚴，至瑞應、擲缽、天柱諸峯之上，寒甚。病衰，不至上封而返。

捨舟得馬如馭氣，步入青松三十里。我從巒嶺瘴烟來，不怕雨雲埋嶽趾。憶昔南征款廟庭，往來無恙神所祉。當時已有歸田願，帝臨此心如白水。煌煌南正館于東，手握八觚溫玉璽。駿奔濡霍左右輔，好生不殺扶炎紀。崇禋竣事曉壇空，躋攀小試青鞵底。不知雲蹬幾千丈，但見漫山白龍尾。石頭招我上南臺，瑞應闌干天半倚。福嚴鐘聲過橋來，髣髴三生如夢裏。堂中尊者已先去，苔鎖嚴扉何日啓。竹嫌磽确老愈瘦，松畏高寒蟠不起。癯儒尚病怕深登，幽討未窮行且止。我評七十二高峯，鬱律穹隆少觀美。儼然可瞻不可玩，往往雄尊如負扆。乃知嶽鎮蓋深厚，不與他山争秀偉。區區獻狀眩兒童，乳洞淡巖真戲耳。

離堆行

沿江有兩崖中斷，相傳秦李太守鑿此以分江水。又傳李鎖孽龍於潭中，今有伏龍觀在潭上。蜀旱，支江水涸，即遣官致祭，壅都江水以自足，謂之攝水，无不應。民祭賽者率以羊，歲殺四五萬計。

殘山狠石雙虎臥，斧跡鱗皴中鑿破。潭淵油油不敢唾，下有猛龍拴鐵鏁。自從分流注石門，西州秔稻如黃雲。刲羊五萬大作社，春秋伐鼓蒼煙根。我昔官稱勸農使，年年來激西江水。成都火米不論錢，絲管相隨看鬭市。款門得得酬清尊，椒槳桂酒删羶葷。妄欲一語神豈聞，更願愛羊如愛人。

毛公壇福地西山最深處。毛公，劉根也，身生綠毛，故云。有劉道人作小菴，在隱泉之上。

松蘿滴翠白晝陰，七十二峯中最深。綠毛仙翁已仙去，惟有石壇留竹塢。竹陰掃壇石楂牙，漢時風雨生蘚花。山中笙鶴尚遺響，湖外人煙驚歲華。道人眸子照秋色，邀我分山築丹室。驅丁役甲莫兒嬉，渴飲隱泉飢餌朮。

南徐道中

半生行路與心違，又逐孤帆擘浪飛。吳岫湧雲穿望眼，楚江浮月冷征衣。長歌悲似垂垂淚，短夢紛如草草歸。若有一廛供閉户，肯將青雀易柴扉。

夜宴曲

金麟噴香烟龍蟠，玉燈九枝青闌干。明璫押帶湘簾斑，風幃繡浪千飛鸞。舞娥紫袖如弓彎，雲中一笑天解顏。銜杯快卷玻璃乾，花樓促箭春宵寒，二十五聲宮點闌。

倦繡

猧兒弄暖緣階走，花氣薰人濃似酒。困來如醉復如愁，不管低鬟釵燕溜。無端心緒向天涯，想見檣竿幡脚斜。槐陰忽到簾旌上，遲却尋常一線花。

病中夜坐呈致遠

似霧如烟夜氣浮，鶴鳴驚睡起搔頭。含風竹影淡留月，着雨蛩聲深怨秋。萬事心空癡已慣，百骸歲晚病相投。便當采藥西山去，病足蹣跚怕遠遊。

嶺上紅梅

霧雨臙脂照松竹，江南春風一枝足。滿城桃李各嫣然，寂寞傾城在空谷。城中誰解惜娉婷，遊子路傍空復情。花不能言客無語，日暮清愁相對生。

天平先隴道中時將赴新安掾

霜橋冰磵浄無塵，竹塢梅溪未放春。百疊海山鄉夢熟，三年江路旅愁新。松楸永寄孤窮淚，泉石終收漫浪身。好住隣翁各安健，歸來相訪説情真。

積雨蒸潤體中不佳頗思故居之樂戲書呈子文

門外泥深蘸馬鞍，墨雲未放四維寬。前山忽接後山暗，暑雨全如秋雨寒。夢裏江湖三歎息，醉中天地一憑欄。斗升留滯休惆悵，枳棘從來着鳳鸞。

趙聖積誇説少年俊遊用前韻記其語戲之

京塵紅軟撲雕鞍，年少王孫酒量寬。倚袖竹風憐翠薄，捧杯花露怯金寒。黄雲城上《棲烏曲》，綠水池邊鬭鴨欄。別後相思惟故物，壁煤侵損扇中鸞。

送陳朋元赴溧陽

九畹滋蘭靜自芳，啁啾誰復認孤凰。風流歲晚嫌杯酒，文字功深得鬢霜。斂板君猶能俛仰，倚樓吾敢計行藏。船開便作江南客，天色無情更雁行。

玉堂寓直

摛文窗户九霄中，岸幘燒香愧老農。上直馬歸催下鑰，傳更人唱促鳴鐘。金城巀嵲雲千雉，碧瓦參差月萬重。骨冷魂清都不夢，玉階蕭瑟聽秋蛩。

甲午歲朝寓桂林記去年是日泊桐江謁嚴子陵祠迤邐度嶺感懷賦詩

去年春纜解江臯，也把屠蘇泛濁醪。一席飽風漁浦闊，千山封雪釣臺高。將軍老矣鳴孤劍，客子歸哉詠大刀。早晚扁舟尋舊路，柁樓吹笛破雲濤。

將至公安

前村後村啼杜宇，伴人憂煎與人語。雲寒日薄春一夢，地闊天低淚如雨。我馬虺隤我僕痡，豈不懷歸畏簡書。公安縣前酒可沽，不如且聽提葫蘆。

峽石鋪 由萬州至此，山頂皆有長石如城壁，亘數峯不斷。峽山至是亦稍開廣，間有稻田。

峯頭壁立偉天造，萬雉石城如帶繞。山骨鱗皴火種難，山下流泉却宜稻。新秧一稜緑茸茸，茅花先秋雪摇風。后皇嘉種不易熟，野草何爲擅歲功。

東林寺 慧遠師白蓮社也。旁有乐天草堂。對山絶頂，即天池，文殊現燈處。李成焚劫南北山，獨不毁二林。

談《易》繙經宰木春，三生猶自臭烟熏。客塵長隔虎溪水，劫火不侵香谷雲。老矣懶供蓮社課，歸哉欣讀草堂文。山頭一任天燈現，箇事何曾落見聞。

再渡胥口

古來此地快蓬心，天繞眀湖日照臨。一雁雲平時隱現，兩山波動對浮沉。衰髯都共荻花老，醉面不如楓葉深。罾户釣徒來問訊，去年盟在肯重尋。

次韻虞子建見咍贖帶作醮

兒女傳觀省見稀，病身聊復借光輝。莫嫌憔悴沈腰瘦，且喜間關秦璧歸。不是典來還酒債，亦非將去換簑衣。塵魚甑釜時相阨，微汝誰能爲解圍。

重送文處厚因寄蜀父老

下峽東歸十五年，因君話舊意芒然。煩將遠道悠悠夢，直到天西暑雪邊。

曉起

簾額繡波盪漾，燭盤紅淚闌干。夢裏五更風急，愁邊一半春殘。

題如夢堂壁

勃姑午啼喚雨，鵓鳩曉囀留春。片雲不載歸夢，兩鬢全供客塵。

灰洞

塞河風沙漲帽簷，路經灰洞十分添。據鞍莫問塵多少，馬耳冥濛不見尖。

會同館燕山客館也。授館之明日，守吏微言有議留使人者。

萬里孤臣致命秋，此身何止一浮漚。提攜漢節同生死，休問羝羊解乳不。遼人館本朝使，已謂之會同館。

題山水橫看二首

煙山漠漠水漫漫，老柳知秋渡口寒。盡是西溪腸斷處，憑君將與故人看。

霜入丹楓白葦林，横煙平遠暮江深。君看雁落帆飛處，知繫秋風故國心。

春晚卽事

屋頭清樾暗荆扉，紫葚爛斑翠莢肥。春晚軒窗人獨困，日長籬落燕雙飛。

春晚三首

陰陰垂柳閉朱門，一曲闌干一斷魂。手把青梅春已去，滿城風雨怕黄昏。

客去鉤窗詠小詩，遊絲撩亂柳花稀。微風盡日吹芳草，蝴蝶雙雙貼地飛。

夕陽槐影上簾鉤，一枕清風夢昔遊。夢見錢塘春盡處，碧桃花謝水西流。

題城山挂月堂壁

百疊烟鬟得眼明，坐來心跡喜雙清。秋陽滿地西風起，猶有啼鶯四五聲。

晚步

排門簾幕夜香飄，燈火人聲小市橋。滿縣月明春意好，旗亭吹笛近元宵。

夜歸

竹輿伊軋走長街，掠面風清醉夢迴。曲巷無聲門户閉，一燈還照酒壚開。

斑騅

斑騅別後月纖纖，門外疏桐影畫簾。留下可憐將不去，西風吹上兩眉尖。

高景山夜歸

伊軋籃輿草露閒，夜深林月覆孱顏。忽逢陂水明如鏡，照見沉沉倒影山。

袞山道中

虎嘯狐鳴苦竹叢，魂驚終日走蒙茸。松林斷處前山缺，又見南湖數十峯。

遊寧國奉聖寺

松梢臺殿鬱高標，山轉溪迴一水朝。不惜褰裳呼小渡，夜來春漲失浮橋。

道見蓼花

秋風嫋嫋露華鮮，去歲如今刺釣船。歙縣門西見紅蓼，此身曾在白鷗前。

桐廬

濕雲垂野澹疏林，十日山行九日陰。梅子弄黄應要雨，寧知客路已泥濘。

社日獨坐

海棠雨後沁燕脂，楊柳風前撚緑絲。香篆結雲深院静，去年今日燕來時。

虞姬墓在虹縣下馬鋪北三十七里。

劉項家人總可憐，英雄無策庇嬋娟。戚姬葬處君知否，不及虞兮有墓田。

秦樓在相州寺中，上有貴人，幕而觀使客，云是郡主，太守之妻也。大抵相台傾城出觀，異於他州。

攔街看幕似春遊，斑犢雕車碧畫油。奚女家人稱貴主，縷金長袖倚秦樓。

叢臺在邯鄲北門外。

憑高閱士劍如林，故國風流變古今。袨服雲礽猶左衽，叢臺休恨緑蕪深。

盧溝去燕山三十五里，虜以活雁餉客，積數十隻，至此放之河中。虜法五百里内禁採捕故也。

草草魚梁枕水低，匆匆小駐濯漣漪。河邊服匿多生口，長記軺車放雁時。此河宋敏求謂之蘆菰，即桑乾河也。今呼盧溝。

與鄭少融趙養民二使者訪古砦家洲歸憩松間二君欲助力興廢戲書此付長老善良以當疏頭

飄飄竹雨潤輕裘，嫋嫋松風繫小舟。安得從容興廢手，越人重上砦家洲。

羅江

嶺北初程分外貪，驚心猶自怯晴嵐。如何花木湘江上，也有黃茅似嶺南。

清湘驛送王柳州南歸一絕

南歸北去路茫茫，不是行人也斷腸。可惜湘江春夜月，落花時節照離觴。

九盤坡布水

莫惜縈迴上九盤，洗心雙瀑雪花寒。野翁酌水煎茶獻，自古人來到此難。

宋玉宅

相傳秭歸縣治，卽其舊址。縣友旗亭，好事者題作宋玉東家。

悲秋人去語難工，搖落空山草木風。猶有市人傳舊事，酒壚還在宋家東。

銷夏灣

吳王避暑處，平湖循山，一灣雲水，勝絕。

蓼磯楓渚故離宮，一曲清漣九里風。縱有暑光無着處，青山環水水浮空。

與現壽二長老遊壽泉因話去年林屋之遊題贈

何方錫杖劚清甘，天遣深源壽此庵。金歷萬枝浮倒影，爲君題作菊花潭。

松風放浪入雲關，二衲相從一士閒。人與瘦筇俱老健，去年今日在包山。

元夜大風雨一絶

東風無賴妬華年，一夜凄寒到酒邊。放盡珠簾遮寶炬，莫教簷雨濕青烟。

三江亭觀雪

陰山陽朔雪中迴，行到天西玉作堆。乘興却遊東海上，白銀宫闕認蓬萊。

鰻井

泱漭神通未易論，雨聲留客夜翻盆。不辭客路春泥滑，且足秧田舊水痕。

元日馬上一絶

泥絮心情雪様髯，詩囊羞澀酒盃嫌。年來萬事都消滅，惟有牀頭曆日添。

元夕

粉痕紅點萬花攢，玉氣珠光寶月團。簾箔通明香似霧，東風無處着春寒。謂吴中剪羅琉璃二燈。

石湖芍藥盛開向北使歸過維揚時買根栽此因記舊事

竹西歌吹荻花秋，遺老垂洟送遠遊。羌笛夜闌吹出塞，當年如此夢揚州。

題秋鷺圖

昨夜新霜冷釣磯，綠荷消瘦碧蘆肥。一江秋色無人問，盡屬風標兩雪衣。

晚思

蘚牆莎砌響幽蟲，睡起繙書覺夢中。殘暑一窗風不動，秋陽入竹碎青紅。

止齋集補鈔

陳傅良，字君舉，温州瑞安人。乾道八年進士。寧宗朝，累遷中書舍人，除寶謨閣待制。卒，謚文節。有《止齋集》。

癸丑冬車駕過宫留相還朝

一聲警蹕接天齊，馳道無塵馬不嘶。月御順行隨日轂，乾端和氣帀坤倪。三槐相繼歸公衮，細柳還須聽將鼙。老矣尚能歌二聖，不應專美在浯溪。

冬夕書懷

冬夜苦難曉，短景復易夕。安得户牖光，不待東方白。恍如遊化城，瓊臺若千尺。英華發林藪，餘彩散阡陌。平鋪浩無垠，巽入微有隙。忍寒貪縱觀，未願明曦赫。柳綿著歌茵，梅片隨粧額。皭然羣污中，有意欲比迹。自識玉皇家，癯仙陋山澤。新來學爲農，遭歲屢無麥。稺子色恆飢，老婢脚盡赤。一飯今有待，喜更問瓜埸。歸來看牀頭，瓶粟幸餘積。且以炊春醪，號召已散客。

張冠卿以前詩懷哉各努力人物古來少之句爲十詩見寄次韻奉酬

明月不可涴，有時障氛霾。芙蕖生淤泥，豈必所處佳。老子苦鍊藏，釋氏多遣排。如欲盡物累，自古誰好懷。

冥心觀宇宙，孰是同與各。夜旦無息期，日出星河落。此有齊人瑟，彼有荆人璞。嗟余耳目短，豈故重然諾。

朝雞警冠劍，巷犬吠村塢。胡然子列子，越在鄭東甫。永懷王黍離，莫與戍申許。雞犬各有役，人亦宜自努。

江梅歲已過，燕子春又來。不愁吾鬢霜，所恨此志灰。扶桑焞焞明，閶闔蕩蕩開。欲往豈不可，致遠非駑駘。

遊白石巖

地向東南傾，石際滄海立。蛟鼉限波濤，雞犬得城邑。居然通國望，跋莫他山及。道人獨有之，置屋三四級。幾看星月爛，却聽風雨急。于今二百年，我共冥鴻集。晤語夕陽低，對酒秋旻溼。明朝江上舟，避雨漁翁笠。邂逅一俛仰，此道可於邑。

送葉正則赴浙西憲幕

頻年送行客，酒罄詩不工。最晚與君別，念此百感叢。岐山有鳴鳳，《雅》《頌》移《豳風》。于時二老生，出處海上同。曹劉對七箸，失色一語中。明朝蜀江水，不與灞滻通。人心起毫末，世故開鴻蒙。乃知貧賤交，不下王霸功。霜根宿病驥，雲帆背蜚鴻。秋水能隔人，白蘋況連空。相從自束髮，各去隨轉蓬。今懷欣有合，後會苦未重。鱸魚直萬錢，羊酪酤一鍾。願君養盛年，我友半已翁。

借書一首別薛子長

山阿着柴扉，陋甚誰盤桓。美人此何來，鉅竹數十竿。日閲書百篇，尚覺目力寬。欲從我借書，我書何足觀。午勤抱道經，及此鬢髮斑。一語未領會，累日不自安。雖更聖人手，亦恐衆説漫。況復秦漢下，曾莫修與删。致之獲麟前，存者今若干。我無所取裁，望洋久空歎！讀書固匪易，窮理良獨難。昨來荷堤上，嘗試及孟韓。此語如涓埃，此道如丘山。

張漕行部遇湘岸有作因次其韻

春晚得新霽，草木日夜緑。陽光初蔽虧，野暝或單復。美人浮湘波，領此入蓬屋。故放歸帆遲，更呼漁火續。窮探物精華，盡付詩凡目。憶昨欣晤對，令我忘休沐。劇談酒行希，危坐兵衛肅。相思正倚樓，所寄忽累幅。瑰辭堪買貧，軼韻和難屬。自從楚驛興，悲些逮差玉。後來數唐人，疑乃巖隈宿。世無梁昭明，斯文又誰録！

送郭希呂

我門閉重重，我徑阻且深。梅花獨相依，聊以慰我心。美人從何來，崎嶇自幽尋。亦于琢冰中，而和南風琴。菜甲尚可羹，新篘足同斟。不知歲已華，歸興生霜砧。欲別復少住，棲鳥啼月林。客去鳥翻飛，落花滿牆陰。

上閫師梁公生日二十二韻

炎正維中葉，皇圖再造年。天潢流少海，星緯聚台躔。臣主嘗難並，乾坤豈偶然。千齡開曆數，一氣付陶甄。黄屋傳神器，彤庭領衆仙。風雲從此會，日月更誰先。昔者求侵地，何人賦甫田。吴兒咸抵掌，噲等欲差肩。廟論惟多士，戎功不在邊。一麾分赤社，萬事屬青編。吾道誠難用，諸儒亦自偏。才名多濩落，經行失拘攣。洛蜀何嗟及，熙豐竟禍延。旁羅兼雁木，平步忽貂蟬。甚矣知當宁，凄其望濟川。年來羣老行，公在萬民懸。定作鹽梅夢，行歌杕杜還。滄溟宗衆濫，衡嶽倚蒼玄。要使垂身後，無爲慰眼前。管絃無算爵，桃李未央天。曾燕雖堪頌，閫山不足鐫。中原康濟事，彝鼎願聯翩。

送趙叔靜教授閩中四首

家無宿春糧，適意恣所向。征鞍催上官，帆海看疊嶂。有言及當代，浩飲益悲壯。以兹寘周行，盍在幾人上。

讀書須讀經，學文須學古。青衫故不換，白髮早可數。我亦寠人子，風雨蔽蓬户。胡爲數相過，夜話恆過午。炯炯出萬犂，冰壺懸清秋。孰與玉瓚中，穆然養黄流。孤松高半天，蘭芷復過幽。看君最雍容，奈何短自謀。百吏不可試，卷懷州校官。翩然落南閩，不爲荔子丹。雕蟲妙經術，倚市多儒冠。吾道未必貴，政此良已難。

簡友人一首

南去有五嶺，北來有重湖。水清石益奇，往往中州無。在昔宦遊者，越若韓張徒。胡然自衡陽，隻雁亦不徂。

和張倅唐英咏梅

種梅欲百畝，垂老意未渝。有山在堂背，有溪在庭除。我危坐中央，花以寘坐隅。人固不可親，花亦不可疏。花芳以養性，花蔭以休影。更欲從旁謀，種秫可半頃。銜寒時一觴，我醉花獨醒。醉醒兩相忘，久矣繫歸艇。

春晚書懷二首奉簡陳益之

百舌喜太甚，杜鵑恨何深。睍睆斯黄鸝，律中宫之音。物情自不齊，天運初無心。道人獨領會，杖藜立芳陰。

百卉得雨露，華滋巧相娱。但知説姚魏，河洛竟何如。我方悟吾生，箋經未成書。安得小學師，從之注蟲魚。

送沈元誠赴臨漳主簿

誰説鄉先進，能無沈隱侯。青衫今適越，白髮竟依劉。道固爲名累，人當與命謀。三台行漸近，且勿問歸舟。

和段仲衡譙樓新軍額

筆落元戎重，詩成坐客新。譙門雙壯觀，邊將一團春。夢破盤行玉，名存甕得銀。衰遲亡補報，着意與民親。

寒消晴後雪，光轉凍前風。歲已宜麻麥，人猶厭芥菘。樓頭千里望，筆勢萬夫雄。及此吾何力，天低露草豐。

送丁懷忠教授象州

二老羈旅久，一飯瘴鄉輕。把酒時相屬，令人意自平。校官無簿領，帥閫甚聲名。所恨冥冥雨，梅天不肯明。

東陽杜季高遠訪詩以送之

當世關衰壯，斯文視合離。强餐吾豈敢，後會子何期。村落秋彌好，溪山晚最宜。逢人相問訊，所欠更能詩。

送周介之同年赴德化宰

民社須吾黨，江湖足此情。不堪秋暑近，欲趁暮潮平。拙宦成華髮，憂時自短檠。君看廬阜石，千載尚垂名。

挽新昌呂修職

頃作庵廬客，看公手種蒔。溪毛無亂理，宰木有連枝。久欲鑱他石，今還賦此詩。黯然懷宿昔，絮酒定何時。

送同年林多益丞海寧

同里衣冠近闊疏，同年齒髮多衰變。美人宜在玉筍班，隱吏亦隨花雨縣。有杭一葦逢迎可，每食雙魚甘旨便。顧瞻周道竟何如，善爲身謀吾豈願。清廟笙鏞濟濟陳，碧梧鸑鷟深深見。由來盛事歲月晚，誰到修途肝膽健。楊花吹水酒摇波，一請加餐再無倦。

送郡守汪充之移治嚴陵

挂梁龍骨經時蟄，井井黄雲秋已及。十日不雨民未急，使君日膳長蔬湆。澄空颯颯雲霧入，饁婦休眠兒覓笠。村春化出雲子粒，市上明朝升二十。農家語圃商語賈，恆願使君無疾苦。自今一飯吾腹果，健看將母從蕭鼓。馮翊扶風天尺五，見説嚴陵在何所。詔書奪去萬舌吐，九重欲叩君門阻。棲鳥護巢駒戀阜，東人自視西人好。那知湛露溥秋草，春意平鋪無剩少。有客解事翻然笑，元祐治平諸故老。身要人扶功未了，誰知青絲絡馬横門道，應笑江湖華髮早。

次德修仙巖韻

我家仙巖人跡稀，客從何來此何時。岷山之陽適海嶠，萬里欲寫心精微。瀑泉自雨一丘壑，有龍蟄不隨羣飛。病樵弛擔渴猿喜，雖未作霖良已奇。吾聞岷山天與齊，仰止不見如調飢。君登絶頂小天下，此縱有山安足嬉。翩然肯過非所期，此道遼闊車誰脂。願言税駕毋遄歸，爲我更賦崧高詩。

赴桂陽道中喜晴書事

十日九雨垂垂雪，馬僵僕病泥乘橇。披衣闖户得星月，耳根久與朝雞別。熟睡八年謀未拙，乞米作糜蒙被啜。客來午漏家僮出，如今兒嗽妻愁絶。我縱喜晴心已折，可以藝麻多笋蕨，苟有一丘吾計决。奈何諸公厮役皆豪傑，尚愛春陵老元結。

牡丹和潘養大韻

看花喜極翻愁人，京洛久矣爲胡塵。還知姚魏輩何在？但有歐蔡名不泯。夕陽爲我作初霽，佳節過此無多春。更燒銀燭飲花下，五陵佳氣今方新。

覓樹栽

覓得循除數畝園，衰遲無力正乾坤。學爲老圃徒幽意，富比封君亦浪言。計日若將栽樹木，成陰當待長兒孫。出門悵望春連塢，爲向雲屯斸一根。

汪守三以詩來次韻酬之

一年春事墜槐宫，却愛清和與政通。乳燕黄鸝相倡和，落花修竹亂青紅。羡君有賦非占鵩，愧我無才可送窮。細與論文一樽酒，他時還憶慕江東。

湖樓送客卽事一首奉懷益之兼簡同餞諸友

誰家喧騎盍朋簪，屋壓城頭水照簷。橘柚兩山香盡處，蒲荷十里浄相兼。愁將久雨春無賴，别在明朝酒未厭。甚欲去同三四友，鱸風更捲一江簾。

和丁端叔歲曉書懷韻

來涂藍縷雪埋人，三百于今又六旬。奏課定應書下下，班春聊復喜津津。餘蔬被壞農亡恙，茂草連扉盜自新。曳杖鹿頭時極目，炊煙齊起兩州民。

丁端叔送海錯以詩來用韻酬之

澤魚山豕各忘年，味可勝窮總所便。堪笑荆梧相俎豆，遂令蠻觸自矛鋋。食無誤蟹車同軌，貢不徵蚶澤漏泉。我在窮山人迹罕，亦蒙惟錯饋甘鮮。

戊申臘桂陽喜雪

月不能明雨却稀，山容野色夜輝輝。清霄下際雙瓊闕，仙仗前驅萬玉妃。亘古嶺旁冬不到，從今湖外歲無飢。來年此日吾何適，蓑笠寒江一釣磯。

衡守劉子澄以詩來和韻奉酬

曳裾朝路不同時，謀食衡湘亦把麾。一見相忘光可鑑，十年何在惄如飢。力堪扶世將誰可，語不驚人或自危。夜雪埋山江欲凍，依然春信在南枝。

遊南嶽

天作之山曷爲哉！遥知閶闔正南開。兩川文武長江下，百粵車書五嶺來。柴望久爲周墜典，牢愁多見楚遺才。不知崧岱還何似，我欲將書寄雁回。

登祝融峯喜霽

仰止扶藜鬢髮蒼，恰當風雨暗三湘。爲誰一豁天無際，及我重來日未央。江過數州多曲折，山緣長畝半青黄。老僧耐得從頭問，問到吴門竟渺茫。

和沈帥持要張漕季長韻

欲杭一葦近聲光，恨不先期燕子凉。舊學甘盤聊此日，倦遊司馬尚他鄉。别從滄海山横斗，來自岷峨水濫觴。不謂偶成三楚客，得爲蘭杜附諸香。

送沈帥

甘盤夢不入高宗，四皓誰知去所終。傅野有人能論學，漢庭無事可言功。行藏于此皆成趣，談笑從今得退公。分付諸兒理民社，宜休堂上聽松風。

送范東叔歸帥潼川

楚山黄落洞庭波，背却難人問釣蓑。歸思甚于三峽壯，才名空自十年多。曩遊記得青燈在，後會愁如白髮何。我更有懷言不盡，聊將短韻代長歌。

登祝融峯觀日出

星月凋零萬象昏，誰能先我見朝暾？東南已得乾坤正，蠻貊方知夜旦分。但覺滄溟浮佛屋，却忘衡嶽近天閽。迢迢下憩山腰寺，人世浮雲尚吐吞。

和劉進之韻兼簡吴皁之

憧憧滿眼事何稠，落落論心思獨幽。去國未能身一葉，懷人但覺日三秋。池塘春草方同夢，江渚歸舟更別愁。安得《蕭韶》儀兩鳳，不妨燕雀臣啁啁。

初夏有感因用前韻久旱適得雨欣然卒章

湖山嫵媚緑陰稠，誰向芸芸得趣幽。半破榴花方恨晚，新來燕子未知秋。去爲吏隱雖吾願，歸得家山政自愁。賴有雨聲寬百感，忽如孤鳳見羣啁。

同遊張園酒中各歎明年未知誰與此會余最衰病宜去因作詩識之

春過新煙能有幾，愁生飛絮轉難禁。可憐衰白隨年少，愛看殘紅到夜深。一輩衣冠方事事，故園松竹已陰陰。明年此會知誰共，雁蕩山前寄好音。

喜雨

天顧于人略有情，片時收盡越山青。老農望外扶犁立，倦客愁邊擁被聽。塵翳欲清閶闔道，井花已上轆轤亭。冥冥直待黄梅熟，未要風池看約萍。

寄僧嗣清

衡陽傑閣宵人記，淮右豐碑刺史書。永已橋山藏劍佩，空餘雲漢照林廬。河圖萬古陳東序，汗簡諸儒校石渠。誰道幽深窮衲子，乞錢買石更崎嶇。

晚春

千枝寂寞待東風，風雨凄凄春已空。未曉啼鶯相喚語，海棠飛盡一庭紅。

海棠

淡月看花似霧中，遠呼燈燭倚花叢。夜來月色明如晝，却向庭蕪數落紅。

和丁端叔竹梅

空階琤若下琅玕，全楚何人巧耐寒。誰伴八龍長傲雪，蕭然一榻卧袁安。

管領春風別有天，不論水際與山巔。祝融玉立湖湘凍，獨付寒梢笑粲然。

袁起巖會飲湖上出示古刻酒罷各攜桂花以歸因成一絶

湖光不動見魚蝦，敗紙殘編數十家。巖桂叢中三四客，醉歸人得一瓶花。

又和

湖上簾須半捲蝦，調冰雪藕各名家。有人不解長安飲，話極茶鐺吸井花。

除夜

春來十日垂垂雨，歲盡今朝亦未晴。衰老見年殊不覺，卧聽穿葉打窗聲。

誠齋集補鈔

楊萬里，字廷秀，吉水人。紹興二十四年進士。光宗朝，歷祕書監，出爲江東轉運副使，再召皆辭。寧宗朝，以寶謨閣學士致仕。卒，謚文節。有《誠齋集》。

遊豐湖

三處西湖一色秋，錢塘潁水更羅浮。東坡元是西湖長，不到羅浮便得休。

寄陸放翁

君居東浙我江西，鏡裏新添幾縷絲。花落六回疏信息，月明千里兩相思。不應李杜翻鯨海，更羡夔龍集鳳池。道是樊川輕薄殺，猶將萬户比千詩。

雪

夜映非真曉，山期不覺遥。儘寒無禁爽，且落未須銷。夢怯心仍愛，顔衰酒易消。毛錐自堪戰，底事乞人饒。

又

細聽無仍有，貪看立又行。落時晨轉暗，積處夜還明。幸自漫山好，何能到夏清。似知吾黨意，未遣日華晴。

中秋前一夕翫月

月擬來寧好，吾先此夕遭。纔升半壁許，已復一輪高。遷坐還相就，羣飛影莫逃。望秋惟有此，徹夜聽辭勞。

過揚子江

祇有清霜凍太空，更無半點荻花風。天開雲霧東南碧，日射波濤上下紅。千載英雄鴻去外，六朝形勝雪晴中。攜瓶自汲江心水，要試煎茶第一功。

克信弟坐上賦梅花

月波成露露成霜，借與南枝作淡粧。寒入玉衣燈下薄，春撩雪骨酒邊香。却于老樹半枯處，忽見一梢如許長。道是疏花不解語，伴人醒醉替人狂。

送丘宗卿帥蜀

人似隆中漢卧龍，韻如江左晉諸公。四川全國牙旗底，萬里長江羽扇中。玉壘頓清開宿霧，雪山增重起秋風。近來廊廟多西帥，出相誰言只在東。

又送張桂州

抛官九載卧柴荆，有底生涯了此生。白鷺鸕鶿雙屬玉，青鞋布襪一笭箵。贛江府主憐通客，樽酒綈袍篤舊情。天上故人今只去，碧雲西望暮山横。

深閨

深閨寂寞幾經春，自學琵琶曲調新。雪滿胡天悲入塞，聲傳漢月遠隨人。芳心有怨聲聲促，纖指關情字字真。莫向潯陽江上聽，空教司馬淚沾巾。

閨思

零落迴文織錦梭，綺窗殘燭暗銀河。陰迷小院秋雲重，響碎空階夜雨多。芳夢已離雕玉被，餘香猶在織金羅。白頭吟罷增惆悵，幾度相思鬢欲皤。

題釣臺

蟬冠未必似羊裘，出處當時已熟籌。但得諸公依日月，寧妨老子卧林丘。賢豪陳迹千年在，香火空山萬木秋。自笑黃塵吹鬢客，競來祠下繫孤舟。

上龜山寺

菜花開處認遺基，荒屋殘僧未忍離。寺儘丙丁應有數，岸分南北最堪悲。金鈴塔上如相語，鐵佛風前亦斂眉。野匠不知行客意，競磨濃墨打頑碑。

夜坐

所至留連不計程，兩年堅卧厭南征。荒城日短溪山静，野寺人稀鸛雀鳴。藥裹向人閒自好，文書到眼病猶明。較量定力差精進，夜夜蒲團坐五更。

贈胡衡重

風騷堂上逕雄趣，不作俳諧笑矣乎！紙落煙雲春醉旭，氣含蔬筍薄僧殊。夜來霜月千家滿，雨後風埃半點無。安得與君幽討去，一觴清詠惱西湖。

松聲

松本無聲風亦無，適然相值兩相呼。非金非石非關竹，萬頃銀濤啓五湖。

雨

一番暑雨一番涼，真是令人愛日長。隔水風來知有意，剛吹十里藕花香。

水心集補鈔

葉適，字正則，號水心居士，永嘉人。淳熙五年進士。寧宗朝，歷權吏部侍郎，寶文閣待制，知建康府沿江制置使，兼制江淮，終寶文閣學士。卒，謚忠定。有《水心集》。

贈杜幼高

杜子五兄弟，詞林俱上頭。規模古樂府，接續後春秋。奇崛令誰賞，羈棲浪自愁。故園如鏡水，日日抱村流。

前日入寺觀牡丹不覺已謝惜其穠豔故以詩悼之

牡丹乘春芳，風雨苦相妬。朝來小庭中，零落已無數。魂銷梓澤園，腸斷馬嵬路。盡日向欄干，躊躕不能去。

陽復

陽伏兵潛動，雲衰日界明。近傳新詔紵，重起舊簪纓。斗極回東指，軍容直北營。龍蛇多變化，旋日看超昇。

西山

對面吴橋港，西山第一家。有林皆橘樹，無水不荷花。竹下晴垂釣，松間雨試茶。更瞻東序綵，空翠雜朝霞。

題郭希吕劉詠道遊雁蕩詩後

隱劉甘隱淪，老郭亦離羣。自鎖魚亭月，同穿雁蕩雲。排峯造龍質，懸水迸簾紋。百種皆奇怪，從君句裏分。

送黄埱

有客家住寶劍窟，將身自比夜明簾。見我立談盡肝鬲，駭視世俗徒沾沾。千年豪傑供指使，笑撻胡虜如奴鉗。嗟余病衰絶少韻，只欲炙背依茅簷。勸子持難復居易，吕梁之舟先歷試。焦桐邂逅爨下薪，良玉磋磨廟中器。誰言怒海鯢鯨惡，别有晴川鷗鳥戲。心亨習坎行自孚，安流儻寄相思字。

寄題運使方公祠堂

投村宿店破鞍韉，乞鹽放酒心拳拳。南荒走徧得消渴，玉井無藕何由痊。令子名高壓蘇武，暫來重覩經行處。追思往事空泫然，榜壘尚新牆壁護。佛幢五丈留衣冠，大書刻記詞辛酸。神來正值荔枝熟，神去還愁桂子寒。吁嗟嶺民未知禮，因君始拜令顙泚。從今簫鼓祭春秋，福我如生首長稽。

石經春秋一代奇寶王氏爲熙豐學廢不用瑞安沈彬老獵而有之後世孫體仁閣以庋焉余詠之

嗟昔洛門初上石，未久翻遭禁書厄。沈公秘藏百餘載，高樓突兀共堆積。萬物散聚長橫陳，汀花岸草從紛紜。海雲化雨龍正起，想象向來悲獲麟。

著存亭

馴鳥得食常好鳴，靈芽無種還自生。魂浮魄散莽何極，耿若有見悲難平。山脈迢迢繡峯住，墓氣騰騰繞雲去。蛟人抱寶夜出遊，指點今來著亭處。

鄱陽董季興往遊懷玉山捐田入寺爲民禱雨君既道其本末又示山中五章請余賦之然比來霖潦淹月種爛乃未殃也方幸數日晴霽爾

懷玉湫龍懶心性，六月困眠祈未醒。廣文偶來亦同病，買田施食殷勤請。誰知領縣春風邊，嗔蛟怒鰐腥薰天。須君一念晴雨若，遮莫僱僧輪俸錢。

送白酆還蜀

翻翻文若秋江生，幽幽詩如寒澗鳴。前歲淹泂下巴峽，今年憔悴出京城。憑問天邊五色羽，何事飛來復飛去。昔人但苦樊籠悲，豈知此日籠無處。

白紵詞

有美一人兮表獨處，陟彼南山兮伐寒紵。挑燈細緝抽苦心，冰花織成雪爲縷。不憂絶技無人學，只愁不堪嫁時着。鄭僑吴札今悠悠，争看買笑錦纏頭。

送葉路分

猸啾獠唧聞鳴琴，十指如玉無哀音。應憐聽者未洗耳，衡山高兮湘水深。君今幅巾鵷鷺行，切勿着帶貔虎傍。軟荷刺少離棹短，折桐葉多班露長。

無相寺道中

傍水人家柳十餘，靠山亭子菊千株。竹雞露啄堪幽伴，蘆菔風乾待歲除。與僕抱樵趨絶澗，隨僧尋磬禮精廬。不知世外誰爲主，更覺求名計轉疏。

衢州雜興

山梅野雪掃成泥，桃李紛紛照舊蹊。行子束書輕騆馬，主人炊䔍候鳴雞。百年囹圄荒蓬藋，萬里耕桑接町畦。堪笑腐儒何用此，只今飄轉楚江西。

送喻太丞知處州

喻公策名自先朝，奉常冬官始見招。何因斂退爲泉石，可惜垂翅排雲霄。處州不城山作堵，百嶂千峯自翔舞。孤高上頭天一柱，中有秀句須公取。

張總幹挽詩

長年官食旅邊州，當路知音不自由。薦墨雖圓人已寂，半輪斜月返新丘。

贈通川詩僧肇書記

海闊淮深萬里通，吟情浩蕩逐春風。却尋斗水龍湫住，裁剪雲煙字字工。

攻媿集補鈔

樓鑰，字大防，鄞人，异孫。隆興元年進士。累官中書舍人給事中。寧宗朝，歷翰林學士，同知樞密院事，進參知政事。卒，贈少師，謚宣獻。有《攻媿集》。

西山資國寺

野溪清淺度危橋，徑策枯筇上紫霄。曉霧暗蒸山寺雨，松風深隱海門潮。浮杯水漲人何在，洗鉢池清意已消。又上樂亭臺上看，雲山萬疊更逍遥。

題雪竇錦鏡橋亭

雨溪赴壑若奔虯，此地端能截衆流。三板放開千丈雪，一奩照破四山秋。幾年空自存公案，今日重新指路頭。珍重老師成勝事，清名當與此山留。

題蘇文忠武昌西山贈鄧聖求詩蹟次韻

黨論一興誰可回，賢路荆棘争先栽。竄留多能擅筆墨，囚拘或可爲鹽梅。雪堂先生萬人傑，論議磊落心崔嵬。向來羅織脱一死，至今詩話存烏臺。憑高望遠極宏放，眼界四海空無埃。黄岡蹋徧興未盡，絶江浪破琉璃堆。鄧郎神交信如在，石爲窊尊勝金罍。鄧侯先曾訪遺跡，銘文深刻山之隈。山空地僻分埋沒，二公前後搜莓苔。元祐一洗人間怨，天地清寧公道開。玉堂同念舊遊勝，筆端萬物挫欲摧。時哉難得復易失，弟兄遠過崖與雷。北歸天涯望陽羡，買田不及歸去來。我爲長歌弔此老，慟哭未抵長歌哀。

清苑齋集補鈔

趙師秀，字紫芝。

和陳水雲湖莊韻

粼粼水增波，疊疊雲弄影。昔誇春徑妍，今愛秋塘靜。芳筵集賓彥，清宴除艷靚。時當新雨餘，蒼翠獻林嶺。既忻冲抱舒，復快遠目騁。聊嘉鐘鼎人，而廼眷箕潁。深營窮高趣，雅詠發沈景。獨使和者難，一夕愁欲瘦。

玉清夜歸

巖前未見桂花開，觀裏閒尋道士來。微雨過時松路黑，野螢飛出照青苔。

山路懷翁卷

困時躭茗不論杯，天氣初晴又有雷。寂寞小亭看藥坐，晚風時復墮青梅。

采藥徑

十載仙家采藥心，春風纔過得幽尋。如今纔有相逢處，不是桃花是綠陰。

葦碧軒集補鈔

翁卷，字續古，一字靈舒，永嘉人。有《西巖集》、《葦碧軒集》。

冬日登富覽亭

永委海潮水，往來何不閑。輕烟分近郭，積雪蓋遥山。漁舸汀鴻外，僧廊島樹間。晚寒難獨立，吟竟小詩還。

夢回

一枕莊生夢，回來日未欹。自煎沙井水，更煮岳僧茶。宿雨消花氣，驚雷長荻芽。故山滄海角，遥念在春華。

登飛霞山作

局居厭紛囂，蕩志尋嶇嶔。拂衣出城隅，杖策循湖陰。何年彼真仙，遺宫寄幽岑。連樹窈蒙密，靈洞疑虚沉。攀條承仙葩，立石弄澄深。眺睞增殊歡，超忽消煩襟。美人逝云遠，青草疇與吟。感昔興重嗟，會意良在今。山公悦崇資，嵇氏陶清音。保真道無違，嗜欲情易淫。顧乏安期姿，華鬓能不侵。

和陳待制秋日湖樓宴集篇

一夕鳴雨來，秋容變俄頃。湖山屬初霽，風煙帶微冷。侍臣設芳筵，開樓玩澄景。懷我林下人，招攜共觀省。碧草鋪近洲，白雲冒遥嶺。依稀蘭杜香，髣髴瀟湘浄。撫化篇忽成，達生累全屏。卽是造物遊，何必神仙境。

送盧主簿歸吴

湖波長浩蕩，苑緑徧幽奇。皆是全吴地，今非昔代時。鴟夷無舊舸，泰伯有新祠。吟苦曾遊客，因君動遠思。

題竹

偶種得成陰，脩脩過别林。月寒雙鵠睡，風静一蟬吟。映地添苔碧，臨池覺水深。貧居來客少，賴爾慰人心。

送吉水包長官

不耻身爲令，惟存濟物心。離家春雨足，入境夏苗深。吉水字初識，洞巖仙可尋。知君修浄化，白日只彈琴。

芳蘭軒集補鈔

徐照，字道暉，一字靈暉，號山民，永嘉人。有《芳蘭軒集》。

贈徐璣

一舸寒江上，梅花共別離。不來相送處，愁有獨歸時。去夢千峯遠，爲官三歲期。思君何可見，新集見君詩。

送翁誠之

去作巴陵縣，南州雅有聲。未憑湘水綠，能似長官清。笛冷君山月，帆輕夏浦晴。五言多好句，顏杜減詩名。

送翁靈舒遊邊

孤劍色磨青，深謀祕鬼靈。離山春值雪，憂國夜觀星。奏凱邊人悅，翻營戰地腥。所期歸幕下，何石可書銘。

猿皮

路逢巴客買猿皮，一片蒙茸似雪絲。常向小窗鋪坐處，却思空谷聽啼時。弩傷忽見痕猶在，笛響誰誇骨可吹。古樹團團行路曲，無人來作野賓詩。

觀所養鸂鶒

一身文采異常流，却使閑身不自由。永日翠籠相並睡，豈無魂夢到滄州。

二薇亭集補鈔

徐璣，字文淵，一字致中，號靈淵，永嘉人。官長泰令。有《泉山集》《二薇亭集》。

吾廬

蓬户閉還開，深居稱不才。移荷憐故土，買石帶新苔。藥信仙方服，衣從古樣裁。本無官可棄，何用賦歸來。

送翁巴陵

曾識巴陵道，重攜印綬過。地偏無會計，俗厚有絃歌。官況湘流碧，詩情楚岫多。梅花送征棹，萬里接陽和。

夏日懷趙靈秀

古郡草爲城，懷賢隔此扃。水風涼遠樹，河影動疏星。江國晴猶闊，煙林暮轉青。荷鋤曾有約，獨喜帶《騷經》。

夏夜同靈暉有作奉寄翁趙二友

齋蔬惟少睡，露坐得論文。涼夜清如水，明河白似雲。宿禽翻樹覺，幽磬渡溪聞。欲識他鄉思，斯時共憶君。

送趙明叔爲漳浦宰

去年官滿處，送子意何如？地接泉山近，人依大澤居。南中繁賦役，美政輯田廬。公退無他事，彈琴更讀書。

知稼翁集補鈔

黄公度，字師憲，莆田人。紹興八年進士第一。簽書平海軍節度判官，累仕考功員外郎。有《知稼翁集》。

癸亥秋行縣夜寓下生院倦甚慨然有歸歟之興戲用壁間韻以盟泉石

何須輪擁朱，不願佩懸玉。青山得去且歸去，謀生待足何時足。林間招提金碧開，門外過客誰能來。桂華落盡無人問，古牆秋徑生青苔。舊山泉石故應好，菟裘不營亦可老。此身已與三徑期，未分淵明迹如掃。

鳥影度寒塘

秋色滿瀟湘，天寒玄鳥翔。數聲離疊嶂，片影度横塘。風翮搏寥廓，煙蹤入渺茫。乍隨萍荇没，還共水雲長。冷浸千尋碧，斜侵兩岸霜。凝眸西塞遠，幾點帶殘陽。

仙霞道中阻雨

薄暮雨霏霏，歸心恨不飛。客程三日阻，家舍半年違。澗溜水争道，山空雲觸衣。憑誰洗光手，取出太陽輝。

過使華亭悼七友緣赴試漕臺，覆舟于此。

惡石亂峥嶸，胡爲君此行。功名成底事，舟檝悮平生。天遠寧容問，灘流本自鳴。林猿如會意，故作斷腸聲。

奥村晚望

山逐寒雲斷，天隨暮靄低。稻畦迷上下，樵徑自東西。故國存書劍，他鄉咽鼓鼙。涓埃期補報，未敢卜幽棲。

初秋夜坐

納凉北窗下，景象有餘清。林暝惟螢影，庭幽謄竹聲。語闌驚坐久，露重覺衣輕。不寐饒詩思，徘徊參斗横。

和徐子由題晝寂軒

木落孤城迥，苔封古寺深。結廬依近地，隱几愜幽心。細草秋仍緑，修篁晚更陰。紅塵門外路，六轡漫如琴。

庚申元日

繭足度殘臘，回頭又一年。文書疏病眼，事業付高眠。盥櫛從朝懶，衾裯覺夜偏。南鄰競春色，車馬日喧闐。

家僮歸得王慶長宓消息知留浙中秋舉

倦僕去復返，憐君歸未能。吟餘幽砌月，夢破短檠燈。地僻人稀到，書成鴈莫憑。秋風霜翮健，天末看飛騰。

久不得浙耗

獨酌澆愁酒，慵翻信手書。折腰行俗吏，投足且吾廬。歲月鶯聲老，江湖雁影疏。依棲五侯第，旅食近何如。

苦熱

玉井晨不冷，茅簷午欲焚。月摇看畫箑，榴吐認紅帬。迥野都如火，奇峯空自雲。衣中負芒刺，曝背有人耘。

返照

返照隱西山，煙村一水間。路長人自急，林暮鳥知還。楓巷秋常掃，蓬門夜不關。風塵猶劇盜，歲月但催顏。

倚薄

茅簷供倚薄，藜杖任扶攜。天入平蕪闊，山含宿靄低。樹聲風曲折，野色晚淒迷。容易營生事，秋田稻欲齊。

閒居

一水遶能白，羣山陰更青。靜憐風細細，閒任雨冥冥。春色供多病，時情畏獨醒。平生憂國意，客至問朝廷。

和鄭叔友厚題真如

南郡趨新幕，微官愧野人。客懷投寺晚，歸夢到家頻。歲月看蓬鬢，塵埃聽葛巾。相隨一杯酒，且慰百年身。

三月三十日郊外卽事

雨積稻畦白，晴添麥壠黄。野橋排雁齒，山路轉羊腸。鳥語有時好，田家隨事忙。一年春盡日，身迹更他鄉。

壬戌中秋沿檄行縣與龔實之同宿于琴泉軒

摇落江城暮，招提訪舊遊。泉聲終夜雨，竹影一弦秋。露湛衣裳冷，山空枕簟幽。故人憐寂寞，抱被肯相投。

晚泊桃源驛奉懷幕府諸公

下馬泊孤亭，人煙接古城。半村留晚照，萬壑送秋聲。風月思玄度，文章愧長卿。桃源何處在？山驛至今名。

題涼峯

倚杖清秋遠，彈琴白晝長。笙簫離館廢，雲木晚峯涼。往事空流水，歸心滿夕陽。相逢惜分手，珍重故人觴。

題定光寺

爲憐山色淨，百里赴幽期。疊嶂生寒早，修林出日遲。年華空晼晚，時事竟艱危。咫尺故園在，題詩有所思。

過白衣莊

草樹天邊碧，溪流雨外渾。僕夫經燕岫，筋力盡龍門。斜日當幽徑，輕風度晚村。築場茅屋底，約略似東屯。

除夜

暮景流年速，寒燈照夜長。艱危仍薄宦，時序更他鄉。雪暗吳宮下，春歸越嶠傍。明朝對佳節，無處覓椒觴。

題王民瞻愷草堂

結宇囂塵外，寓形天地間。□懷付松菊，高卧對雲山。門巷來人少，琴書竟日閒。可憐朝市客，名利損朱顏。

冬日道間

歲熟牛羊飽，村寒鳥雀呼。霜餘山骨露，水落澗毛枯。歸艇收漁網，行人問酒壚。微軀任南北，未覺旅懷孤。

喜雨

皇天齒甘澤，爲農生理休。哀哉桑麻瘁，得意蓬蒿稠。一夜簷溜雨，繞屋喧鳴鳩。驚濤注空壑，秀色溢平疇。田舍無宿儲，及此寬百憂。陌上誰家郎，惟恐阻春遊。

和龔實之茂良聞虜人敗盟

請纓未繫單于頸，置火須然董卓臍。列郡奔馳喧羽檄，聖朝哀痛下芝泥。盟寒關隴無來使，春晚江淮有戰鼙。十載枕邊憂國淚，不堪幽夢破晨雞。

和宋永兄詠荔支用東坡刑字韻

修竹繁陰覆綠萍，壓牆朱實鬭星星。明珠落掌驪龍睡，丹殼歸盤白馬刑。曾指畫圖誇北客，仍看喜色動南溟。可憐傖父流涎久，何日烏山始一經。

次韻陳宜中攜詩見訪

朝來乾鵲啅簷牙，昨夜燈開送喜花。好事寧期貴公子，攜詩肯訪野人家。客愁到此逢寒食，薄宦羈人屢歲華。載酒他年問奇字，故園歸去老桑麻。

至日戲題天福寺

去年至日老夫家，呼兒具酒對梅花。今年至日空奔走，豈止無花亦無酒。薄宦驅人無已時，客懷牢落强裁詩。君不見杜陵老詩伯，年年至日長爲客。

次韻宋永兄春日放言寄秉彝廣文兄

君不見邊孝先，才得午枕一覺眠，便遭弟子嘲便便。又不見馬季長，横經高堂坐絳帳，背後女樂盈妖妍。青春一去少者老，白髮不分愚與賢。刻苦要稱天下士，何如落魄地行仙。東風來習習，新月照娟娟。若逢花解語，須用酒爲年。

秋夜獨酌

溪山態足身無事，天地功深歲月秋。投老相從管城子，平生得意醉鄉侯。捲簾清坐月排闥，横笛誰家風滿樓。可是離人更遺物，自緣身世兩無求。

早春紅梅盛開有感

不與雪霜分素艷，却隨桃杏競芳辰。自知孤潔羣心妒，故着微紅伴早春。

題須江驛詩後

歸來已負百花期，閒拂塵埃看舊詩。極目平蕪二千里，鄉心惟有杜鵑知。

贈延福端老

我來欲問小乘禪，慚愧塵埃未了緣。忽憶去年秋夜話，共聽風雨不成眠。

後村集補鈔

劉克莊，字潛夫，號後村，莆田人。以蔭仕，淳祐中，賜同進士出身。官龍圖閣直學士。卒，謚文定。有《後村集》。

題孺子亭

孺子亭前插酒旗，遊人那解薦江蘺。白鷗欲下還飛起，曾見當年解榻時。

題忠勇廟

士各全軀命，惟侯視死輕。張巡鬚盡怒，先軫面如生。短刃猶梟寇，空拳尚背城。新祠簫鼓盛，人敬比神明。

周漢國公主挽詞

孝謹親顔悦，温恭婦德修。鵲橋方紀節，鸞扇忽驚秋。魯筆王姬卒，湘絃帝子愁。顧言寛聖抱，況返蕊宫遊。

賜館恩通内，妃塋詔卜鄰。來應自仙佛，去尚戀君親。望送龍綃溼，封崇鶴表新。不能秉彤管，羞媿作詞臣。

落梅

一片能教一斷腸，可堪平砌更堆牆。飄如遷客來過嶺，墜似騷人去赴湘。亂點莓苔多莫數，偶粘衣袖久猶香。東風謬掌花權柄，卻忌孤高不主張。

病後訪梅

夢得因桃卻左遷，長源爲柳忤當權。幸然不識桃并柳，也被梅花累十年。

荔枝巖

異境閟神奇，一罅通深阻。呀然張蟾吻，光怪腹中貯。始來尚覿面，稍進但聆語。迴頭失塵世，束縕行里所。石房容千客，石柱徑丈許。眠獒若將吠，墜果疑可咀。平生聞化城，今見玉樓櫓。陟高既趫捷，循狹或傴僂。忽逢路窮處，淺浪隔洲渚。心知仙聖居，欲到無飛羽。向非薪燭力，往還何異瞽。重遊儻未卜，聊向詩中睹。

棲霞洞

往聞者老言，兹洞深無際。闇中或識路，塵外別有世。幾思絕人事，齎糧窮所詣。棋終出易迷，炬絕入難繼。孤亭渺雲端，于焉小休憩。憑高眺城闕，擾擾如聚蚋。盡捐滓穢念，遂有飛舉勢。山靈媢清遊，雨意來極鋭。濛濛濕莎草，浥浥涼松桂。暝色不可留，悵望巖扉閉。

五月二十七日遊諸洞

來南百慮拙，所得惟幽尋。矧余玉雪友，共此丘壑心。江亭俯虛曠，穴室窮邃深。是時薄雨收，白靄籠青岑。棄笻追野步，却扇開風襟。炎方豈必好，差遠鼙鼓音。且願海道清，莫問神州沉。徘徊惜景短，留滯畏老侵。昨遊感鶯哢，今至聞蟬吟。常恐官事縶，佳日妨登臨。譬如逃學兒，汲汲貪寸陰。何因釋膠擾，把臂偕入林。

戴秀巖

玆巖視諸峰，厥狀尤峥嶸。舊爲碧蘚封，新有朱棧横。縻腰尚恐墜，束炬劣可行。外狹中乃寬，始闇俄忽明。仰窺神魄悸，俯顧形殼輕。遂覽丹爐基，微聞玉鼓聲。源深足力盡，路黑雲氣生。不辨晝夜分，恍疑世代更。嘗聞學神仙，所得由專精。豈吾諸名士，羨彼一老兵。欣然約同志，嗣此將尋盟。安知無白鹿，絶頂來相迎。

和太白潯陽紫極宮感秋

翰林兩仙人，偶來聽風竹。蕭蕭玉千竿，采采綠一掬。少時負不羣，中歲乃見獨。嗟余長十年，所至戀三宿。徑當還笏歸，奚俟揲蓍卜。夜郎與儋耳，老大費往復。宜州殿其後，路險車又覆。山中采芝去，舍下炊粱熟。

張麗華墓

臺上柏蕭蕭，空堂閉寂寥。芳魂三尺土，往事幾迴潮。墮翠尋難見，埋紅恨未銷。猶勝江令在，白首入隋朝。

哭吳杞

七十未陞舍，目深雙鬢殘。病中依佛寺，死處近嚴灘。俗薄揮金少，家貧返骨難。遺言令火葬，聞者鼻皆酸。

勝業寺

寺創于何代，問僧皆不知。槎牙夏后柏，殘缺柳侯碑。雪過禪堂冷，冰餘嶽路危。上封猶未到，太息負心期。

遊水東諸洞次同遊韻

桂山前未到，今日是初遊。招鶴登青巘，呼龍俯碧湫。深蹊通秉炬，小竇劣容舟。豈敢輕題詠，同官盡柳劉。

清惠廟

來訪古祠宮，迢迢過水東。一條溪不斷，數里竹方通。巫拜分餘胙，商行禱順風。粧樓空百尺，半仆夕陽中。

巖關新洞

羽客初尋見，因于此葺廬。未能平險峻，先擬架空虛。磴路樵相引，山名尉自書。看來臨驛道，未必有仙居。

哭章泉

小扉通水竹，幽絶少比鄰。家似巢栖者，詩非火食人。于今無宿士，在昔有先民。彊作徵君誄，居然語未親。

送范守仲治

放逐諳時態，惟侯意味長。醴爲狂客設，羹許老人嘗。南國留棠舍，西郊閉草堂。臨歧先作惡，未可倚剛腸。

送陳霆之官連州

郡接湖南境，孤臣若箇邊。茅寮愁問宿，峽石善驚船。官小無迎吏，詩工有續編。古人高妙處，不過覽山川。

早行

店媪明燈送，前村認未真。山頭雲似雪，陌上樹如人。漸覺高星少，纔分遠燒新。寧須看堠子，來往暗知津。

暝色

暝色千村靜，遥峯帶淺霞。荷鋤歸别墅，乞火到隣家。戍鼓聞更遠，昏燈見字斜。小軒風露冷，自起灌蘭花。

北山作

骨法枯閒甚，惟看作隱君。山行忘地脈，夜坐認天文。字瘦偏題石，詩寒半説雲。近來仍善瞶，外事不曾聞。

郭璞墓

先生精數學，卜穴未應疏。因捋虎鬚死，還尋魚腹居。如何師鬼谷，却去友靈胥。此理憑誰説？人方寶葬書。

堯廟

帝與天同大，天存帝亦存。桑麻通絶徼，簫鼓出深村。水至孤亭合，山居列岫尊。尚餘土階意，樵牧踐籬藩。

贈高九萬并寄孫季蕃作

諸人凋落盡，高叟亦中年。行世有千首，買山無一錢。紫髯長拂地，白眼冷看天。古道微如綫，吾徒各勉旃。

仝孫季蕃遊浄居寺

滿院静沉沉，微聞有梵音。不來陪客語，應恐壞禪心。母處歸全少，師邊悟已深。戒衣皆自納，因講始停針。

春暮

一畝青苔半落英，蜂忙蝶懶互卿卿。燕泥乾後兒初落，魚尾輕時子徧成。閒拂午窗驚野馬，夢遊天竺聽華鯨。舍南有柳纖纖在，不奈雙蟬占取鳴。

雪

衰桐無葉報蕭颼，臥聽窗聲作許愁。檠暗冷光侵研几，瓦疏飛片落香篝。病思結客遊梁苑，往愛提軍入蔡州。也欲訪梅湖畔去，黃塵滿袖欲盟鷗。

遇雨

與客同登萬仞巖，蔽天風雨驀然來。六丁白晝誅炎魃，百怪蒼淵起蟄雷。毒蟒噴時林盡黑，怒龍裂處石中開。吾生不及觀河決，得賦斯遊亦壯哉。

瑞香

一樹婆娑整復斜，使君輟贈到田家。自慚甕牖繩樞子，不稱香囊錦傘花。小借暖風爲破萼，旋澆新水待抽芽。叮嚀童子勤封植，留與甘棠一樣誇。

鄭寧示邊報走筆戲贈

曾客嫖姚與伏波，慣騎生馬擁琱戈。金臺有命終須築，鐵硯無功亦且磨。見說帛書來汝洛，又傳氈帳迫淮河。只今西北多機會，吾子南歸竟若何。

醴陵客店

野郭依稀隔渡頭，解鞍來倚店家樓。欲攀桂樹吟《招隱》，因看梅花賦《遠遊》。市上俚音多楚語，橋邊碧色是湘流。直南鄉國幾千里，目送羇鴻起暮愁。

寒食清明

寂寂柴門村落裏，從教插柳記年華。禁煙不到粵人國，上冢亦攜龐老家。漢寢唐陵無麥飯，山蹊野徑有梨花。一尊徑藉青苔臥，莫管城頭奏暮笳。

落梅

一片能教一斷腸，可堪平砌更堆牆。飄如遷客來過嶺，墜似騷人去赴湘。亂點莓苔多莫數，偶黏衣袖久仍香。東風謬掌花權柄，忌却孤高不主張。

老馬

脊瘡蹄蹇瘦闌干，火印年深字已漫。野澗有冰朝洗怯，破坊無壁夜嘶寒。身同退卒支殘料，眼見新駒鞁寶鞍。昔走塞垣如抹電，安知末路出門難。

老妓

籍中歌舞昔馳聲，傾顇猶存態與情。愛説舊官當日寵，偏呼狎客小時名。薄鬟已脱梳難就，半被常空睡不成。却羨鄰姬門户熱，隔牆張燭到天明。

老儒

向來歲月雪螢邊，老去生涯井臼前。舉孝廉科非復古，給靈壽杖定何年？空蟠萬卷終無用，專巧三場恐未然。猶記兒時聞緒論，白頭那敢負師傳。

老僧

半間古屋冷颼颼，死盡同參偶獨留。昔已尋師遠行脚，今惟見佛小低頭。殘經無用聊收取，破衲難縫且着休。年少還知貧道否，曾同王謝二公遊。

老奴

少賤腸枵破褐單，傍人門户活飢寒。自從毁齒初成券，直至長鬚尚不冠。冷炙時霑筵上餕，秃芒旋掃臼邊殘。他時縱取封侯印，僅得君王踞厠看。

老妾

傷春感舊似中酲，樂器全拋曲譜生。自少抱衾無怨色，鬦時擁髻尚風情。曾陪太尉斟還唱，猶記司空眼與聲。着主衣裳爲主壽，莫如琴客别宣城。

老兵

昔擁琱戈射鐵簾，可堪蓬鬢照冰髯。金瘡常有些兒痛，鐵甲今難寸許添。至老安能希駱甲，從初悔不事蒙恬。莫嗟身上衣裘薄，猶向官中請半縑。

丙辰元日

免騎朝馬趁南衙，五見空村換歲華。旋遣厨人挑薺菜，虚勞客座頌椒花。不施行馬鈎編户，雖飲屠蘇殿一家。二十宦遊今七十，却于身外復何加。

宿千歲菴聽泉

因愛庵前一脈泉，襆衾來此借房眠。驟聞將謂溪當户，久聽翻疑屋是船。變作怒聲猶壯偉，滴成細點更清圓。君看昔日蘭亭帖，亦把湍流替管絃。

贈陳起

陳侯生長紛華地，却似芸香自沐薰。鍊句豈非林處士，鬻書莫是穆參軍。雨簷兀坐忘春去，雪屋清談至夜分。何日我閒君閉肆，扁舟同泛北山雲。

南浦亭寄所思

只是從前瘦病身，官卑活計太清貧。買來脊帖多成贋，吟得唐詩轉逼真。生擬棄家尋劍客，死當移家近騷人。秋風爛熳吹雙鬢，目送停雲欲愴神。

去春

去春烽火照江邊，曾草軍書夕廢眠。萬里旌旗真屬命，一丘耕釣且隨緣。偶然謝客原非病，間亦尋僧不爲禪。尚有惜花情味在，銅瓶終日玩芳妍。

宿囊山懷洪岳二上人

憶在山中識二僧，一亡一已拂衣行。壁間笠徙名藍掛，寺外松過壽塔生。隴月定知今夕恨，澗泉猶咽舊時聲。隔房侍者皆新剃，不似閒人却有情。

方寺丞旋子初成

舟成莫厭野人過，久欲從公具釣蓑。積雨晴來湖面闊，殘花落盡樹陰多。新營小店皆依柳，舊有危亭尚隔荷。所恨前峯含暝色，不然和月宿煙波。

薔薇花

浥露含風匝樹開，呼童净掃架邊苔。湘紅染就高張起，蜀錦機成乍剪來。公子爲貪桃夾道，貴人偏愛藥翻階。寧知野老茅茨下，亦有繁英送一盃。

訪李綱草堂不遇

細路縈紆入野田，遥瞻竹樹已欣然。青苔地滑跌盧老，蒼耳林深迷謫仙。不羡玉堂在天上，徑須茅屋占雲邊。極知謝客非爲亢，貪看林花聽澗泉。

友人李先輩丑父嘗以夷成詩二帙示余莫知爲何人所作心甚愛之過延平客有袖詩一章見訪始知夷成者葢葉君之别號也鬚髮皓然矣詩與人皆可重因用其韻爲謝

筋力都非少壯時，不煩攬鏡覺吾衰。展禽出仕曾三已，表聖休歸有四宜。飽閱交情悲世道，差強人意賴君詩。此生到死慚三士，本自難招況易麾。

鏵觜

世傳靈渠自秦始，南引灕江會湘水。楚山戞赭石畏鞭，鑿崖通塹三百里。篙師安知有史禄，割牲沈幣祀瀆鬼。我舟閤淺懷若人，要是天下奇男子。只今渠廢無人修，嗟乎秦吏未易訾。

戊辰書事

詩人安得有春衫，今歲和戎百萬縑。從此西湖休插柳，剩栽桑樹養吴蠶。

晚春

書幌泠泠子夜風，杜鵑啼月小牆東。江南詞客惜春老，清曉披衣拾墮紅。

臨溪寺

一徑松風颭紫苔，東風落盡佛前梅。道人深掩禪關坐，莫聽鶯聲出定來。

碧波亭

了却文書上馬遲，白蘋洲畔有心期。斜陽忽到傳觴處，落盡梨花啼子規。

宫詞四首

出海新蟾玉半鉤，風翻荷蕩起栖鷗。女郎定有穿針約，偷看明河記立秋。

涼殿吹笙露滿天，木犀花發月初圓。君王少御珊瑚枕，多就宫人玉臂眠。

一夜秋風入碧梧，蟬聲永巷月華孤。幾回夢裏羊車過，又是銀牀轉轆轤。

先帝宫人總道粧，遥瞻靈柏淚成行。舊恩恰似薔薇水，滴在羅衣到死香。

病起

病起登樓怯曉風，愛他殘雪映前峯。傍人休問何郎瘦，不見梅花過一冬。

滄浪館夜歸

萬匹沙場似電奔，轟天笳吹簇轅門。而今出借東家馬，煙雨孤行小麥村。

西風

性愛芙蓉淡復穠，倚欄終日侍西風。池邊數本無消息，愁絶東家半樹紅。

宿別瀑上

十里荒荆手共開，屐痕歷歷在青苔。山中猿鳥愁余去，争問先生幾日回。

謝墳

一月山行未有梅，曉來戲着小詩催。謝家墳寺更衣處，初見牆西半樹開。

衡永道中

過了衡陽雁北迴，鄉書迢遞託誰哉。嶽山石鼓皆辭去，惟有湘江作伴來。

秦城

缺甓殘磚無處尋，當年築此慮尤深。君王自向沙丘死，何必區區戍桂林。

書壁

緑衣蒲屨小綸巾，四壁清風一榻塵。誰謂先生貧到骨，百金新聘竹夫人。

禊亭

年年春草上亭基，父老猶能説左司。寂寞當時修禊處，一間茅屋兩殘碑。

桐廬

桐廬道上雪花飛，一客騎驢覓雪詩。亦有扁舟蓑笠興，江行却怕子陵知。

馬上口占

陌上鞦韆索漸收，金鞭懶逐少年遊。晚風細落梨花點，飛上春衫總是愁。

江山道中

純綿未覺中年暖，薄酒難禁二月寒。可惜一溪桃李樹，貪程不得過橋看。

春陰

春陰欺得病夫身，偶值晴天一欠伸。客舍無誰相管領，半簷紅日苦留人。

木蘭詩

出塞男兒勇，還鄉女子身。尚能吞北虜，斷不慕東鄰。

鶯梭

擲柳遷喬大有情，交交時作弄機聲。洛陽三月春如錦，多少工夫織得成。

蜂媒

蜜口傳來好信通，爲花評品嫁東風。香鬚黏得花英去，疑是纏頭利市紅。

梅

籬邊屋角立多時，試爲騷人拾唾遺。不信西湖高士死，梅花寂寞便無詩。

秋晚

江頭落日照平沙，潮退漁舟閣岸斜。白鳥一雙臨水立，見人驚起入蘆花。

盧溪集補鈔

王庭珪，字民瞻，安福人。政和八年進士。紹興中，胡銓上疏乞斬檜，謫新州。庭珪獨以詩送行，坐訕謗，流夜郎。檜死，許自便。孝宗召對内殿，除直敷文閣。有《盧溪集》。

和劉美中尚書聽寶月彈桃源春曉

何年鑿源開混茫，桃花兩岸吹紅香。煙消遠浦生微陽，漁舟誤行溪水長。溪迴岸轉山隙光，疑有絳闕仙人房。居民争出羅酒漿，花間笑語音琅琅。抱琴釋子眉髮蒼，響泉韻磬鳴長廊。能彈往事悲孟嘗，昔時臺沼今耕桑。又如勇士赴敵場，坐令遊子思故鄉。清猿抱木號鴻荒，孤吟劃見丹氣翔。曲終待月西南廂，重調十指初不忙。如見古畫秦衣裳，春天百鳥争頡頏。桃源歸來今已忘，彈到落花空斷腸。

題辰州壁

辰州更在武陵西，每望長安信息希。二十年興搢紳禍，一終朝失相公威。外人初説哥奴病，遠道俄傳逐客歸。當日弄權誰敢指，如今憶得姓依稀。

夜蛾兒

碧眼銀鬚粉撲衣，又隨雪柳趁燈輝。怕寒還戀南華夢，凝佇釵頭未肯飛。

夜歸西園獨步

清夜遊西園，竹影亂秋月。穹色湛虛明，林光益奇絶。人間睡方濃，那知此時節。坐覩衡陽移，領列風煙別。沆瀣洗天宇，一飲醒毛髮。氣與南山高，青蒼助施設。池塘收綠淨，星斗轉空闊。微雲點太清，須臾亦自滅。明朝問此境，勝處不可說。却恐雞三號，開門走車轍。

遊貢游洞

竄身楚西極，幽奇頗窮歷。況此古道傍，橫天竦蒼壁。何年始開鑿，工如鬼鑱刻。飛空數百丈，突出清鯨額。那知風雨時，雲雷非窟宅。事跡墮渺茫，探討失圖籍。豈無高世士，于此煉金液。不能久徘徊，上馬空歎息。

江亭候施倅醇翁阻水漲作詩寄之

夜雨漲溪碧，天明望歸舟。飛帆出木杪，浩蕩兀中流。洪厓仙人姿，謂落滄海遊。興盡却回棹，待此霖潦收。抱琴出竹迎，倒披翠雲裘。風濤正可久，煙波生暮愁。

送謝夢叟昆仲之湘江

蠟屐訪窮巷，脂車戴曉星。哦詩添些語，望岳插清冥。烽火連蠻徼，樓船壯洞庭。瀟湘多夜雨，羨爾對牀聽。

送客

東門楊柳陌，車騎散林坰。草緑古今道，馬嘶長短亭。人歸天北闕，使動斗南星。送客何年了，春蘋又滿汀。

春日遊鴿湖山

風起羣木末，花開兩壁香。山深雲影變，人静鳥聲長。紺殿横崖起，飛泉噴玉光。扣門僧出定，彈指下禪牀。

送劉禹錫之官五羊

南海千山外，東風幾驛催。嶺頭梅雨歇，旗尾瘴煙開。蠻徼無塵起，中原有使來。時應問消息，會向日邊回。

郭教授南牕置酒觀競渡次坐客劉時舉韻

一飲徑一石，此風誰敢陪。日移林影轉，船劈浪紋開。銀燭自相映，玉山何用推。廣文官獨冷，賴此酒盈杯。

仙人春宴曲

高樓玉珮摇春風，銀槽壓雨珍珠紅。天留曉月十分魄，飛光下照仙人宫。瑶姬半醉撾鼉鼓，綵鳳吹笙黄鶴舞。雙成翠袖織藕絲，麻姑行廚擗麟脯。金盤燒蠟夜未央，從妃進果蟠桃香。坐上花開人未老，他日重來花更好。三千年後忽相逢，再約羣仙醉蓬島。

觀駱元直經進江南形勢圖

異時漢網疏天討，胡兒馬嚙江南草。石頭重戍豈無兵，將軍不識丹陽道。至今戰骨埋秋霜，傷心不忍問耆老。龍蟠虎踞昔何雄，赤壁濡須在眼中。潯陽江水射蛟處，旌旗拂天來向東。艨艟塞川不敢下，昔人曾此破曹公。横江九道波翻屋，試請輕兵渡淮曲。夜入長安人不知，應見畫圖心已熟。他日將軍按此圖，鼓行而西如破竹。

題羅疇老家明妃辭漢圖

明妃辭漢出宫門，豊容靚飾朝至尊。至尊左右皆動色，明妃欲語復吞咽。三千蛾眉塞天閽，帝獨不識王昭君。顧影徘徊復良久，尚冀君王一回首。當時自倚絶世姿，不將賂結毛延壽。可憐朱網畫香車，却來遠嫁呼韓邪。不如歸州舊村女，三幅羅裙兩髻丫。陌上花開大堤暖，細雨春風歸緩緩。寧從禁籞落胡沙，長路漫漫碧雲斷。忽看漢月臨氈裘，淚濕彈絲錦臂韝。龍眠會作無聲句，寫得當時一段愁。

同陳思忠訪洪覺範

尋春反向僧房卧，無乃行藏與時左。起來刮目覽新詩，花壓闌干夢初破。黄葉丹楓屬興深，吁然莫測楚人心。惠休島可没已久，二百年來無此音。我氣未衰詞頗弱，欲借席前籌一着。終朝巖下不逢人，苔色應嗔馬蹄削。

送李亭仲赴荆南辟

少年膽氣横秋煙，腰間櫑具森龍泉。出門萬里探虎穴，錦帶雕鞍明積雪。洞庭木落飛霜風，將軍秉旄西擊戎。旌旗戈甲照湖海，欃槍欲滅胡天空。須君磨盾作露布，插羽來奏明光宫。

麗人行

桃葉山前宫漏遲，宫人傍輦持花枝。君王喜憑絳仙立，殿脚争畫雙長眉。欲把琵琶彈《出塞》，結綺臨春時事改。井邊忽見張麗華，忍聽《後庭》歌一再。

早行

羣雞鼓翼天欲光，井上梧桐生微凉。殘星爛爛或出没，初日淡淡開青蒼。楚妃臺邊曉雲碧，伏波廟前秋草黄。騷人辛苦拾何物，沅有芷兮今已香。

和韻胡敦實少年行

酒酣坐待東方高，臂鷹走逐城南豪。彎弓射殺白額虎，醉騎歸馬雪花毛。日暮黃雲動天色，易水迷魂魂不得。莫學并州遊俠兒，徒費黃金飾轡勒。

題劉端禮步芳橋

橋上畫欄低壓水，青龍影落芙蕖底。欲渡芙蕖望翠微，波面紅雲映屐齒。洛浦清流古有神，羅襪凌波生暗塵。東昏戲作錦地茵，金蓮襯步如花人。而今此事墮渺茫，但有荷花開蕩漾。試穿芒屩踏風煙，安用紫絲連步障。

送向豐之

居家梁苑妙人物，羯末封胡咸勃窣。子今二十能綴文，詩如陣馬雄馳突。此去荆湖道路長，要吟秋水動三湘。歸時蕉葉應黃落，賸拾騷人春草香。

過劉美中新居

亂碧峰頭水拍堤，白沙寒竹淨柴扉。晨光破霧千山出，絶壁盤雲一雁飛。窗外煙霞舒錦綺，坐中談笑落珠璣。江邊野老逢人說，待看追烽入翠微。

再次前韻

湘水清如碧玉環，湘妃淚染竹痕斑。此時遊宦非高志，何日抱琴歸故山。雁塔共題雙闕際，馬蹄同下五雲間。今朝傾領荆湖外，却望煙霄歎未還。

別葛德裕主簿

官冷身閒簿領稀，時從物外赴襟期。憑君少緩青絲鞚，爲我聊傾碧玉巵。野寺石泉秋煮茗，松窗雪屋夜論詩。懸知別後東風近，先寄寒梅第一枝。

和葛德裕別後用舊韻見寄

渝川咫尺杳如期，雞黍猶堪勅婦炊。旋滴銀槽將進酒，細傾金屈倒垂巵。閒爲洛下諸生詠，突過黄初數子詩。阿吉想能騎竹馬，鳳雛低映碧梧枝。

次韻江正邦

瀘溪春水欲平堤，滿徑蓬蒿竹掩扉。齋館静無塵土雜，盤飧喜有藥苗肥。君尋甘露峯前住，人似山陰雪裏歸。江海未應終寂寞，鶴書將下釣璜磯。

和曹温如都監惠詩

雨脚虛隨匹馬塵，江湖歲晚始謀身。籬邊日醉陶元亮，窗外夜呼祁孔賓。倒著敝衣迎好客，急搜奇句發陽春。阿瞞豈但能橫槊，文彩風流世有人。

二月二日出郊

日頭欲出未出時，霧失江城雨脚微。天忽作晴山捲幔，雲猶含態石披衣。煙村南北黃鸝語，麥隴高低紫燕飛。誰似田家知此樂，呼兒吹笛跨牛歸。

和劉端禮避地初歸見訪

庭前喜鵲亂棲鴉，知有鄰翁酒易賒。老瓦盆隨田舍飲，半溪雲屬野人家。莫將棘手迎西日，來倚危欄詠落霞。無奈醉歸燈火亂，僕夫争路向江沙。

和裴主簿九日

欲上高高嶺路微，疏林蔽日尚堪依。楓江水冷天初靜，桐井霜乾葉亂飛。籬下採花人獨秀，山頭落帽客何稀。金壺倒盡重沽酒，莫惜朝來更典衣。

次韻楊廷秀求近詩

聞説學詩如學仙，怪來詩思渺無邊。自憐猶裹癡人骨，豈意妄得麻姑鞭。曾似千軍初入陣，清于三峽夜流泉。只今老鈍無新語，楓落吴江恐誤傳。

楊文發自長沙相別忽來權邑惠詩次其韻

湘水東邊喚渡舟，湘天欲暮使人愁。豈期陶令來爲縣，應念龐公不入州。索我題詩今老矣，看君下筆幾時休。論文把酒誠堪樂，莫歎樽前欠狄秋。

和劉喬卿雪詩

柴門忽啟玉爲關，疑是新移海上山。野寺僧居銀窟裏，廣寒宫在月明間。老農擊鼓迎豐歲，紫極吹簫近帝寰。臘後東風將解凍，已看峯頂露孱顔。

中夜起坐惜春亭月照酴醿清香郁然因成四韻

袖手歸來避世塵，酴醿對坐惜餘春。靚粧不入市塵眼，幽韻只應丘壑人。醉喚江梅君益友，力移亭竹我比鄰。天公着意憐詩客，月色西窗一夜新。

謁魏彦成郎中

病夫投老入城闉，到處逢人説使君。豈料騎驢衝大尹，政須扛鼎識奇文。池生春草何曾夢，楓落吴江誤所聞。更願兼收湖海士，當令冀北馬空羣。

王主簿清暑閣

褦襶起程作熱官，何如避暑得清安。輕陰盖出三湘境，爽氣能爲六月寒。自有薰風生屋角，不須纖手捧冰盤。欄干半倚紅塵外，卧聽江聲瀉碧湍。

次韻常德府葛倅見寄

武陵旌節控湘西，通守仍兼把一麾。玉帳静談千里月，銅符遥鎮五溪夷。漂流欲識荆州面，飢渴正如桑下兒。仰止門牆訴羈旅，窮愁那復有佳詞。

贈李子安

窮居未有四立壁，負郭兼無二頃田。擬斷雲根結茅屋，不知誰贈買山錢。

和鄭元清同遊殷仲堪讀書臺

晉國衣冠掃地空，漁歌長在水雲中。倚欄欲問興亡事，木末瑠璃墜曉風。

次韻劉惠直梅花

雪壓寒梢玉作容，嶺頭相見又東風。人問欲問春消息，半在竹橋溪影中。

贈寫真胡生

誤着儒衣到骨窮，兒童拍手笑衰翁。釣魚艇子今無恙，置我五湖煙雨中。

謁僧惠端不遇

僧扉深倚碧巖隈，何處看雲久未回。日暮鳴鐘應不語，羈人馬跡涴蒼苔。

和答邦直

惠愛如蘭正吐芽，芳風吹落幾千家。明年儻直金鑾殿，龍口飄香看百花。

和劉元弼見招

玉壺沽酒挈青絲，及取春風花發時。便把一樽留客醉，莫教紅雨洗殘枝。

步芳園

密栽桃李礙車輪，柳下風微不動塵。已辦尋春雙蠟屐，飛花滿地草如茵。

茉莉花

纖雲捲盡日西流，人在瑶池宴未休。王母欲歸香滿路，曉風吹下玉搔頭。

勉齋集鈔

黄幹，字直卿，號勉齋，閩縣人。受業朱子之門，以子妻之。寧宗朝，補將仕郎，歷知漢陽軍，主管武夷沖祐觀，復知安慶府，主管亳州明道宫，致仕。卒，謚文肅。有《勉齋集》。

答曾伯玉借長編

白露下百草，迅商薄秋林。幽人起長嘆，感此節物深。攬衣自徘徊，撫劍還悲吟。丈夫各有志，莫作兒女心。涉遠當疾趨，畏影須就陰。願言理輕車，去上南山岑。

訪高簽判故居

遠樹分高下，平洲接有無。短亭低密竹，小艇隱寒蘆。轉浪魚深入，斜陽鴉亂呼。自慚貴公子，未老賦歸歟。

侍文公飲浮翠亭用劉叔通韻

凉風振幽壑，陰雲翳前山。高情厲清秋，適意林莽間。煙横萬家井，水淨雙溪灣。徙倚暮忘歸，人境相與閑。遊子獨何爲，千里方言還。陪此杖屨遊，忘彼道路艱。心期更他日，依巖結柴關。

過翠微

古寺殘僧少，孤村碧樹圍。明朝山下路，愁絶望煙歸。

九日早發桃枝嶺

山豈不樂，況此風露清。排簷夜雨滴，詰旦天空明。歡然金石交，要我林泉盟。支笻趁汗漫，勇往不計程。一水何縈紆，千峯鬱崢嶸。仰視流雲馳，俯聽幽壑鳴。班荆得所適，斗酒聊共傾。人生會有累，聚散如浮萍。今晨諧勝遊，異日難忘情。意愜各賦詩，庶以紀此行。

道間觀瀑布

行行益以遠，愜此心期幽。一徑險復夷，千林密相樛。回首天際山，矗面懸飛流。銀潢倚石壁，玉龍下山湫。光搖日璀璨，勢激風颼颼。可望不可親，神往形獨留。眷言桃枝山，久懷卜築謀。豈無一日閒，努力窮冥搜。

十二日復歸桃枝嶺

大溪章溪溪水清，上寮下寮山路平。三山屹立相犄角，百里連亘如長城。仰干雲霄不盈尺，俯視天高浮寸碧。閒雲吞吐溢澗谷，飛泉噴灑下石壁。中有一山名芙蓉，端冕正色羣山空。望之令人起敬悚，僧言直與衡嶽同。坡陀突兀作雲洞，虎豹蹲踞棲鸞鳳。聞道前朝開闢日，曾住浮屠幾千衆。我來已作五日行，皇天一雨復一晴。穹林杳靄非人世，手接羣仙朝玉京。曉來更向山前去，忽到山翁棲隱處。却憶桃源洞裏人，日出煙銷忘舊路。

讒人

監謗兆周蹙，偶語儕秦亡。古風下剌上，國步安且強。靖康發深痛，熙豐啓餘殃。惜哉天子明，未見讒者傷。讒者亦何爲，君子名愈彰。

拜文公先生墓下

暝投大林谷，晨登岺如亭。高墳鬱嵯峨，百拜雙淚零。白楊自蕭蕭，宿草何青青。悲風振林薄，猿鳥爲悲鳴。音容久寂寞，欲語誰爲聽。空使千載後，儒生抱遺經。

與胡伯履

白露下百草，玄雲翳崇岡。遊子暮何之，倏若孤雁翔。朝發長沙渚，夕息湘山陽。飛鳴念儔侶，慷慨增悲傷。故人懷我深，遠寄金玉章。開緘且疾讀，慰此飢渴腸。是時焞中火，朔風掃枯黃。歲月能幾何，皐蘭結微霜。脂車策良馬，日暮道正長。徒僕審驅馳，前途畏榛荒。劣質苦難任，白雲懷故鄉。南山一舍隔，矯首空西望。

送章元德司理罷官歸永嘉

送君北門坂，遥望東甌路。峨峨白鶴嶺，渺渺飛鸞渡。上有虎豹嗥，下有蛟龍怒。車馬堅且良，維楫夙已具。褰裳涉其險，萬怪不足懼。世路劇羊腸，皦皦誠易污。但能心無愧，窮達安所遇。毋爲婉孌者，暫蹶輒驚顧。生平麋鹿姿，處世歎多忤。胡爲展良覿，握手便如故。高懷發鍼石，正論諧韶濩。情親復告别，欲語誰與晤？乾坤一逆旅，日月雙脱兔。寒儒守蓬蓽，白首困章句。期君以遠大，庶足慰遲暮。

甲子語溪閔雨

檣頭五兩摇空飛，船頭百丈牽何遲。數篙塘水清可涉，故鄉千里歸何時？
塘中龍骨高數層，龜坼田中縱復横。青袝箬笠倚車卧，但有空車無水聲。
牛女盈盈河漢傍，清風肅肅吹羅裳。朱門達旦聽歌曲，莫遣濃陰蔽夜凉。

謝潘謙之

生平不作温飽計，歲晚寧愁衣褐無。一夜嬌兒啼徹曉，始知寒色已侵膚。

鶴山集鈔

魏了翁，字華父，號鶴山，卬州蒲江人。慶元五年進士。理宗朝，累官簽書樞密院事，改資政殿學士，福州安撫使。卒，贈太師，謚文靖。有《鶴山集》。

題謝耕道一犁春雨圖

牀頭夜雨滴到明，村南村北春水生。老婦攜兒出門去，老翁赤脚呵牛耕。一雙不借挂木杪，半破□□銜曉行。耕罷洗泥枕犢鼻，卧看人間蠻觸争。

題上亭驛

紅錦綳盛河北賊，紫金盞酌壽王妃。弄成晚歲郎當曲，正是三郎快活時。原註：俗所謂快活三郎者，即明皇也。

十二月九日雪融夜起達旦

遠鐘入枕報新晴，衾鐵衣□夢不成。起傍梅花讀《周易》，一窗明月四簷聲。《梅磵詩話》：後二句寄興高遠，人所傳誦。

紫宸殿御筵即事

蛾眉班□戴花回，遥望君王玉色開。晝□諸班謝茶酒，尻高首下一聲雷。

東臯集補鈔

戴敏，字敏才，號東臯子，台州黄巖人。石屏之父，有《東臯集》。

初夏遊張園

乳鴨池塘水淺深，熟梅天氣半晴陰。東園載酒西園醉，摘盡枇杷一樹金。

句

人行躑躅江邊路，日落秭規啼處山。

石屏集補鈔

戴復古，字式之，號石屏。嘗登陸放翁之門，以詩鳴江湖間。有《石屏集》。

思家

湖海三年客，妻孥四壁居。飢寒應不免，疾病又何如。日夜思歸切，平生作計疏。愁來仍酒醒，不忍讀家書。

遊九鎖

天柱峯頭一振衣，雲開巖路雨晴時。登臨欲訪神仙事，紀實都無漢晉碑。拍手數聲龍井躍，篝燈一覽洞天奇。林間安得棲身處，欲煉金丹餌玉芝。

句

詩談天下事，愁到酒樽前。秋懷。鶯啼花雨歇，燕立柳風微。晚春。詩骨梅花瘦，歸心江水流。城西。客愁茅店雨，詩思柳橋春。春日。黃花一杯酒，白髮幾重陽。九日。

羅敷詞

妾本秦氏女，今春嫁王郎。夫家重蠶事，出採陌上桑。低枝採易殘，高枝手難扳。踏踏竹梯登樹杪，心思蠶多苦葉少。舉頭桑枝掛鬢脣，轉身桑枝勾破裙。辛苦事蠶桑，實爲良家人。使君何所爲，見妾駐車輪。使君口有言，羅敷耳無聞。蠶飢蠶飢，採桑急歸。

劉折父爲吴子才索賦雲山燕居

燕居適所息，非懷傲世心。白雲自舒卷，青山無古今。中有動靜機，杳渺諧素襟。以時爲出處，懷人撫瑶琴。平生披短褐，時來或華簪。世論倘不合，矢口不如瘖。避影長松下，洗耳清溪潯。慎勿出雲外，黄塵三尺深。

姪孫亦龍作亭于小山之上余以野亭名之得詩二首

平地變丘壑，安排若自然。爲山移白石，鑿沼貯清泉。栗里有松竹，蘭亭無管絃。軒裳非我事，在野不妨賢。

舍外有餘地，登臨作此亭。心如喬木古，眼共遠山青。社酒誰同醉，村歌自可聽。有時來夜坐，收拾讀書螢。

桐廬舟中

吴山青未了，桐江緑相迎。扁舟問何之，往訪嚴子陵。高風凛千古，卧蹴萬乘主。富貴直浮雲，羊裘釣煙雨。

江南新體

郎船江下泊，妾家樓上住。朝朝暮暮間，上下兩相顧。相顧不相親，風波愁殺人。

寄山臺趙庶可

頃上山臺謁，臨行辱贈詩。相思寸心在，莫訝尺書遲。好月登樓夜，清秋落木時。見君花萼集，夢到謝公池。

峽山二首

山近江如束，林深路欲迷。平沙印虎跡，絶壁聽猿啼。緑水人誰釣，黄茅地可畦。幽居堪避世，何必武陵溪。

欲訪飛來殿，維舟上峽山。有溪流屋下，無路入雲間。犀解捐金索，猿能記玉環。無從旌往事，有地足躋攀。

重陽舟中

扁舟何寂寞，絶不見人家。無處沽村酒，從何問菊花。溪山澹相對，節序謾云嘉。牢裹烏紗帽，西風日又斜。

登祝融

秋風吹拄杖，直到祝融顛。目擊三千界，肩摩尺五天。扶桑暘谷畔，青草洞庭邊。雲氣無遮障，分明在眼前。

燕

聞説烏衣國，低連海上村。春來避霜雪，秋去長兒孫。華屋語如訴，故巢多不存。雙飛惱幽獨，紅袖有啼痕。

題上虞縣信芳堂

河陽種桃彭澤柳，歲歲春風誇不朽。何如君種一池蓮，開向五月六月天。紅粧當暑清無汗，緑葉染風香不斷。坐令百里盡清涼，天乃贈君雲錦段。此花不可無此堂，主人姓字同芬芳。更看堂後參差竹，醉倚炎空舞寒緑。

訪舊

欲尋西舍問東隣，兩巷都非舊住人。惟有桑邊石池在，依然春水碧粼粼。

農歌集補鈔

戴昺，字景明。

春日偕兄弟侍屏翁遊晉原分得外字因集句而成

春雨晴亦佳，適與賞心會。初日照高林，幽泥化輕壒。步屧隨春風，始覺天宇大。牽懷到空山，逍遥白雲外。青松夾路生，童童狀車蓋。清川帶華薄，陰壑生虚籟。性達形迹忘，傲然脱冠帶。薄暮方來歸，月光摇淺瀨。

上立齋先生一首以有官居鼎鼐無宅起樓臺爲韻

靈岩一片雲，曾爲作雨起。風吹還故山，松筠澹相倚。秋高霜露寒，酒熟鱸魚美。少寬憂世懷，微醉有妙理。

雜言

提壺勸我飲，布穀催我耕。我酒瓶已罄，我田草正生。荷鋤理荒穢，及時新雨晴。秋來刈吾秫，庶得兩遂情。

侍屏翁領客遊雪峯分得生字

雪峯峯頂寺，來此定詩盟。山瀑分雲影，松風亂雨聲。眼明春樹綠，心醒曉鐘清。未好言歸去，塵中事又生。

謝趙山臺見訪

寂寞海東頭，殷勤貴客舟。如何經歲約，秖作一宵留。清玩分行篋，高吟壓小樓。更須謀再會，同醉菊花秋。

項宜父涉趣園

四面山迴合，中間百畝畦。入門惟見竹，遶屋半栽梅。果熟霜前樹，魚肥雨後溪。秋來饒景物，斟酒費詩材。

玉峯登眺得初字

玉峯奇絶處，短策步崎嶇。海近潮聲壯，山空樹影疏。吟情危眺外，飲興薄寒初。數點新來雁，高飛不羨渠。

初遊方巖山

圖志舊嘗看紀載，杖藜今得徧經行。漁翁化石幾年釣，仙客有田何世耕。千尺枯崖蛻龍骨，一簾飛瀑撼雷聲。相傳逸少曾來此，惜不鐫巖記姓名。

如京至西興阻風雨

月將圓夜出鄉關，纔到西興月又殘。老去問名先已懶，近來行路覺猶難。雲煙漠漠吴山暗，風雨瀟瀟浙水寒。識破人生真逆旅，此身何處不堪安。

嚴子陵

赤伏君王訪舊遊，富春男子只羊裘。一竿本爲逃名去，何意虚名上釣鈎。

蛟峯集鈔

方逢辰，字君錫，淳安人。淳祐十年進士第一。初名夢魁，理宗御筆改今名。累官兵部侍郎，國史修撰，兼侍讀。宋亡，元世祖詔起之，辭不赴，卒于家。有《蛟峯集》。

被徵不赴

萬里皇華遣使輈，姓名曾覆御前甌。燕臺禮重金爲屋，嚴瀨風高月作鈎。丹鳳喜從天上落，白駒仍向谷中求。敲門不醒希夷睡，休怪山雲著意留。

贈樵隱

樵仙深入琴棋境，一笑出門天地寬。人世已非存朽斧，土音不改只南冠。絃中自有冰心在，局外何妨道眼觀。霽月光風元屬我，飯牛何恨夜漫漫。

送潘翠谷有序，據熊本録入。

翠谷老人，有道而隱者也。當宋社已墟，孤忠耿耿，遯跡湖山間，以雅吟騷詠晦其名。或寄僧舍，人莫知之也。爲賦此篇。

無屋住僧廬，無菜挑野草。野草風味清，僧廬人跡少。剥剥誰叩扃，待予事幽討。錢唐有騷翁，自號翠谷老。疋馬遊南牆，要伴松竹好。退思到山人，迂尋出詩藁。詩無愁苦吟，掃退郊與島。胸次鮑明遠，筆下王逸少。我觀陰與陽，禪代何時了。不能爲魯連，當作商山皓。長歌《黍離》篇，酹酒問旻昊。

雪巖集鈔

宋伯仁，字器之，苕川人。有《雪巖集》、《馬塍稿》。

戲作

青梅黄盡雨無多，柳影重重午日過。忽聽隔籬人語笑，採蓮船子上新河。

寓西馬塍嘉熙丁酉五月，寓京遭爇，僑房西馬塍。

十畝荒林屋數間，門通小艇水彎環。人行遠路多嫌僻，我得安居卻稱閑。尊酒相忘霜後菊，一時難盡雨中山。何年脱下浮名事，只與田翁臘往還。

羊角梗晚行

葛裙蒲履帽烏紗，迤邐乘涼到水涯。數寺晚鐘聲未歇，滿身涼月看荷花。

秋崖集補鈔

方岳，字巨山，號秋崖，祁門人。紹定五年進士。兩爲文峯掌故，官中祕書，出守袁州。有《秋崖先生小稿》。

立春都堂受誓祭九宮壇

輦路春融雪未乾，鷄人初唱五更寒。瓊幡第一番花信，吹上東皇太乙壇。

趙昭儀春浴

紅薇滴露護輕寒，微髻香絲卸玉鸞。祇道春風庭院祕，外間已作畫圖看。

縉雲集鈔

馮時行，字當可，巴縣人。紹興中，官奉禮部郎，以斥和議坐廢。隆興初，提點成都刑獄。有《縉雲集》。

重陽登翠圍亭亭廢十年竹柏蓊然殊蔽遠眼命寺僧芟除翦伐屏翳豁開林巒杳靄殆丹山絶勝處也與同遊分韻賦詩以老杜開林出遠山爲韻得遠字

林樾失洗沐，叢灌老偃蹇。坐令軒豁地，雍穆成奥閫。千年李峨眉，孤調絶攀挽。徑欲刬君山，笑看湘水遠。我來此亭上，造化閱舒卷。何堪浩蕩意，鬱鬱仰若俛。蘭蕙生當門，尚爾付鍤畚。大材廊廟具，顧此何袞袞。石角礪霜斧，一斬三百本。圖事欲大快，不復計小損。天地英氣歸，川原勝魂返。鏡開水灩灩，龍轉山蜿蜿。卧虹踏歸市，融雪護春壑。晴光蕩芳酌，中筵舞蹲蹲。黄花壓客帽，胡牀秋風穩。萬象競參揖，相見一何晚。通塞有時會，明晦理相反。干戈天地閉，撫事切深悃。痛澆磈磊胸，不復效老阮。

和嘉州通判賈元升見贈

山城烏鵲喜，佳句來春風。浣手三過讀，散我磈磊胸。當年《過秦論》，千載猶爲雄。今觀妙好辭，蹀躞追前蹤。文章信有種，字字含徵宫。少城初識面，輭語開春融。秋月耿高懷，春冰瑩清衷。俱墮人事海，煩促難春容。況乃燕雀畀，未易參鸞鴻。別來邛笮外，一笑疇與同。羡君對賢牧，快飲如渴虹。何當款齋閤，餘瀝借衰紅。所幸九河潤，密邇千乘封。臭味譬草木，我輩情所鍾。夢隨沫若水，下與九項通。更願洗老眼，見君攀翔龍。

中秋飲張仁甫家探韻得玉字

數日及中秋，迎月試新醁。清暉困屏翳，頑陰費驅逐。廣坐迷樽俎，高堂燦燈燭。未用卹一眚，何妨縱百沃。見人如見月，張家呼小玉。

至日

至日家無賴，今朝愁奈何。兩宫黄屋遠，二老白頭多。聖主今嘗膽，皇天忍薦瘥。乾坤爲回首，慷慨一悲歌。

自行在解維宿長安閘下回望天竺諸山依依在目微臣去國撫事感傷因成此詩

歸家豈不好，去國意如何。主聖憂思切，時危習俗訛。山高更回首，天闊阻悲歌。一寸丹誠地，餘生感憒多。

和子應遊萬州岑公洞

泉細或疑雨，巖深微見天。暫來如可老，長往不難仙。石髓層層落，松聲樹樹傳。欲歸重回首，明月傍船舷。

玉楮集鈔

岳珂，字肅之，號倦翁，彰德人。霖子。紹熙壬子甫十齡，隨父帥廣。開禧初，爲鎮江饟幕庚吏。乙丑，試南宮不售，歸官下，與劉過、辛棄疾相善，時有北伐之役，奉檄不獲辭，遂浮漕河而北。塗中所作詩，題曰「北征」。嘉定丁卯，除守檇李。庚午，召還中都，尋坐誣去官。嘉熙初，特詔有「爲卿直前枉」之語。除户侍總饟。庭中雙竹岐生，時傳爲瑞應。歷寶謨閣直學士，提舉太平興國宮，以恩封鄴侯。《玉楮詩藁》八卷，自嘉熙戊戌至庚子凡三周歲所作，手編而自序之。後移家檇李金陀坊，痛其祖武穆爲秦檜所陷。作《籲天辨誣集》諸書，總名《金陀粹編》。

戊戌二月十日京湖袁總郎以堂帖至有詔復除户侍總饟

晝長欹枕酣春卧，剥啄敲門驚夢破。雙旗健步衣正黄，爵羅駭見久未嘗。泥紫一封芹詔香，王人藺牘親遣將。老夫五年坐奇謗，身則漁樵志猶壯。豈無戀闕如子牟，强擬隨裝學張敞。浮雲滿空能蔽日，雲散天空日華出。千三百載春又春，杜陵久矣無斯人。黄衣走塵漫踆踆，縱了桴鼓何足云！姑言□□工負恩。堯天舜日定不爾，皎皎太空無點滓。當時下書便疑似，聊坐和歌焉熱耳，寧比三光覆盆底。金羈欲脱還從頭，絡頭齕草均一牛。吾身本是報恩具，千年萬年屬明主。感恩欲愬淚如雨，且願投讒畀豺虎。

五年不治筆硯奉詔起家是日始草辭免奏旋假書吏於郡題寫皆生疏又堂帖趣行三日戒途偶成

露封謄奏曉鳴鈴，當御應關乙夜呈。京兆有裴隨使者，陳留無酒憶廚兵。故營將鉞譚家世，老吏公車識姓名。塵事看看到書尺，更驚三日有王程。

黃鶴謠寄吳季謙侍郎時季謙自德安入城予適以使事在鄂

廬山白鶴歸來雙，縞衣素袂玄爲裳。翅如車輪夜橫江，風聲曾走淮淝羌。戛然長鳴下柴桑，芝田啄粒遥相望。何人網羅條高張，上決雲漢旁八荒。一隨鵾鵬騖遠翔，低頭不肯謀稻粱。一罹罝弋沮澤旁，局身笯籠翅摧藏。鸚鵡洲畔葭葦鄉，水雲蒼蒼江茫茫。九皋欲聞聲不揚，回顧鷗鷺羞顏行。忽聞緱笙度宮商，紅塵俯視有底忙。磯頭刷羽今正黃，欲搥此樓呼酒狂。

予以謬作數種并總所奉藁遺參贊高紫微聞以閱讀未及賜報平日正病無人爲過目者茲不特餉所有別白半生漫浪筆硯間爲不虛矣因贈二首

夜半軍書尚掣鈴，想應欹枕夢難成。新凉頗復欺長夏，舊事何妨閱短檠。人説文衡真有託，公於詩卷若爲評。復襄遺跡今如許，試考當年六萬兵。

涉筆牛腰倦不支，餘功那復到新詩。殷雷秧緑又期月，指日棗紅能幾時。自古兵財無上策，於今社稷寄西陲。入郛及國均危道，勿謂君侯不敢知。

拙婦吟

西風策策黃葉舞，茅檐三尺鳴秋雨。東家拙婦擁面啼，彊剔孤燈訴愁窶。當年采桑陌上歸，嬉遊不管春蠶飢。千絲萬縷繭白雪，便學紅女攀花枝。十七十八事機織，暗鎖青閨人不識。二十三十幽恨長，盧家古梁玉爲堂。四十五十已老□，唧唧鳴蛩欺獨卧。尚隨姑嫂作笑嗔，一生苦樂由它人。君不見昨朝縣吏踏門闌，杼軸已空盆盎竭。鷄豚指栅索飲壺，掀釜叫嘑嗤婦拙。起來迎門陪笑面，不似嬌羞怕人見。今年歲事苦不登，且爲當家聊一展。吏嚣不肯怒且訶，大兒門東窺飯籮。藁砧走藏姑誚罵，造餅無麵知如何。蹙金芙蓉戲雙鴛，繡牀一椅曾萬錢。低頭長歎祇自憐，昔者何巧今不然。吏嘑已倦里正醉，拉淚背人還滌器。明朝欲酒姑勿譁，正恐突隳驚阿家。

春波堂小飲懷棠湖舊隱

平生到處西湖長，眼底波光日月新。圖在輞川非舊隱，夢回笠澤是前身。一江細雨敧青菊，萬里雄風起白蘋。獨立蒼茫動歸興，釣磯須理未垂綸。

炎暑今年特地奇，不妨湖上訪清漪。長隄步屧誰堪擬，高閣憑欄我總宜。喚客黄鸝穿柳度，猜人白鳥映荷窺。衰翁病骨難禁熱，且倩西風自在吹。

約客春波督參劉郎中方赴高紫微之集道間相值不容留戲贈二首

春波堂上倚闌干，一曲樓臺晻靄間。野衲再尋行脚債，釣蓑聊寄賞心閑。燕低欲舞影翻水，鳥倦知還雲在山。匹似棠湖儘堪住，遶檐衹欠翠螺鬟。

錦帳星郎油壁車，紫薇花下醉流霞。簫鸞東引瞻風馭，池鳳西遊賦日華。蓼岸半紅秋漸老，柳隄仍緑約猶賒。一尊更趁萊衣綵，河漢還乘八月楂。

與高紫微雪溪餞客雖已豫盟然坐次予每居上爲之踧踖寄此見意

碧梧正耐雪溪秋，況是西風送客舟。華宴雖思奉婪尾，粗官何敢作鼇頭。逵尊諒識詩囊意，負約仍輸酒斛籌。想見尊前列紅袖，可憐無分聽《梁州》。

秋夕有感二首呈督視參政

湯湯南紀重喉衿，縱敵年來患已深。七十萬家財與力，六千里地古猶今。薇屯正自憂無給，桑土當思徹未陰。用力愈勞工愈寡，相公試察此時心。

老去工夫在一邱，解驂重使借前籌。憂關王國漫騰口，事爲它人常壓頭。蟻穴潰隄猶未計，鮒車涸轍若爲謀。恩波況是如天闊，早放棠湖理釣鈎。

九江霜蟹比他處黑膏凝溢名冠食譜久擬遺高紫微而家僮後期未至以詩道意不到廬山孤負目不喫螃蟹孤負腹昔人句也

君不見東來海蟹誇江陰，肌如白玉黄如金。又不見西來湖蟹到沔鄂，玉軟金流不堪斫。九江九月秋風高，霜前突兀瞻兩螯。昆吾欲割不受刀，頗有萇碧流玄膏。平生尊前厭此味，更看匡廬拂空翠。今年此曹殊未來，使我對酒空悠哉！舊傳騷人鍊奇句，無蟹無山兩孤負。老來政欠兩眼青，那復前籌虛借箸。祇今鄉國已駿奔，軍將日高應打門。流涎便作麴車夢，半席又擬鍾山分。先生家住岷峨脚，屢放清遊仍大嚼。襟期盡醉何日同，試筮太元呼郭索。

以螃蟹寄高紫微踐約侑以雪醅時猶在黄岡

前朝無蟹惟有詩，亦復無酒供一瓻。今朝有蟹仍有酒，極目征帆更搔首。古來樂事誇持螯，赤瓊釀髓玄玉膏。菊花吹英好時節，況是九日將登高。旌旗半江笳鼓發，不作詩人澹生活。得君淨洗沙漠塵，歸趁看燈更奇絶。蟹至正月重出，俗謂之看燈蟹。

聞韓正倫檢正挂冠感歎故交悵然久之偶成

恩門小簡寫門生，六載交情老弟兄。一念吹毛牙角訟，十年握手肺肝傾。酌貪誰飲南濡水，敵怨人談北府兵。空券更憐蠅筆誤，卻因誤處得分明。正倫向在京口，每折簡，必以恩門見稱。予爲漕時嘗舉之。

至鄂期年以饟事不給於詩己亥夏五廿有八日始解維雪錦夜宿興唐寺繁星滿天四鼓遂行日初上已抵濳黃洲幾百里矣午後南風薄岸舟屹不能移延緣葭葦間至暮不得去始作紀事十解呈舊幕諸公

雪錦亭前水接天，晚波如縠放歸船。新詩開務從今日，此是江行第一篇。

離歌已盡沙頭玉，夕照初翻浪底金。自是晴鷗無六月，半江雪片湧波心。

蕭蕭衰髮倚西風，兩岸青山盡識儂。東去西來緣底事，祇應添得一龍鍾。

一江漲碧碧於藍，健艣鳴鴉舳正銜。纔似過都空萬馬，又驚倚岸閱千帆。

宵聲傳柝重城閉，曉漏迷鍾古寺荒。仰看繁星垂四野，不知身世變炎涼。

一缾一錫一團蒲，到得今年一物無。桑下勿興三宿念，古人不食武昌魚。

葭葦延緣舞翠旌，白頭吹浪又相迎。攀轅亦作留行計，莫道馮夷不世情。

昌黎久願列三王，我亦曾親翰墨香。惜別依依重回首，棠磯風月更思量。

赤壁江頭白羽揮，鱖肥西塞酒同攜。歸期應在初弦月，家住康山西復西。

人生邂逅適相懽，一曲高歌行路難。頻寄詩筩君勿厭，種花持釣是閒官。

夜過壽昌

風雲八字護城隅，樓殿崔嵬想帝居。曾侍金輿惟石馬，幸因玉璽記銅魚。千年鼓角聲猶壯，四塞河山恨未袪。麋鹿已遊人事改，何人曾讀輔吳書。

望樊口懷陶士行

昔年老子恨婆娑，未付共如印傳何。吳苑關心春日少，湘江回首暮雲多。可無司馬親封鑰，自是將軍老枕戈。我亦新來了官事，正輸一舸弄煙波。

三江口過舟時方四鼓

櫂鷁收金柅，釵蟲綴玉釭。地鄰今七澤，名襲古三江。岷漾雖分派，荆揚卻異邦。晨光猶未發，早認白鷗雙。

寄王料院鐸

炯炯青燈對擁爐，掣鈴夜半讀邊書。風煙解使寸心折，霜雪頓侵雙鬢疏。已事勿言穿塞馬，歷官可歎上竿魚。勤勞似此天應報，我□鉏犂一任渠。

一葉扁舟興浩然，筆牀茶竈舊因緣。帆歸西塞秋風外，人在南樓夜月前。情不自由君憶我，老無所用我知天。何時見易園中路，拂石攜壺同醉眠。

初還故居

元是廬山莫逆交，宮亭西畔著衡茅。盟鷗似怯經新浪，怨鶴還知宿故巢。一沼種蓮衣可製，萬竿脱籜杖輕敲。不須海若猶然笑，乞與杯堂樂芥坳。

集喜二首

鵲噪庭前木，蛛翻檐畔圍。雙蓮瑞明月，萬柳舞晴暉。宿鶴迎風袂，盟鷗認雪衣。物情同一喜，應爲主人歸。

水面開新皺，山容散宿顰。松巢猿已識，花徑鹿初馴。雲倦隨歸鳥，風清似故人。逢迎真不暇，誰作近前嗔。

病中有感四首

欹枕目雙炯，觸屏腸九回。玉蟲迷眩霧，銀鹿伴飢雷。清夢雖驚隔，丹心未猝灰。青萍聊把玩，塵匣爲誰開。

一載爲官憂，文書每壓頭。枕鈴常警夜，簗甬更驚秋。倦豈因心至，閑常與病謀。息肩僅旬耳，一豎欲何求。

秋近夜初長，開窗病骨涼。心驚嫠婦歎，肘繫越人方。動帳風侵几，窺檐月在牀。呼僮然粥鼎，我欲待晨光。

積病漸成衰，情知老見欺。眵昏先掩卷，肩竦不關詩。行圃須人助，登樓怯步遲。經年早知倦，況復隔年時。

太行道

太行羊腸坂九折，雲黑風乾尺深雪。堇泥道滑木葉寒，轆轆車聲行復歇。華山有馬久脱韁，歸來牧野經幾年。一從倉箱事居積，聊以知道煩長鞭。前車已覆覆道左，天井關頭夜明火。後車趣駕開井陘，唱籌仍復催連營。關山青草春二月，單軌一冬曾結轍。鬃頹毛落雙膊高，引領皮穿眼流血。去年搏手雙拳空，今年三月甬道同。可憐駑力不敢惜，轅下亦覺鹽車通。君恩天大示弗服，兆野已甘偕觳觫。感恩伏櫪飽秣芻，猶爲太行憂後車。

長門怨

驚風不成雨，行雲去無踪。妾生三十年，著籍長門宫。宫車轆轆春雷曉，明星初熒緑雲擾。增成丙舍争迎鑾，惟有長門閉花鳥。黄門開玉匙，畫史圖蛾眉。金鋪振瓊鑰，玉秀生銅池。朝陽繞回金屋在，轉眄不堪人事改。入宫已作鄭袖嘁，出塞那知延壽賣。花殘鳥語頻，長門春復春。花鳥易驚老，況復門内人。東風動地夜來惡，萬翠千紅繞簾幙。當熊自有匪石心，肯顧班姬秋扇薄。長門勿輕怨，視此篋中扇。白華兮緑衣，自古兮有之。

病中散步四絶

一年無病緣官事，一病兼旬爲燕居。自是素餐天所厭，可能豎子解乘除。

朝隨粥鼎蟬腹潤，夜掩書帷鰥目眠。無奈暑威侵病骨，起來搔首斗垂天。

平頭奴子初茸鹿，利口畜夫雙部蛙。二物何關人靜躁，不妨卧聽步隨車。

絶憐倦翼晚風高，解紲歸來得故巢。物態隨人也歡喜，遊絲不住舞蠨蛸。

荷花盛開以病旬餘至亭上偶成二唐律

病襟慵策杖，天鏡恰開奩。青蓋迷前浦，紅妝閉曲欄。藻窺知露下，萍破識魚潛。會看吳公陣，官蛙奏曉嚴。

好在中孚澤，猶橫未濟舟。擲金隨柳舞，跳玉趁蓮謳。掃榻方思士，鈎簾也覓侯。病夫均一笑，此意本無求。

予歸未省松楸將以初秋望前汎湖之龍門已戒舟艦而連夕雨作不見月因賦天問二章

擬放平湖月下船，櫂歌中夕發長川。蘋風好爲雲開幕，蘭槳不妨人扣舷。猿鶴候迎將曉日，魚龍悲嘯未晴天。玉川塌額金沙上，閶闔封詞謾一箴。

小心風伯紫宮回，眼看銀蟾海上來。玄豹又成漫谷霧，斷虹猶作隱山雷。便教雨積三時害，未信晴無一日開。待試平生補天手，爲君明鏡再安臺。

秋夜有感

早歲驪車擁漢關，憂心耿耿日凋顏。秋成正望狼烽急，夜枕不禁魚目鰥。三仕古猶關喜愠，萬金今不博安閑。回思此日一尊酒，只合常居木雁閑。

寄李微之秘監

棠湖浩蕩有盟鷗，塞上歸來賦葉舟。范蠡功名付西子，庾公風月自南樓。不虞繞指柔百鍊，已幸安心老一邱。從此書來訪生死，漢陽煙樹隔吴頭。

送高江州將漕江右

玁玁英聲世少雙，兩年鄉國望麾幢。才猷牛蔡硎初試，筆力龍文鼎獨扛。風節又新唐十道，恩波仍浹禹三江。澄清何事先經濟，尚使尊賢志未降。昔日東州看陣圖，武昌陸續拜魚書。我歸舊齒邦人版，公去新乘使者車。但願世官居鼎鼐，管教野老自犂鉏。西風鴻雁方遵渚，時有音塵接里廬。

得陳元履家書六言四首

病骨經秋易怯，人情比日多疏。驚起打門軍將，傳來置驛家書。
老病兩無世用，謀謨百不如人。喜見東牀論事，誰言下榻生塵。
安問經時落落，邊聲鎮日摇摇。寄賀塞翁馬失，決疑天老龜焦。
窺户幾回鵲喜，繞階一夜蛩吟。痛飲政須似舊，安居且願如今。

觀物四首

蛩

春蠶繰繭白如霜，機婦停機待天涼。井蛩一夜秋已至，寸絲千結縈柔腸。催租吏罵翁媪怒，裘葛未成心轉苦。篝燈促織永夜忙，悔殺比鄰日長語。

蛙

鳴蛙恰恰地底鳴，池泉深徹池草青。秧田正枯須水活，龍骨車翻蛙不驚。在池固合憂涸鮒，鼓吹未妨明月步。可憐强聒將何爲，到底官私不關汝。

蟬

亂蟬凄咽下復高，逢秋輒作升木號。老夫觸熱思静卧，夕陽畏見聲嘈嘈。客來晝册誇莫二，伐木驅蟬蟬不至。不辭來歲無繁陰，正恐先爲斧斤費。

蚊

嗇夫利口工噬膚，纖腰蠆尾不受驅。不知一嘬何所苦，拍拍攘攘歌且呼。清晨出帷晝藏隙，正是袢蒸炎暑日。但願涼風卽日來，且爲蒼生膏血惜。

閑居六詠

早起

五夜玉繩轉，雙轤金井寒。背人蚊作市，欺夢蜩鳴官。竹徑風初度，松梢月尚團。踞龜猶汗漫，何許覓乘鸞。

午睡

東日平明際，北窗高卧時。五經方坦腹，百慮且伸眉。蕉覆從疑鹿，槐安更獵龜。覺來還一莞，七椀玉川詩。

晝閒

用闕無用地，才與不才間。萬法因心起，幾人如我閑。牀頭看黃卷，屋外儘青山。隱几逌然笑，何人戰觸蠻。

晡飲

閑居欣少事，燕坐覺無營。炎暑鏖天陣，驅除須酒兵。勿嫌晡日杲，自有晚風清。堪笑竹中飲，終成七子名。

晚步

抱病遊從少，居閑醉醒頻。心懷喜無事，腳力尚隨人。野徑經行地，園亭自在身。不妨歸步晚，長趁月華新。

夜坐

一窗涼浸月，四壁息聞雷。銅漏水仍滴，金爐香未灰。徘徊聽鼛遠，耀熠逐螢來。看劍挑燈久，譙城角引梅。

賀高中書兼崇政殿説書

欲議通三府，高名動四聰。鳳池仍舊渥，虎觀冊新功。晝日槐方翠，秋風棗已紅。直須先抗議，莫待入雲中。

日月熙明地，風雲際會辰。紫宮瞻象逼，丹扆喜情親。遜志賢謨在，仔肩聖德新。耕莘須負鼎，從此學而臣。

張孝顯晨訪懋忠堂因拉陳升可王囦道同飲徑醉卧小閣醒則晡矣戲呈諸公

凌晨有客來款門，盥櫛下榻呼冠巾。怪生鵲喜繞庭樹，迎客不但填河津。清尊湛湛開北牖，頤指市奴駿奔走。烹鮮煮餅羅朝盤，苜蓿闌干豈無有。一杯兩杯叱先驅，羣羊入夢撞甕菹。三杯四杯舌底滑，闔坐牢辭輒投轄。共言卯飲夕不同，能使終日長冬烘。一朝便廢一日事，除卻投牀百無技。老夫笑倒絕冠纓，人生無日無經營。經營至竟有底成，謹闕此告君勿評。直須大嗽五六七，不醉不扶毋返室。高眠一枕醉復醒，莫管今朝更明日。

吴季謙侍郎送家釀香泉絕無灰得未曾有戲成報章

義豐愛酒憎官壺，日長忍渴呼酪奴。自言畏灰如畏虎，有酒不向官坊酤。當家香泉世無比，米潔麴甘醇且美。釀時不著一點灰，滿酌寒泉挹清泚。小槽滴瀝竹筧承，冰渠夜濺真珠明。一泓澄澈玉無底，滿甕盎盎春風生。醒成不肯飲俗客，澆著柴桑舊時宅，共此千年醉眠石。更將餘瀝走馬軍，來注吾家老瓦盆，許我自飲不許分。老境宦遊環軌轍，官酒偏嘗隨地別，何曾見灰能作孽。飢來一腹大於蟬，鯨呿自覺吸百川。是灰是酒俱不辨，豈問他州并異縣。今夕何夕翻露漿，扣壺一洗灰土腸。君不見紫桑於酒特寓意，相逢不擇賤與貴。要是醇醲均一致，汝陽後來帝家子。路逢麴車不知味，流涎正復何所謂。貧爲田舍富天宗，遇酒隨飲莫適從。豈如仙家居義豐，無懷自與造化通。彼燧人氏初何功，酬君三語將毋同。同不同，君信否？黄花飄香石耐久，明日山行且攜酒。

珊瑚

銅柯凝異質，鐵網墜層淵。海霧夜涵潤，山霞朝欲然。绿鬟尚攲枕，烏帽稱鳴鞭。勿爲毛錐子，日興縻萬錢。

無題

秋水芙蓉試早妝，半軒微雨灑鴛鴦。細腰正欠酬金餅，奮翼何堪卸玉梁。髮鬢釵横人在牖，繩低斗轉月侵牀。無情花影雲來去，都做一天風露涼。

饅頭

幾年太學飽諸儒，餘技猶傳筍蕨廚。公子彭生紅縷肉，將軍鐵杖白蓮膚。芳馨政可資椒實，粗澤何妨比瓠壺。老去齒牙辜大嚼，流涎聊合慰饞奴。

小墅桂花盛開與客醉樹下因賦二律

舊遊曾賦小山篇，浪蕊浮葩總遜妍。金粟同瞻黄面老，玉枝争擁碧霞仙。化身瑞相已百億，匝地香風更大千。無量現前金世界，倦翁又結醉中緣。

黄金湧出碧檀欒，消得充庭舞廣寒。露蕊移將天上種，雲階借與月中看。扶疏清影立黄鵠，匼匝滿庭翔翠鸞。吹徹玉笙正涼透，香風萬斛夜漫漫。

雨中觀廬山

雨裏觀山夐不同，何須九疊看屏風。紫𦨭壇上排蒼壁，青步障邊鋪翠茸。谷錦未迴晴日照，衣綃聊借澹煙籠。祇今萬木添紅纈，更倩青霜染曉楓。

半生每負看山眼，此日真成帶雨遊。欹枕有無疑欲暮，成峯横側總宜秋。耳喧似厭泉鳴咽，腰繫不妨雲去留。明日新晴馬蹄放，直須三峽看龍湫。

約吳季謙山行書來問期戲答

連朝積雨快新晴，雨後青山眼倍明。大路岳蓮聊戲馬，西園池柳更啼鶯。已拚一醉從金諾，共聽層淵噴玉聲。月裏青山儘清絶，可憐偏照國西營。

觀芙蓉有感

芙蓉城邊觀芙蓉，開時澹白蔫深紅。新晴著人過於酒，聊與老面回春風。少年玉貌豈長好，花落花開不知老。老來會有少年時，對酒不飲將何爲。

邵伯温聞見録載范忠宣帥慶陽時總管种詁無故訟於朝上遣御史按治詁停任公亦罷帥至公爲樞密副使詁尚停任復薦爲永興軍路鈐轄又薦知隰州公每自咎曰先人與种氏上世有契義某不肖爲其子孫所訟寧論事之曲直哉予在山中讀書偶見此書而表之

君不見孔融昔日見李膺，百世尚以通家稱。又不見孔融後來薦鴻豫，卵翼方成比行路。北海平生開酒尊，未應賓客皆若人。儻令同德更比義，華胄以遥遥論。世間麟鳳雜梟鴟，人事會逢總如此。高平丞相本大賢，尺璧那容寸瑕指。一朝世講青澗种，轉頭不記龍圖公。蟈鳴亂磬蠅點素，丞相襟量滄溟同。歸來端委廟堂上，一眚不損三世將。自言曲直何必拘，愧死老奴作何樣。吁嗟此輩何代無，高平堂堂真丈夫。邵家聞見訂千古，寂寞潤城墳上土。

趙季茂通判惠走筆奉和

病嬾兩相宜，閑吟九日詩。江山雖舊隱，泉石是新知。不分黃花老，從教烏帽吹。白衣渾未至，醒眼欲何爲。

山行事事宜，酒與富於詩。雲錦工何用，風帘酒聖知。囊空須共賦，笛好愛孤吹。斟酌蒼茫詠，憑高漫爾爲。

晴佳雨亦宜，雲黑又催詩。静處景俱勝，閑中趣自知。攀條隨客嗅，卷葉看兒吹。世事只如此，吾今何所爲。

天巧與天宜，雕鎪焉用詩。冥鴻吾自愛，隱豹彼何知。牧笛方堪聽，胡笳不奈吹。傷時燭之武，老矣不能爲。

己亥八月廿一日除書予拜太平興國宫祠官呈趙季茂

世間何物最是閑，司諫拂衣歸華山。倦來忘記看不得，依約此語祥符間。終南捷徑本自錯，老子新司紫元鑰。官家雇我作閑人，有酒醉呼端不惡。歲糜廩粟月俸錢，豢鶴有料芝有田。人生何必待有用，我老得此寧非天。君不見當年把臂龍圖上，司諫放歸元未放。又不見倦翁山行醉復醒，説著拂衣今亦忘。

奉寄何正父總幹

經旬習嬾慣山居，不寫城間一字書。把菊見山新趣倦，汎蓮依水舊交疏。無心是處友麋鹿，有客寄誰烹鯉魚。見説近來軍食足，不妨詩卷訪犁鉏。

山中奉寄通判楊宗博

多病山中客，無人傍酒罇。與猿分橡子，爲鹿長禾孫。白晝雲歸屋，黃昏雨打門。忽懷楊司馬，煙靄隔重闈。

九月十三日始就郊墅拜寶謨閣直學士提舉江州太平興國宮之命

槐影西清舞翠鸞，竹宮高接五雲環。職陪温洛圖書地，名在元封卜祝間。晝訪未承龍閣問，晨香猶廁羽衣班。祠官到處無公事，且聽松聲老此山。

茶花盛放滿山

花容縝栗露冰膚，消得脂韋酪作奴。葉底綻葩黃映玉，枝間著子碧垂珠。潔躬澹薄隱君子，苦口森嚴大丈夫。便合味言歸雋永，移根禁籞比青蒲。

九月十四日夜月明如晝敬想合宮竣事志喜而作

纖塵不動月流空，雲繞昆侖想合宮。蟬冕侍祠三事列，雞竿賜赦九州同。裁儀丙己尊容典，肇祀庚寅識聖功。田野老臣窺天意，夜深頻起候西風。

將遊太平宮小詩呈趙季茂

聖治峯前松檜寒，舊遊重此解歸鞍。著身泉石無心客，主掌雲山正額官。老去隱居居紫府，新來雜壓壓黃冠。門東曾有劉仙洞，剥蘚攜笻試扣看。

螃蟹

無腸公子郭索君，横行湖海劍戟羣。紫髯緑殼琥珀髓，以不負腹誇將軍。酒船拍浮老子慣，咀嚼兩螯仍把玩。廬山對此眼倍青，願從公子醉復醒。

聞畫眉鳥聲戲作

木杪幽禽巧語新，何時曾記得名因。樣傳京兆成雙嫵，人指漁陽開小顰。儘許如簧啼白晝，未須對鏡學青春。山中有叟嗒無語，短褐龐眉更笑人。

小春六花

緑蕚梅

晚秋過了小春催，放盡山家緑蕚梅。東閣渠關詩興動，南枝先放暖風回。素裳肌透未融雪，碧蔕色欺初暈苔。惆悵東籬正岑寂，重陽消得滿園開。

茶花

萬峯落葉木槎牙，春色初回韞上茶。淺蕊黄金韻梔子，嫩容白玉沁梨花。西風凝露纔成顆，北苑喊雷應未芽。苦口味言終有益，莫將容悦比浮葩。

芙蓉

人道秋來不似春，芙蓉特地張吾軍。紅妝緑水照清夜，綵仗青旂朝大昕。吳陣綺羅千隊擁，秦川錦繡五花羣。可憐倚袖清霜早，日薄雲輕醉未醺。

小桃

霜晴著物利於刀，漏洩陽和是小桃。春色曾看九重醉，秋風不管十分饕。青枝似愜烏棲月，紅浪不翻龍化濤。穠艷自同時節異，夫君於此見清高。

黄菊

花時已是過重陽，翠幹重開滿地黄。不爲晨暉借顔色，要將晚節看芬芳。宅邊豈必白衣至，囊裏不妨紅友香。喚起閑情老元亮，頽然一醉答秋光。

李花

一枝眼底物華新，翠袖清霜更可人。靚色不須誇縞夜，韶容聊復返青春。日烘有意姿仍潔，露洗無言態更真。不趁繁華更孤迥，爲君喚起雪精神。

太平宫遇雨

山居五旬晴，山行一日雨。太平咫尺間，千里隔跬步。黃泥深三尺，風聲更號怒。誰語逋客知，山靈儻留汝。

以廬山所産天花蕈冬筍玉延餽趙季茂通判

已認山家作當家，與猿分栗雀分茶。氣先十月地抽筍，光現五臺天雨花。幸有玉延炊夜月，肯令繡谷噏朝霞。憑君試雋山中味，卻較閑忙定不差。天花蕈出五台山，俗傳文殊來現光相所及卽生。今廬山或有之，而極難值。天池，亦文殊之居也。

葆清值雨

松竹鎖靈宅，塵埃了不侵。洞龍隨劍吷，檻鶴識琴心。路指三峯近，山通一徑深。壁間少年字，陳跡不堪尋。

十一月十五日忽苦舌瘍甚不能飲食憊臥一榻戲成

君不見東坡昔步虎溪月，夜聽溪聲廣長舌。溪聲不斷流不枯，此段磊落真丈夫。一生吾伊換喑嗚，嗟哉三寸予豈無。公子搢紳陳禮法，枕麴沉思噤如蛤。辯士說客談從横，叱牛惟解供力耕。爾來更自作奇痛，晝苦吟呻夜妨夢。伏牀啜粥漓淋浪，臠肉持將堪底用。太倉受禾三百廛，大官烹羊俱鼎羶。瀛洲給膳稱學士，飽食端居今六年。生□元不負此舌，欲辦一奇了無說。更憎此舌工負予，乃復累我七尺軀。鵜夷榼載鸕鷀杓，向口低眉輒前卻。齒牙助桀復摇落，誤殺流涎孤快嚼。仰天大笑絶冠纓，舌兮腹兮誰重輕。

宿溪聲閣望香爐峯偶成二律

閲歷煙岩古，琮琤雪澗横。海潮秋八月，山雨夜三更。肯作隨流想，難忘漱石情。壯懷徒激烈，聊復以詩鳴。

廬峯三萬丈，鳥道度嶙峋。宿雨留前躅，清風絶後塵。誰憐石樓客，同是玉階人。謝屐須乘興，千年草木春。

謝趙季茂海錯二律

珍殽惟錯遠持將，賴有詩情合得嘗。明月擘蚶分瓦礱，晴霞浴鱟露珠房。鯽烏紫白螺開靨，蚷紫鰕紅鰾挾腸。雁斷閩山歸未得，把杯猶憶少年場。

苜盤朝日照蓬蒿，消得長吟賦老饕。喜見監州有螃蟹，未須學士議車螯。案鮭三九漫青韭，斗酒十千無白醪。應爲近來詩思少，故將飲興發風騷。

己亥十二月十七日堂帖被召感恩二首

九天驛騎下弓招，葵日丹心識就堯。鸞鳳正應在阿閣，鵷鵬何事享《簫韶》。邱園有分容逋客，海嶽無裨愧聖朝。老病不堪心力倦，甫田勿歎莠蕎蕎。
歸來三徑脫塵羈，兩拜除書下玉墀。聖澤雲天何以報，臣心鐵石未全衰。馬蹶已負驅車願，鴻羽難勝漸陸儀。願把一犁祝膏澤，康衢擊壤樂清時。

香贏

金相玉質介爲裳，一騎紅塵自遠方。籍挂衆香椒桂國，身居大海水雲鄉。丁贏薦醢醴猶具，甲煎流芬名未亡。舉酒便應醻一醉，尊前風味試平章。

病中未能訪鄧德載督參大監戲贈二首

昨朝華宴想清歡，今日牀頭未整冠。已恨酒腸孤夜醉，更驚病骨怯春寒。多情條脫參差是，一抹琵琶錯雜彈。老眼眵昏正無緒，爐薰燼冷對蒲團。

老來病是惡因緣，白晝明窗思悄然。欲住又傾迎夕雨，半醒似醉困人天。近拈吟筆塵欺硯，遠想江樓浪拍船。滿院杏花紅欲放，何時長笛醉風前。

春晴將遊玉淵踐吴季謙待制馮可久武博山行之約先走長句

康廬三萬丈，下有神龍淵。旁聯玉井並，仰溯銀河連。層崖積冰雪，斷岸藏風煙。崔隤五老峯，迸瀉三峽泉。鯨鯤碎紫霧，蝃蝀開青天。脈疑海眼近，寒入山骨堅。澗草搖秋暉，谷花發春妍。其間地布金，到處題標璇。大哉象教尊，儼若螺髻仙。巍巍南宗柏，湛湛西方蓮。總持包萬法，卓犖棲羣賢。慈心鬼神仰，顯跡今古傳。遠令千聖境，容此一席顱。我昔宿命通，曾結它生緣。嘗聞祖師隱，上應帝釋躔。清宵珠石隕，白浪星湖邊。至今澎湃中，常欲光景然。當時初卓錫，如昔睨采椽。浮雲常抗志，立雪思比肩。壯懷淩九疊，浩氣湧百川。山水爲高深，志節争後先。永言縶俗累，茲遊經幾年。猶想謝公屐，同整劉琨鞭。橋梁識昨經，歲月驚舊鐫。盍簪有耆碩，授館許款延。牛耳盟屢寒，馬頭月方圓。便思供糗資，更擬焚蘭荃。先尋遺民盟，次迹繡佛禪。策杖挂錢去，拂石看山眠。歸來廬山南，三士同陶然。

奉賡趙季茂雪中感興

曉雪初明瓦，春雲密布空。酒驚蕃鶴遠，詩坐灞驢窮。訪戴無嘉客，和陶稱倦翁。應憐四十韻，衣帶賀年豐。

病中午後登山閑步遥見園亭有翠帝張欄處久而識之爲張孝顯成趣軒蓋與緹屏油幙高會予病不得衡宴悵惘移時因以中孚澤所網鮮鯿侑以棠漪家醞併成四絶呈在席諸人

九折登山倚瘦笻，杳蹊眼襭早冬烘。翠雲遮斷神仙客，不許其間著倦翁。

蒲山桃李鬧紅霞，曾約香山白鹿車。堪笑東風欺病客，儳先且到別人家。
小池玉尺躍清波，病不開尊奈爾何。更倩棠漪吹柳岸，爲君小發醉顏酡。
衝席丞郎酒斛籌，不關無面見春鷗。五鯖見説妨齋禁，留待明朝太白浮。

戲作呈趙通判胡教授張總幹

人言春遊無不好，一日宴客三日飽。翁言此語特未定，一日宴客三日病。人生所願筋力強，問花訪柳同壺觴。老夫豈無少年狂，胡爲兀兀坐一牀。憶昔少年事賓友，常有清尊湛東牖。稍長便不論升斗，纔對白衣輒搔首。東來三輔西陪京，二十四橋誇廣陵。萬椽紅蠟撾畫鼓，醒處傳杯醉中舞。何嘗一日不春風，酒光花豔詩興濃。兔肩鹿腔坐擄熊，急雪打面看雕弓。笑談千古一吷中，眼底頓覺四海空。可憐芳草長邊路，年少堂堂背人去。歡筵陡廢管與絃，粥鼎相隨朝復暮。塞砧街鼓總愁聽，涼月花宵等虛度。前旬作意趁萬紅，沉霾積雨仍多風。中間一日稍晴意，藥裹關心復思睡。無氈坐上老相如，昔時依幕今題輿。三君笑談忽與俱，使我捨策忘其軀。須臾把酒舌底滑，席地幕天醉鄉闊。明朝奇祟那可言，閉院重尋舊生活。回思北海酒不空，料應多病過於儂。坐客常滿更可疑，華陀已死將誰醫。

睡起三絶

睡起東窗日已紅，扶頭宿酒未惺鬆。南陽一夢何關醉，自愛終身作卧龍。
天色今晨已放晴，烏烏亦覺有歡聲。幅巾自是便疏嬾，飯了花間取次行。

五更輾轉待晨光，到曉瞢騰入睡鄉。卻是金門早朝客，千金不博枕中方。

予園泰堂之旁有奇石小□有洞箭括有門車箱有谷高廣雖不袤丈而嵌空之勢宛若飄動暇日獨坐對玩移晷因賦

池邊歷平蹊，果下動遊輊。一笑未必領，萬象徒目送。淵渟歷危檻，目景眩華棟。閑情晻不舒，倦思悄如瞢。忽驚鵲噪檐，怳類雞發甕。坐開蒼玉壁，平揖青瑤峒。疇昔果安在，奔走比嶽貢。仰觀箭括門，廣宇豁晴霽。右開車箱谷，盤道陟微衕。中天隱日月，遥海插螮蝀。居然袤丈間，有此具美衆。老夫生平嗜，酷好泉石弄。天巧謝斲削，人爲謾摶控。尚憶三神遊，俛紀十年夢。鰲龜曾食蛤，騎鶴更答風。覺來海山蒼，倏見雪竇空。便疑勢峭崒，獨欠波澒洞。捧罌喜對酌，岸幘發孤諷。此兄定絶奇，吾意當折衷。一笑問阿章，試與評伯仲。

新荷出水

貼水初翻紫玉團，忽驚矗立傍闌干。瑤池七日來青鳥，玉鑑孤奩舞翠鸞。曉露走盤珠顆瑩，晚風颭蓋雪衣寒。從今十丈開花面，太華峯頭更一看。

排灣遇風對岸卽彭澤舊縣二首

隱約山藏霧，砰訇地起雷。黑風吹海立，白雨過江來。齊樂正應爾，沛兒安在哉！雄雌誰與辨，試上楚王臺。岸上蘆搖首，門前柳折腰。千年已陳迹，四海又驚飆。宿翳何當淨，高風幸未遥。柴桑那可見，身世且漂搖。

便風經雁汊宿荻港是日舟行四百里三首

近岸千帆掣，雄襟一昔舒。雲程排沸浪，風御翼澄虛。塊歷過都馬，波翻縱壑魚。經旬歎淹滯，此理盍乘除。

羊角摶扶日，鴻毛遇順時。天心應有爲，吾道復何疑。岸燎開戎捷，磯神助好祠。倚檣聊一笑，且試楚襟披。

瞬息四百里，經行三十年。此時真縮地，當日信梯天。岸過人回首，山浮浪駕肩。望塵何足羨，禦寇正泠然。

入蕪湖港過古祥寺

昔時曾訪後山松，天道那令霸業窮。夾岸人觀新太守，擁門僧認舊詩翁。隱磯謾指六朝事，魯港嘗淹五宿風。從此片帆湖際去，只應日在瑞雲東。

東壩以裏沿岸人家皆對門植葦於小嶼不曉其旨漫成四絶

岸旁幾曲住人家，淺嶼排門種荻花。縱使秋聲常索索，斷無司馬聽琵琶。
萬里江濱長野蘆，西風元不費工夫。兩京薺菜論斤賣，耳目由來喜所無。
北都舊産無淇竹，見説園池蘆葦多。漲緑不妨夜來雨，更須别浦聽鳴荷。
曲江四畔鎖離宫，細柳新蒲日日風。想見千門映春緑，君王未見碧成叢。

三塔寺寒光亭張于湖書詞寺柱吴毅夫命名後軒

竹裏逢僧院，殘碑不記年。贋題三峷堵，龍化兩魁躔。寶正號應紀，元豐墨尚鮮。寒光定何似，誰放五湖船。

淤中水淺輿從下水肩舟

水面平如砥，湖心淺不波。駕肩同作楫，袖手莫談河。不見成橋鵲，空傳度磧駝。勞生正應爾，空愧白鷗莎。

嘉定丁卯予守檇李召還郡人見餞於三塔灣偶至此寺因名有感

往年曾佩雙湖組，古刹猶題三塔灣。墮雁重尋湖浩渺，斷虹渾記水回環。兩州隔涉名無改，一紀栖遲老復還。病衲雖無分别想，經行莫作少年看。

去歲五月二十八日發雪錦亭以六月旦謁富池而行是夜始望見廬山今歲以此日正在湖滸中念歲月之倏忽驚道途之勞勩回首感歎二首

雪錦亭前夕照紅，興唐寺下曉聞鐘。傷心楚水又經歲，回首吴雲知幾重。萬里同盟祇鷗鷺，三江嘯浪憶魚龍。如今且對湖光裏，八九重開夢澤胸。

去年今日富池頭，浩蕩風煙卷雪樓。湖海百年雙鬢老，荆楊兩地一萍浮。河斜左界流清夜，雲密西郊望有秋。通塞隨時何必問，明朝又放溧陽舟。

病虎

長風吹谷白日暗，曠野人稀雲黯澹。狐狸嘯舞豺狼嗥，病虎妥尾行蓬蒿。天寒泉凍山骨高，皮枯髀痒霜爪搔。紛紛晴雪颱落毛，垂頭帖耳身腥臊。羣鴉槎牙噪古木，燐火半青新鬼哭。走麕過前不能逐，目視眈眈蹲樸樕。毛風血雨天地肅，何日跳踉看食肉。天生萬物有盛時，當年一嘯天助威。坐看雲起行引兒，當塗寧復論老羆。一朝老去守巖竇，落葉滿山冰雪後。壯心空在筋力疲，寂寞長飢眠白晝。古來豪傑多沉淪，不用爲鼠皆若人。范睢折脅西入秦，内史長歎田甲嗔。可憐百獸爲披靡，轉顧不如圈中豕。男兒奮路亦渠似，肯復虛爲倚崖死。君不見南山白額會報恩，牆頭金枕投何人。

玉唾壺

古來玉唾壺，歌罷壺爲缺。憂時一片心，常惜志士烈。鷿鵜瑩出昆吾刀，截肪温潤如切膏。悲歌聲動行雲高，何愛一闋稱人豪。馬生冀州北，未省能伏櫪。骨拳鬃秃刓四蹄，鳳膺赭汗人不知。夕陽芳草顧影嘶，猶憶振鬣天山西。可憐歲華暮，萬里瑶池路。鹽車轆轆踰太行，夜然枯草晝服箱。上天振策無王良，徒有此志今未忘。荆山韞明月，良工斲不徹。抱璞昔三刖，曾泣卞和血。既斲復毁不可磨，尊前對酒聽浩歌。唾壺雖缺璞更多，騏驥不生奈老何。

泥行終日至晡始抵中橋

歷盡清灣日已晡，斷虹吹浪過平湖。兒癡不識中橋影，問道前山有雨無。到得中橋一徑斜，岸傍沽酒兩三家。長年醉卧桑陰下，鼓吹猶煩兩岸蛙。

夜宿橋岸

衮纜宿前灣，平蕪泱漭間。舫移星在户，岸迴斗藏山。淺瀨不勝揭，浮生何日閒？夜深聞過艣，知是溧陽還。

問道宜興二首

買田陽羨説東坡，想見溪山勝概多。曾是中營誇繡帽，尚傳遺廟鎖雕戈。斬蛟義勇人猶記，化蝠仙蹤事易譌。我欲問津先訪古，古靈題蹟試摩挲。宜興張公洞，洞刻古靈題跡，客有爲予言，古靈後乃仙去者，末句故云。

粹儀夾綻盛花鈿，人説先朝祀玉仙。罨畫有溪春不老，煉丹無竈古空傳。乞靈牘擬羞蘋藻，養性何勞學汞鉛。書閣蒼龍應不遠，爲君重寫白雲篇。天申宮，夾紵玉仙聖母，章聖禱嗣之地。

過順州

身世漂摇似轉蓬，歷湖經淹任西東。凌波小試檜松檝，宿露飽親葭葦叢。兩岸居然驚脱免，一帆從此迅冥鴻。到頭天意君須會，吾道區區端未窮。

寄江州趙倅季茂時過溧陽舟中正順風張帆

庾公樓上憑欄時，一片歸雲費夢思。鄉國情懷應念我，江山風月定分誰。青衫休爲墓陵溼，紫氣先尋牛渚期。好是初秋藕花候，蛾眉尊酒正相宜。

寄高建寧尚書

已分耕畦老一犂，天風吹夢入枯溪。誰憐北垞騎牛背，又踏東華放馬蹄。槐緑不妨穿禁漏，棗紅便覺動邊鞾。歸塗願請平戎策，政恐曹裝趁詔泥。

張公洞二首

祚紀千齡運，名標二代仙。鵠鳴應徙地，蝠化已先天。風洞疑無底，丹爐信有緣。祗應巖下弈，爲我一覺然。

驢跡驚初踐，鴈盤若有靈。石橋通便户，金鑰鎖硃庭。滴乳堪成像，登臺仍刻銘。更憐國山字，真欲比云亭。

望北關門

萬里雲開端日明，雕甍遥接九重城。舳連丹鳳紅雲繞，關度青牛紫氣迎。新第千門俱改觀，舊溪二紀漫關情。今宵且向橋頭宿，又聽鼕鼕打六更。

水樂洞

天下水樂洞，今歸四姓家。臺池閉日月，泉石痼煙霞。誰掔遊人榼，還尋奉使槎。明朝重回首，清夢隔京華。

趙山二絶

驅車結束趁晨暾，水樂簾前共一尊。二十二年如掣電，軟紅依舊暗修門。

江南閑殺老尚書，自是承平一事無。送客折腰書脱腕，試從駝巘看燈塗。

洞霄宫

岧嶢樓觀鎖新宫，十里清溪一徑松。金牓奎章紅日照，石厓仙影白雲封。香殘半掩凝塵榻，路轉猶聞隔澗鐘。四牡經行真不枉，玉淵初識洞霄龍。

山比復泓澄，幽房取次行。萬峯隨眼換，一勺照心清。墜露涵秋氣，斜暉度晚晴。逌然還自笑，見易未經名。

洞霄宫良泓孫副官房

九月八日桐川道中二絶

斷雲輕素□山腰，山下人家野水橋。小隊摧旗空獵獵，不教閑趁酒旗招。

依稀九日明朝是，三徑情知不到家。隨分秋光闞節物，桐川道上看黄花。

九日發廣德至建平感事有作

西風吹著白髭鬚，嘉節催儂老道塗。無菊傍籬真漫□，有松掃徑故應蕪。登龍路近心誰賞，戲馬臺成足已瘏。悵望杜陵正搔首，一枝不得賜茱萸。

夢尚留三橋旅邸

天上歸來打六更，夢回搔首正瞢騰。玉霜初上三更月，絳綵猶明九市燈。聲徹銅魚催□箭，影斜金鵲在觚稜。帝鄉東望重回首，佳氣何時到五陵。

碧雲亭晚眺二首

閑步碧雲亭，寒郊弄晚晴。牛羊分暝色，禽鳥有春聲。城柳風猶勁，溪梅冰共清。屋梁正殘照，西望憶長庚。

歲華方冉冉，耕畝自閑閑。日落青楓浦，雲平白苧山。夜城嚴警柝，昏鼓動層闕。風露汀洲冷，驚鴻自往還。

滄浪吟集鈔

嚴羽，字丹丘，一字儀卿，邵武人。自號滄浪逋客。有《滄浪吟集》

《滄浪詩話》：論詩如論禪，漢、魏、晉與盛唐之詩，則第一義也。大曆以還之詩，則小乘禪也。晚唐之詩，則聲聞、辟支果也。盛唐諸人，惟在興趣，羚羊挂角，無跡可求。故其妙處，透徹玲瓏，不可湊泊，如空中之音，相中之色，水中之月，鏡中之象，言有盡而意無窮。近代諸公，乃作奇特解會，遂以文字爲詩，以才學爲詩，以議論爲詩，夫豈不工，終非古人之詩也。蓋於一唱三歎之音，有所歉焉。國初之詩，尚沿襲唐人，王黄州學白樂天，楊文公、劉中山學李商隱，盛文肅學韋蘇州，歐陽公學韓退之古詩，梅聖俞學唐人平澹處。至東坡、山谷，始自出己意以爲詩，唐人之風變矣。山谷用工尤爲深刻，其後法席盛行，海内稱爲江西宗派。近世趙紫芝、翁靈舒輩，獨喜賈島、姚合之詩，稍稍復就清苦之氣。江湖詩人，多效其體，一時自謂之唐宗，不知止入聲聞、辟支之果，豈盛唐諸公，大乘正法眼者哉！

行子吟

行子在江海，飄飄靡常踪。有如芒碭野，朔風捲飛蓬。朔風無休期，飛蓬日千里。散落天地間，寧有復歸理。胡雁西北來，一叫三徘徊。何時别沙漠，昨夜宿陽臺。同羣一相失，羽翮常低摧。人物有殊性，奈何罹此哀。

又

昨夜客遊初，結交重豪邁。高冠湛廬劍，志若輕四海。白首悔前圖，蹉跎天一隅。寒冬劍門道，失路空踟蹰。深林聚豺虎，絶壁號猩鼯。雪深車軸折，征馬驚啼呼。何當返故處，飱黍居田廬。淚下不能禁，腸轉如轆轤。

我友遠言邁

朔風零秋樹，白日寒無光。是時鴻雁來，四野何蒼茫。我友遠言邁，使我結中腸。如何攜手歡，一旦成異鄉。行旅有期程，遊子多悲傷。置酒欲高歌，淚來沾我裳。四座慘相顧，征馬亦徬徨。未知會面日，且復盡玆觴。

悠悠我行邁

悠悠我行邁，邈在天一方。道路無終極，時節異炎涼。路逢故里親，揮泣問我鄉。妻子別離久，不知今存亡。中原多白骨，城邑聚豺狼。退去無僮僕，思還絶餱糧。寄語家中人，遠行良可傷。

朝日臨高臺

朝日臨高臺，睠彼芳樹間。上有共棲鳥，和鳴何關關。爾乃慕儔侶，我胡獨不然。良友在萬里，邈然河與山。聚會豈不思，歲月倏已殫。未必無他人，要非心所歡。

仙遊

憶讀玲瓏篇，來往虛皇閣。空見白芙蓉，秋風幾凋落。昨逢紫陽君，共有丹臺約。下視塵埃中，冠纓縛猿玃。世事行若此，悠悠復何託！

朝別簡寂觀，夜行石鏡溪。溪光照匡緑，月色正相宜。石上三道士，頎然好丰姿。或美金光草，或把珊瑚枝。憑風照素手，賜我一玉巵。歎我事遠遊，蕭颯朱顏衰。長林孤月落，羽蓋何葳蕤。垂垂乘之去，棄我忽若遺。明發聞無覩，但有青鼯啼。

瀑布似明月，上有石梁橋。矯首望東海，正見蟾蜍生。揚輝天漢間，下照蓬丘城。桂實幾凋落，姮娥空聞名。咄哉玉斧子，不如白兔精。靈藥不服食，執柯獨何成。迢迢彩雲外，誰吹白玉笙？竦身一長聽，予若出寰瀛。

登豫章城

憂來不自得，登城望高天。寒雲四面起，朔氣下長川。脫劍且却坐，君知心惘然。奈何平生志，鬱抑江湖間。凜凜秋風來，茫茫落日晚。長憂生白髮，沉想忘朝飯。向來經濟士，本是碌碌人。蕭曹刀筆吏，樊灌屠販臣。徒步取勳業，漢道爲光新。我今何爲者！飄飄去鄉國。狂歌豫章城，醉卧風江碧。但取英雄笑，終慚倜儻生。名當以德載，事恥因人成。獨酌還獨酌，哀歌□寂寞。安得凌風翰，爲君拂寥邈。

遊臨江慧力寺

舟中望古剎，川上移琴樽。隱隱林閣見，迢迢鐘梵聞。列岫不離席，驚濤常在門。風帆與沙鳥，汎汎隨朝昏。天高一帆掛，室靜衆香焚。煙起多近郭，鴉歸無遠村。松際尚微雪，經年來暮猿。賞惟靜者契，法對高僧論。安得息塵駕，永懷瞻獨園。明朝別此去，惆悵滿松雲。

山居卽事

稍欣入林深，已覺煩慮屏。霜果垂秋山，歸禽度嵐嶺。紛紛葉易積，漠漠雲欲盛。澗底寂無人，松蘿窅然暝。惟聞山鳥啼，月上柴門靜。終歲寡持醪，延歡聊煮茗。羣書北窗下，帙亂誰能整。

廬陵客館雨霽登樓言懷寄友

終日坐汾澳，邈然無少欣。登樓一周覽，始見萬山羣。微雨洗殘暑，青天捲浮雲。襟懷兩廓落，朗若見夫君。見君君何在，顧影還獨笑。吏非金門遊，隱異滄洲調。江明秋月白，山空夜猿嘯。徒事百卷文，未返一竿釣。留滯豈勝愁，非君誰與謀。水寒終赴海，雁遠暫賓秋。舉世不可語，獨當傲巢由。贈君三尺劍，永駕五湖舟。

別客

客鬢風霜晚，離亭鼓角聞。念君當此去，把袂不能分。衡霍連秋氣，瀟湘合暮雲。愁心將落葉，向晚共紛紛。

訪益上人蘭若

獨尋青蓮宇，行過白沙灘。一逕入松雪，數峯生暮寒。山僧喜客至，林閤借人看。吟罷拂衣去，鐘聲雲外殘。

出塞行

將軍救朔邊，都護上祁連。六郡飛傳檄，三河聚控弦。連營當太白，吹角動胡天。何日匈奴滅，中原能晏然。

江樓夜月懷故山友人

昨夜江樓月，思君好斷腸。猿聲相應發，山色更青蒼。楚塞來書遠，閩關隔夢長。今朝看愁髮，爲爾半成霜。

有懷閬風山人

把酒忽惆悵，君今吳楚間。孤雲隨馬首，風雨隔河關。心事竟安在，此行殊未還。空將百年意，泣向寶刀環。

懷南昌舊遊

昨在南昌府，清遊不可窮。杯行江色裏，棹進月明中。樓笛吹晴雪，菱歌漾晚風。坐來懷舊迹，萬里一飄蓬。

江行

暝色蒹葭外，蒼茫旅眺情。殘雲和雁斷，新月帶潮生。天到水中盡，舟隨樹杪行。離家今幾宿，厭聽棹歌聲。

塞下

鞍馬連年出，關河萬里賒。將軍思報國，壯士恥還家。大漠春無草，天山雪作花。誰憐李都尉，白首没胡沙。

三衢邂逅周月船臨別賦此

我馬相逢日，那知復此間。客愁詩莫遣，世事酒相關。江上孤舟在，天隅兩鬢斑。更將憂國淚，滿袖送君還。

還山吟

日暮望南山，悵然歸思發。如何山中客，屢看城頭月。城頭月照女蘿秋，石磴潺湲瀉碧流。岩猿久別應惆悵，澗鳥相呼亦共愁。城南故人與我好，令我忘却歸山道。昨夜西窗夢到家，忽驚千嶂花芝老。朝來舟子從辭君，回首空江語尚聞。別後莫嗟難見面，相思只望嶺頭雲。

孺子臺吟

去年醉與東湖別，欲上衡湘泛秋月。君家留我却邅廻，悵望還成阻修闊。西山縹緲翠屏開，復憶滕王倒玉杯。經過始識洪厓井，調笑重登孺子臺。臺前呼酒折荷花，水浄煙明散落霞。舉杯失笑君何在，望斷行雲空咄嗟。故人別後還愁緒，此都不是余留處。興來目送海邊鴻，歸心掛在閩溪樹。

思歸引

海上之草緑芊芊，洞門一閉今□年。仙驥去時留紫鞭，掛壁見之心惘然。欲歸卽歸亦由我，不待功成何不見。堯舜未能屈巢由，自餘王侯何足遊。武陵春水緑蕭蕭，就中亦有桑麻郊。近聞秦人笑相語，待我東溪種碧桃。

送戴式之歸天台山歌

吾聞天台華頂連石橋，石橋巉絶横煙霄。下有滄溟萬折之洪濤，上有赤城千丈之霞標。峯懸磴斷杳莫測，中有石屏古仙客。吟窺混沌愁天公，醉飲扶桑泣龍伯。適來何事遊人間，飄飄八極尋名山。□花樹下一相見，笑我蕭颯風沙顏。手持玉杯酌我酒，付我新詩五百首。共結天邊汗漫遊，重論方外雲霞友。海内詩名今數誰，羣賢翕沓争相推。胸襟浩蕩氣蕭爽，寒空萬里雲開時。人生聚散何超忽，愁折瑶華贈君別。君騎白鹿歸仙山，我亦扁舟向吴越。明日憑高一望君，江花滿眼愁氛氲。天長地闊不可見，空有相思寄海雲。

送吴會卿再往淮南

故人身披紫綺裘，腰佩寶玦騎胡騮。英風俠氣横四海，辭我遠向淮南遊。淮南桂樹應猶在，八公舉手遥相待。明月高懸五兩頭，隨君千里過淮流。十年鞍馬邊城道，又是邊城見春草。萋萋□□□□□，長安北望空愁人。荆楚奇材多劍客，感慨相逢思報國。男兒事業早致身，青鬢須防霜雪迫。我向人間久拂衣，白雲相伴掩巖扉。調琴鼓罷清商曲，愁見孤鴻天際飛。

臨川逢鄭遐之雲夢

天涯十載無窮恨，老淚燈前語罷垂。明發又爲千里別，相思應盡一生期。洞庭波浪帆開晚，雲夢蒹葭鳥去遲。世亂音書到何自，關河一望不勝悲。

將至潯陽途中寄諸昆弟

渺渺孤帆去幾程，悠悠天際望湓城。一身避亂辭鄉國，千里相思隔弟兄。猿叫匡廬寒暮色，雁過彭蠡帶秋聲。江湖此去多飄泊，腸斷風塵遠別情。

客中別囗季高

悠悠遠別半生悲，白日相逢又話離。海内風塵愁未已，天邊消息到何時。洞庭旅雁春歸盡，瓜步寒潮夜落遲。惆悵孤舟從此去，江湖未敢定前期。

寄郭招甫時在潯陽

夢向三江買釣船，掛帆西去白雲邊。窗開曉色香爐見，門落寒聲瀑布懸。百年酒興陶彭澤，四海詩名孟浩然。何日真情塵外跡，焚香酌茗話先賢。

送崔九過丹陽郡上荆門省親

江國歸心一雁牽，河橋分手數杯傳。千崖萬壑秋聲裏，匹馬孤帆落照邊。牛渚寒波翻極浦，荆門晚樹合遥天。他時莫往瑶華問，南北相思各渺然。

楚江晚思

旅思遥遥倦向南，誰家煙火起晴嵐？孤城歸鳥連寒角，極浦斜陽帶遠帆。楓葉自能悲楚客，竹枝何用怨江潭。今朝欲寫風波恨，千里書成手自緘。

古懊儂歌

郎去無見期，妾死那瞑目。郎歸認妾墳，應有相思木。
朝亦出門啼，暮亦出門啼。蛛網掛風裏，遥思無定時。

西陵望

西陵終日望，不見有歸橈。欲去頻回首，寒江起暮潮。

送友人

黯黯離筵夕照收，江城羌笛起邊愁。念君此去三千里，何處關山是楚州。

羽林郎

貂帽狐裘塞北妝，黄鬚年少羽林郎。彎弓不怕天山雪，生縛名王入建章。

聞笛

江上誰家吹笛聲？月明霜白不堪聽。孤舟萬里瀟湘客，一夜歸心滿洞庭。

吴中送客歸豫章

川程極目渺空波，送爾歸舟奈别何！南國音書須早寄，江湖春雁已無多。

答友人

湘江南去少人行，瘴雨蠻烟白草生。誰念梁園舊詞客，桄榔樹下獨聞鶯。

閨怨

昨夜中秋月，含愁顧影頻。空留可憐影，不見可憐人。

懊儂歌

君子如白日，願得垂末光。妾心如螢火，安得久照郎。

船在下江口，送風不得上。結束作男兒，與郎牽百丈。

喜友人相訪擬韋蘇州

朝朝竹林院，閉户讀殘書。几閣晨風入，荒郊寒露餘。故人步屧至，清坐喜踟蹰。輟卷還留興，漱泉同飯蔬。

《霏雪録》：嚴滄浪之手詩，刻意古作，卓然不爲流俗所染。五言如《閨怨》等云云。

和上官偉長蕪城晚眺

平蕪古堞暮蕭條，歸思憑高黯未消。京口寒烟鴉外滅，歷陽秋色雁邊遥。清江木落長疑雨，暗浦風多欲上潮。惆悵此時頻極目，江南江北路迢迢。

竹齋集鈔

裘萬頃，字元量，豫章人。嘉定癸酉，除吏部架閣，明年遷大理司直，疏力丐外，勅旨差江西撫幹，以便禄養，卒于官。然觀公集，《兀坐有感》詩云：「息綿綿而不絶，心了了以常明。静室我方宴坐，傍人嗔作備行。」是何異祖師偈語也，公益庶幾知道者歟。

出門

出門復入門，吾行竟安之。攜書北窗下，翻閲聊自怡。有懷千載人，掩卷還歔欷。采采首陽薇，戀戀商山芝。一裘或終身，欣然釣江湄。斯人不可作，斯道日湮微。目前稻粱謀，鳧雁方齊飛。青田寂無音，歲晚將疇依。慎勿出門去，塵埃染人衣。

菖蒲

康廬入吾懷，十載馳夢魂。踵門者何人，遺余以芳蓀。歡然得其趣，如對五老言。幽姿出岩谷，常帶冰雪痕。塵容爲一洗，兩目不復昏。忽思三峽流，褰衣涉潺湲。因仍一寸石，浸潤九節根。人言可扶老，歲月須其蕃。兹理諒不誣，吾將從綺園。

從人覓墨梅

熏爐束詩魂，茗椀驅睡思。掩關寂無營，翰墨自娛戲。山寒溪正清，月淡雪初霽。橫斜兩三枝，見說可人意。天機如胸中，出手特餘事。何時剪冰絲，來對病居士。

題余仲祥松齋

芳妍桃李場，紛趨歘成蹊。長松坐偃蹇，遂爾不見知。平生異時人，不與俗轉移。蕭然塵埃中，擅此丘壑奇。窗虛境逾清，四壁風來吹。抱琴揖蒼髯，喜氣掀兩眉。臭味既與同，相親不相違。直期閱歲寒，□可但忘飢。

行役

宿霧鎖山椒，落月掛林側。崎嶇歷岡巒，髣髴辨阡陌。秋高風露寒，道遠時序迫。安得歸故園，篝燈理書册。

羅溪橋

我來從西昌，日日困塵土。誰知羅溪橋，淨若初過雨。長松列左右，清風奏宮羽。薄暮舍籃輿，扁舟渡溪去。

次伯仁善利閣小室韻

山林吾所宅，夜月恒對影。焉知江上人，一日過萬境。褰裳步崇臺，有室妍且靜。徘徊不能去，坐見四山暝。

見雪

兀冥當語誰，餉我一簷雪。吾廬本來静，得此更清絕。遥憐北海上，往往已盈尺。齧氈人在否？毋凌漢臣節。

雨後

秋事雨已畢，秋容晴爲妍。新書浮秠穲，餘潤溢潺湲。機杼蛩聲裏，犂鋤鷺影邊。吾生一何幸，田里又豐年。

用鄭浮梁韻簡圜師

杖屨山蹊窄，鐘魚佛界深。寒梅殘屋角，春薺老牆陰。一水元無恙，扁舟尚可尋。煩師掬清溜，爲我洗塵心。

次胡伯仁韻

山長飛鳥急，江闊去帆微。唱晚幾漁笛，憑高一釣磯。從君濯冰雪，滿袖得珠璣。三歎不能已，歸來吟夕暉。

送胡仲立入京

昔對延英日，諸公歎弗如。敢言天下事，不負案頭書。此去朝雙闕，懸知有異除。榮途方驅牡，未用曳長裾。

次施真人韻

素韠方多難，丹砂倘一逢。勿疑蕉覆鹿，會見竹成龍。澗水遠仍潔，岩花幽更濃。行行望仙宇，知在最高峯。

厭原山中曉行

碧雞夜半聲啁哳，喚起幽人步林樾。秋高風露着林木，無數寒花泣明月。松篁一徑宛如畫，石溜涓涓更清絶。山巔便好結茅廬，莫待他年鬢成雪。

夜坐

爐火篝燈孰與同，此心吾欲付冥鴻。茅簷已作涉旬雨，蕙帳不禁連夜風。一段清愁詩句裏，十分寒事酒杯中。溪雲未用安排雪，且聽梅花試小紅。

玉山道中時赴掌故之命

麥苗堆緑菜花黄，一簇人家古道傍。酒熟不妨邀里黨，年豐贏得事農桑。世情只説宦遊好，客裏那知歸興長。我有平生簑笠在，釣絲何日理斜陽。

睡起書懷時諸公相勉再出

北窗終日廢書眠，一枕清風值萬錢。雲度茅簷輕苒苒，泉生石砌浄涓涓。不嫌雨脚花間注，要聽秋聲屋外傳。三徑初成吾欲老，幕中何用泛紅蓮。

有感時與李宏齋有約

去年今日西歸客，曝背茅簷又一冬。歲月催人雖迅速，簡編于我却從容。知名焉用詩千首，養病聊須酒一鍾。早晚杖藜修水去，故人相約許相從。

懷范光伯再用韻

梅邊流水碧洄洄，都把相思付折梅。十載不禁雙淚落，一樽期慰九腸回。驚殘蝶夢鵲空喜，望斷馬蹄人不來。咫尺雲山尚如此，天涯誰信得追陪。

用黄子益韻二首

青衫日日困塵沙，安用浮名與世誇。已過半生真似夢，未荒三徑且還家。恨無沉水紆香穗，喜有寒泉瀹茗花。袖却西歸遮日手，園林幽處看桑麻。

睡起歡然思慮少，病餘猶覺應酬艱。招摇風月聊須竹，收拾煙雲幸有山。但要世緣隨水斷，莫休詩債幾時還。追奔富貴非吾事，且占林泉一味閒。

題懷秀堂

莫教滿地長莓苔，杖屨從今日日來。曲徑要隨松巷轉，柴門須對石梁開。牆頭花木因時種，案上圖書任意堆。幸有林泉堪寄老，忍將雙脚踏塵埃。

大雪次前韻

誰知天巧出玄機，但怪飛瓊過眼奇。暝立風枝寒雀倦，愁吟冰谷曉猿飢。蘆花洲渚月明夜，柳絮池塘春暮時。此景人間不長有，寫真傳影正須詩。

兀坐有感

意行曾到楚江腰，占得雙泉第一寮。窗户邃深鐘磬遠，客塵都向静中銷。

癸亥夜夢

丙夜清眠正熟時，夢魂飛去拜丹墀。小臣乍得披肝膽，感慨分明涕淚垂。

次余仲庸松風閣韻六首

飛花數點雨初歇，啼鳥一聲春正長。讀罷《黄庭》了無事，旋安銀葉試爐香。

已著遺經洗此心，更尋流水濯吾襟。經旬不涉溪邊路，荇帶苔錢如許深。

霧閣雲窗先自幽，水聲那更繞牀流。春深紅雨落桃徑，晝永清風生茗甌。

簷間新燕幾時來，簷外閒花往歲栽。丹杏碧桃花落盡，緑陰低處結青梅。

淡月籠花花映窗，好風吹竹竹浮香。夢回何處一聲笛，人静山幽天正涼。

爲憐風雨趣春回，故着秋花到處栽。蘭菊從來盛風味，不妨環繞讀書齋。

宿翠巖寺呈李弘齋僉判

匡廬勝處君曾到，誰是淵明與遠公。幸有《和陶》詩卷在，好依蓮社此山中。

寄宋居士修叔求庵記

翠琰新刊照眼明，流傳何日到柴荆。從今不恨論交晚，我亦碑中有姓名。

日出

日出柴門尚懶開，綠陰多處且徘徊。槐花滿地無人掃，半在牆陰覆紫苔。

早作二首

井梧飛葉送秋聲，籬菊緘香待晚晴。斗柄横斜河欲没，數山清處亂鴉鳴。

北窗清冷不成眠，風遞蛩聲到枕邊。試唤兒童捲疏箔，一簾花影月娟娟。

秋

數聲牧笛日將晚，一曲樵歌山更幽。解帶盤桓小溪上，坐看紅葉汎清流。

上元憶大梵明燈

經年不到豫章城，燈火遥聞鼓吹聲。却憶秋屏臺上寺，絳紗青玉幾長明。

九日

籬落黄花尚自無，白衣猶未到吾廬。莫令此日負佳節，爲展淵明采菊圖。

次仲庸初冬卽事

常歲霜天分外晴，一溪如練浸冰輪。今年風雨寧無夜，誰與谿梅作小春。

君家秋實洞庭種，小子持來獨未黃。莫作蘇州書後夢，只今惟欠滿林霜。

寄元齡弟

季也東歸何太遲，伯兮西望屢吟詩。茅簷昨夜雪深尺，人在篷窗知不知。

雪中再示元德元齡二弟

平生簑笠慣衝寒，長憶江湖把釣竿。昨夜北窗聞雪作，夢魂飛到子陵灘。
青青窗外幾修篁，也學宮梅巧樣妝。說與惠連須着句，雪邊春色到池塘。

再用韻寄弟

無人低唱兩三巵，一任瓊瑤滿眼飛。羅襪暗塵應洗盡，月明吾欲看江妃。
憶昔騎驢犯曉寒，酒旗隨處認長竿。灞陵物物皆詩句，不用牽船八節灘。
眼前修潔獨修篁，屢倩東風洗曉妝。學舞腰肢困珠玉，可懷官柳在寒塘。

再用韻

雪裏鷗盟故未寒，小舟南浦着漁竿。眼明似近月十里，衣冷欲迷雲一灘。

余從元德弟借到西郎書齋朝夕其間今二年矣題戲作病僧寮云

華髮蒼顏一病僧，向來文史頗關情。只緣世網無由脱，遂學枯禪度此生。
病僧行脚歸來後，百事無心每閉寮。日射竹窗風葉亂，煙凝香鼎篆紋銷。

寄元齡弟

莫怪窮年不入州，載書前已會盟鷗。市朝畢竟多塵事，且傍溪山静處留。
少年妄作功名想，説着長安喜欲狂。多病年來怕奔走，却思雲壑置藤牀。

元齡弟寄悲秋四詩因次

支離病骨怯初寒，眼底清愁更萬端。勉和新詩寄鴻雁，江城夜月覓君看。

余既得烏石岡西望葛壇在雲霄中相去雖遠山勢不斷林木歷歷可數異時乞靈仙翁不難矣喜而成詩寄葛壇主人

東西知隔幾牛鳴，山勢綿綿若引繩。待向岡邊結茅屋，幅巾遥禮夜壇燈。

寄張仲符時得烏石岡地

今人那似古人賢，一鍤隨身日醉眠。此老有靈應笑我，區區常費買山錢。

寸心天地有長久，此訣劉郎却未傳。他日馭風蓬島去，謾留陳迹在山巔。

酬余求之

枕中久已黄粱熟，鏡裏從教白髮垂。但得漁樵分半席，此生何必與人知。
雨後輕窗無一塵，窗前松竹更清新。不妨踏徧莓苔地，遣我青鞋有故人。

别曹教授

從渠柳色自青青，莫爲行人賦《渭城》。只恐南牆舊時竹，誤隨風雨作離聲。
江花岸柳最多情，長逐春風管送迎。我亦思歸歸未得，夜窗愁聽杜鵑聲。

有感

三四知音總道山，荷鋤吾欲在田間。人言病驥猶堪秣，伏櫪何心十二閑。

題老梧畫卷

吏隱三年楚水頭，每隨鳧雁杙扁舟。歸來喜色驚鄰里，分得瀟湘一片秋。

晞髮集補鈔

謝翺，字皋羽，一字皐父，閩之長溪人，後徙浦城。咸淳中，試進士不第。丞相文信公開府延平，署咨議參軍。信公被執後，避地浙東，在浦江主吴渭家。與方鳳、吴思齊遊，度釣臺南地爲文冢，名會友之所曰汐社。期晚而信，集同好名氏作《許劍録》，取吴季子意。後挈家錢唐江上，於乙未八月卒。友人方鳳、吴思齊輩歸其骨，葬於釣臺，從初志也。

鄧牧《謝皋羽傳》略云：皋父性耿介，不以貧累人，所居産薪若炭，率秋暮載至杭，易米卒歲。少裕，則資遊江海，訪前代故實，著宋史，補唐詩人無傳者三十餘篇；傳近世隱逸數篇。歲甲午，與杭人鄧牧相遇會稽，結爲方外友。牧因爲言，杭大都會，文士輩出，余知若干人，盍往見之。旬日别去，逮牧歸杭，君已挈家錢唐江上。問所從遊，皆前所聞者，其信好學也。乙未秋，牧薄遊山水間，君病篤，望牧不至，懷以詩曰：「謝豹花開桑葉齊，戴勝芊生藥草肥，九鎖山人歸未歸。」蓋絶筆于此。

任松鄉《謝處士傳》略云：皋羽常布衣杖策，參人軍事。晚登子陵西臺，以竹如意擊石，歌招魂之詞曰：「魂來兮何極，魂去兮江水黑。化爲朱鳥兮，有咮焉食。」歌闋，竹石俱碎，失聲哭，何其情之悲也。

方韶卿《謝皐羽行狀》略云：君遺稿，在時，舊所爲悉棄去。今在者手抄詩六卷，雜文五卷，《唐補傳》一卷，《南史贊》一卷，《楚詞等芳草圖譜》一卷，《宋鐃歌鼓吹曲》、《騎吹曲》，各一卷。《睦州山水人物古蹟記》一卷，《浦陽先民傳》一卷，東坡《夜雨句圖》一卷，《浙東西遊録》九卷，《春秋左氏續辨》、《歷代詩譜》未脱稿，選唐韋、柳諸家及東都五體在集外。

聽雨

山廚壓炊烟，野雨起薄暮。孤客卧空牀，不識門前路。回風已若休，入壑忽如赴。荒林啼鬼車，往往不見處。鄰翁起厭勝，咒作禹餘步。聽雨雜咒聲，起歌和其語。咒静雨亦止，還眠向窗曙。

佽飛廟迎神引

劍歌兮擊筑，茭青兮蓼緑。夕濟甬兮沉玉，步巫兮禹孫。葺神藩兮楚軍，神之乘兮海雲。嘆芳兮越咒，斬將兮神祐。秋零露兮爲酹，春集鴉兮神語。風蕭蕭兮滿旗，雲之車兮來思。

鴻門譙

天雲屬地汗流宇，杯影龍蛇分漢楚。楚人起舞本爲楚，中有楚人爲漢舞。鶻鵜淬光雌不語，楚國孤臣泣俘虜。他年疽背怒發此，芒碭雲歸作風雨。君看楚舞如楚何？楚舞未終聞楚歌。

哭正節徐先生

淒涼攜子女，冠佩赴重陰。塌井千年事，青天此夜深。哀辭山石刻，衈典海舟沉。里族南薰夢，東都直至今。

採藥候潮山宿山頂精藍夜中望海

蛟門南去鳥，此地望迢迢。積溼侵幡黑，生寒入夢飄。見燈歸舶夜，聞偈解衣朝。土植皆爲藥，山枝不滿樵。暗光珠母徙，秋影石花消。擬候槎回漢，寧甘客老遼。卻尋徐福島，因問秦皇橋。於彼看日出，羽旌焉可招。

效孟郊體

手持菖蒲葉，洗根澗水湄。雲生巖下石，影落莓苔枝。忽起逐雲影，覆以身上衣。菖蒲不相待，逐水流下溪。

雨宿太白

城中家斧冰，此地絕炎蒸。天食青童捧，龍居白氣升。暗燈猶宿火，寢服尚衷繒。客話從前事，書傳入內僧。風流今獨盡，雲物老相仍。浄榻搜涼卧，危欄入醉憑。雨師行下界，鳥夢識中乘。明發甬南去，他山逢智弘。

夜宿雪竇上方

眠山枕斧柯，獨客愛盤阿。畏日生塵夢，尋仙到鳥窠。下方聞夕磬，南斗挂秋河。寢服侵雲卷，頮泉通瀑和。竇分滄海月，禪入沃洲歌。此地精靈聚，中宵弄薜蘿。

野霞觀瀑

他年疏上浮，早日此中投。汲飲當魚人，垂綸卽駟遊。浄祠無血食，嘆雨不腥流。僧語皆前事，人來盡別州。草諳長過雪，沙犯欲揖湫。至竟何依止，蒼茫難禱求。

二月十日

山居少四鄰，樵葉半爲薪。野色生遥念，空江滯此身。風濤春憶越，親舊晚遊秦。獨擬尋雞犬，雲蘿掛葛巾。

早春寄嶺海流人

袒褐隨南賈，衰年異壯遊。龍旂虚左个，鴻影别中州。晚避高麗使，春乘百濟舟。王孫與芳草，相憶可相留。

僧池青蛙

隱見多無定，時開一道萍。瘦分荷背白，身帶蘚文青。吐雹收寒井，隨僧入浄瓶。柏壇祠后稷，應想作龍靈。

寄所知

何處識君面，青天雲霧裾。攜琴上衡霍，玄髮向風梳。別去看流水，三年此躊躇。偶同海鳥夢，爲致空中書。

僧舍避暑分韻得入字

故人隔天風，海水吹不立。聊將塵渴心，遠赴山中汲。晴香芝菌生，暝翠霧露溼。惟應雞犬深，幽林聽經入。

五言雜詩

月離孤嶂雨，尋夢下山川。野冢埋鸜鵒，殘碑哭杜鵑。妓收中使客，民買內醫田。到此聞鄰笛，離情重惘然。

送人還蜀

白髮夢鄉國，君歸路不迷。湫槎秋見草，荒棧夜聞雞。月過秦涼北，星流河漢西。何因到却返，吳語話分攜。

雪榻瀑布

漱石青塵暑，雲深長解攜。寒岩蕭寺下，縣水薜陰西。鳥宿溼棲樹，花流晴下溪。謫龍聞咒起，奇服反初笄。

十日菊寄所思

籬菊是秋鄰，青蕤幾日新。忽逢初過節，相憶早衰人。囊枕離湘溼，分杯度嶺貧。相應無事業，遙念益沾巾。

吳越王妃歸朝

勾吳月令牽牛中，翟茀乘風來閟宮。隨王劍履朝上殿，黃門夜趣長春宴。昭容引班入內朝，龍袞當中開雉扇。宴罷朝辭坐局促，詔賜離宮作湯沐。先王蒸嘗澤有差，上恩許歌陌上花。

短歌行

秦淮没日如没鶻，白波摇空溼弦月。舟人倚櫂商聲發，洞庭脱木如脱髮。寒蛩哀啼衆芳歇，晨梳青林望吳越。吳歈越吟浪花舞，秋槎溼劍歸無所。愁生酒醒聞山雞，石鏡飛花汗如雨。起招如意擊樹枝，爲君悲歌君淚垂。

虞美人草詞

髑髏起語鵂叫嘯，山精夜啼楚王廟。渡淮風雨八千人，叱咤向天成白道。身經百戰轉危亡，狼籍悲歌自從爲草生西楚，出漢堡。夜帳天寒抱玉泣，血變草青煙曉溼。他年辟仇春草生，吳中草死無妾名。得到吳中猶楚舞。

登廣靈寺塔望南高峰

城池風煙杯渡僧，廣靈孤塔懸晝燈。塔燈上齊南高雲，南高峯巔祠歛神。靈旗肅肅卷清雨，結喉巫陽能楚語。回望人煙塔峯北，惟有空城臨水滸。赤蛇不神江海翻，藪澤狐狸作巴舞。當年介弟偕防禦，玉驄青鞭上天去。

鄞女墓

網草新垂月中露，青禽夜宿菱塘渚。寺西幽修雲覆土，知葬舒王下殤女。百年光塵事事新，皇子夫人墓作鄰。民間壓勝祈新鬼，稱鬼久隨風雨陳。去來似爾勿復道，白下鍾山夢中老。

明河篇

牽牛夜入明河道，淚滴相思作秋草。婺女城頭翫月明，星君冢上無啼鳥。天寒露淨沾衣巾，明河倏化爲白雲。雲飛蜿蜿秋在水，石壓槎頭海煙起。

文山詩補鈔

文天祥，吉州廬陵人。理宗朝，廷對第一。歷官校書著作郎，至兼學士、國史院崇政殿説書、玉牒所檢討。賈似道以致仕要君，降詔多諷語，逆賈意，奏免。始闢文山以居。

南華山

北行近千里，迥復迷西東。行行望南華，忽忽如夢中。佛化知幾塵，患乃與吾同。有形終歸滅，不滅惟真空。笑看曹溪水，門前坐春風。六祖禪師真身，蓋數百年矣，爲亂兵刲其心肝。乃知有患難，佛不免，況人乎？

金陵驛

草合離宫轉夕暉，孤雲飄泊復何依。山河風景元無異，城郭人民半已非。滿地蘆花和我老，舊家燕子傍誰飛。從今别卻江南日，化作啼鵑帶血歸。

遇異人指示作五言八句

誰知真患難，悟此大光明。雲散天仍在，風休水自清。功名幾滅性，忠孝太勞生。此意如能會，神仙亦可成。

上元懷舊

禁門三五金吾夜，回首青春忽二毛。池上昔陪王母宴，斗中今直貴人牢。風生江海龍游遠，月滿關山鶴唳高。夢到鈞天燈火鬧，依然彩筆照宮袍。

理宗度宗在燕京獄中。

先帝弓劍遠，永懷侍芳茵。今朝漢社稷，爲說涕霑巾。

誤國權臣似道喪邦之政，不一而足。其羈虜使、開邊釁，則兵連禍結之始也。哀哉！

蒼生倚大臣，北風破南極。開邊一何多，至死難塞責。

京城

當宁陷玉座，兩宮棄紫微。北城悲笳發，失涕萬人揮。

陵寢

五陵花滿眼，霜露在草根。冥冥子規叫，重是古帝魂。

邳州哭母小祥九月七日。

我有母聖善，鸞飛星一周。去年哭海上，今年哭邳州。遥想仲季間，木主布筵几。我躬已不閲，祀事付支子。使我早淪落，如此終天何。及今畢親喪，于分亦已多。母嘗教我忠，我不違母志。及泉會相見，鬼神共懽喜。

過淮

北征垂半年，依依只南土。今辰渡淮河，始覺非故宇。故鄉已無家，三年一羈旅。龍朔在何方，乃我妻子所。昔也無奈何，忽已置念慮。今行日云近，使我淚如雨。我爲綱常謀，有身不得顧。妻兮莫望夫，子兮莫望父。天長與地久，此恨極千古。來生業緣在，骨肉當如故。

亂離歌六首

有妻有妻出糟糠，自少結髮不下堂。亂離中道逢虎狼，鳳飛翩翩失其凰。將雛二三去何方？何處國破家又亡。不忍舍君羅襦裳，天長地久遠茫茫，牛女夜夜遥相望。嗚呼一歌兮歌正長，悲風北來起彷徨。

有妹有妹家流離，良人去後攜諸兒。北風吹沙塞草萋，窮猿慘淡將安歸。去年哭母南海湄，三男一女同歔欷。惟汝不在割我肌，汝家零落母不知，母知豈有瞑目時。嗚呼再歌兮歌孔悲，鶺鴒在原我何爲。

有女有女婉清揚，大者學帖臨鍾王，小者讀字聲琅琅。朔風吹衣白日黄，一雙素璧委道旁。雁兒啄啄秋無粱，隨母北首誰人將。嗚呼三歌兮歌愈傷，非爲兒女淚浪浪。

有子有子風骨殊，釋氏抱送徐卿雛。四月八日摩尼珠，榴花犀錢落繡襦。蘭湯百沸香似酥，欻隨飛藿飄泥塗。汝兄十三騎鯨魚，汝今三歲知在無。嗚呼四歌兮歌以吁，燈前老影明月孤。

有妾有妾今何如，大者手將玉蟾蜍，次者親抱汗血駒。晨妝靚服臨西湖，英英雁落飄璚琚。風花亂墜鳥嗚呼，金莖沆瀣浮汚渠。天摧地裂龍虎殂，美人塵土何代無！嗚呼五歌兮歌鬱紆，爲爾迎風立斯須。

我生我生何不辰，孤根不識桃李春。天寒日短空愁人，北風吹隨鐵馬塵。初憐骨肉鍾奇禍，如今骨肉更憐我。汝在空能嬰我懷，我死誰當收我骸。人生百年何醜好，黄粱得喪俱草草。嗚呼六歌兮勿復道，出門一笑天地老。　收柳女信，痛割腸胃。人誰無妻兒骨肉之情，但今日事到這裏，于義當死，乃是命也。奈何！奈何！途中有三詩，今録至言至于此，淚下如雨。一、讀此三詩，便知老兄悲痛真切之情。事至于此，爲之奈何！兄事祗待千二哥至，造物自有安排。可將此詩呈嫂氏，歸之天命。仍語靚妝、璚英，不曾周旋得，毋怨，毋怨。徐妳以下，皆可道達吾此意。當此天翻地亂，人人流落，天數奈何！奈何！　一、可令柳女、環女好做人，爹爹管不得。淚下哽咽，哽咽。　一、此詩本仍可納之千二哥。　兄天祥家書達百五賢妹。《鐵網珊瑚》張翥跋云：「右文信公遺墨，前參知政事本齋王公所藏。公殁已久，家人理筐篋，書尺叢積，顧是紙損爛，將裂以拭巵匜。公之子季境適至，識爲信公書，咄唶驚異，亟命裝池以完。嗚呼！豈非有神物守護之歟？不然，英靈之氣不泯而致之歟？先賢尺牘，人尚皆藏弆之；矧信公之精忠偉烈，震耀古今，翰墨光芒，垂示臣子者乎？不惟王氏寶之，百世而下，固夫人之所同寶也。史官河東張翥書。

送行中齋

秋風晚正烈，客衣早知寒。把衣不能別，更盡此日歡。出門一萬里，風沙浩漫漫。豈無兒女情，爲君思汍瀾。百年有時盡，千載無餘歡。明明君臣義，公獨爲其難。寧受百折苦，願持一寸丹。會須撫卷人，孤燈起長歎。

神龍蕩失水，馴擾終未得。威鳳雖在藪，肯顧雞鶩食。所以古之人，受變心不易。亳鼎已遷周，西山竟肌瘠。豫子身自漆，萇弘血成碧。何嘗怨廢興，而或二心跡。堅白不在緇，羔裘良自惜。此義公素明，俗見或未識。

嗟予抱區區，疇昔同里閈。過從三十年，知心不知面。零落忽重逢，家亡市朝變，悖悖蹈海餘，踽踽南冠殿。劇談泥塗際，握手鞍馬倦。依依斯文意，苦恨十年晚。魯仲偶不逢，隨世本非願。靈胥目未抉，端欲諧所見。及茲萬里別，一夕腸百轉。予生諒須臾，孤感橫九縣。庶幾大尉事，萬一中丞傳。

題宣州疊嶂樓

初日照高樓，輕煙在疏樹。峨峨遠岫出，泯泯清江去。簷隙委殘溜，隅連宿莽。薈蔚互低昂，熹微分散聚。城郭諒非昔，山川儼如故。華髮已零落，姝顏慰遲暮。沉沉澹忘歸，欲歸重回顧。

東方有一士

萬金結遊俠，千金買歌舞。丹青映第宅，從者塞衢路。身爲他人役，名聲落塵土。他人一何傷，富貴還自苦。東方有一士，敗垣半風雨。不識絲與竹，飛雀滿庭户。晨餐或不飽，夜夢無驚寤。此事古來多，難與俗人語。

送劉其發入蜀

秋風凄已寒，蜀道阻且長。虎狼伏原野，欲濟川無梁。客從何處來？云我之西方。蕭蕭驌驦鳴，熠熠湛盧光。昔時榮華地，今爲争戰場。將軍揚天戈，壯士發戎行。江南有羈鳥，悠悠懷故鄉。駕言與子遊，雲天何茫茫。

發魚臺

晨炊發魚臺，碎雨飛擊面。團團四野周，冥冥萬象變。疑是江南山，煙霧昏不見。豈知此中原，今古經百戰。英雄化爲土，飛霧灑郊甸。天寒日欲短，遊子淚如霰。

發陵州

中原似滄海，萬頃與雲連。大明朝東出，皎月正在天。遠樹亂如點，桑麻鬱蒼煙。一雁入高空，千鴉落平田。我行天地中，如蟻磨上旋。雨痕留故衣，霜氣襲重氈。健馬嘶北風，潛魚樂深淵。噫哉南方人，回首空自憐。

發潭口

吹面北風來，拂鬢堅冰至。軒冕委道途，衮繡易氈毳。百年雜醜好，始酬四方志。浩歌激浮雲，亭亭復攬轡。羲馭幾曾停，誰當掃幽翳？

贈許柏溪惟一

長風吹飛藿，蜻蛚吟野草。流光速代謝，興懷令人老。遊子中夜起，悠悠酣且歌。明月委清照，江湖秋涉多。豈無臨淄魚，亦有邯鄲酒。懷古招王孫，登高重回首。

題周山甫錦繡段

客從西北來，遺我錦繡段。上有雙鳳凰，文彩何燦燦。置之篋笥中，歲月亦已晏。天孫顧七襄，雷電下河漢。鳳凰忽飛去，遽然失把玩。貧家機杼寒，秋蟲助余歎。

題高君實紺泉

渟渟巖下泓，澄碧落梧影。寒瑶披清猋，殘月照淵潫。俯淵測浮雲，流日蕩茗穎。向來滄浪歌，孺子不可詗。載霑衣上塵，懷古意深永。招招素心人，相期發深省。

山中感興

載酒之東郊，東郊草新綠。一雨生江波，洲渚失其足。青春豈不惜，行樂非所欲。采芝復采芝，終朝不盈掬。大風從何來，奇響振空谷。我馬何玄黃，息我西山麓。

山中有流水，霜降石自出。驟雨東南來，消長不終日。故人書問至，爲言北風急。山深人不知，塞馬誰得失？挑燈看古史，感淚縱横發。幸生聖明時，漁樵以自適。

桃花何夭夭，楊柳何依依。去年白鳥集，今年黄鵠飛。昔爲江上潮，今爲山中雲。江上潮有聲，山中雲無情。一年足自念，況復百年長。但存松柏心，天地真茫茫。

贈蜀醫鍾正甫

炎皇覽衆草，異種多西州。爲君望峨岷，使我雙淚流。向來秦越人，朝洛夕邯鄲。子持鵲經來，自西亦徂南。江南有羈羽，豈不懷故營。何當同皇風，六氣和且平。

正氣歌

余囚北庭，坐一土室。室廣八尺，深可四尋，單扉低小，白間短窄，污下而幽暗。當此夏日，諸氣萃然。雨潦四集，浮動牀几，時則爲水氣。塗泥半朝，蒸漚歷瀾，時則爲土氣。乍晴暴熱，風道四塞，時則爲日氣。檐陰薪爨，助長炎虐，時則爲火氣。倉腐寄頓，陳陳逼人，時則爲米氣。駢肩雜遝，腥臊污垢，時則爲人氣。或圊溷浮屍，或腐鼠雜出，時則爲穢氣。疊是數氣，當者鮮不爲厲，而余以孱弱，俯仰其間，于兹二年矣。是殆有養致然。然爾亦安知所養何哉？孟子曰：「我善養吾浩然之氣。」彼氣有七，吾氣有一，以一敵七，吾何患焉。況浩然者，乃天地之正氣也，作《正氣歌》一首。

天地有正氣，雜然賦流形。下則爲河嶽，上則爲日星。于人曰浩然，沛乎塞蒼冥。皇路當清夷，含和吐明庭。時窮節乃見，一一垂丹青。在齊太史簡，在晉董狐筆，在秦張良椎，在漢蘇武節。爲嚴將軍頭，爲嵇侍中血，爲張睢陽齒，爲顔常山舌。或爲遼東帽，清操厲冰雪。或爲出師表，鬼神泣壯烈。或爲渡江揖，慷慨呑胡羯。或爲擊賊笏，逆豎頭破裂。是氣所磅薄，凛烈萬古存。當其貫日月，死生安足論。地維賴以立，天柱賴以尊。三綱實係命，道義爲之根。嗟余遘陽九，隸也實不力。楚囚纓其冠，傳車送窮北。鼎鑊甘如飴，求之不可得。陰房闐鬼火，春院閟天黑。牛驥同一皁，雞棲鳳皇食。一朝濛霧露，分作溝中瘠。如此再寒暑，百沴自辟易。嗟哉沮洳場，爲我安樂國。豈有他繆巧，陰陽不能賊。顧此耿耿在，仰視浮雲白。悠悠我心悲，蒼天曷有極。哲人日已遠，典刑在夙昔。風簷展書讀，古道照顏色。

余自高亭山爲北所留深悔一出之誤聞故人劉小村陳蒲塘引兵而南流涕不自堪

只把初心看，休將近事論。誓爲天出力，疑有鬼迷魂。明月夜推枕，春風晝閉門。故人萬山外，俯仰向誰言。

余以議論太烈北愈疑憚不得歸闕將校官屬日有叛去世道可歎

悠悠天地闊，世事與誰論。清夜爲揮涕，白雲空斷魂。死生蘇子節，貴賤翟公門。前輩如瓶戒，無言勝有言。

天台杜滸字貴卿號梅壑糾合四千人欲救王室當國者不知省正月十三日見余于西湖上余嘉其有志頗奬異之十九日客贊余使北梅壑斷斷不可客逐之去余果爲北所留後二十日驅余北行諸客皆散梅壑憐余孤苦慨然相從天下義士也朝旨特改宣教郎除禮兵架閣文字

伏節辭王室，悠悠萬里轅。諸君皆雨別，一士獨星言。啼鳥亂人意，落花銷客魂。東坡愛巢谷，頗恨晚登門。

聞雞

軍中二十日，此夕始聞雞。塵暗天街靜，沙長海路迷。銅駝隨雨落，鐵騎向風嘶。曉起呼詹尹，何時脫蒺藜。

平江府

樓臺俯舟楫，城郭滿干戈。故吏歸心少，遺民出涕多。鳩居無鵲在，魚網有鴻過。使遂睢陽志，安危今若何？

沈頤家　余回京口北人款之府中余不得離岸上得沈頤家坐卧北不意余爲逃計也

孤舟霜月迥，曉起入柴門。斷岸行簪影，荒畦落屐痕。江山渾在眼，宇宙付無言。昨夜三更夢，春風滿故園。

長溪道中和張自山韻

夜静吴歌咽，春深蜀血流。向來蘇武節，今日子長遊。海角雲爲岸，江心石作洲。丈夫竟何事，底用泣神州？

即事

去年傷北使，今日歎南馳。雲濕山如動，天低雨欲垂。征夫行未已，遊子去何之？正好王師出，崆峒麥熟時。

英德道中

海近山如沃，林深屋半蕪。乾坤正風雨，軒冕總泥塗。自嘆鳶肩薄，誰憐鶴影孤。少年狂不醒，夜夜夢伊吾。

別里中諸友

青山重回首，風雨暗啼猿。楊柳溪頭釣，梅花石上尊。故人無復見，烈士尚誰言。長有歸來夢，衣冠滿故園。

建康

金陵古會府，南渡舊陪京。山勢猶盤礴，江流已變更。健兒徙幽土，新鬼哭臺城。一片清溪月，偏于客有情。

真州驛

山川如識我，故舊更無人。俯仰干戈跡，往來車馬塵。英雄遺算晚，天地暗愁新。北首燕山路，凄涼夜向辰。

固陵道中

九天雲下垂，一雨作秋色。塵埃化泥塗，原野轉蕭瑟。十里一雙堠，狐兔卧荆棘。見説數年來，中州乍蘇息。

發東阿

東原深處所，時或見人煙。秋雨桑麻地，春風桃李天。貪程頻問堠，快馬緩加鞭。多少飛檣過，噫吁是北船。

保州太祖墓

我行保州塞，御河直其東。山川猶有靈，佳氣何鬱葱！顧我巾車囚，厲氣轉秋蓬。瓣香欲往拜，惆悵臨長空。

除夜

門掩千山黑，孤燈伴不眠。故鄉在何處，今夕是窮年。住世真無係，爲囚已自然。勞勞空歲月，得死似登仙。

元日

慚愧雲臺客，飄零雪滿氈。不圖朱鳥影，猶見白蛇年。宮殿荒煙隔，門庭宿草連。乾坤自春色，回首一潸然。

送曹大著知廣德軍

暫屈瀛洲客，來臨汭水民。山川歸史記，岳牧屬詞人。館舍朋簪舊，都門祖帳新。儒林官可紀，何止吏稱循！

題陳國秀小園

長鶴展輕翮，遠棲松桂林。故宇入清夢，盤盤亦苦心。中林風月賒，十畝團幽陰。林下有奇士，繞樹從之吟。

聽羅道士琴

斷崖千仞碧，下有寒泉落。道人揮絲桐，清風轉寥廓。飄飄襟袂舉，冰紈不禁薄。紫煙護丹霞，雙舞天外鶴。

題吴城山

龍行人鬼外，神在天地間。彭蠡石弩出，洞庭商舶還。秋風黄鵠遠，春雨白鷗閑。雲際青如粟，河流接海山。

予鄧峒　巽齋歐陽先生爲淦鄧峒賦詩以孝子慈孫望於人先生之盛心也敢不拜手敬贊鄧君勉之

乃翁猶旅殯，霜露幾焄蒿。日與清江遠，雲連桂嶺高。時無郭元振，夢有令狐綯。目斷方田墓，招魂我欲騷。

文山卽事

宇宙風煙闊，山林日月長。開灘通燕尾，伐石割羊腸。盤谷堪居李，廬山偶姓康。知名總閒事，一醉棹滄浪。

山中和韻

白扇揮殘暑，青鞋踏嫩晴。花牀尋小隱，石鼎引長鳴。紗帽有時去，酒壺惟意傾。山僧癡與坐，閒却瘦彌明。

病愈簡劉小村

倦餘心似醉，眠起首如蓬。黄竹斷橋雨，白蘋長笛風。僊僊鷗屢舞，咄咄雁書空。孤負秋來眼，閒挑爨下桐。

夜坐偶成

蕭蕭秋夜涼，明月入我户。攬衣起中庭，仰見牛與女。坐久寒露下，悲風動紈素。不遇王子喬，此意爲誰語。

拜羅氏百歲母之明日主人舉酒客張千載心賦詩某喜贊不自已見之趁韻

翠微三島近，畫閣五雲横。春水鷗聲滑，夕陽鴉背明。尊前持一笑，花下卧餘酲。曾見瑶池母，不爲虚此生。

醉清湖上三日存叟獨不在坐即席有懷

石鼎吟方透，瑶觴醉未闌。疏林花密綴，舊壘燕新安。春半湖山好，夜深江海寒。王孫隔芳草，初月正相看。

余題鬱孤泉五湖翁姚濂爲之和翁官滿歸里因韻贄別并謝前辱

巢龜君住好，湧翠我來遲。夜雨呼三韭，春風試一旗。飛花行客夢，芳草故人思。何日五湖上，同看浴海曦。

用韻謝前人

兹遊良邂逅，吾道未逶遲。斗野横雙劍，牛津直兩旗。北風應小住，明日便相思。輸與君家近，扶桑五色曦。

海上

天邊青鳥逝，海上白鷗馴。王濬非癡叔，陶潛豈醉人。得官須報國，可隱即逃秦。身世何時定，挑燈看劍頻。

泰和

書生曾擁碧油幢，恥與羣兒共豎降。漢節幾回登快閣，楚囚今度過澄江。丹心不改君臣誼，清淚難忘父母邦。莫訝鄉人知我瘦，經旬絶粒坐蓬窗。

和中齋韻過吉作。

功業飄零五丈原，如今局促傍誰轅。俛眉北去明妃淚，啼血南飛望帝魂。骨肉凋殘惟我在，形容變盡只聲存。江流千古英雄恨，蘭作行舟柳作樊。

有感

石郎草草割山川，一落人手三百年。八州風雨暗連天，三皇五帝如飛煙。人人野祭伊水邊，春秋斷爛不復傳。白頭潦倒今魯連，夜深危坐日晏眠。

和蕭安撫平林送行韻

得失元來付塞翁，何心桃李問東風。人皆有喜榮三仕，我尚無文謝五窮。秘苑固知朋可正，畏途猶恐甲方東。欲酬長者殷勤祝，坎止流行學四忠。

題碧落堂

大廈新成燕雀歡，與君聊此共清閒。地居一郡樓臺上，人在半空煙雨間。修復盡還今宇宙，感傷猶記舊江山。近來又報秋風緊，頗覺憂時鬢欲斑。

和韻送逸軒劉民章

少日屠龍事已勞，送人千里發江濤。蓬萊地近風方細，閶闔門開日正高。春裏看花須款款，雨中翦韭且陶陶。金吾已辦長安月，雙鳳扶雲立海鰲。

山中卽事

攜壺藉草醉斜陽，白鶴飛來月下雙。蘆葉西風驚別浦，芭蕉夜雨隔疏窗。千年帝子珠簾夢，一曲仙人鐵笛腔。若問山翁還瘦否，手持竹竿下滄江。

七月十三日夜用燈牌字韻湊成一詩與諸賓一笑

赤壁當年賦子虛，西風忽復到菰蒲。蟾蜍影裏千秋鑑，蟋蟀聲中七月圖。詩思飄飄入雲漢，歌聲隱隱動江湖。萬家簫鼓連燈火，見說年來此事無。

挽李制帥

世變江河渺未涯，如公真是濟時危。幾年荆益龍驤譽，一日瀟湘鵩識悲。天下皆傳清獻節，人心自有武侯碑。郎君昔共慈恩約，抆淚西風寄些詞。

贈周東卿畫魚

觀君瀟湘圖，起我濠上心。袒裼波濤舊，秋雨菰蒲深。

禪關

秋風吹日上禪關，路入松花第一彎。只願四時煙霧少，滿城樓閣見青山。

塵外

半山風雨截江城，未脱人間總是塵。中夜起看衣上月，青天如水露華新。

文山集自序：余自吴門被命入衛，守獨松關。迺王正二日，除浙西大制撫領神臯。余辭尹，引帳兵二千人詣行在，日夕贊陳樞使宜中謀遷三宫，分二王于閩、廣。元夕後，余所部兵皆聚于富陽。朝廷擬除余江東西廣東西制置大使、兼廣東經略，知廣州湖南策應大使，未及出命，陳樞使已去國。十九日，大皇除余右丞相兼樞密使，都督諸路軍馬。時北兵駐高亭山，距修門三十里。是日，虜帥卽引董參政以兵屯権木教場。城中將官，紛紛自往納降，余欲召富陽兵入城，已不及事。三宫九廟、百萬生靈，立有魚肉之憂。會使轍交馳，北約當國相見，諸執政侍從聚于吴左丞相府，不知計所從出，交贊余一行。國事至此，余不得愛身，且意北尚可以口舌動也。二十日，至高亭山，詰虜帥前後失信。虜帥辭屈，且謂決不動三宫九廟，決不擄京城百姓。留余營中。既而吕師孟來，余數罵其叔姪，愈不放還。賈餘慶者，逢迎賣國，乘風旨，使代余位。于是北兵入城，所以誤吾國、陷吾民者，講行無虛日。北知賣國非余所容也，相戒勿令文丞相知。未幾，賈餘慶、吴堅、謝堂、家鉉翁、劉岊，皆以府第爲祈請使，詣北方。蓋空我朝廷，北將甘心焉。二月八日，諸使登舟，忽北虜遣館伴逼余同往。余被逼勒，欲即引決，又念未死以前，無非報國之日，姑隱忍就船。方在京時，富陽兵已退趨婺、處等州，余俟間還軍，苦不自脱。至是，欲從道途謀遁，亦不可得。至京口，留旬日，始得鹽商小舟，於二月晦夜走真州。朔日，守苗再成相見，論時事，慷慨流涕。余致書兩淮間，合兵興復，苗贊之甚力。初三日早，制司人來，迺出文書，謂丞相爲賺城，欲不利于我。苗不以爲然，送余出門，勸奔淮西。余謂此北反間也，否則託辭以逐客也。李公仁人，使見余必感動。遂之維揚，苗遣五十兵、四騎從行。夜抵西門，欲待旦求見。呵衛嚴密，鼓角悲慘。杜架閣謂李公必不可見，徒爲矢石所陷，不如渡海歸從王室。余然之。自是日夜奔南，出入北衛，犯萬萬死，道途苦難，不可勝述。嗚呼！余之得至淮也，使余與兩淮合，北虜懸軍深入，犯兵家大忌，可以計擒，江南一舉而遂定也。天時不齊，人事好乖，一夫頓困不足道，而國事不競，哀哉！余至通，聞二王建元帥府于永嘉，陳樞使與張少保世傑方以李郭之事爲己任。狼狽憔悴之餘，喜不自制。跋涉鯨波，將躡屩以從。意者，天之所以窮餓困乏而拂亂之者，其將有所俟乎！德祐二年閏月日，廬陵文天祥自序。

疊山集鈔

謝枋得，字君直，號疊山，信州弋陽人。寶祐四年進士。咸淳中，爲江東提刑、江西招諭使。景炎，帝以枋得爲江東制置使，卽弋陽起義兵。軍潰，隱于閩。元徵聘，累辭不就。後福建行省魏天祐迫脅至燕，不食死。門人誄之曰文節先生，有《疊山集》。

謝人冬至送酒鴨

陽復且閉關，萬物畏坤含。雙鳧飛天外，鶩食何貪婪。儒道又一泰，十年亂愈餤。誰家讀書堂，庭階無青薝。此時談詩書，蓮經提魚籃。平生太玄文，知者無一譚。之子愛野鶩，驥駒舞兩驂。厚顔酒食饌，不獵懸鶉鵪。寒威甚毒矢，三杯勝七錟。爛醉尋梅花，登峯吾尚堪。

菖蒲歌

有石奇峭天琢成，有草夭夭冬夏青。人言菖蒲非一種，上品九節通仙靈。異根不帶塵埃氣，孤操愛結泉石盟。明窗淨几有宿契，花林草砌無交情。夜深不嫌霜露重，晨光疑有白雲生。嫩如秦時童女登蓬瀛，手攜綠玉杖徐行。瘦如天台山上聖賢僧，休糧絕粒孤鶴形。勁如五百義士從田橫，英氣凜凜摩青冥。清如三千弟子立孔庭，回琴點瑟天機鳴，堂前不入紅粉意，席上常聽詩書聲。怪石篠簜皆充貢，此物舜廟當共登。神農已知入《本草》，靈均蔽賢遺《騷經》。幽人躭翫發仙興，方士服餌延修齡。綵鸞紫鳳琪花苑，赤虬玉麟芙蓉城。上界真人好清浄，見此靈苗當大驚。我欲攜之朝太清，瑶草不敢專芳馨。玉皇一笑留香案，錫與有道者長生。人間千花萬草儘榮艷，未必敢與此草争高名。

荆棘中杏花

牆東荒蹊抱村斜，荆棘狼籍盤根芽。何年丹杏此留種，小紅濈濈争春華。野人慣見謾不省，獨有詩客來咨嗟。天真不到鉛粉筆，富艷自是宫闈花。曲池芳徑非宿昔，蒼苔濁酒同天涯。京師惜花如惜玉，曉檐賣徹東西家。杏花看紅不看白，十日忙殺遊春車。誰家園裏有此樹，鄭重已着重幃遮。阿嬌新寵貯金屋，明妃遠嫁愁清笳。落花縈簾拂牀席，亦有飄泊沾泥沙。天公無心物自物，得意未用相凌誇。黄昏人歸花不語，惟有落月啼棲鴉。

崇真院絶粒偶書付兒熙之定之并呈張蒼峯劉洞齋華甫

西漢有臣龔勝卒，閉口不食十四日。我今半月忍渴飢，求死不死更無術。精神常與天往來，不知飲食爲何物。若非功行積未成，便是業債償難畢。太清羣仙宴會多，鳳簫龍笛鳴瑶瑟。豈無道兄相提攜，騎龍直上寥天一。

和道士陳天隱

學道無魔道不成，神人得計是無名。光風自覺長瀟灑，明月何曾有死生。早晤梅山難養性，何如福地別尋盟。梅花香裏堪聯句，莫笑人間石鼎鳴。

送程楚翁遠遊

近日人傳庾嶺梅，南枝落盡北枝開。長安舊日元無此，盡是江南人送來。

寄謝叔魯

紅葉飄摇霜露清，去年今日正同行。夜來似與君相見，明月一窗梅影横。

蠶婦吟

子規啼徹四更時，起視蠶稠怕葉稀。不信樓頭楊柳月，玉人歌舞未曾歸。

北行別人

雪中松栢愈青青，扶植綱常在此行。天下豈無龔勝潔，人間不獨伯夷清。義高便覺生堪捨，禮重方知死甚輕。南八男兒終不屈，皇天上帝眼分明。

求紙衾

避世知無地，危身只信天。寧持龔夬一作「勝」。扇，不著挺子綿。養性真同道，知心有宿緣。紙衾加惠絮，晴日卧雲邊。

春日聞杜宇

杜鵑日日勸人歸，一片歸心誰得知。望帝有神如可問，謂予何日是歸期！

慶全庵桃花

尋得桃源好避秦，桃紅又見一年春。花飛莫遣隨流水，怕有漁郎來問津。

武夷山中

十年無夢得還家，獨立青峯野水涯。天地寂寥山雨歇，幾生修得到梅花？

白石樵唱集補鈔

林景熙，字德暘，號霽山，温州平陽人。咸淳辛未上舍釋褐，授泉州教授，歷禮部架閣，轉從政郎。宋亡不出，與王修竹、鄭樸翁、胡天放輩尋歲晏之盟，往來吴越。庚戌卒于家。有《白石樵唱集》。

曉意

僧鐘覺曙鳥，紛飛弄林光。宿雲漸離石，我起開秋房。南山忽入几，相對各老蒼。我老幾何年，山曾見鴻荒。流泉送日月，危石支興亡。問山山無言，啼猿起前岡。

秋夜

片月相隨過竹居，風生荷葉酒醒初。窗扉半掩秋蟲急，猶有殘燈守故書。

飛來峯

何年移竺國，秀色發棱層。清極不知夏，虚中欲悟僧。樹幽嵐氣重，泉落乳花凝。猶憶烹茶處，閒來話葛藤。

宋武帝居今爲壽丘寺

青衣夢破滿林煙，一擲乾坤亦偶然。僧屋翠微看月上，江山猶似永初年。

立春郊行次唐玉潛

道人清事飯溪蔬，無酒閑愁已破除。五夜雪聲梅角底，一春煙景竹筇初。園林芳信醒愁婕，田野豐年入夢魚。冰下流泉清老耳，東風先已到郊居。

送春

蜀魄聲聲訴緑陰，誰家門巷落花深。游絲不繫春暉住，愁絶天涯寸草心。

南山有孤樹

南山有孤樹，寒烏夜遶之。驚秋啼眇眇，風撓無寧枝。託身未得所，振羽將逝兹。高翔犯霜露，卑飛觸茅茨。乾坤豈不容，顧影空自疑。徘徊向斜月，欲墮已復支。

故衣

篋中出故衣，絡緯聲四壁。昔年慈母線，一一手所歷。眷眷遊子心，惻惻虚堂夕。逝水不返流，孤雲杳無迹。空令攬衣人，一綫淚一滴。衣敝奈有時，母恩無窮期。終憐寸草心，何以報春暉。朝寒縱砭骨，念此不忍披。且復返所藏，永寄霜露思。

九日會連雲樓分得落字

冉冉海霧深，荒荒山日薄。登高集華裾，縱目天宇廓。落葉悲徂年，寒英照深酌。心醉乃文字，意行非澗壑。緬懷斜川遊，此道久寂寞。胡爲吹帽人，白首戀賓幕。窮途謬行藏，異代懸美惡。我愛漉酒巾，西風不能落。

訪二陸故居

風流懷二陸，才名動三吴。斯人不可作，千載空煙蕪。當時㗊俊筆，萬象争先驅。有如明月璧，美價傾鴻都。世運有翻覆，韞匵眞良圖。惜哉去就乖，毁此千金軀。人生皆有死，百年同須臾。獨遺文字芳，乃與天壤俱。凄凄崑山寒，冉冉谷水枯。白鶴久已寂，黄犬誰復呼？荒祠掛斜陽，扁舟人菰蒲。采蓴薦秋水，庶以明區區。

納涼過林氏居

出郭已虚曠，入門轉蕭森。筠栖無六月，聊以解我襟。紅日不到地，白雲時滿林。坐久石根冷，酒醒荷氣深。飄飄黄冠客，臨流鼓瑶琴。一鼓洗我耳，再鼓空我心。山高水復迴，彷彿蓬萊音。興盡拂衣去，城笳吹夕陰。

妾薄命

盈盈梁家姝，奕奕晉朝使。斛珠不論貲，得備巾櫛侍。一笑金谷春，列屋俱斂避。豈知錦步温，已復爲愁地。念主惠妾深，緣妾爲主累。樓頭風雨深，殘花抱春墜。

別所親

人生重離別，況此雙鬢蓬。亭柳非故色，昨夜吹霜風。臨分復攜手，野色猶濛濛。愁深轉無語，寫入潺湲中。一水分兩支，來共高高峯。出山暫相失，到海終相逢。

過風門嶺

客來自風門，飀飀撼兩袖。溪迴衆峯新，昄絶一嶺又。行行春日微，怪禽啼白晝。流年感花稀，古道表松秀。聊此寄小酌，餘酣掬山溜。

古松

獨占寬閒地，不知遥落天。山林猶古色，風雪自窮年。龜伏靈根壽，禽巢絶頂仙。棟梁非所屑，幾見海成田。

崑巖

神斧何年鑿，南山片石盤。玉藏仙筍古，翠落縣門寒。老木天邊瘦，歸雲雨外殘。市塵吹不到，朝夕靜相看。

桐角

田家無律呂，聲寄始華桐。碧卷春風老，清吹野水空。客心寒食後，牛背夕陽中。不惹梅花恨，年年送落紅。

飛雲渡

人煙荒縣少，澹淡隔秋陰。帆影分南北，潮聲變古今。斷峯僧塔遠，初日海門深。小立蘆風起，乘槎動客心。

寄懷

圖上追三笑，詩中寄七哀。孤棲非絶物，多難亦成才。歲儉米生竹，春寒衣上苔。不知遼海客，化鶴幾時回。

神山寺訪僧

獨客無清伴，高僧住别村。空山卓錫影，斷石繫舟痕。風細松生籟，沙虚竹走根。小亭閒坐久，落日嘯孤猿。

夜意

澹然無一事，至樂在書牀。老石棲雲定，疏松過雨香。砧清秋巷迥，燈白夜堂涼。此意無人會，重城醉夢鄉。

天台隱者

俗駕不曾到，瘦笻時復攜。肺肝清澗飲，鬢髮老巖棲。野巷猶雞犬，春城自鼓鼙。未應人世外，別有武陵溪。

贈吳秀才林東歸

幾夜高堂夢，不知山水長。西風歸雁蕩，落日過烏傷。斷影雲空白，孤心草欲黃。終憐負甘旨，淚灑蓼莪章。

越中送徐君寅歸閩

此地同爲客，當秋獨送君。斜陽留薄醉，遠道惜輕分。老淚遺陵木，鄉山出海雲。天南有回雁，音信倘相聞。

故宮

鷩風吹雨過，歷歷大槐蹤。王氣銷南渡，僧坊聚北宗。煙深凝碧樹，草没景陽鐘。愁見花輣月，荒秋咽亂蛩。

辟雍

冠帶百年夢，昔遊今重嗟。璧池春飲馬，槐市暝藏鴉。堂鼓晨昏寂，廊碑風雨斜。石經雖不火，歲歲長苔花。

舟次吴門

懷古心猶壯，臨流影自孤。湖煙迷檇李，城木出姑蘇。草暗春驚鹿，菰香秋試鱸。青樓舊時月，無復聽吴歈。

釣臺

曾來天上宿，夢不離寒磯。宇宙雙臺迥，煙波一客歸。姓增江郡重，墓隔越山微。千古登臨意，凄凉帶夕暉。

過北雁蕩山下

驛路入芙蓉，秋高見旱鴻。蕩雲飛作雨，海日射成虹。一水通龍穴，諸峯盡佛宫。如何靈運屐，不到此山中。

禹廟

萬國曾朝會，羣山尚鬱盤。嚴祠鎮玄璧，故代守黃冠。窆入雲根古，梁歸雨氣寒。年年送春事，來拂蘚碑看。

荷錢

盈盈新疊碧，難借柳條穿。鑄景菰蒲外，買隣鷗鷺邊。炎官初掌柄，水國不書年。漸長薰風價，折箭供酒船。

漁笛

楚竹聲何遠，蒼茫想釣舟。橫當半篷月，吹破一江秋。落葉紛前浦，驚鴻過別洲。曲終枕蓑卧，無夢到涼州。

雪後

開簾殘酒醒，雪意尚垂垂。夜色沉奎久，春容變柳遲。寒塘鷗自聚，荒歲鶴同飢。便欲誅茅隱，何山有紫芝？

山中早行

短策穿幽徑，山樵半掩扉。月斜林影薄，石盡水聲微。一犬隔籬吠，孤僧何處歸。相逢松下立，風露滿秋衣。

疏懶爲四明何君賦

野意雲同散，閒門草自新。不知世網密，爲謝客車頻。風月兼忘我，山林亦恕人。咸陽歎黄犬，榮辱古爲鄰。

溪亭

清秋有餘思，日暮尚溪亭。高樹月初白，微風酒半醒。獨行穿落葉，閒坐數流螢。何處漁歌起，孤燈隔遠汀。

送葛居士住栖碧菴

越山巉巉越臺孤，井中雙鯉曾走吴。滿坡叢竹遺舊箭，回首霸業空煙蕪。詩人訪古淩絶壁，危棲竟欲老深碧。聲摇孤枕海濤壯，影伴瘦筇山月白。了然道者亦離塵，一龕松下分秋雲。祗今虎豹滿平陸，鍊骨誰與箋青旻。琴心劍氣兩寂寞，醉墨淋漓風雨落。九十九峯歸夢寒，玉笙泠泠跨飛鶴。

荷珠

霞衣葱珮來珊珊，水晶之宫緑玉盤。誰與馮夷作戲劇，貝闕驅入神瓢翻。又疑罷織鮫人泣，碧窪融作水銀汁。圓或爲璧方爲珪，寒光滉漾不可拾。古來欹器戒覆傾，真宰之柄常惡盈。季倫買笑輕百斛，金谷轉首迷榛荆。紛紛魚目爭貴惜，道眼獨懸諸幻息。須臾海霽山日高，緑雲萬柄浄如拭。

喜劉邦瑞遷居采芹坊

井鄉聚散笑匆匆，歲月無情忽雨翁。燈火城南聽夜雨，桑麻杜曲憶春風。百花新意皆歸燕，萬里離愁獨寄鴻。重約扁舟尋禹穴，夕陽疏樹亂雲東。

讀秦紀

瑯琊臺上晚雲平，虎視眈眈隘八紘。萬里不知人半死，三山空覓草長生。兆來鬼璧沙丘近，威動神鞭海石驚。書外有書焚不盡，一編圯上漢功名。

項羽里

英雄蓋世竟何爲，故里凄凉越水涯。百二勢傾爭逐鹿，八千兵散獨乘騅。計疏白璧孤臣去，淚落烏江後騎追。遺廟荒林人酹醉，至今春草舞虞姬。

漁舍觀梅

冷雲漠漠護籬陰，瀟灑苔枝出竹林。影落寒磯和雪釣，香浮老瓦帶春斟。幾憑水驛傳芳信，祇許沙鷗識素心。回首西湖千樹遠，扁舟寂寞夢中尋。

虎丘寺

突兀僧房倚翠微，金精幻虎霸圖非。瓊田萬頃山如湧，鐵壁千尋泉自飛。堂在經聲通老石，樓開塔影落秋衣。千年幽獨嗟誰氏，斷刻苔深帶夕暉。

鶴林寺

流水蒼松石徑斜，甕城城外梵王家。仙林不返雲巢鶴，僧鉢曾移海國花。剥落苔碑秋卧草，荒涼竹院午敲茶。當時一擲乾坤手，曾向山窗倚暮霞。

焦山寺

山裏中流小梵林，寶蓮龕背翠沉沉。半空但覺煙嵐合，三面不知風浪深。仙井浴丹開曉日，海門浮玉澹秋陰。洞深瑶草無人采，瘞鶴殘碑浸碧潯。

寄葛秋巖

吴地繁華半劫灰，故山秋遠夢頻回。琵琶亭老春風棹，桑落洲寒夜雨杯。歲月悠悠人幾换，關河渺渺雁空來。酒酣欲寄登臨眼，黄葉斜陽滿廢臺。

紀夢

江風吹夢到書樓，樓外新鴻數點秋。葛老巾山空落照，晉時帶水向東流。魚蝦市散荒煙合，鳥雀門深細草幽。何處一聲長笛起，覺來孤客在滄洲。

寄陳用賓

水竹翛翛稱客居，有時挾策自觀魚。爲儒老入他州籍，懷土幽探禹穴書。日暮碧雲歸已晚，歲寒青桂嗅如初。文章自古多憎命，狗監無勞誦子虛。

夢中作

昭陵玉匣走天涯，金粟堆前幾吠鴉。水到蘭亭轉嗚咽，不知真帖落誰家。

秋夜

片月相隨過竹居，風生荷葉酒醒初。窗扉半掩秋蟲急，猶有殘燈守故書。

吴中會故人

一聲新雁荻花秋，片月吴淞共客舟。却憶去年今夜月，思君獨上越山樓。

别方槐庭山人

夜闌深語剔寒缸，别意蕭蕭竹半窗。明日孤帆鴻影外，東風殘雪過曹江。

葛仙翁石牀

鈎天夢破珊瑚枕，巖壑春供翡翠屏。一卷《黄庭》雲半席，宵深讀與嶺猿聽。

館娃宫

苧蘿山女入宫新，四壁黄金一笑春。步輦醉歸香逕月，隔江還有卧薪人。

水雲集補鈔

汪元量,字大有,號水雲,錢塘人。以善琴事謝后、王昭儀。宋亡,隨三宫留燕,後爲黄冠師。南歸,往來匡、廬、彭蠡間,世莫測其去留。長身玉立,修髯廣額,音若洪鐘,江右人以爲神仙,多畫其像祀之。有《水雲集》、《湖山類稾》。

賈魏公府

湖邊不見碾香車,斷珥遺鈿滿路塗。門徑風輕飛野馬,亭臺火盡及池魚。海棠花下生青杞,石竹叢邊出紫蘇。御憶相公遊賞日,三千衛士立階除。

送琴師毛敏仲北行

西塞山前日落處,北關門外雨來天。南人墮淚北人笑,臣甫低頭拜杜鵑。
蘇子瞻喫惠州飯,黄魯直度鬼門關。今日君行清淚落,他年勛業勒燕山。

女道士王昭儀仙遊詩

吴國生如夢,幽州死未寒。金閨詩卷在,玉案道書閒。苦霧蒙丹旐,酸風射素棺。人間無葬地,天上有仙山。

瀛國公入西域爲僧號木波講師

木老西天去，袈裟説梵文。生前從此别，去後不相聞。忍聽北方燕，愁看西域雲。永懷心未已，梁月白紛紛。

全太后爲尼

南國舊王母，西方新世尊。頭顱歸妙相，富貴悟空門。傳法優婆域，誦經孤獨園。夜闌清磬罷，趺坐雪花繁。

題賜硯

斧柯片石伴幽閑，堪與遺民共號頑。試憶當年承賜事，墨痕如淚盡成斑。

隆吉集補鈔

梁棟，字隆吉，其先湘州人，後遷居鎮江。登咸淳四年進士，選寶應簿，調錢塘仁和尉。宋亡，弟柱，字中砥，入茅山從老氏學，棟往依焉。乙巳無疾卒。有《梁隆吉詩鈔》。

哀昆陵

荆溪水腥泊船早，落日無人行古道。髑髏有眼不識春，東風吹出青青草。荒基猶認是人家，敗栅曾將當城堡。當時壓境兵百萬，不脱韡尖堪蹴倒。短兵相接逾四旬，毒手尊拳日攻討。内儲外援兩消沉，一縷人心堅自保。孤臣守土輕性命，赤子效死塗肝腦。朝廷有爵媿降附，幽壤無恩澤枯槁。願箋司命録英雄，收拾忠魂畀穹昊。

送存書記

一聲兩聲松子落，一片兩片楓葉飛。夕陽在山新月上，道人相伴一僧歸。

仲安集鈔

呂定，字仲安，新昌人。歷殿前都指麾，龍虎上將軍。有《説劍集》。

懷古

我昔遊海上，東望三神山。風波幾萬里，蒼茫雲靄間。魚龍自掀舞，天空日月閒。神仙渺無跡，徐福去不還。空餘蓬萊閣，千載留人寰。

追和蘇子瞻遊峽山寺韻

山迴寶華閣，水遶金鎖灣。塵慮頓焉息，于兹開我顔。疏鍾日夕動，老僧林下還。天風吹白雲，悠悠滿松關。歸猿有餘悲，月明嘯空山。仙人自何來，翺翔八極間。手把玉芙蓉，吟笑鏘珮環。歌罷忽飛去，千峯堆翠鬟。

赴京

太白樓前雨乍收，畫船撾鼓上皇州。肯因離别牽愁思，要把勛名事壯遊。千里關河旗帶月，一天星斗劍横秋。胸中儘有安邊策，此去應當獻冕旒。

奉天門朝賀

曉日初臨萬歲山，寶幢華蓋列朝班。九重天上來仙樂，五色雲中識聖顔。深殿捲簾香霧裊，近臣傳制珮聲還。嵩呼齊祝恩如海，散作陽和滿世間。

調兵

年少談兵膽氣豪，折衝千里豈辭勞。旌旗影動秋風肅，鼓角聲回夜月高。紅錦裁鞍新試馬，黄金裝帶舊懸刀。臨征自信軍容盛，五色團花繡戰袍。

扈駕

八月秋高戰馬肥，觀兵郊外振天威。一聲鳳吹迎鸞馭，五色龍文雜袞衣。劍戟横空金氣肅，旌旗映日彩雲飛。令嚴星火諸軍奮，直斬單于塞上歸。

班師

紫塞回鸞雪正晴，王師百萬擁連甍。馬嘶大地山河壯，旗捲長空日月明。龍虎臺高千嶂聳，鳳凰城近五雲生。聖顔有喜天心順，中外歡聞奏凱聲。

登東岳山

海内名山孰與齊，清風掖我上丹梯。鵬程九萬扶摇近，世界三千指顧低。瀑掛天門驚霹靂，雨蒸日擨出虹霓。太平會見東封盛，玉簡金書焕紫泥。

雪夜

漠漠同雲徧海涯，曉風寒逼緑窗紗。飛揚鱗甲三千界，粧點樓臺百萬家。何處妙歌金帳酒，誰人清對玉梅花？便應石鼎融冰水，烏帽籠頭自煮茶。

望岱岳

岱宗東望鬱嵯峨，萬丈仙橋鳥外過。秦樹千年空老大，漢碑終古不消磨。天壇夜静垂星斗，石磴春深長薜蘿。記得舊遊曾載酒，頽然峯頂放長歌。

望嶧山

極目東山秀色濃，紫霄千葉醉芙蓉。題詩尚記仙人洞，飛珮曾過玉女峯。樹老孤桐秋露下，碑殘古篆暮雲封。何時再醉天門月，卧聽清風萬壑松。

登彭城樓

項王臺上白雲秋，亞父墳前草樹稠。山色不隨人事改，水聲長近戍城流。空餘夜月龍神廟，無復春風燕子樓。楚漢興亡俱土壤，不須懷古重夷猶。

戲馬臺

據鞍指揮八千兵，昔日中原幾戰争。追鹿已無秦社稷，逝騅方歎楚歌聲。英雄事往人何在！寂寞臺空草自生。回首雲山青矗矗，黄流依舊遶彭城。

夜宿甓社湖

湖光如鏡迴無山，耿耿銀河路可攀。萬象不移天地外，一塵能到水雲間。月明孤嶼生樓閣，夜静飛仙過珮環。借問盂城何處是？微微燈火緑楊灣。

金陵旅夜

一雨皇都萬象明，東風嬌囀上林鶯。火煙亭館春多少，鐘鼓樓臺夜幾更。枕上故園蝴蝶夢，枝頭斜月杜鵑聲。銀箋欲寫長相憶，滚滚江流不盡情。

過小孤山

八月靈槎泝海門，翠雲臺上醉芳樽。峯頭樓閣相高下，水底魚龍自吐吞。萬古青天留玉柱，五更紅日擁金盤。宦遊不盡登臨興，欲洗蒼苔頌聖恩。

登翠雲臺

一柱中流亦壯哉，分明岀上有蓬萊。簾開廬阜層層出，船泛岷山滾滾來。夜冷神龍蟠水府，天青仙珮下瑶臺。閒將玉管吹明月，勾引翩翩彩鳳回。

遊匡廬山

欲向匡廬觀瀑布，便從彭蠡驟樓船。一聲長嘯來丹壑，千丈飛流下碧天。洞裏樓臺無歲月，雪中雞犬有神仙。憑誰呼起巢松者，醉擁宫袍對酒眠。

度大庾嶺

鑿破鴻濛一竅通，至今傳説九齡功。天垂瘴雨蠻煙外，路入炎荒大樹中。萬里關河瞻北極，兩行旌旆過南雄。鷓鴣聲裏端陽近，榕樹青青荔子紅。

過峽山寺

峽山江上峽山寺，落日峯巒翠作堆。雲擁半空樓殿出，天然一幅畫圖開。仙人採藥和光洞，釋子翻經化臺。樂顧我紅塵車馬客，題詩無暇掃蒼苔。

登越王臺

海上荒臺草樹平，登臨不盡古人情。白雲萬里懷親舍，紅日中天望帝京。百粤山川秋歷落，三城樓閣晚崢嶸。醉來徙倚欄干曲，聽徹西風畫角聲。

浴日亭和蘇學士韻

危亭突兀倚青山，坐對扶桑碧海灣。紫霧欲生龍伯廟，洪濤先涌虎門關。光摇宇宙花生眼，影動闌干酒上顔。遥望蓬萊宫闕曉，一輪飛掛碧雲間。

遊海珠寺

何年神物抱珠遊，遺向滄浪第一洲。五色化成金世界，六鰲擎出寶香樓。光涵蛟室星辰動，影落龍宫日月浮。萬古團團天地裏，磬聲敲徹海門秋。

登廣城樓

三尺龍泉事遠遊，越王臺上望南洲。一天雨過千山曉，萬里風來五月秋。江郭樓臺蠻客市，海門煙日蜃家樓。臨戎不有安邊策，應愧常何薦馬周。

謁金華寺六祖法堂

坐閲人間幾百年，雙趺渾似後來禪。空門明鏡臺前地，寂寂紅塵境外天。風動法林從虎過，雲生咒鉢解龍眠。至今月到層樓上，共應祥光午夜圓。

右《説劍閒吟》，此三世列祖龍虎上將軍吕公遺稿也。吕氏出宋丞相正惠公裔。其曾孫守襲慶府，死金人之難，詳具《宋史》。中子大理公因徙新昌家焉。公固大理公第五孫也，諱定，字仲安，以武顯孝宗朝，爵至殿前都指揮使，龍虎上將軍，最貴倨矣。吾呂家聲，賴公籍籍，其一時功名富貴，邑父老相傳，赫赫若前日事。至其胸羅星斗，腹笥經書，發爲詩歌，引商刻羽，直登作者之壇，則概乎尠有知者。國初，族祖從覆瓿中得公遺稿二十八首，珍收焉。今雖未睹其全書，而亦可以想見其爲人，必忠孝英特，有當年岳武穆、劉順昌之風。噫！若公者，武備而兼文事，宋人而踵唐音，其流風餘韻，足以傳矣。余舊曾手摹一編，置之案頭，兹宰松溪，偶簡奚囊，獲此，遂付剞劂，以永其傳。讀公詩者，幸繇一斑窺全豹云。裔孫繼梗跋。

所南集鈔

鄭思肖，字憶翁，號所南，福州連江人。太學上舍，應博學宏詞科。元兵南下，叩閽上太后幼主疏，辭切直，忤當路，不報。遂客吳下，寄食城南報國寺以終。有《錦錢集》、《一百二十四圖詩集》、《咸淳集》、《中興集》。

《輟耕録》："先生剛介有立志，會天兵南，叩闕上疏，犯新禁，衆争目之，由是遂變今名。曰肖，曰南，義不忘趙，北面他姓也。隱居吳下，一室蕭然，坐必南向。歲時伏臘，望南野哭而再拜，乃返，人莫識焉。工畫墨蘭，不妄與人。邑宰求之不得，聞先生有田三十畝，因脅以賦役取，先生怒曰："頭可斫，蘭不可得。"《過齊子若之書塾》云："此世但除君父外，不曾別受一人恩。"《寒菊》云："禦寒不藉水爲命，去國自同金鑄心。"其忠肝義胆，於此可見。

《遺民録》："所南初名某，宋亡，乃改名思肖，卽思趙。憶翁與所南，皆寓意也。坐卧不北向，匾其堂曰「本穴世界」：以本之十置下文，則大宋也。精墨蘭，自更祚後，爲蘭不畫土，根無所憑藉。或問其故，則云："地爲人奪去，汝猶不知耶？""

伯牙絶絃圖

終不求人更賞音，只當仰面看山林。一雙閑手無聊賴，滿地斜陽是此心。

秦女吹簫圖

弄玉飄飄仙女姿，鳳凰低舞久相期。簫中應有別一曲，飛上青天影外吹。

逢陳宜之

行李苦役役，相逢古潤州。千金一夜醉，四海十年遊。山靜鬼行月，宵涼人夢秋。近聞邊事急，畎畝得無憂。

送友人歸

年高雪滿簪，喚渡浙江潯。花落一杯酒，月明千里心。鳳凰身宇宙，麋鹿性山林。別後空回首，冥冥煙樹深。

訪隱者

石寶雲封隱者家，一溪流水繞門斜。滿山落葉無行路，樹上寒猿剥蘚花。

春日登城

城頭啼鳥隔花鳴，城外遊人傍水行。遙認孤帆何處去，柳塘煙重不分明。

春詞

春氣暄妍御夾紗，玉釵雙裊緑雲斜。倚欄看徧庭前樹，盡是枝頭結子花。

懷友

今日樽前忽憶君，爲憐秋事又平分。坐來凝睇西風久，過盡天邊數片雲。

春日遊承天寺

野梅香輭雨新晴，來此閑聽笑語聲。不管少年人老去，春風歲歲闔閭城。

湖上漫賦

蘚崖蒼潤雨初乾，石罅飛泉噴雪寒。啼斷禽聲山更静，青松影下倚闌干。

隱居謡

布衣暖，菜羹香，詩書滋味長。

醉鄉

江潮初上玉船空，假道青州一水通。相去塵寰千萬里，不愁日夜不春風。

自題推篷圖

清曉清風吹過後，露出青青一罅天。一似推篷偷看見，竹林半抹古蒼煙。

自題墨竹

萬頃琅玕壓碧雲，清風幽興渺無垠。當時首肯説不得，不意相知有此君。

聽琴

洋洋盈耳間，一派水潺潺。意不隨聲盡，心應與物閑。宿雲穿竇出，飛鳥御風還。却喜無人識，支頤看遠山。

睡覺有懷寄王梅塢垓

向年治亂屢興懷，此日清閑獨把杯。千古英雄人不見，一樓風雨夢初回。空中變化觀龍見，世上淒涼誤鳳來。須入山林了生死，莫將心迹付塵埃。

飄零

飄零書劍十年吳，又見西風脱盡梧。萬頃秋生杯後興，數莖雪上鏡中鬚。晴天空闊浮雲盡，破屋荒涼俗夢無。惟有固窮心不改，左經右史足清娛。

懷歸

突兀高樓落照間，此身迥出俯人寰。客心不逐年華老，詩興何曾月夜閑。峽水流歸天際海，淮雲飛度浙中山。杜鵑啼後歸舟發，只有春愁滿載還。

虎丘

何年海湧來，霹靂破地脈。裂透千仞深，嵌空削蒼壁。山潤石乳甘，秋冷鐵花碧。闔閭雲空愁，銀虎去無迹。蛟龍鎮奇險，拱護梵王宅。

古詩

蒼蒼碧玉盤，烏兔東西逃。一氣母羣兒，各弄性情妙。雷動蟄龍飛，天老哀猿弔。俯首問洪濛，萬古一長嘯。

琴女行 并引

有鄰家女歲未笄，黠兮容鄙舊習之污。耳慕古意於無窮，鼓幽寂兮曠宇生風。孤思貞潔兮月走碧落之方中。於是時兮身若不肉，泠然飛仙。遣雜響於衆聽，抱孤清而獨妍。彼冰雪之潔兮，奚顧芬菲分春而争憐。輒引而賦。

嫦娥開殿當高青，白光染夜生空明。望中泠泠瑩如水，碧透□鏡雙瞳子。窄袖籠春玉筍嬌，援琴一鼓秋瀟瀟。瑶池女子旨趣别，紫清吹下太古雪。雙鬟翠膩綰香霧，臨風欲控青鸞羽。應悔思凡謫塵土，長向花前憶王母。

墨蘭

鍾得至清氣，精神欲照人。抱香懷古意，戀國憶前身。空色微開曉，晴光淡弄春。凄涼如怨望，今日有遺民。

秋雨

雲滿長空雨滿山，淒淒風色變新寒。夜來白帝將秋去，萬樹淋漓哭不乾。

醉鄉

破得愁城了，仍還太古風。渾然無事國，不與世相通。地邁華胥外，天歸混沌中。蠢哉蠻觸氏，苦死角英雄。太和國土裏，風味極清柔。意外竟忘世，胸中不夢秋。日蒸春氣湧，地漾水光流。此即神仙窟，何須更十洲。

潛齋集補鈔

何夢桂，字巖叟，初名應祈，字申甫，嚴之淳安人。咸淳乙丑，廷對第三人，授台州軍事判官，歷仕至大理寺大卿，引疾去。至元，累徵不起。築室小西源。有《潛齋集》。

贈留中齋歸

昆明灰劫化塵緇，夢覺功名黍一炊。鍾子未甘南操改，庚公空作北朝悲。歸來眼底吳山在，別後心期浙水知。白髮門生羞未死，青衫留得裹遺尸。

魯齋集鈔

王柏，字會之，金華人。初號長嘯，後更號魯齋，受業何北山之門。郡守蔡抗、楊棟，台守趙景緯，相繼聘主麗澤、上蔡兩書院，四方從學者日衆。咸淳十年卒。賜謚文獻。有集。

催雨

人世如居甑，驕陽不可鉏。未聞芻作狗，安得夢維魚。賦斂民生槁，干戈國計虚。安危關一飽，雨意莫躊躇。

題定武蘭亭副本

玉華末命昭陵土，蘭亭神蹟埋千古。率更搨本入堅珉，□帝歸裝投定武。薛家翻刻愚貴游，舊石宣和龕御府。胡塵横空飛渡河，中原荆棘穴豺虎。維揚蒼□駕南轅，百年文物不堪補。紛紛好事競新模，傾敲醜俗無遺矩。如今薛本亦罕見，髣髴典刑猶媚嫵。清歡盛會何足傳，右軍它帖以千數。託言此筆不可再，慨然陳迹興懷語。今昔相視無已時，手掩塵編對秋雨。

八詠樓

樓壓重城萬井低，星從天闕下分輝。傷心風月詩應瘦，滿眼桑麻春又肥。山到東南皆屹立，水流西北竟何歸。倚闌莫問齊梁事，斷石淒涼卧落暉。

赤松即景

平生百慮懶，尚有丘壑心。佳哉二三友，同盟時幽尋。壯懷豁虛曠，玄宮窮邃深。時方釀薄暑，萬綠漲雲岑。新篁凝粉翠，日影篩碎金。瘦筇扶野步，羽扇搖清吟。漱齒掬清泚，雪瀑開風襟。脱巾挂琪樹，露頂涵重陰。山禽自在語，濁醪自在斟。物外轉栖碧，石險蒼苔侵。何時侣麋鹿，結茅入深林。

和葉聖予小桃源韻

二仙何如人？夫豈古隱士。道成遡泬寥，羊卧不再起。鸞鶴舞松聲，蕭騷快心耳。金竈清塵生，餘丹不輕委。我來桃源遊，直窮路所止。飛蘿摇春煙，素雪噴清泚。何時架草堂，深入此山裏。倏然逃世慮，鍊魄繼遐軌。

送立齋入閩哭久軒

雙溪秋氣深，送子臨古道。古道如掌平，四顧行人少。行行復行行，何日度南嶠。故人今已矣，轉憶平生好。世事浩無涯，愁雲黯江表。

送希夷之江西

小雨斂輕塵，秋聲滿亭驛。驅車過南浦，別懷徒襞襀。世道斯凌夷，爲善不自力。一朝魯兩生，爲人作行色。誰知離索悲，有甚萬鍾失。

和寬居見懷韻

北望戲馬臺，荆榛滿中路。英氣一何多，懷古渺難泝。山河腥日月，虎豺沐雨露。纍纍楚猴冠，異哉天所賦。豈無濟川才，淹留秋不暮。清風從何來，灑灑定吾故。贈我金琅玕，繫落雙魚素。

秋熱

西風不力征，老火未甘退。蟬聲亂耳繁，癡蛟健始最。一雨從天來，不復有故態。天序自分明，人心其少耐。

舟中和葉聖予

桐江波漸滑，霽色午方開。香火嚴蘭若，煙霞老釣臺。崖高微徑險，水轉萬山回。欲訪先生裔，相從買一坏。

江闊風帆急，潮回沙露痕。寒林無剩葉，茅舍各成村。雁落煙波渺，鴉歸夜色昏。未知孤客棹，今夜泊誰門。

野興

文字飢難煮，爲農策最良。興來鋤曉月，倦後卧斜陽。秋稼連千頃，春花醉幾場。任他名利客，車馬逐康莊。

和趙師日韻

我生無燕頷，四壁笑相如。門巷堪羅雀，燈窗且讀書。老來心事懶，貧後故人疏。尚有多情月，時時到敝廬。

蘭

早受樵人貢，春蘭訪舊盟。謝庭誇瑞物，楚澤擅芳名。蒼玉裁圭影，紫檀含露英。奚奴培護巧，苔蘚日菁菁。

適莊兄遊山

誰閣重陰一日晴，清遊應是愜高情。遥知雨後山光好，但想雲邊屐齒清。素壁雖曾題舊字，沉痾不許歃新盟。因知闕吏留魚鑰，漫遣奚奴候晚程。

題山橋

北山之北兩山齊，一徑蜿蜒石作梯。脚力倦時山始好，芙蓉東畔赤松西。
石磴斜溪下水限，玉虹鎖雪掛崔嵬。雖然只是泉三叠，滂湃聲摇萬壑雷。

玉蟾集鈔

葛長庚，字白叟，又號白玉蟾，閩清人。家瓊州，入道武夷山。嘉定中，詔徵赴闕，館太乙宫，封紫清明道真人。有《海瓊集》。

採蓮舟

葭蒲滿蕩起晴煙，總屬霜鷗雪鷺天。一片紫菱分十字，中間放過採蓮船。

登樓秋望

憑徧朱闌醉已蘇，樓前眼纈望中疏。漢陽草樹看來短，淮岸漁家淡欲無。薄暮鴉翻千點墨，晴空雁草數行書。多情庾亮吟魂遠，風泛蘆花秋滿湖。

中秋月日璐按：《西湖游覽志》作《得樓月》。

千崖爽氣已平分，萬里青天輾玉輪。起向錢塘江上望，相逢都是廣寒人。

題桐柏觀

仙翁夜來扣林壑，約我明朝過南岳。石壇對坐話松風，鶴唳一聲山月落。

午飯羅漢寺

林間一徑似驚蛇，中有禪關隱紫霞。煙鎖蒼松遮寺額，風摇翠竹撼簷牙。客來寂寞盤香穗，飯罷從容瀹茗花。到此徘徊歸去晚，夕陽挂樹一聲鴉。

初至桐州

夜半江風吹竹屋，起挑寒燈憐影獨。荒雞亂啼思轉多，黠鼠嘯躍眠不熟。舊曲聲清覺凄凉，故園心眼時斷續。何當牽犬臂蒼鷹，錦帽貂裘呼蹴踘。

參寥集補鈔

道潛，字參寥，於潛何氏子。與秦觀、蘇軾遊，軾守杭，卜智果精舍居之。軾南遷，坐詩話刺譏得罪，返初服。建中靖國初，詔復祝髮。崇寧末，歸老江湖，嘗賜號妙總大師。有集。

余初入智果院蘇翰林率賓客相送者十六人各賦詩一章用圓覺經云以大圓覺爲我伽藍身心安居平等性智爲韻得以字

秦山屹天下，四海同仰止。我公命世英，突兀等于是。胸中廓漢秋，皎絶微雲滓。當年事危言，軒冕如脫屣。正貴知我希，寧慚不吾以。風雲果再符，六翮排空起。一昨厭承明，抗章求迤邐。餘杭古雄藩，比屋富生齒。立談政可成，興不負山水。雍容敦末契，訪我頑且鄙。大旆輝松門，禽猿亦驚喜。森森門下士，左右粲珠履。使君道德安，圭角非所恃。輭語如春風，藹然著桃李。今朝眞勝事，千載足遺美。安得筆如椽，磨崖爲公紀。

卜居智果答方外

青燈殘篆夜寥寥，門外秋風振葦蕭。慚媿高人能見憶，爲予西望立溪橋。

湖上

去歲春風上苑行，爛窺紅紫厭平生。而今眼底無姚魏，浪蕊浮花懶問名。

城隈野水緑逶迤，裊裊輕舟掠岸過。欲採芸蘭無覓處，野花汀草占春多。

口占絶句

寄語東風窈窕娘，好將幽夢惱襄王。禪心已作霑泥絮，不逐春風上下狂。

題東坡墨竹贈官妓

小鳳團牋已自奇，謫仙重掃歲寒枝。梢頭餘墨猶含潤，恰似梳風洗雨時。

石門文字禪集補鈔

惠洪，字覺範，俗姓彭，筠州人。以醫識張天覺，大觀中入京，乞得祠部牒爲僧。又往來郭天信之門。政和元年，張、郭得罪，覺範決配朱門崖。有《石門文字禪》、《筠溪集》、《天廚禁臠》、《冷齋夜話》。

余自并州還故里館延福寺寺前有小溪風物類斜川兒童時戲劇之地也

春深獨行溪上因作小詩

小溪倚春漲，攘我釣月灣。新晴爲不平，約束晚見還。銀梭時撥剌，破碎波中山。整鉤背落日，一葉嫩紅間。

崇勝寺後有竹千餘竿獨一根秀出人呼爲竹尊者因賦詩

高節長身老不枯，平生風骨自清癯。愛君修竹爲尊者，卻笑寒松作大夫。未見同參木上座，空餘聽法石於菟。戲將秋色分齋鉢，抹月批風得飽無。

西齋晝卧

餘生已無累，古寺寄閑房。睡足無來客，窗空又夕陽。叢蕉高出屋，病葉偶飄廊。起探風簷立，飛蚊鬧晚涼。

贈尼昧上人

不著包頭絹，能披壞墨衣。媿無灌溪辯，敢對末山機。未肯題紅葉，終期老翠微。余今倦行役，投杖夢煙扉。

送僧

古寺閑門聊作夏，秋來歸思漫迢迢。枕中柔櫓驚鄉夢，門外秦淮漲夜潮。想見舊房生薜荔，不堪疏雨滴芭蕉。何時卻理緣雲策，同上峯頭看石橋。

夏日

山縣蕭條半放衙，蓮塘無主自開花。三叉路口炊煙起，白瓦青旗一兩家。

雪霽謁景醇時方埿堤捍水修湖山堂復和前韻

埿堤蓋南堂，雪霰響新瓦。我踏雪泥至，自攜雙不借。愛公有俊氣，白法洗凡馬。清婉繼彭澤，寒陋笑東野。願爲西崦鄰，投名入詩社。餘年吾事濟，過從有公者。何時聞折竹，燈火共清夜。

陪張廓然教授遊山分題得山字

先生如梁鴻，德耀亦愛山。湘西十日留，笑語煙雲間。弄泉石梅塢，喚舟青蘋灣。藉草飲松下，松風當吹彈。二妙生清姸，山花插雲鬟。粲然起爲壽，舞袖相翩翻。先生墮幘醉，頗覺天地寬。醉語忽成詩，爲題蒼壁顏。城郭遥相望，但見千峯寒。

又得先字

青山隨處有，□之輒欣然。獨于湘上山，欲買歸休田。此邦多君子，故欲吾終焉。先生人品高，白鷗春水前。弟子殊秀發，玉樹相明鮮。頗怪翰墨場，亦著白髮禪。分題得難韻，下筆風雷旋。詩成愕衆口，不復較後先。閒中有此樂，安用食萬錢。紫芝愛陸渾，遂爲好事傳。悠然見眉宇，寧復羨遺編。

寄題雙泉

閻公立朝時，凜然古遺直。孤忠捍世波，砥柱屹挺特。一旦成千古，埋玉秀山側。至今山中泉，實以配公德。欲知其源深，下漲千頃澤。沙渠走清快，丹井湛紺碧。譬如澠共淄，相去無尋尺。日光每下徹，山影必倒植。倚欄應欣然，遊鱗見尾脊。知誰念純孝，滿掬種白石。粲然生玉英，實感吁莫測。泉旁有精舍，聞多登覽適。何時同二老，追逐扶瘦策。詩成坐假寐，夢歷秋山赤。想見環珮清，繞除餘響滴。

次韻夏夜

隱几羣動寂，池塘浮夕光。瓦溝急雨過，薰風滿南堂。飛螢忽點衣，小立聞荷香。東南喜見月，微雲復遮藏。長哦穎皋詩，清語沁肺腸。勁氣終不屈，鏌鋣淬光芒。高懷寰宇間，蠢蠢奔炎涼。斯人古遺直，天質自溫良。玆夜發遐想，易親復難忘。歸田無別意，難以枘入方。

次韻過醴陵驛

解鞍成小寢，部曲營夜炊。此生一寄耳，夢幻相拘縻。風餐雜舍□，水宿依江湄。何時步八塼，壓犀簾幕垂。三湘在圖畫，開屏供卧披。公宜宿玉堂，明甚無可疑。今復聊爾耳，聞作虎頭癡。

贈別若虛

殘暑露嚴威，新涼釀歸思。夢驚聞松聲，兩鬢到萬事。中情怯離別，此別仍對子。追惟初識面，寧復計有此。明朝舟洞庭，驚浪銀山起。醉眼失湘楚，妙語凌淮泗。我如浮水葉，遇坎當自止。行將看荊山，歸老鹿門寺。

和游福巖

雲開見樓閣，峯頂知有寺。衆峯讓高寒，蓋是出其類。曹溪正脈深，不斷渺如帶。流而至衡霍，百川蓄匯瀹。迺知般若臺，自昔分燈地。清遊亦不惡，俯仰憶前事。寶構出灰燼，人逝時亦異。永懷韓潮州，夜與千峯對。仙去三百年，音容恍如在。妙語落人間，斷碑卧榛檜。

和杜司録嶽麓祈雪分韻得嶽字

歲晚湘水濱，黄塵似河朔。江流涸欲盡，缾罌汲餘濁。忽聞雙旌出，千騎爍山嶽。雪雲卷山去，天宇獻遼邈。昏鴉集風枝，凍鶴時俛啄。山雖非故山，識面亦已數。豐年屬勝遊，與我同三樂。

次韻經葵道夫書堂

書堂山崦西，微路經桑柘。婉婉緑陰中，傴僂牽羸馬。須臾將平川，時過幽溪瀉。源深人家稀，落日耕釣罷。過牆傍修竹，深處開茅舍。池塘遠軒窗，秀露風清夜。杯盤燈火裏，笑語茅簷下。夜闌乞新詩，自愧非作者。張燈掃西壁，把筆强驅駕。萬景每騷縱，此夕偶相借。遂令諸子歡，一一如圖畫。

題嶽麓深固軒

湘西峯頂寺，樓閣藏煙翠。危臺占冢顛，小軒寄幽致。遊人常不到，石壁照溪邃。于世復何求，此生眠食耳。倏然亦何有，蒲團空曲几。憑高俯城郭，車馬環磨蟻。城郭望諸峯，時見孤雲起。

中秋夕以月色静中見泉聲幽處聞爲韻分韻得見字

夜清成水宿，月出波灔灔。那知是中秋，老眼欲凄眩。此生天地間，飄泊如蓬轉。朅來泊湘濱，此月凡七見。冰輪上天衢，萬里不知遠。夜深度明河，輪側明河淺。西河欲吹笛，餘音落哀怨。

次韻朝陰

轆轤曉汲罷，幽響聞餘滴。不知雨口空，但覺炊煙溼。閒居少過從，屋角寒藤入。夫子獨念我，問訊常絡繹。時來款柴扃，飢飽共休戚。此詩麗如春，姸暖破岑寂。如追薊子訓，可望不可及。

送彥周

彥周美少年，風味映前古。令人每見之，不敢發鄙語。推墜吾法中，偃蹇揖佛祖。死生人所怖，玩之于掌股。此生幾離別，此別覺酸楚。夜寒衆峯高，獨看霜月吐。

次韻遊方廣

萬峯纏煙霏，一線盤空路。丹楹出翔舞，半在生雲處。海人猿臂上，哀湍不堪泝。夫子英特人，自是幹國具。醉耳厭絲竹，來此良有故。臨高賦新詩，妙語發奇趣。便欲抱琴書，亦作東家住。山靈應拊掌，笑公方窘步。富貴牢縛公，雲泉寧可付。置卷發遐想，湘月微雲度。

贈珠維那

湘雲遮世路，閒客此閒行。彌日不忍去，眷此山水清。暖窗欲春色，茗椀雪花輕。道人舊不識，一見意已傾。人生無根蒂，聚散如流萍。聊炷返魂香，將以熏道情。此詩亦偶爾，夫用四座驚。

同彭淵才謁陶淵明祠讀崔鑒碑

晉室東渡後，主弱祇如寄。桓温弄兵權，劉裕竊神器。先生于此時，潔身良有以。袖手歸去來，詩眼飽山翠。追還聖之清，太虛絕塵滓。長恨千載心，斷絃掩流水。

陳氏貫詩軒

春風著萬物，粉飾相明鮮。雪霜摧壓之，不情如世□。問誰不可犯，揖此蒼玉椽。斫頭未易屈，搶地猶傲然。相逢凋零中，秀色披晴煙。陳侯我輩人，逸氣傾羣賢。開軒冷相向，酬酢忘歲年。我來作風聽，夜雨雜山泉。攜被願假宿，與子對牀眠。

懷慧廓然

蕭蕭暑雨過，空山成夜晴。月出東南峯，娟娟風露清。飛螢自開合，寒蟬亦悲鳴。興來忽獨往，聽此落磵聲。永懷西湖上，絕景玉壺明。松際翛然姿，振策自經行。卽欲呼就語，忽隔千里程。何時徑尋子，夜航過臨平。

十二月十六日發雙林登塔頭曉至寶峯寺見重重繪出庵主讀善財徧參五十三頌作此兼簡堂頭

十年懷石門，今日石門去。雙林動曦光，跋河開宿霧。力微藉古藤，泥軟脫芒屨。風泉白雲壑，夜雨青松路。我生百事廢，齒髮行衰暮。但餘愛山心，不逐年華故。北山甲天下，自昔家吾祖。峯如青蓮花，千葉曉方吐。煙雲浮香色，清涼洗肝腑。異哉萬木間，白塔巋然古。此老無恙時，超放誰與伍。萬象供笑談，大千爲戲具。我曾從之遊，絶塵追逸步。誰云今已亡，塔開全體露。永懷憑妙觀，此意竟淒楚。

仁老以墨梅遠景見寄作此謝之

荒寒掃横斜，稀疏開未遍。煙昏雨毛空，標格終微見。吴姬風鬟亂，睡色餘妬面。誰令種性香，風味極不淺。道人三昧力，幻出隨意現。塞管玉纖寒，無勞寫哀怨。

上巳日有懷昔從雲庵老人此日山行

今年上巳日，久客望江南。雙林接修水，石路入煙嵐。千峯出雲雨，空谷吞寒潭。蒼杉鬱重重，秀色凌雲庵。不見庵中人，青燈耿塵龕。空餘行樂處，攀翻聞笑談。風光與節物，觸愁味參參。臨高望煙靄，衰涕落春衫。

送正上人歸黄龍

道人泉南來，音姿頗純美。觀其略笑語，亦自飽風味。相看坐終日，孤月墮止水。但見篆畦間，青煙行未已。朝來忽去我，秋風動衣袂。試問安所之，笑指千峯裏。秋晚當相尋，結伴入層翠。

次韻李商老匡山道中望天池

幽人修水上，春漲冒陂田。時時想見之，笑頰微渦旋。往來柴桑間，妙語生雲煙。廬山自高寒，青碧開晴天。倚藤望絶頂，風味如斜川。我思從之遊，子亦當勉旃。詩成聊假寐，歸夢歷層顛。

居上人自雲居來訪白蓮社話明日告歸作此送之

浮雲山盡際，花木迎春暉。佳人殊方來，見之消渴飢。藉草坐松影，粉香時落衣。氣貌秀可掬，出語超幽微。巖壁鐘聲寂，山陰花發稀。去袂挽莫留，又作甌峯歸。

送通上人遊廬山

少年四方志，一杖餘氈巾。朝來過微雨，扁舟買南津。廬山冠天下，況復當青春。遥知泊星渚，雲開蒼翠新。相看發一笑，瀑布垂天紳。虚漢清月上，山空無四鄰。應懷千載姿，坐榻空埋塵。興來得好句，録寄北山人。

同慶長遊草堂

萬株蒼煙間，杳然出微徑。相逢知有得，一笑洗孤憤。蕭蕭半窗雨，終日滿風聽。緑雲到纔絶，小立鋭清興。約公我輩人，發此一區勝。春工自無私，風力亦强敏。柳垂拂掠黄，溪作指磨凈。籬間殿寒梅，吴姬發微哂。已欣鳥聲樂，更愛遊絲逈。余郎妙天下，氣與山嶽峻。春光纏肺腸，霽月恍風韻。詩如畫好馬，落筆得神駿。日斜興未闌，路窮春不盡。更爲明日遊，踏徧鐘山頂。旋汲一人泉，峯頭煮春茗。

寄巽中

熏風度南枝，餘芳委紅緑。微雲生晚陰，梅雨浄林麓。穿花鶯語遲，翻泥燕飛速。遐想幽人居，夢過谿溪曲。清聲久絶耳，斯懷抱煩燠。仰道思彌高，哦詩出凡俗。脱屨滿户外，輪蹄日相逐。吾徒不得人，大法世陵叔。智刃鷇蒿蓬，利鋒揮樸樕。念往追前席，初筵不我卜。别來空相思，徒倚蒼山木。

送濟山人歸漳南

密林影羣陰，露葉光翻夕。幽人獨經行，滿院許秋色。幾年涉嶺海，頗亦歷佳席。邇來寄江寺，癡坐室生白。吾家在漳南，萬頃蒼玉壁。何當附舶歸，重拂林下石。此生一夢耳，夢覺試尋繹。倚笻作長嘯，萬事付鳥跡。若有閒中吟，無惜寄飛翼。

夏日雨晴過宗上人房

仲夏林木深，古寺雨初足。殿閣風甌鳴，閒庭草空緑。小軒試憑几，解籜愛新竹。點筆記題詩，粉色不受觸。道人有佳處，面數良以熟。翛然亦無營，來往相追逐。此時偶相值，一笑天宇局。何當烹壑源，浣此腸胃俗。

泊舟星江聞伯固與僧自五老亭步入開先作此寄之

煙霏含空青，向晚望逾好。欲行雙瀑邊，俊骨屢側腦。偶攜白髮禪，步盡青松道。孤鴻聊送目，瘦策自扶老。甚欲東澗陰，縛屋安井竈。我亦個中人，歸計嗟不早。永懷巖上僧，松鬣和雲掃。

冬日題寧偶書

山舟不肯留，白髮日夜益。曉窺青銅光，乃覺朱顏失。故人半凋零，行吟百憂集。舊山天盡頭，歲晏衰眼力。高枕此山泉，比興復何日？百年暗相驚，奔忙如瞬息。喬松亦已塵，仙術無煩乞。

又次前韻

禮法日荒蕪，坦率日增益。惟餘枯藤枝，起坐不相失。山枕孤雲歸，林寒倦鳥集。愛此亦題詩，鈍澀見才力。乃知衰老來，全殊少年日。勞生知幾何？萬事歸歎息。鉏斧好濯磨，當就阿誰乞。

奉陪王少監朝請遊南澗宿山寺步月

單衣喜和風，詩眼愛空翠。野亭亦脩然，散坐聊倦倚。坐久忽聞樵，見視一笑喜。那知深林外，曲折見流水。幽光弄紺碧，春色潑秀氣。去爲千頃澤，隄柳相嫵媚。月光方下澈，浮空見頹尾。投樂戲驚之，撲摝沙禽起。歸途望林蜜，煙靄隔山寺。便如斜川遊，歲月亦相似。

觀山茶過回龍寺示邦基

北窗賞新晴，睡美正清熟。竹雞斷幽夢，朦朧不能續。卧聞故人家，山茶已出屋。欣然一命駕，妍暖快僮僕。千朶鶴頂紅，染此叢間緑。坐客例能詩，秀句抵金玉。攜過回龍寺，掃壁爲君録。逸筆作波險，欹斜不可讀。坐驚殷牀東，暮色眩雙目。入關更清興，市井亂燈燭。人生分萬途，稱心良易足。時平且行樂，餘賓非所欲。

同敦素沈宗師登鍾山酌一人泉

鍾山對吾户，春曉開煙鬟。白雲峯頂泉，紺碧生微瀾。經年未一酌，對客愧在顔。兩翁亦超放，瘦策容躋攀。大千寄一瞬，境静情亦閒。是時天慘憺，佳處多遺删。立談共嘲謔，豪氣破天慳。臨川冰玉清，風流繼東山。孤坐巉絶處，掉頭不肯還。天風吹笑語，響落千巖間。歸來數清境，但覺毛骨寒。從君乞秀句，端爲刻斕斑。

宿妙宣寺

衝寒困頓歸，投枕眠爛熳。夜晴霜月苦，睡美不知旦。日高披曉緑，萬事付衰懶。百年炊黍久，強半得憂患。起臨清淺流，白髮不可揀。此生終一蜜，形勝已入眼。明年定來歸，茅屋並崖瞰。掩門無營爲，一味工寢飯。

石門中秋同超然鑒忠清三子玩月

三年竄南荒，兩過中秋夕。月不弃羈囚，高天照罅隙。凜如寢雪霜，但覺炎瘴失。夢清不敢歸，鯨浪濺天白。中原一轉首，心折萬峯劇。遥知亦念我，看至玉輪側。有生窮至此，甘作死生隔。筠溪遶茅廬，波影登几席。危磴通石門，攀眺屢傾陟。華紛落無餘，但見霜露實。地坐闃無人，厭聞蟲唧唧。

十六夜示超然

山深久不晴，銷盡三伏暑。夜涼聞風泉，疑作空階雨。但覺紙窗明，不知山月吐。階除偶獨立，滿庭浩風露。室閒門未掩，時有飛螢度。餘生願俱子，萬壑千巖處。艱難百憂中，長恐此心負。今宵復對榻，樂事邈如許。地偏心亦遠，喜劇憂自去。將回廬山陰，一水斷世路。

三月二十八日東柏大士生辰

思慮不及處，但曰刹那際。不謂一之中，而又有三世。于此刹那頃，尚不容擬議。安得容死生，一切諸怖畏。苦樂欣厭情，紛然心境異。是名顛倒想，不名隨順智。如人遊夢中，所歷經千歲。及其夢覺已，不過夕頃耳。稽首願悲幢，發此不傳祕。願分無盡燈，仰酬四弘誓。

神駒行

沙丘牝黄馬已死，俗馬千年不能嗣。忽生此馬世上行，神駿直是沙丘子。紫燄争光夾鏡眸，轉顧略前批竹耳。雪蹄卓立尾蕭梢，天骨權奇生已似。緑絲絡頭沫流嘴，繡帕搭鞍初結尾。決驟意態欲騰驤，奔逸長鳴抹千里。

贈許邦基

邦基今年方十九，美如濯濯春月柳。龍章鳳姿絶世無，金馬玉堂如故有。酒闌愛捉玉麈尾，玉色正同批誥手。高燒銀燭擁新粧，看君落筆龍蛇走。欲驅清景入秀句，萬象奔趨不敢後。人疑錦繡纏肺腸，不然筆端應有口。謫仙風流今復見，況亦彷彿外塵垢。但恐功名纏縛人，未放青山掛牕牖。

高安會諒師出諸公所惠詩求余爲賦

黄塵踏徧江南岸，矯首無言對河漢。故山有屋埋深雲，一夜歸心掣不斷。緑錦江頭識諒禪，傾坐高談象帝先。疑君卽是僧太白，不然無乃真彌天。仙風襲人欲輕舉，芙蓉道氣出眉宇。擁坐衣裳墜不收，山水懷雲輕百補。我今老倦亦慵參，去死正如三眠蠶。相看一笑有佳約，他日同歸五老菴。

謝安道花壇

三月江南春不淺，謝家池上開花苑。層壇迸破碧瑠璃，嫩蕊簇成紅婉孌。一枝兩枝和霧白，素娥月下逢姑射。十朵五朵照水紅，仙姝并立瑶池東。人生遇景須行樂，莫使餘香散簾幕。白雪難逃鬢上斑，金尊且對花前酌。時人莫以花爲浼，大都自是人情改。若使人情長似花，相看顔色年年在。

蒲元亨畫四時扇圖

畫工妙物無不可，誰能筆端自忘我。醉蒲睡着呼不聞，但見解衣盤礴裸。起來漱墨滋破研，霜綃咫尺開紈扇。點綴四時無不有，但覺眼前紅緑眩。雲破連峯青碧開，林梢時復見樓臺。斷橋落日空流水，爲問秦人安在哉。春山杳靄知何處，夏木森森蔽雲雨。秋陰未破雪滿山，笑指千峯欲歸去。

自豫章至南山月下望廬山

扁舟秋晚離南浦，片席摇風望星渚。揚瀾大浪晴拍天，南山窈窕開蓮宇。倒檣散策一登臨，便擬掩關深處住。吾生飽食隨東南，去亦無求住無取。江山得意且題詩，從遊況復皆真侣。青燈灼灼夜窗深，對牀卧聽風颾語。隔岸廬山金碧開，月明尚記曾遊處。

次韻余慶長春夢

阿環夢回如墜雲，研中玉纖如醉文。香囊翠被不復見，華清草木猶薰薰。仙郎春光洗懷抱，柔情不斷如芳草。軟風細漲玉横斜，一尾追風北山道。詞鋒落紙磨秋霜，千首今餘萬丈光。從來支遁識神駿，歲月不知君意長。

次韻君武中秋月下

秋光一半去無迹，萬里陰晴占此夕。書生醉語哦月詩，想見看朱眩成碧。白公初攜佳句歸，便覺草露寒沾衣。夜晴蘭室思千古，領略太白懷玄暉。君家客皆天下士，放意高談飲文字。江左風流掃地空今日追遊可無愧。

余方登列岫愛西山思欲一遊時皐上人來見詩作此

西山層翠長倚天，我來正及社燕前。城中高閣時縱倚，妙語已復淩芳鮮。方將結伴未有侶，而子乃敢犯衆先。會當披雲亂峯頂，却下濯足寒澗邊。遙知笑語山答響，詩句淩亂何須編。就巖折桂亦細事，海棠爛熳燒晴川。歸來仰屋念清境，夜未央兮猶不眠。

贈王敦素兼簡正平

空山無人舟壑移，坐看香燒行篆畦。兄弟華軒肯過我，隳甑敝箒生光輝。着屐登山亦不惡，攜被假宿良幽期。燈前綠鬢映玉頰，風流未數崔宗之。夜談詞辯出神駿，絕塵赤兔真權奇。我欲置君帥河朔，軍前千騎紅粧隨。横槊吟詩氣慷慨，玉帶錦袍英特姿。又欲置君玉堂卧，霧窗棐几春晝遲。醉中草制斂風雨，諸公堵立相嗟咨。微吟擁鼻笑不語，恐未免爾無多辭。爲君張燈掃東壁，他日重來讀此詩。

復用前韻送不羣歸黄檗見因禪師

幽尋忽覺暗香吐，竹西知有梅花塢。一枝試摘與君看，念君明日當離楚。戛然飛去若驚鴻，棄擲自嗟如卧鼓。遙知旅枕生清夢，夢到江南春好處。蒼杉拂雲煙翠深，爲弔大雄山下虎。便欲問提折脚鐺，柏子菴邊結茅住。行看談笑起雲門，海上横行如迺祖。

驟雨

雷搥雨骨天爲低，行雲趨走不敢遲。桐英滿地誰拾去，花態正蟹魂欲飛。紫金蛇光誰掣斷，墮空萬點跳珠亂。須臾井滑紺無泥，瑠璃骨軟争道馳。亂紅殘萼驚千片，可憐憔悴吴姬面。林光草色自連天，殘香依約知誰怨。

福唐秀上人相見圓通

廬山萬木春已透，滿目春光迎馬首。北山攫飯借榻眠，一任春山穿户牖。道人聞是福唐來，石門曾結遊山友。相逢未説別時□，且欣春色濃如酒。何當瘦藤上孤絶，深谷忽驚如錦□。人生超放當趁健，東風已暗藏鴉柳。

浙竹

龍孫初長浙江曲，疏影蕭蕭□家玉。平生知愛足風流，只有山陰王子猷。而今流落蒼崖頂，暗换年光鄉路永。冰敲雪壓未應衰，鸞鳳不棲空故枝。堅幹猶堪製長笛，最合宫商勝金石。爲君吹動鏡湖秋，驚起雙龍翼小舟。

郭祐之太尉試新龍團索詩

政和官焙雨前貢，蒼璧密雲盤小鳳。京華誰致建溪春，睿恩分賜君恩重。緑陰院落春晝永，碧砌飛花深一寸。門下賓朋還畢集，碾聲驚破南窗夢。高情愛客手自試，春霧脚縈雪花湧。我有僧中富貴緣，此會風流真法供。

重陽後同鄒天錫登滕王閣

閒中過却重陽節，江城風雨吹黄葉。與君來遊亦偶爾，聚立西偏讀豐碣。憑欄眼界得天多，雨脚明邊飛鳥滅。西山向人亦傾倒，犯雲争來獻層疊。未歸負負無可言，相視心知慚在頰。胸當却立雲生處，縱望晴江生雉堞。

送稀上人還石門

海昏石門在深谷，排闥千峯如觸鹿。崛然獨秀一峯高，自與千山作眉目。曾學關西一味禪，衆中雜遝多豪賢。如今此老成新塔，但有樓閣如當年。道人今作石門客，鬢眉尚帶芳鮮色。冷齋説我舊遊處，夢魂夜渡修江碧。朝來秋聲發舟樹，羡君先我山中去。

寄題彭思宇水明樓

議郎詩眼發天藏，咄嗟辦樓臨汝水。遥□□□□□□□，殘夜笙歌散，月出東南人獨倚。微波不興，天若著底。忽驚白晝在軒窗，試數游魚見鱗尾。平生骯髒笑伊優，官冷對人言少味。但餘清境得厭飫，天應用此相償耳。

次韻思禹思晦見寄

多生垢習消磨盡，一念定光空五蘊。尚能弄筆戲題詩，如鐘殷牀有餘韻。南臺煙靄隔重灘，城郭遥應認刹竿。湘西六月失三伏，一枕窗風午簟寒。年來懶復嫌山淺，更欲移菴藏僻遠。又思喧寂不相妨，卧聽當年三語阮。鏡裏朱顔豈長對，歲月去人寧少待。是身已作夢幻觀，肯復經營此身外。

季長出示子蒼詩次其韻蓋子蒼見衡嶽圖而作也

曉煙幻出千萬峯，個中我曾如懶融。天公亦妬飽清境，戲推墮我塵網中。人生萬事無不有，道士寧知爲老楓。去年雪夜宿絶頂，笑聲響落千巖風。今年千巖在掌握，煙雨又復分西東。磨錢作鏡照千里，必也高人非畫工。季長胸中自丘壑，吐辭便覺春無功。韓侯玩世難共語，精神滿腹仍疏通。酒闌耳熱眩紅碧，醉語撼子崔嵬胸。遥知墮幘笑不答，但見玉頰回渦紅。

送季長之上都

十年不踏黄塵路，老盡歸心餘一縷。因同夜語想京華，歸心百尺遊絲舉。前年别我楚山邊，解鞍班草弄雲泉。今年送公古城北，花發水流聞杜鵑。眉間秀色照春晚，青雲故人紛滿眼。門前車馬氣如雲，知誰倒屣迎王粲。行看腕脱供十吏，玉堂風景非人世。萬乘扣扉宫月斜，夢驚呼燭度窗紗。

復和答之

君不見功名欲致硯磨鐵，桑公人間駒汗血。五季干戈爭奪中，低摧幾不保臣節。又不見相如賦工合騷雅，九重偶有賞音者。及見但爲上林令，斷國反在淄川下。長笑兩事俱外物，自憐不是封侯骨。獨愛華亭百衲師，小艇横篸一竿竹。久住湘江諳水脈，揭篷慣看湘西月。聞道公眠晝戟叢，相尋長恨城闉隔。去年卜居城北地，客心每有悲笳碎。慚愧詩筒走老兵，病眼那容見新制。老來情緒那忍説，風瘴乘之覺疲薾。此生夢幻姑置之，半掩殘經香篆滅。湘中清境享已飫，湘山多情慰心素。年來更欲學睦州，古寺閉門工織屨。

次韻汪履道

老來漸覺朋儕少，夜室孤禪還自照。吟詩垢習未全除，賴有汪郎恰同調。嘗聞從來以類從，谷風忽作虎應嘯。交道今嗟張紙薄，老人常乖少年約。與君一笑似三秋，此道長令洞開廓。

送子美友

曉痕翠浪行將徧，掠面柔風初翦翦。梅頰欺寒底死香，柳眼窺煙皺未展。相看感此故意長，欲別忍看春尚淺。離情惱人深造次，撩我小詩弄清婉。腸斷江頭無語中，謝郎疋馬嘶風遠。

慈覺見訪余適渡江歸以寄之

黃沙橫吹意懵恍，江色模糊迷背向。刺舟開岸風掠耳，日暮歸來説驚浪。旋添榾柮火蒙密，堵立咨嗟羅少長。椀楪鏗然野炊熟，井稅未輸夜舂響。少年信脚蹈憂患，幾同墨叟埋煙瘴。歸來閒散贖辛勤，老住江村無雜想。

送友人

幽人獨負三尺琴，自謂羲皇得意深。經年不肯鼓一曲，欲造千里求知音。夕陽渡口西風起，黃葉紛紛墜秋水。送君脈脈上孤舟，片帆忽舉風波裏。此去吳中風物好，重複江湖我曾到。桂子落時雙澗秋，白猿啼處孤松老。却入苕溪凡幾里，連天震澤無窮已。紅蕖苞折流水香，紫蓴絲軟鱸魚美。何時興盡見歸舟，古今客路多飄流。孤雲別鶴無蹤跡，空聽蟬聲野渡頭。

寄題紫府普照寺滿上人桃花軒

武陵源深並溪入，無數桃花鬧春色。水面紅雲欲崩壞，波間爛錦光相射。昔人誤行偶見之，歸來醉眼眩紅碧。秦時雞犬不聞聲，但覺曉窗煙霧白。那知紫府亦仙源，此華萬樹燒晴原。少年苾芻誰教汝，照花作意開幽軒。靈雲説悟被花笑，南泉歎客花不言。何如睡足無一事，倚欄紅雨春風顛。愁來想見故山路，未歸先作山中篇。

與海兄

春寒真料峭，久客厭江城。雲重欲爲雨，風和尚未晴。意隨飛鳥去，緒逐亂埃輕。畢竟閒居好，煩君念此情。

燈花偶書

岑寂一閒僧，春宵清興增。竹窗催夢雨，蘭室對禪燈。世事知虛幻，人情翦愛憎。短長都分定，不恨百無能。

懷友人

不見鄰峯友，還同楚越遥。每勞孤枕夢，時過小溪橋。憑檻疏簾卷，臨風細雨飄。何當奉一笑，令我此情消。

早行

失枕驚先起，人家半夢中。聞雞憑早晏，占斗辨西東。轡溼知行露，衣單怯曉風。秋陽弄光影，忽吐半林紅。

遊靈泉贈正悟大師

支逕入山寺，雲林如見招。小軒臨絕壑，危閣礙層霄。瓶泣地爐煖，屋晴巖雪消。大師京國舊，放意話州橋。

白日有閒吏青原無惰民爲韻寄李成德

客來清對榻，客去閉深關。聊爲文字飲，酬唱相往還。朝來公事少，白日吏長閒。花光浮縣郭，麥浪漲郊原。吏散僧投謁，詩成月上軒。何妨横麈尾，相對兩忘言。

湘陰馬上和季長見寄小春

風埃九十里，霧雨溼駝裘。雁過回詩眼，江寒聚晚愁。魂清方怯雪，句冷更含秋。殘岸連孤嶼，依稀似橘洲。

三月喜超然至次前韻

楊柳風蕭蕭，芙蕖晴熳熳。水閣試新涼，披衣快清旦。幽居非養高，一榻聊醫懶。默觀四大空，吾復有何患。

覽秀亭

尚記登臨時，風日初盎盎。忽驚四野春，登我眉睫上。情欣鳥聲樂，意適游絲放。我非連眉郎，搜詩聊植杖。

寒亭

欲問青消息，蒼茫嫩日斜。茅簷聚喧雀，栗林棲暮鴉。絮袍裹足坐，得句往往佳。忽起步微月，呵手拗梅花。

和杜撫勾古意

歲月走舟壑，不能老喬松。何如取塵坳，安置彈指中。我老世不要，閉關師道蹤。甫欣方得計，人笑伎之窮。長松援丈蘿，無事登青冥。因緣偶然爾，初非出經營。我欣氣類似，掄材置勿聽。翟公亦癡絶，書門識交情。午夢清斷續，雙鬢飛蚊鳴。微風亦見戲，故掩讀殘經。相見洞天曉，霧重花冥冥。秀句吐奇麗，乃爾未忘情。暮年一杯酒，春愁邊賴柘。醉鄉歸路穩，城郭見隱約。萬事付頽然，破幘風墮落。胸次意何有，八窗洞空廓。

遊廬山簡寂觀二首

廬山覺未老，儼然舊風姿。樹石亦仙骨，逢春更華滋。瓜分煙翠層，千丈垂白霓。貪看讓争席，舍者爾爲誰。

蒼石大如屋，古木出虬枝。四注陰其下，地坐黄冠師。山行倦日永，聚話遂忘疲。行看洞中境，都是寂音詩。

湘上閒居

夜清暑雨過，四壁草蟲鳴。一枕幽人夢，半窗閒月明。摧頽弘法志，老大住山情。忽憶陳尊宿，編蒲度此生。

次韻真覺大師瑞香花

淺色映華堂，清寒熏夜香。應持燕尾翦，破此麝臍囊。有恨成春睡，無人見洗粧。故山煙雨裏，寂寞爲誰芳。

次韻雲菴老人題妙用軒

開軒閒隱几，萬象競趨陪。風揭松聲去，雲推山色來。觀身真作夢，視世一浮埃。日暮庭陰轉，幽禽接翅回。

送僧歸故廬

投名身入社，臥病偶思歸。渡澗脱芒屨，扶藤下翠微。寒松猶帶雨，瘦骨不勝衣。若見空鑽紙，當施百丈機。

焦山贈僧

對牀聽夜雨，佳約是當年。放曠隨緣去，閒心不習禪。倚蒲趺足坐，擁衲蓋頭眠。今識君歸處，齋餘有澗泉。

重會雲叟禪師

氣味似前輩，見之長眼明。閒須研法味，老不減詩情。草聖因蛇鬭，禪□解虎爭。一堂聊寄傲，疎快餞餘生。

次韻鄧公閣睡起

歸計寬爲約，山行短作程。旅亭驚午夢，布穀正催耕。翰墨爲生事，雲泉負此生。一篇敍閒適，細味有餘情。

次韻李方叔遊衡山僧舍

道鄉見城郭，世路謾升沉。寺勝增佳氣，壁間餘醉吟。僧殘過客少，山好爲誰深？寧識通泉尉，獨懷經濟心。

題夢清軒

小軒人不到，修竹過牆生。眼倦經長掩，身閑夢亦清。微風吹篆縷，活火潑茶鐺。遥想佳眠夕，蕭蕭雨葉聲。

留題三峯壁間

三峯稜層如削玉，一派懸泉瀉寒緑。平生山水性貪婪，聊與白雲相伴宿。松風竹露有餘清，夜伴孤月依簷楹。神凝氣爽睡無夢，不聞樓上霜鐘鳴。

卧病次彦周韻

卧便午簟袪殘暑，誰令殿閣風颾語。君來談笑破岑寂，慰此經旬攜手阻。湘山解事不須招，數峯入座争翔舞。心知清境世不要，勝踐從來數支許。

王仲誠舒嘯堂

隔岸暮山秋翠重，少焉月作冰輪湧。閒披白帢登此堂，絳闕神清氣深穩。此中不着絲竹耳，但覺清圓林葉動。恐君夜殘亦仙去，棄米叫雲空目送。

和忠子

牛車注經宗兩角，那問虚舟移夜壑。竹間掃除聞磬聲，戲作伽陀歌獨脚。心波不興類古井，情緣脱盡如遺籜。高笑癡兒倚富貴，危如乳燕方巢幕。

遠浦歸帆

東風忽作羊角轉，坐看波面纖羅卷。日脚明邊白鳥横，江勢吞空客帆遠。倚欄心緒風絲亂，蒼茫初見疑鳧雁。漸覺危檣隱映來，此時增損憑詩眼。

山市晴嵐

宿雨初收山氣重，炊煙日影林光動。蠶市漸休人已稀，市橋官柳金絲弄。隔谿誰家花滿畦，滑唇黄鳥春風啼。酒旗漠漠望可見，知在柘閑村西路。

江天暮雪

潑墨雲濃歸鳥滅，魂清忽作江天雪。一川秀發浩零亂，萬樹無聲寒妥帖。孤舟卧聽打窗扉，起看宵晴月正輝。忽驚盡卷青山去，更覺重攜春色歸。

洞庭秋月

橘香□浦青黄出，維舟日暮柴荆側。湧波好月如佳人，矜誇似弄嬋娟色。夜深河漢正無雲，風高掠水白紛紛。五更何處吹畫角，披衣起看低金盆。

瀟湘夜雨

嶽麓軒窗方在目，雲生忽收圖畫軸。軟風爲作白頭波，倒帆斷岸漁村宿。燈火荻叢營夜炊，波心應作捕魚兒。絶憐清境平生事，篷漏孤吟曉不知。

煙寺晚鐘

十年車馬黄塵路，歲晚客心紛萬緒。猛省一聲何處鐘，寺在煙村最深處。隔溪修竹露人家，扁舟欲喚無人渡。紫藤瘦倚背西風，歸僧自入煙蘿去。

漁村落照

碧葦蕭蕭風淅瀝，村巷沙光潑殘日。隔籬炊黍香浮浮，對門登網銀戢戢。刺舟漸近桃花店，破鼻香來覺醇釅。舉籃就儂博一醉，卧看江山紅緑眩。

穎皐楚山堂秋景兩圖絶妙

溪邊兩鴨自夫婦，坐而能言似相語。婦先浮波喜轉顧，夫欲隨之竟先去。水際青蘋各占叢，風撼荷花已退紅。不見清香雲錦段，空餘霜葉伴枯蓬。

余還自海外至崇仁見思禹以四詩先焉既別又有太原之行已而幸歸石門復次前韻寄之以致山中之信云

脱梏寧知縛禪律，但欲閉門長不出。死禍平生九蹈之，痛恨防身苦無術。此言了如意在絃，此心炯如月臨泉。山中樂可驕稚世，一榻暑風清晝眠。

十五日立春

千年象教唐朝寺，雪後新年晴復陰。殘僧無事春又至，遊客不來山自深。長廊掃葉望空翠，小閣卷經横水沉。三生白業有言説，一念浄心無古今。

訪鑒師不遇書其壁

獨自來遊微雨後，道人乞食及清晨。應門童子能迎客，滿地榆錢欲買春。花醉發狂風日釅，柳眠喚起景光新。政當借榻酬無事，熟鼾從教聒四鄰。

晚秋溪行

熟路沿溪過石橋，掃除秋晚浄迢迢。幽尋忽見蘭芽茁，小立仍逢柹葉飄。撲摝水飛雙去鳥，玲瓏山響一聲樵。歸來半掩殘經在，燕寢香凝碧未消。

夏日偶書

碧縷紅霞試水沉，紅腮甘冷嚼來禽。含風廣殿聞棋響，轉日迴廊暗柳陰。強撚冰紈餘睡色，倦憑棐几適閒心。攀翻涴衲□□□，過眼雲蹤不可尋。

竹爐

博山沈水覺塵埃，旋斫淩雲緑玉材。自拭錦棚含涙粉，要焚銀葉返魂梅。意消未掩《黄庭》卷，火冷空餘白雪灰。應把熏衣閉深閣，流蘇想見畫屏開。

寄草堂上人

首夏年芳尚可尋，興來芒屨恣登臨。回頭故國煙波闊，分袂幽人歲月深。落日杜鵑山館靜，熏風芳草柳塘陰。知君宴坐忘機地，謾寄新詩話此心。

題水鏡軒

小鏡明快照巖阿，得道幽人喜氣多。但視世間如水鏡，方知夢裏有山河。佳眠不礙林光入，清坐何妨夜月過。我亦思歸老丘壑，結鄰西崦肯容麼。

九峯夜坐

千峯萬峯自雲雨，一宿兩宿心頹然。不知人間歲云暮，但覺澗風吹夜泉。地爐火燄水正泣，篝燈委昏僧未眠。古人去我不甚遠，何必想像臨遺編。

寄李大卿

瓶盂又復寄西州，彌勒同龕古寺幽。睡起忽殘三月夏，朝來勝得一簾秋。浮雲世事慵料理，斷梗閒蹤任去留。投老山林多勝概，杖藜何日復同遊。

秋日還廬山故人書因以爲寄

風葉鳴廊夜色晴，隔雲微月稍分明。下簾徒怯衣裳薄，拂榻空驚枕簟清。病眼得秋還少睡，壯心于世尚多情。何時却作廬山去，渡水穿雲取次行。

與晦叔至奉新

欲去未成還執手，西風疏雨晚絲絲。暗驚歲月行飄忽，那更人生苦别離。君已嘔心工筆語，我今歸計老茅茨。冷齋後夜誰同宿，莫向燈前讀此詩。

送敏上人

殘林病葉送翻紅，已覺清秋夜氣濃。懶復小窗邀獨秀，却應歸夢挂雙峯。水分淮甸當懸席，路遠匡山可振筇。若見虎溪豀上月，爲言相憶作衰容。

贈王司法

輕帆已有渡江期，高會清遊惜此時。水閣颸煙晴試茗，雪窗敲燭夜論詩。衝寒遠雁來橫浦，弄色新梅半糝枝。林下自知無一事，亦應風月動關思。

次韻超然

翠寒空覺此生浮，歲月催人鬢易秋。忽憶倚天廬嶽去，更尋清境武林遊。情深愧與高人別，興發徒煩夜月留。他日西湖遠相憶，爲君言笑散沙鷗。

廬山寄都下邦基德祖諸故人

勢占江南三百里，煙霏相映出層樓。芒鞵竹杖山兼水，坐看行吟春復秋。浮世萬途成底事，吾生一飽更何求。故人京洛風埃地，能信山中此樂不。

晚坐藏勝橋望石門

好山千葉青蓮曉，斫額令人意已消。微出樓臺知有寺，倦行雲樹忽逢橋。此生未覺叢林負，口處真教歷劫超。閒拾墮薪成淺立，細泉幽澗響寒蜩。

宿靈上山示月上人

地靈形勝自天成，山色溪光潑眼明。北岫飛來么鳳落，東隣相去一牛鳴。霜筠遶寺秋無數，壁月臨軒夜更清。已約高人結蓮社，他年香火寄餘生。

宿鹿苑書松上人房二首

數峯煙翠疊黃昏，忽見松間窈窕門。好境未將佳句寫，幽懷先與故人論。隔林每恨音容阻，此夕相逢笑語温。雪意不成應有月，夜深回看湧金盆。

冷齋託宿自攜琴，卧聽松風度栗林。黃卷青燈紙牕下，白灰紅火地爐深。夢回清響春巖溜，夜久幽香噴水沉。慣作横刀眠下板，爲君令有住庵心。

次韻王節推安道見過雲蓋二首

湘山名與故山齊，寺在沙村斷岸西。繫馬槐根秋雨歇，倚欄雲際暮猿啼。公宜談笑光臺閣，我合摧頹老澗谿。袖有新詩如瀉出，逼人神駿不容羈。

睡起春衫取次披，髻雲隨從倚欄時。生憎柳底鶯聲巧，不分花前日影移。伊昔笑來憂易老，而今思去恨難追。林梢懸挂團團日，無語東風玉箸垂。

題草衣庵

鉏頭爲枕草爲氊，曾與高人說任緣。豈料大嫌沽世價，未應虛費買山錢。閒編木葉輕于紙，細葺蘆花軟勝棉。石室至今增壯觀，可知千載得人傳。

送僧歸筠

西津渡口唐朝士，到眼瀟湘厭飽看。誰遣松聲環坐榻，更令嶽色墮欄干。君如鳥倦今知返，我與鷗盟久已寒。想見若耶溪上路，正嘗盧橘帶甘酸。

次韻信民教授謝無逸南湖

春遊每覺客愁消，最愛晴湖漲柳橋。鴨綠皺寒初拍岸，鵝黃照影自垂條。惱人風物今如許，着衣春光已不撩。但得與君同一醉，何辭日日作詩招。

崇仁縣與思禹閒遊小寺啜茶聞棋

平生閱世等虛舟，臨汝重來又少留。擕弟共逃三伏暑，入門先得一軒秋。隔牆晝永聞棋響，陰屋凉生見樹幽。又值能詩王主簿，飯餘春露啜深甌。

示超然

秋光滿鬢萬事死，慚愧眼明牙齒牢。野寺閉眠聽風雨，海山猶夢渡雲濤。事非白傅方驚鼎，迹隱庖丁已善刀。一徑莓苔三十載，偏容此老擅奇豪。

懷李道夫

半篙晚漲綠楊灣，接翅鷗歸霧雨殘。數疊吴山圓楚夢，一番花信釀春寒。別時小語依然在，隔歲來書展復看。補袞胸中五色線，只今應作怒蜿蟠。

立春前一日雪

明日立春今日雪，雪中殘響滴虛簷。方增謾説寒威在，不絶潛和暖氣添。客去旋開書對語，閑多偏與懶相兼。湘山自古愁眉淺，縱御鉛華不到尖。

次韻寄傲軒

道逢飛鳥倦知還，一鉢安巢又故山。無累自然增逸興，有名終恐廢長閒。背時生計風煙上，隨意園林指顧間。應笑市爭朝奪者，暗驚清鏡失朱顏。

次韻宿東安

淡雲疏月兩微茫，獨酌沽來竹葉香。已把功名比雞肋，更驚世路似羊腸。心情老去俱消盡，詩律年來覺倍强。解誦賓州侍兒曲，此身安處是吾鄉。

次韻彥周見寄二首

詩先春色附湘船，來與幽人結淨緣。句好空驚碧雲合，韻高疑在白鷗前。君應歸誦陶彭澤，我亦南尋魯仲連。想見江頭同握手，採茶時節雨餘天。

歸思啼禽日夜催，寶書臨罷意徘徊。榆錢滿地買春去，嶽色渡江排闥來。行樂風光清夢曉，卧披煙雨曲屏開。興來敏速詩千首，落筆人驚挾怒雷。

題雪巖筠軒

雨葉風枝小徑通，拂砧清坐有誰同。粉衣香滑秋叢瘦，泉珮丁東夜壑空。半世已歸彈指內，前途都付枕肱中。隄防老境猶多事，折脚鐺炊腐顆紅。

大雪

今年未雪今日雪，地迥眼新人不囂。永巷掃除聞屐響，暮林翔集看鴉嬌。韻高領下應難畫，興發山陰未覺遥。想見茅齋已摧壓，曲肱清夢到山椒。

宿資欽楚山堂

故人持節在三湘，白首相逢話更長。挂錫曾憐道林寺，攜衾來宿楚山堂。意消忽覺風敲竹，夢斷空驚月轉廊。常恨出門無所詣，敢辭時此夜連牀。

題胥大夫欣欣堂

議郎和粹色無求，繞屋江山秀氣浮。弱柳貪眠禽唤起，異花含笑草忘憂。閉門不放青春返，解榻長令佳客留。摹寫高情無好句，謾横詩眼付冥搜。

余在制勘院晝卧念故山經行處用空山無人水流花開爲韻寄山中道友

今選得三絶

掃徑偶停篲，幽懷凝佇間。暮樵迷向背，餘響答空山。

新晴收雨脚，宿霧隔花身。睡美不知曉，啼禽解唤人。

舍南一曲溪，春漲半篙水。去作落崖聲，雪花濺山翠。

粹中自郴江瑩中與南歸時余在龍山容泯齋爲誦唐詩入郭隨緣住思山破夏歸之句爲韻

哀蟬滿風聽，草樹初茂密。空齋有奇事，屋角寒藤入。

松下揭來見，依然冰雪顏。未須驚世故，且復卧看山。

又

余所居竹寺門外則溪流石橋汪履道過余必終日既去送至橋西履道誦笑別廬山遠何煩過虎溪之句作詩以見寄因和之

吾廬亦何有，草屋八九間。牀頭挂溼水，枕上見他山。

履道書齋植竹甚茂用韻寄之

曉庭蒲葉翻，天涯歸夢遠。尚記泊舟時，隔水桑婉婉。

送實上人還東林時余亦買舟東下

世事但堪眼見，此生何殊夢游。未倩青山掩骨，且牽黃衲蒙頭。
說盡廬山勝處，寂然相對無言。東崦峯頭月出，依約如聞白猿。

誦高僧詩云沙泉帶草堂紙帳卷空牀靜是真消息吟非俗肺腸園林坐清影梅杏嚼紅香誰住原西寺鐘聲送夕陽作

林外鳴鴉零亂，山頭落日微紅。樓臺迥然暝色，谷幽已答疏鐘。

臨清閣

邑勢自然藏勝，江空表裏含秋。夜棹近人明月，襄陽應在漁舟。

贈誠上人

對書只圖遮眼，題詩何必須編。且看無情説法，羣山雪盡蒼然。

讀古德傳

車輪峯作碧螺旋，不用招邀自滿軒。等是世間無用物，故宜相對兩忘言。

合妙齋

未饒拄杖挑山衲，差勝袈裟裹草鞋。吹面谷風銜虎過，歸來松雨撼空齋。

注十明論

了知無性滅無明，空慧須從戒定生。頻呼小玉元無意，只要檀郎認得聲。

袁州聞東坡歿于毗陵書精進寺壁

濁世肯留竟何意，玉芙蓉出淤泥中。誰謂秋來亦零落？病收衰淚泣西風。

無盡見和詩復次其韻

一丘一壑思迢迢，莫把山林較市朝。江上相逢兩無語，夕陽衰草暮蕭蕭。

瑩中南歸至衡陽作

回雁峯前醉眼醒，卧看波影蘸空青。起來一笛春風晚，萬里無雲月滿汀。

寄石頭志菴主

世途嶮巇鼻先酸，折脚鐺尋穩處安。誰見睡餘閒振策，松風吹耳夜濤寒。

余將經行他山德莊自邑中馳詩見留是夕胡彥通亦會二君于談達旦不寐明日霜重共讀蔡德符兄弟所寄詩有懷其人

風徑霜清拾墮薪，野炊童子解經營。倏然放箸秋窗晚，籬落淒清屋角晴。

僧從事文字禪

三多授子文章法，懷衲酬吾老大心。簾捲暮涼煙翠重，一聲雲斧覺山深。

超然在東華作此招之

芒鞋踏破成何事，坐榻塵埋只汗顏。齋鉢生涯惟澗飲，結茅終待老鍾山。

至邵州示胡強仲

平生屢飫水雲間，老景優游剩得閒。遠謫瘴鄉君勿歎，天教更看海南山。

煙寺晚鐘

輕煙罩暮上黄昏，殷殷疏鐘度遠村。略彴横溪人迹静，幡竿縹渺插山根。

平沙落雁

寂寞蒹葭亂晚風，江波斂灩浸秋空。横斜倦翼何歸處，一點漁燈杳靄中。

春詞

映門楊柳未全遮，乍放柔條自在斜。不信春寒猶有雪，誤驚飄舞作飛花。

曉霽晴湖已拍橋，橋邊春色解相撩。分疏積雨饒鶯舌，拘束東風倩柳條。

郊原雨歇看春耕，繭栗能馳稚子行。山杏欲嘗猶苦味，海棠開徧恰新晴。

殘梅

殘香和雪隔簾櫳，只待江頭一笛風。今夜迴廊無限意，小庭疎影月朦朧。

次韻通明叟晚春

琴筑春流漲淺灘，圜吭幽鳥語林端。纖蒲水荇空凄寂，背立東風整釣竿。
山桃噴火柳垂絲，野店溪橋處處宜。我作春遊亦清散，榆錢聊挂瘦藤枝。
楊花滿園掩深關，半摺文書偃卧看。幽鳥等閒回睡眼，暖風時復破春寒。
春寒瘦骨病難禁，多謝新晴霽晚霖。自補衲衣矮窗下，黄鸝聲好屢停針。

遊西湖北山二首

幽草青青繞竹扉，雨餘人在杏園西。無端黄鳥驚春夢，正向緑蘿深處啼。
春園南北笋過牆，牆下離離草更香。啼鳥野花無問處，蒼山牢落下殘陽。

次韻超然春日湘上

暮年身世極南邊，病眼愁看北客船。憶着金明池上路，寶津晴瓦隔霏煙。

春晚

方見柳條堪結紐，忽驚梅葉解藏禽。春歸掣肘徑不住，院落殘紅一寸深。

初夏

院落寥寥日正長，小梅初熟亞枝黄。午窗書引昏昏思，角簟宜開舊竹牀。

新竹

琅玕數本倚牆陰，新筍均條忽作林。昨日小軒添得境，却煩佳月碎篩金。

次韻

懷中但自除衣垢，面上從教有唾痕。負日風檐成坐睡，夢隨鷗鷺浴江村。
莓苔徧地榆錢滿，院落無人柳絮飛。信手翻書香篆冷，夕光山翠上窗扉。
措置已落古人後，猛省令人愧衲裙。盧山好處軒窗在，留眼歸看五老雲。

次韻巽中見寄

停蓄幽懷藹頃陂，一傾要及少年時。正當清嘯尋君去，已辦登山緑玉枝。

謝人惠蘆雁圖

道人煙雨久不到，忽見橘洲蘆雁行。笑裏筆端三昧力，坐中移我過瀟湘。

湓江宿舟中

琵琶亭下孤舟宿，夜静風清水四圍。蝴蝶夢中江月白，蘆花嗚笛釣船歸。

東流阻風

秋葉叢邊風索索，迎賓亭下水瀰瀰。蓼花深處老漁父，更把牀頭羌笛吹。

次韻亭上人長沙雪中懷古二首

楚國樓臺凌九霄，軟風行復弄柔條。當年絃管今何處，飛雪滿空如舞腰。

數峯江上曉不見，指點先煩榔標條。却望蒼崖尋折幹，偃松梢重壓龍腰。

過長馬市

長馬人家古道旁，秋來禾黍已登場。池塘水淺菱蒲冷，籬落霜清橘柚香。

題通判學士適軒

小軒只著竹匡牀，散髮陶然夏簟涼。手倦抛書成午睡，夢回雙頰帶茶香。

書湛然亭

家在匡廬疊翠層，雲開彷彿見微稜。褰衣欲上千巖去，隔岸扁舟喚不譍。

送覺先歸大梁一首

殘秋千里遊梁去，破浪扁舟別我來。對坐無言看山月，一庭松雨在莓苔。

永固登小閣

老僧乞食城郭去，小閣無人獨自登。急雨忽來添暝色，諸峯領略露寒層。

次韻春風

吹鬢風俱小雨來，殘紅掃盡露蒼苔。稻畦綠錦無邊幅，更欲煩君爲翦裁。

次韻西樓

萬古湘江繞故城，水光斜照動檐楹。行人仰看春風軟，吹落憑欄笑語聲。

又登鄧氏平遠樓縱望見小廬山作

倚欄天際數歸帆，春在滄洲數筆間。我與小樓俱是畫，雨中猶復見廬山。

次韻惠梅禪師見寄秋日

飽霜毛穎泛松煤，窗底魚牋自在開。琢得小詩清似玉，步筇時遶紫莓苔。

與超然至谷山尋崇禪師遺蹤

行盡湘西十里松，到門却立數諸峯。崇公事跡無尋處，庭下春泥見虎蹤。

送道林

楞伽本在海中央，鉢具懸知挂舊房。不泛木杯驚俗眼，一蓑煙雨渡瀟湘。

題清芬軒

隔屋江梅欲墮飄，幽香細細故相撩。披衣春曉無人見，小立微聞意已消。

次韻曾機宜遊山湘江晚望

貪看江草間江花，不覺移舟着淺沙。數筆瀟湘春自曉，橘叢籬落露人家。

道中

蒲柳冥冥花已殘，水田南北是青山。晚村歸路聞啼鳥，家住寒雲縹渺間。

斷腸集

朱淑真，號幽棲居士，錢唐人。世居桃村，工詩，嫁爲市井民妻，不得志，歿。宛陵魏仲恭輯其詩，名曰《斷腸集》。

傷春

覽鏡驚容卻自嫌，逢春長是病厭厭。吹花弄粉新來懶，惹恨供愁近日添。生怕子規聲到耳，苦羞雙燕語穿簾。眉頭眼底無他事，須信離情一味嚴。

初夏

竹摇清影罩幽窗，兩兩時禽噪夕陽。謝卻海棠飛盡絮，困人天氣日初長。

秋夜

夜久無眠秋氣清，燭花頻翦欲三更。鋪牀涼滿梧桐月，月在梧桐缺處明。

馬塍

一塍芳草碧芊芊，活水穿花暗護田。蠶事正忙農事急，不知春色爲誰妍！